非洲三万里

毕淑敏 著

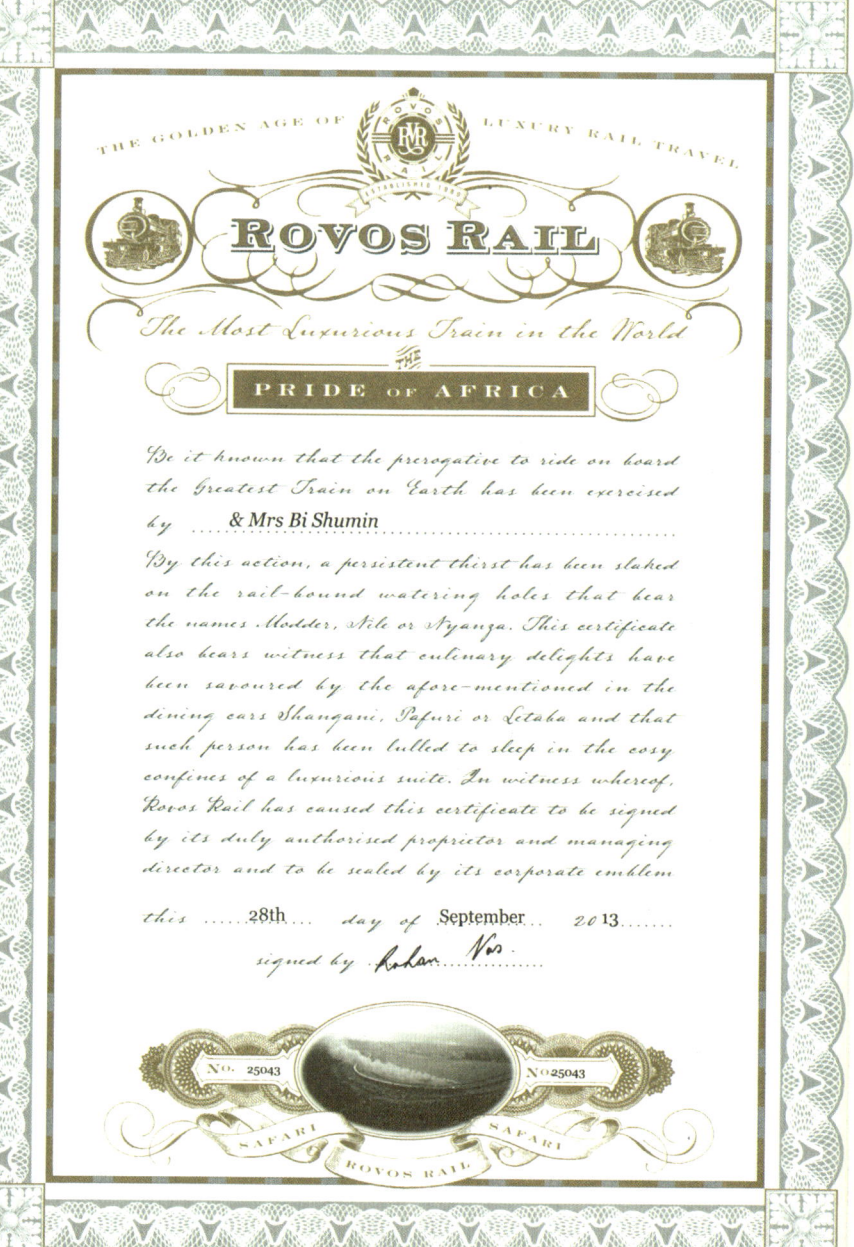

为什么要到非洲

序言

非洲三万里

关于非洲，你了解得可多？恕我问你几个小问题。

你可知道非洲的全名？

当我如此发问时，听到的朋友先是一愣，然后漫不经心地回答——非洲不是就叫非洲吗？难道还有其他名字？

我说，亚洲的全名叫亚细亚，欧洲的全名叫欧罗巴。南美洲叫南亚美利加洲，北美洲叫北亚美利加洲。以此类推，非洲也应该有全名的。

朋友怔了一下，缓过神后说，那不一定。凡事皆有例外。比如南极洲，肯定没有另外的名称。你就别卖关子了，直接说吧。

看我固执决绝的样子，该人假装认真思忖后说，非洲的全名，莫不是"非常之洲"？

非洲的确可以称得上是非常之洲，但它的名字不是来自这个说法。我纠正道。

那就真是不晓得了。请告诉我吧。朋友妥协。

美国华盛顿的约翰·霍普金斯大学保罗·尼采高级国际问题研究院国际发展项目的总监布罗蒂格姆教授，说过这样一段不中听的话："根据我的观察，在中国，关于非洲的认识极为肤浅。鲜有中国大学教授开设与非洲相关的课程，对非洲文化、历史和政治经济的理解也很少，因此在这个方面有着巨大的欠缺。如果你想向外走，但对外部世界的理解又很少，这是件非常困难的事情。因此，在中国，这种文化敏感性和对投资国家的政治经济的了解亟须加强。"

非洲的全名叫"阿非利加洲"。意思是：阳光灼热的地方。我说。

关于这个名字的由来，众说纷纭。

第一种说法：古时有位名叫阿非利加的酋长，于公元前2000年侵入北非，在那里建立了一座城池，就用自己的名字命名了这座壮丽的城池。由于这座城市叫阿非利加，后来人们便把这座城市周围的大片地方，也叫作了阿非利加。

第二种说法："阿非利加"是一位女神的名字。公元前1世纪，居住在北非的柏柏尔人，在一座庙里发现了一位身披象皮的年轻女子塑像，她名叫阿非利加。柏柏尔人于是拜认了这位女神做自己的守护神，然后以女神的名字"阿非利加"命名了这块广袤荒凉的大陆。

第三种说法：阿非利加是迦太基人常见的名字，通常认为它和腓尼基语的"尘土"相近。于是，有人认为，这片沉寂的大陆很可能是由迦太基人命名的。

第四种说法：阿非利加来源于柏柏尔人的词汇，意为"洞穴"。原意是指在这一广大地区，生活着穴居人。

第五种……暂且打住。关于非洲命名的由来还有许多种说法，时间有限，恕我只拣几种常见的源头说罗列在此。

关于名称的起源，也许并非最重要的事情。就像人总要有个名字，不过是个符号。好在关于非洲后来的发展进程，各家的说法不再继续纷乱——古罗马人通过三次布匿战争，打败了迦太基人，建立了阿非利加行省（这省也太大了！）。之后罗马帝国的版图不断扩张，阿非利加的名字随着罗马人的铁骑，疯狂地延展并传播。它从最初只限于特指非洲大陆的北部地区，扩大到从直布罗陀海峡至埃及的整个东北部辽阔区域。于是，人们把居住在这里的罗马人和本地人统统叫阿非利干，即阿非利加人。再以后，这个词继续野火般地蔓延不止，直到今天泛指整个非洲大陆。

让我始终心生疑惑的是——阿非利加，按照中国人的习惯，应该称它为阿洲，不该取第二个字音命名啊。就像我们不能把亚细亚说成是细洲，不能把欧罗巴称为罗洲。

先说说非洲的面积吧。从小学地理，讲到每个省份或地区，首先就是记住面积。这很单调且需要死背，那时完全不明了面积的重要性，觉得就是一个枯燥的数字。随着沧桑感的增加，才明白这个指标的重要性。找男朋友一定要问问身高，所以对于某个地域的了解，不知道面积，历史就无从谈起，所有的了解都是镜花水月。

在地球上来来回回走了几趟，才发现面积这个东西实在是要命的。一个国家如果没有了面积，那就是亡国。就像我们每个人挥之不去的集体无意识和祖先占据的面积，也密切相关。泱泱大国自有妄自尊大、满不在乎的意识沉淀在胸，弹丸小国、立锥之地的子民，多见谨小慎微、见风使舵的秉性遗传。所以，无论你因为幼年的考试而对面积等数字多么深恶痛绝，也请心平气和地记住非洲的面积。

非洲大陆包括岛屿，约为3 020万平方千米，相当于三个多一点儿的中国面积。南北长约8 000千米，东西长约7 403千米。约占世界陆地总面积的20.2%。在这块土地上，分布着54个国家和5个地区。

在去非洲之前，我对非洲的了解很有限。不了解并不等于没有先入为主的印象，正是因为不了解，所以包括我在内的某些人的刻板成见才越发冥顽不化。

偏见这个东西的真正意思——你好奇和感兴趣，但所知甚少。

早先我一想到非洲，脑海中涌出的画面大致有这么几幅。

黑如漆墨的当地人、荒芜的草原、无尽的沙漠，还有惊慌蹦跑的羚羊和懒散伟岸的雄狮……哦，说不定你也是这样想的。我们都是《动物世界》的拥趸。

骨瘦如柴的百姓、铁皮房顶的城市、艾滋病的泛滥和埃博拉的高死亡率、赤裸上身的原始部落居民和政变……哦，你是个关心世界风云的人，每晚都会看《新闻联播》。

如果你关注有摄影界奥斯卡之称的"荷赛"（世界新闻摄影比赛，简称"WPP"），你会记起肋骨如刀的老人、裂如龟壳的土地、倒毙的鸟禽、嘴

唇上趴满了苍蝇的儿童……

早年间我们曾高呼过口号：解放世界上三分之二生活在水深火热之中的人民……现在我们知道其中很多人过得比我们好，但也固执地相信还是有挣扎在黄连中的苦人。如果一定要你落实水深火热的存在感，非洲大陆恐怕是当仁不让之地。

在非洲，一位当地黑人知识分子对我说，把非洲比作一只长长的象牙，那么，它的两端一点儿都不穷。南部的南非，就是一个富裕国家，它的国民生产总值超过了比利时和瑞典。非洲北部的突尼斯与摩纳哥，加上埃及，都有相当不错的生活。真正穷苦的地方，多集中在非洲中部。

说起中非，想起1995年参加世界妇女大会时，看到非洲妇女携带的宣传画。一位老女人骷髅般地俯卧在地，衣不蔽体，周遭黄沙漫天。只有从她上

序言　为什么要到非洲　5

翻的白眼球上，才能依稀分辨出她尚有一丝气息游移。她濒死的身影上，印有"埃塞俄比亚灾民"字样。

我问起埃塞俄比亚当今的状况。非洲知识分子说那是因为当年遭了大旱，加之人祸，现在已改观。1995年至2011年间，埃塞俄比亚的极度贫困人口减少了49%。

印象中的非洲，除了穷苦，就是酷暑难耐，几乎不适宜人居住。追本溯源，这个看法估计来自非洲拥有撒哈拉大沙漠。它是世界上最大沙漠。不过撒哈拉大沙漠尽管很大，但并不囊括非洲的全部。就算它遮天蔽日，也只占到非洲大陆总面积的32%。非洲其余的面积还是适宜人居住的宝地。那些位于赤道上的国家，美若天堂。

你可能会反驳，赤道多么炎热啊！是的，赤道像条火绳，红艳艳地绑在非洲腰间，但身临其境方觉那里并不炎热。要知道决定自然界温度的，除了纬度这个因素，还有个大智若愚的狠角色，那就是高度。不要忘了非洲是高原，海拔每升高1 000米，气温就会下降6摄氏度。不可一世的纬度在温和隆起的高度面前倒地便拜，居了下风。那些被赤道腰斩的国家，比如肯尼亚、乌干达、刚果（金）和刚果（布），还有加蓬，由于地势较高，年平均温度基本维持在20多摄氏度，犹如咱们云南的昆明，四季如春。

实不相瞒，之前我还有一个诡异的想法，觉得那里遍地行走着威风凛凛、头插羽毛的酋长，野生动物东游西逛、横冲直撞……百闻不如一见，真相并非如此。即使是在非洲的国家公园和私人领地的野生动物保护区，你能不能看到种类和数量足够多的野生动物，也完全没有保证。一切取决于你的运气，野生动物比想象的要稀少很多。到了非洲未曾和多种野生动物晤面，只得悻悻而返的旅人绝不在少数。只是他们大多不说，反正看见还是没看见，只有非洲无言的天空知道。说到神秘莫测的酋长，对不起，除了在原住居民保护区看到那些身披特制服装的表演者，真正手执权杖的土著酋长，我是一个也没见到。很多非洲国家已渐渐跨入了现代化的门槛，少许保留下来的酋长们，无奈地隐没在荒野深处，一般人无缘相见。印象是传说。

最后再来说说非洲人的肤色。习惯上总是说"黑非洲"，好像非洲都是

黑色人种。从南到北在非洲大陆几万里路（曲曲折折，把各种交通工具都算上）走下来，才发现这块土地上更多的是混血融合的人。惊奇地发觉黑肤色并不是铁板一块，而是分为很多层次。有黝黑发亮的炭黑、像哑光一样能吸收所有光线的深黑、微微泛着黄色的棕黑、更为明亮的黄黑，还有稀释如淡墨水的浅黑……无数细微的差别，让你觉得人的皮肤原来可以如此富有层次感。常常会看见打着太阳伞出行的黑人女子。瞧着艳丽花伞下的黧黑面孔，我有时会毫无恶意地思忖——都黑成这样子了，阳伞的用处几近于无吧？但听到埃塞俄比亚人非常正式地说，我们不认为自己是黑色人种，只是被晒黑的人。

　　非洲的人种，大而化之地说，在撒哈拉沙漠以南地区，生活的是土生土长的非洲黑人。而在北部非洲，如阿尔及利亚、埃及、摩洛哥、突尼斯等

序言　为什么要到非洲　　7

国,是白色人种的阿拉伯人。而在马达加斯加,则是黄种人。

在非洲度过了几十天,实在是走马观花,浅尝辄止。不过,我的若干误解渐渐地被澄清。愿把这些心得与更多的人分享。好吧,地理概况暂且说到这儿,以后我找机会再卷土重来。现在坦诚交代我为什么要去非洲。

所有的旅行都是有前因后果的。那种所谓"一场说走就走的旅行",基本上都是对旅行的敷衍了事和不求甚解。

世上没有无缘无故的爱和恨,也没有无缘无故的旅行。越是无缘无故说走就走,原因越是隐藏很深难得破解。

2008年,我乘船环球旅行,走的是北半球航线,主打人烟稠密的亚洲、欧洲、美洲。对于非洲,只是轻轻掠过了北部,通过埃及的苏伊士运河。本老妪决定在有生之年去一次非洲,趁眼已花耳未聋这当口儿,瞻仰这块神秘大陆。

一个想法就像一颗橘子的种子。可惜没有魔术师,不能让橘子籽立刻长出绿叶,挂满金灿灿的橘子。咱普通人对于心底的念想,能做的事儿只有积攒盘缠和等候时机。

等待这事儿,不能太着急,也不能太懈怠。太着急就容易仓皇,太懈怠了就容易碎弃。于是我开始呼风唤雨,每日兴起法术——呼风就是天天早上都想想要去非洲这件事,期望吸引力法则,让我心想事成;唤雨就是高度留心和非洲有关的一切信息,集腋成裘。

自我大兴法术之后不久,收到一家旅游杂志的电话,说他们看到我在新浪上写的一篇博文,内容是在加拿大寻找北极光的事儿。他们说很想采用这篇博文在杂志上刊出,征询我的同意。此等天上掉馅饼的事儿,我自然忙不迭地表示赞同。临放下电话的时候,对方说,毕老师可还有什么要交代的事儿?

我很没出息地说,除了寄样刊,记得付稿费啊。我正在攒去非洲的盘缠呢。

对方很周到地说,稿费虽微薄,一定会速付,请放心。同期杂志上也有关于非洲旅行的信息,您可以留意。

于是,盼着那期杂志。不是为了自己的文章,而是为了非洲的资讯。杂

志终于到了。相关的文章是介绍一列叫作"非洲之傲"的火车,顶级奢华,终年驰骋在非洲大陆上,有多条线路可供挑选。最精彩的是它有一趟一鼓作气穿越非洲的旅程,两年发一趟车。我一边看,心跳一边加速,好像那火车喷出的白烟已经弥漫在眼前。文章结尾处,留有一个用于联系"非洲之傲"中国总部的电话号码。

我迫不及待地抓起话筒,拨通后准备一诉衷肠,不料对方是电话留言。

我踌躇了一下,主要是思忖好的话都是对人说的,不知道面对机器说什么好。最后便结结巴巴地留言,说我对"非洲之傲"的旅程很有兴趣,把电话号码吐露给了那部机器。

放下电话,几乎不抱什么希望。一本杂志的发行量多大啊,一定有很多人看到这则消息,一定会有很多电话打过去。这个机构肯定忙得头昏脑涨。

晚上，我突然收到一个电话，来自新加坡。

一个很悦耳的男声，说他是"非洲之傲"在中国的总负责人，名叫金晓旭。他听到了我的电话留言，因为正在国外执行公务，现利用在新加坡转机的短暂时间与我联系。

我一时语塞，感动得不知道说什么好。完全没想到这家机构的负责人会如此敬业，对一个普通的咨询电话如此尽责。我原来准备好的一连串问题，一想到人家在国外的机场，花着高额的电话费，就问不出来了。我只是强调，我对"非洲之傲"很有兴趣，很想多了解一点儿这个项目的情况。金先生正好要登机了，他告诉了我"非洲之傲"的网址，让我先看看。如果有兴趣，等他回京后再与我联系。

我放下电话，立刻打开电脑，进入了"非洲之傲"的网页。点开首页上的五星红旗标志，进入了中文界面。我一边看，一边屏住呼吸，生怕自己喘气大了，吹走了好不容易得来的消息。看到每两年一次的从南非开普敦到坦桑尼亚达累斯萨拉姆的行程，原文中一句——"这是一次史诗般的旅行"，让我顿觉喉咙口喷涌出一股腥甜气息。多年以来，每当我心潮澎湃之时，就会有这种心脏位置上提、动脉热血迸射的感觉。

很久很久，没有这样的感觉了。我渐渐老迈，甚至以为自己再也不会为了什么事情而高度激奋，没想到这一个非洲之行的页面就让我血脉偾张。

我记得很清楚，就在那一瞬，我下定了非洲行的决心。无论要花费多少金钱，不管要经历多少繁杂手续，哪怕山重水复、瘴气横行，我都要去非洲！

之后的准备工作，果然层出不穷非同小可。实在说，比环球旅行还复杂。环球旅行我走的是北线，主要是在第一世界发达国家转圈，各方面的沟通和安排都比较成熟顺畅。非洲则是第三世界的节奏，急不得恼不得。规则常常莫名其妙地作废，意想不到的变故更是家常便饭。除了少安毋躁，预留出更充足的时间和将耐心打磨得更柔韧之外，别无他法。

史诗并不是那么容易吟诵的。到非洲很远，比到北美和欧洲都远。万里迢迢，就是坐北京到南非的直航，也要飞行15个小时以上。我为了节省盘

缠，买的是中途转机的票，加上在机场等候的时间，差不多要近30个小时。非洲诸项接待条件差，但旅行开销并不便宜，几乎和我全球游的费用旗鼓相当，要几十万元。再一点是非洲相对危险，除了战乱和治安方面的问题，还有闻所未闻的传染病。我有一个朋友的弟弟到非洲执行公务，在当地得了一种莫名其妙的脑炎，人事不省地运回国，虽经大力救治，还是在昏迷了一年之后与世长辞。

非常感谢金晓旭先生，他渊博的知识和勤勉的工作态度，给予了我巨大的帮助。如果没有他，我的这趟"史诗般的旅行"，刚起笔第一行就得夭折。特别是当我疲于奔命实在应对不了规划旅途的无数烦琐细节，准备放弃某些重要项目的时候，他的苦口婆心和谆谆告诫，类乎指路明灯。他温暖的提点，让我重新燃起希望。他周密的安排，让我对这趟未知的旅程增强了信心。从某种程度上说，没有金晓旭先生，就没有我的非洲之行，也不会有这本书的问世。对此，我深深感谢并铭记心间。

终于，一切准备停当。我注射了预防黄热病的疫苗，口服了预防霍乱的丸剂，怀揣着治疗恶性疟疾的青蒿素，带着各种驱蚊剂和药品，加上简单的几件行装，一咬牙一跺脚，出发啦。目的地——阿非利加洲！

目录

1_ 露西说，欢迎你回家 /001

2_ 索韦托买不到那张明信片 /011

3_ 空棺 /023

4_ 原始人洞穴的天光 /033

5_ 被麒麟的紫色舌头舔过 /047

6_ 那一刻，我变作黑人 /057

7_ 罗本岛B区5号的修行者 /069

8_ 哦，还是叫风暴角吧 /083

9_ 黑人女老板和手机 /097

10_ 小海豹的眼神 /107

11_ 持枪的巡守员唯一知道的事儿 /115

12_ 格拉萨·马谢尔的美丽 /135

13_ 在中产阶级家里做客 /155

14_ 我认这些机车为我的兄弟 /167

15_ 我将把你的话转告天堂 /185

16_ 你可在金伯利的矿壁抠出钻石 /195

17_ 荒原上的古镇 /207

18_ 这是我的第113个国家 /219

19_ 指状阿当松和老相识钉子树 /233

20_ 七车连撞列车晚点40多个小时 /245

21_ 中华人民共和国制 /257

22_ 在南十字星座辉映下 /273

23_ 黑奴在这里拍卖 /287

24_ 青尼罗河瀑布 /303

25_ 不可思议的岩石教堂11座 /315

26_ 海尔·塞拉西皇帝的家族墓地 /335

27_ 送给世界的礼物——埃塞咖啡 /349

28_ 阿拉巴斯——渔夫之宝 /361

后记 /377

露西说，
欢迎你回家

1

非洲三万里

不知孱弱的露西在闲暇时扶着后腰捶着腿遥看湖光山色之际，
可曾想到过无数世代后的无尽子孙？

参观埃塞俄比亚首都亚的斯亚贝巴的国家博物馆。

一座古朴的建筑，草坪和清泉。只是在这一派田园牧歌式的表面安宁之下，是戒备森严的警戒。随处可见持枪的卫兵，半仰着枪口，枪支保持着随时可以击发的姿态。参观者在这里经受了堪比机场的严格安检。细想起来，在参观非洲的所有博物馆中，这是最不马虎的一次。

是因为反恐吗？我问当地人。

是，也不全是。这里一直很严，因为要保护一个女人。

谁？我在想，这是一个什么样的女人，让相当安全的埃塞俄比亚首都亚的斯亚贝巴，引发如此灵猫般的警觉，并伴以兵临城下的峻厉？

主要是她的年纪太大了。当地人说。

多大呢？我问。

350万岁了。名叫露西。当地人不无骄傲地回答。

走进博物馆，大厅里迎面扑来一具残缺的骨骼化石拼凑起的大幅图片。在这张图片的下面赫然写着——露西说，欢迎你回家。

突然在那一瞬，热泪盈眶。

露西是谁？

通常我们说到家，是指那些和我们血脉相连，肌肤相亲的特定一群人。它不会很大，数目也不会很多。家是鲜血栅栏围拢起的私密小圈子。但是，在这里，在露西瘦弱纤细的臂膀下，这个星球上所有的人，不论男女、不拘种族、不辨肤色，更遑论国家，男女老少都被她揽入怀内。所有的人都是她的亲人，她视普天下的人为一家。

我们从哪里来？所有的人都曾在生命的不同时刻，叩问过自己这个问题。一般人浅尝辄止，想到自己的爷爷和爷爷的爷爷，也就脑仁疼了。讲究点儿的人家，多半是祖上出现过显赫人物的家族，或是有家谱的，但最久远的也不过以数千年计（据说最早的家谱可追溯到甲骨文时期）。再之前，就是天地洪荒的一笔糊涂账了。

可是，人类一定是有祖先的。虽然我们没有见过他们，但无神论者对这一点毫无疑问。我们不是从石头缝里蹦出来的孙悟空，我们本能地怀念祖先。

在埃塞俄比亚首都东北约350千米，有一块古老的盆地，叫阿法。开阔的荒原，植被稀疏，树影零落。起伏的小山丘和沟壑，构成了干燥的地貌。由于雨水的冲刷，每当雨季之后，裸露的土地中会显露出一些动物和人类的化石。这有点儿像露天煤矿，便于收集。经过几十年锲而不舍的工作，考古学家们对那里的地层顺序关系已了然于胸，再加上此地富含火山灰，可以通过同位素测定获得的化石的准确年龄。于是，这个阿法盆地让考古学家们爱不释手，简直成了人类化石的储物箱。

1974年，在阿法盆地，有了举世瞩目的伟大发现。考古学家找到了在当时最为古老的人类化石——南方古猿阿法种"露西"骨架。

为什么叫露西呢？

那时，紧张的化石采集工作十分辛苦，考古学家们每天都要曝晒在炙热的非洲阳光下，工作十几个小时，等到收工吃晚饭的时候，常常已接近晚上9点。发现这具骨架的那天晚上，发掘队全体成员顾不得劳累，尽情狂欢，载歌载舞。夜晚一直在播放美国流行的披头士乐队的歌曲《天上戴着宝石的露西》，以示庆祝。反复的轰鸣，让这本是歌颂迷幻剂的歌曲令工作人员脑洞大开，把当天发现的这具骨架昵称为"露西"。

"露西"之所以弥足珍贵，一是在于它的完整。如果把一个人的全部骨架比作1，那么露西包括同一个体40%的骨架。我猜你一定不无遗憾地说：啊，还不到一半！请不要太苛求哦，这已是迄今发现的所有距今10万年以前的人类化石中最完整的一副了。

二是在于露西的高龄。科学家们用钾-氩法测定,推导出露西生活的年代距今大约350万年。于是,她成了获得最多肯定的最早的人类祖先。所以,广义上说,她是我们所有人的曾曾曾曾曾曾……(以25年为一代,此处省略14万个"曾")祖母。

走进展厅,精致的玻璃展柜里,陈列着露西的真身。浅棕色骨骸化石安放在防弹玻璃下,零落而暗淡,恍如一些树枝和细碎石子的散乱组合。我屏住呼吸,蹑手蹑脚悄然上前,生怕惊扰了这位老祖宗。

抵近观察,露西褐白相间的细弱骨骸勉强为人形,若干缺失处,要靠想象去连接。第一个感觉是她的个子好小啊,身量简直像个幼儿。据说经过科学家复原测算,露西的身高大约1.1米,体重约30千克。

从一块完整的髋骨结构上,科学家判断出露西是女性(男女骨盆的形状是不同的)。她的膝关节及各肢骨的特征,表明她已具有类似现代人的两足直立行走步态,同时还保留着适应树居生活的重要解剖特征。也就是说,露西大部分时间生活在陆地上,偶尔也重操旧业,爬到树上攀缘。遗憾的是,"露西"的头骨前部完全缺失,看不到她的前额骨骼,只保存着后脑勺儿的小块骨片。据此复原出的露西头骨,比一个能放在掌中的小甜瓜大不了多少,脑容量有限。她的智齿(第三臼齿)已完全萌出,并能看出齿面有磨损。人类智齿萌出的年龄大约在28岁左右,如果加上萌出后的年代,说明露西已经不是少女,是成年人了。据推测,她死亡时的年龄在25~30岁之间,脊椎骨有些变形,已开始患上了关节炎。

发现露西的美国科学家约翰森,把这副化石骨架定名为南方古猿阿法种。南方古猿演变出的一支后裔,进化成能人、直立人,最后进化到智人。1997年,在阿法盆地一个名叫赫托的村子附近,又发现了三个人类头骨化石。氩同位素测定显示,这些头骨化石的生存年代为距今约16万年前,是目前最古老的现代人化石。这一发现也为非洲起源说增加了重要砝码。

从这个意义上说,今天世界上所有的人,都和曾在非洲生活过的这一支古猿沾亲带故。日新月异的DNA研究,更为现代人的非洲起源说提供了强有

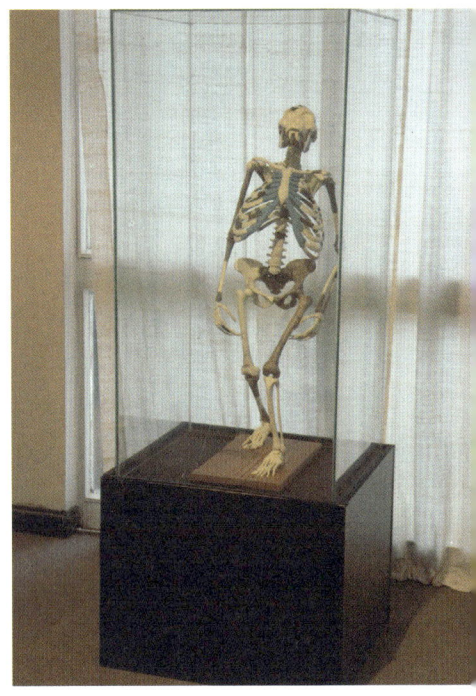

力的支持。

我在露西的骨骼化石前站立了很久。大脑在一段空白期后，浮想联翩。

从上下身的比例看，按那时的标准来看，她该是一个身材不错的女子吧。在得关节炎之前直立行走时，她细碎的步伐应该很快吧？她的手臂和手指骨骼也都很长，想必在树上攀缘之时，身手敏捷。

露西的髋骨难得地比较完整。这破散的黝黑骨片所圈起来的小小围场，曾经组成露西的盆腔。在露西的盆腔里曾安放有她的子宫。她是个成年女子，养育过孩子。于是露西被称为"非洲夏娃"。这个业已消失但必定真实存在过的子宫，便是人世间最宝贵的房子。现如今世界上几十亿人的DNA，都能找到在此处出发的证据。如果世界上所有的人，真的都是来自同一位母亲，那所有的征战、所有的杀戮、所有的剿灭和皈依、所有的战火和血流成河，又有多少意义呢？我们原本就居住在同一个地方，有共同的母亲，什么势不两立的矛盾能切割蹂躏如此紧密的关系呢?！兄弟姐妹之间，有什么事情不可以商量呢！

第二处让我久久凝视的地方，是露西的牙齿。她的牙齿细小，牙冠单薄，牙根也不长，看来是植物性的杂食，估计平日吃的多是水果和草种子吧。我想不通她凭着这样软弱的牙齿，既不能撕咬也不能以利齿穿透猎物的血管和气管，是怎么存活下来的。看来只能凭借脑力的发达和团队的合作，才能使她在狮狼遍野的苍茫高原上生存，最后成功地繁衍出无数后代，倒把狮子、猎豹等猛兽逼成了濒危动物。

只是露西的子孙们，为什么离开了非洲？

在露西的骨骼化石旁边，人们平日的时间观念都太微小了，要改换为巨大的时间之尺。古气候数据显示，在距今190万年前和70万年前这两个阶段，非洲东部曾有丰富的降水。之间和之后便没有那般幸运。原始人类生活的阿法盆地，本也不是特别丰饶的地方，长久的狩猎和采摘，让当地的出产贫瘠下来。加之气候渐变，终于难以继续维持生活了。于是，露西的子嗣们做了一个艰难的决定，离开阿法，离开非洲，走向远方。这伤筋动骨的大迁徙，必定是生存的急需。

真的要走了。露西的子嗣们，到底是什么时间走出非洲的呢？有一派学说认为，这次动迁发生在10万年前，当时亚非欧三洲在地中海东南地区（现今的西奈地区）相邻相通。到第四纪冰期，海面下降，直布罗陀海峡很可能形成了浅水地势，和非洲东部连在一起。露西的子孙们决定远征，除了路途漫漫，好在地理上没有大的阻隔，就权当跋山涉水地到邻居家串串门。也有科学家们认为，还有一次大迁徙发生在6.5万年前。总之，露西的后裔们前赴后继地沿着海岸线一路行进，抵达了亚洲南部。面对着浩瀚的太平洋，他们并未畏惧，制造出简易的船只，进一步远赴澳洲。

澳洲的土著居民非常接近非洲人，在东南亚也有一些外表与非洲人极其相似的人群，他们便是露西子孙走出非洲后留下的人证。

亚洲的东南部让迁徙者们感觉不错，很是安居乐业了一段时间。当冰川

慢慢消融、气候转暖，他们又开始继续北上，大约在5万年前进入东亚。大概在4万年前，新移民进入欧洲。有一些科学家据此推断，其他大陆的原始人类是被冰川严寒全部自然消灭了。还有的说原来各大陆的原始人，都被非洲夏娃的后裔征服并取代了。

具体说到咱们中国人种，大约是在5万年前，非洲夏娃的后裔来到中国定居下来，生息繁衍，并取代了原来生活在中国大陆的原始人。比如"北京周口店猿人"的后代，就没有流传下来。

古人们前赴后继，一次又一次走出非洲，进入更广阔的世界。好在这些扩张的结果是人种杂交，而不是毁灭性的完全替代。杂交的结果是造成了全世界人群之间的遗传联系。也就是说，现存每一人种体上，都遗留着更古老的共同基因特征。

还有一派科学家的观点是"多中心论"。认为世界各个地区的直立人，都是独立进化成早期智人，进而发展为现代人的。中国的考古学家们是坚定的"多中心论"派。

关于我们从哪里来，以上只是学说之争。人类进化是极为复杂的过程，我原来以为小说家需要高超的想象力，现在发觉考古领域追本溯源除了需要证据之外，也颇需要丰富的想象力。若想真正揭开人类进化之谜，肯定还需要更多的材料、更长的时间和更深入的研究才行。

也许因为我是学医出身，对DNA之类有亲近感。我喜欢"走出非洲"说，喜欢亚非欧人种之间互相交融的大胆猜想。

在露西的骨骼化石身边，想起临行非洲前的一件小事。一天，我的一位朋友说，你想不想做个基因测试呢？

我说，这有什么用处？

她说，这是你永不改变的基因身份证。

我立刻想到了恐怖片中某个无名女尸的查证或空难之后的遗骸辨认。忙说，好啊好啊。私下里觉得，如果我遭逢这类厄运，家里人交上我的基因测试结果证明，一定会让经手的工作人员少一点儿麻烦。

朋友告诉我，第一步是抽血。我说，什么时间什么地点？在哪家医院抽呢？

朋友说，不用上医院。我的测基因的朋友会带上所需器具，咱们就约在快餐店吧。

我在指定的日子快步赶往快餐店，一边走一边兴致勃勃地想，我的基因啊基因，你一直藏在我的身体里，我却不认识你。今天，我就要把你揪出来，在餐桌上和你肝胆相见。

在快餐店不舒服的矮背椅上落座，我悄声问事先等在那里的朋友之朋友，东西都带来了吗？

那是一个年轻的男士，据说是位医学博士后，带着一个大包。他低声回答，都带齐了。

我用更低的声音说，那就开始？

他说，只要您准备好了，就开始。您不晕血吧？如果一会儿不舒服了，晕倒或出溜到地上，在这餐馆里，救治起来有点儿难办。

我用近乎耳语般的声量说，没关系。我也是医生出身，这点儿定力是有的。只是……咱们就坐在这里，在餐桌上捋胳膊扎针管直到鲜血灌流，一旁的人会不会大吃一惊，以为我是在注射毒品？

他稍稍迟疑了一下，然后镇定地说，如果有人问，我就向他们解释好了。

我伸出胳膊，支在略显油腻的桌面上，看起来，似乎要和那个忙碌操持中的小伙子掰手腕。捆扎止血带后接着消毒，然后他熟练地将银亮针头刺入我的前臂静脉，抽动针栓。我一边扫视着鲜血汩汩涌出，一边假装不动声色地左顾右盼，看有无人发现我在这儿干着和就餐没有关系的勾当，会不会前来询问或问也不问干脆直接报警？

抽血过程在我东张西望的窥视中平稳完成，什么事情都没有发生。我略微有点儿遗憾地松了一口气，叹息道，真没什么人注意我们啊。

朋友说，人们已经越来越不关心周围的事情了。

拿到基因报告的那一天，我左右端详后对先生说，请收好这张单子。如果我到非洲去的时候，坐飞机火车汽车牛车或者不论什么形式的交通工具吧，人被烧焦成炭或零落成泥，麻烦你把这个报告交上去，之后就等着领我的尸骨残骸。估计这样错拿别人骨灰的概率会比较低，而且不用劳烦我的直系血亲们提供送检材料，让他们难过并损伤身体。

先生翻了翻白眼说，不要讲得这么不吉利好不好。

我说，这是我为去非洲做的准备工作之一，很严肃的，切记切记！

我的基因报告显示，我是中国最常见的母系图谱中的一员。我先生知道后满意地说，这证明你实在是太大众化的一个女人。

我为我能这样混迹于芸芸众生的生物学基础而高兴不已，并深以为荣。

我们都来自母亲，我愿意接受我来自露西这一学说。我并不觉得谁是谁的祖宗这件事有什么特殊。我们尊敬源头，如同江河的入海口波涛汹涌，向高山之巅的涓涓溪水致意。

看到过一个很有趣的说法。当两个男人一起行走的时候，他们步行的速度，比单独一个人走时会提高4%。而当男人和女人一道走，他们的行进速度会降下来3%。

如果这一男一女是恋人,并肩而行,女方的速度只会提高不到1%,而男方的速度会降低6.3%。在手拉手的情况下,男子行进速度的降低更是会达到7%。

我一方面叹服科学家的无聊,一方面又在想,这发现的实质是什么呢?

对我们,也就是现代智人来说,直立行走是极为重要的功能。如果我们至今还在地上爬,那么所有文明的进步者仍在蛮荒匍匐。据考古学研究,我们是在距今180万~20万年前完成走路这个功能并固定下来的。也就是说,露西的后裔们只有在具备了这项本领之后,才有可能离开非洲高原,跋山涉水,走向世界。

这是伟大的迁徙。要攀登多少山峰,跋涉多少江河,穿越多少沼泽,攀缘多少密林……在这个进化过程中,人类出现了男女相伴。人的大脑在新的挑战和进化面前,更快速地发展起来。

在这千万里的漫漫征程中,男子自然是占先的。他们躯干高大,双腿矫健,耐力持久,利于行走。女子力量差,身躯短,脚力不逮,不是未成年就是有身孕再不就是怀抱婴儿……想来那些男祖先在走出非洲的旅途中,不能不管不顾地一人独自向前,必得不断回望并将脚步放缓,和群中的女子结伴而行。刚开始是对女祖先的一种迁就和照顾,走着走着,千万里路之后就成了习惯。再走,就成了潜在集体无意识中的规则。男女祖先,谢谢你们不远万里的奔突,步履渐行渐缓,酿就了后代子孙男女漫步时的深情款款。

请严谨的科学家们原谅我浅陋无知的想象。

据说露西是住在湖边的。我不知道这是因为她骨骼化石出土的地理方位,还是从她患有关节炎推断而出。不知羸弱的露西在闲暇时扶着后腰捶着腿遥看湖光山色之际,可曾想到过无数世代后的无尽子孙?

她是叹息还是微笑,抑或只是茫然地怅惘?

索韦托买不到那张明信片

2

非洲三万里

索韦托的纪念馆,会以那个惨死的黑人孩子的名字来命名,但不会售卖他死亡时的照片。因为细节会给人以猛烈的撞击,宽恕就难以成立。

"这是一个神秘的地方。它集中了南非黑人最痛苦、最悲惨、最勇敢、最荣耀、最欢乐、最暴力、最美好的一切元素,迷人又令人望而生畏。"

一位英国作家这样说过。

这是哪儿?索韦托。南非最大的贫民窟,据说也是世界上最大的贫民窟。它的历史凝聚着血泪,曾以贫穷和暴力的双翼举世闻名。

一说到贫民窟,我们首先想到的是一堆破败的房屋和一片污浊的环境。但是,这样你就小看了索韦托,它绝非惯常意义上的"一片""一堆",而是一个体量巨大的存在。在它绵延120平方千米的土地上(还在不断扩大中),分布着33个黑人城镇,居住着祖鲁、科萨等南非9个黑人部族。此地不仅仅有贫穷和肮脏,爆发过血腥的种族冲突,还收获了巨大的荣誉。南非最伟大的两位黑人领袖——曼德拉总统和图图大主教,都曾生活在这里,他们也都曾获得过诺贝尔和平奖。

索韦托也是南非国大党的"延安",国大党的"黄埔军校"。无数黑人孩子从这里走上南非的政治和经济舞台,还孕育了数不清的体育和文艺明星……一代又一代黑人精英前赴后继地从索韦托的泥泞破败中走出来,斗志昂扬地表演在世界前沿。

……

以上均是我从书本中得来的资料。

纸上得来终觉浅啊，既然有机会可以去南非，我执意要去看看索韦托。不料这一计划一提出，就遭到了大牌旅行社的强烈反对。

我们有行业内部约定，绝不安排中国公民到南非索韦托游览。旅行社的负责同志面容严肃、郑重其事地知会我。

为什么？我当然要问。我原本料到不会一帆风顺，会遇到阻挠，准备缓慢图之，不承想没有丝毫商量余地。

南非是世界上犯罪率最高的国家之一。每年会发生2万多起谋杀案、10万多起抢劫案。入室盗窃案呢，更是抢劫案的3倍，您可以自己算一算，就是30多万起。强奸案会有5万多起……可能看到我已是个老媪，这最后一条的杀伤力不像对年轻女性那样具有震慑力。他略停顿了一下，没有沿着这个可怕的线索继续深入，转换话题说：南非民间，散落着300多万支非法枪

2 索韦托买不到那张明信片

械，死于各种暴力的人数是世界平均值的8倍。特别是针对中国旅行者的案件层出不穷，大概因为咱国人爱携带现金，语言又不通，加上住宿条件不够好。为了节省，中国人多住比较偏远的小旅店，更成了犯罪者的重点袭击目标。所以，您万万不能去！旅行社同志的苦口婆心，随着他自己的叙述，转化成斩钉截铁。

我冥顽不化，说，谢谢您告诉我这么多坏消息，可我还是想去索韦托。

面对我这样不识好歹的旅客，旅行社同志倒也见怪不怪，自有经验应对。他不屈不挠地劝诫：您知道世界杯组委会的负责人、南非足协前副主席莫拉拉是怎么离世的吗？

我是个足球盲，摇头以示不知。看旅行社人一脸悲戚的样子，估计此副主席肯定不得善终。果然，旅行社人说，他是被枪杀的。

我配合着哀伤的表情。

旅行社同志继续问，您知道莫拉拉是在哪里被杀的吗？

我再次猛劲摇头，心想，人都死了，这似乎不是最重要的问题，死在哪儿还不都一样啊。

旅行社同志对我一副恨铁不成钢的样子，说，是在家里被枪杀的，家里啊！

这一次我诚恳地频频点头。死在公共场合和死在家里，真是有所不同。副主席也是个人物，住所应该相对安全。豪华社区都挡不住惨剧，证明南非的治安的确不稳。

看到教育似乎收到初步成果，旅行社同志乘胜追击道，南非前总统曼德拉、继任总统姆贝基还有一些政府高官的家，都曾被盗过。获得过诺贝尔和平奖的前总统德克勒克的前妻，2001年被人杀死在自家公寓里。总统发言人库马鲁也遭到过武装歹徒的抢劫。您看，人家土生土长、有头有脸的南非人都这么不安全，您一个外国老同志，只身到南非最大的贫民窟，这怎么能行！

我磕头虫似的点头，表示完全同意他的判断分析，心里想的却是——看来这家旅行社是绝不会为我制订去南非索韦托的旅行计划了。好吧，我就不劳烦你们了，另谋出路。

我做出接受劝诫的样子，以不辜负旅行社同志的一番苦心，刚想言不由衷地表个态，可他们是何许人啊，对我的虚与委蛇洞若观火。旅行社同志长叹了一口气说，毕老师，如果您一定要去，我们是不能安排的。但我可以给您一个建议——您必得请到当地的知情人做向导，最好雇用持枪的保镖……

感谢"非洲之傲"中国的总负责人金晓旭先生。他以非凡的勇气和热心，在我一筹莫展的时候，坚定了我的信念。以他在南非的深厚人脉，非常周到地为我制订了全盘的旅行计划（包括进入索韦托），帮我了了夙愿。

从约翰内斯堡市中心出发，大约行驶了十几千米，看到一些低矮山峦和相对平坦的谷地。

这里就是金矿区。因为挖矿工人集聚，早在20世纪30年代初，这里已成为黑人聚集的城镇。艾文说。

艾文是金晓旭先生的朋友帮我们在当地雇请的白人导游，非常敬业且富有经验。几天相处下来，我觉得他像传说中的神灯巨人，当你需要他的时候，他立刻恰到好处地出现在你身边，有问必答。当你想独自一人默想时，他马上就隐没无声。唯一与神灯巨人的不符之处，是他的个子并不高。

很多年以前，一个衣衫褴褛、名叫乔治·哈里森的澳大利亚人，有气无力地扛着勘探镐到这片土地上寻矿。他跌跌撞撞地走啊走，突然差点儿被绊个跟头，定睛一看是一块金矿石。他很幸运，这块貌似普通的石块并不是偶然出现在这里的，它和一条长达120千米的金矿脉紧密相连。

艾文继续介绍。

这个差点儿把澳大利亚人摔成嘴啃泥的跟跄，引发了世界历史上规模巨大的淘金热。无数淘金者从世界各地拥向这里。有揣着一夜暴富美梦的白人，也有一无所有的黑人矿工，还有被矿主招来的亚洲苦力……荒野之地霎时间喧嚣起来，生机勃勃。黄金开采带动了城市化，仅仅半个多世纪，在离黄金矿不远的地方便兴起了一座300多万人口的大都市，它就是约翰内斯堡市。

20世纪初，南非爆发黑死病，就是让人闻风丧胆的鼠疫。它是由寄生在老鼠身上的鼠蚤传播的烈性传染病，病死率极高。白人政府害怕贫苦的黑人将此病传给白人，就把黑人劳工全部驱逐出约堡市，让他们隔开一段距离自建居所。1949年，南非政府从宪法的层面，规定南非黑人和白人必须分开居住，于是黑人只能大批迁往郊区，潦倒度日。1963年，政府当局索性将约堡市周围星罗棋布的黑人聚集区汇成巨大的黑人城镇，正式冠以"索韦托"之名。

索韦托地区从此像被投放了超大剂量酵母菌的面团，以惊人的速度开始膨胀。它没有任何规划，杂乱无章地四下蔓延。它环境恶劣，基本上没有城市应有的设施，人口高度密集，严重的失业率和犯罪率成了索韦托显著的特点。

以上是艾文的介绍，加上我看过的资料。不要惊讶我在非洲的每一位向导都很有学识。这一方面归功于金晓旭先生的周到安排，为我们挑选了当地最好的导游，另一方面我在转述他们的话语时，会加以核实和调整，力求准确。

为什么叫索韦托呢？我问。

艾文说，因为它位于约翰内斯堡的西南方，当时就随口叫作"西南镇"。为了更方便，人们把"西南镇"三个英文单词的前两个字母放到一起，这就是索韦托的名字由来。关于这个名字来源的另一说法，就有点儿悲凉。说的是当时白人政权强制拆迁约堡黑人聚居区索菲亚城，黑人们只好背井离乡赶到约堡西南郊搭棚居住，他们绝望地喊出"何处去（So where to）？！"故此得名。

低矮的棚户区摩肩接踵而来，木板和铁皮搭建的小窝棚，涂着各种相互抵触的色彩。红的惨红，绿的莹绿，相互厮杀着夺人眼球。偶尔有银亮的洋铁皮屋顶，面对着苍天闪烁，像干瘪牙床上龇着爆裂的锡牙。它们的色泽，证实它们是刚刚搭建起来的棚户区新贵。时间久了，经历过雨季，铁皮生锈人老珠黄，就变成褐黄色的锈蚀物，反倒同周围有了一种暗淡的协调。街道狭窄，路边零散的行路者全是黑人，穿着宽大松垮的旧衣，斜着肩晃荡着身体，自在地走着。

我惴惴问，今日这街面上的情形可算正常？

艾文说，依我看，今天一切正常。

有挥之不去的隐隐担心。我一老媪，为了玩耍与分享，已将生死置之度外。只是儿子陪我，他尚年轻，家中还有日夜牵挂的儿媳。他是为了帮助我，辞了职随我远走非洲。古时都说"二十四孝"，我想这陪着父母浪迹天涯，该算是"二十五孝"了。

一片连绵的建筑，高大整齐。在索韦托鹤立鸡群。艾文说，现在我们经过的地方，是索韦托唯一的医院——巴拉格瓦纳思医院。意大利人修建的，在第二次世界大战时本是兵营，后来改建成了医院。如今，它拥有2 000多个床位、39个手术室、5 000多名职工和500多名医生，非常宏大。

人烟稠密的黑人区，有家大医院，实在是件大好事。

行驶中，艾文又指车窗外的路灯，说，喏，请看。

路灯孤零零地竖立着，除了破旧，看不出别样。

艾文说，没发现吗？它们比一般路灯要高很多。如果是晚上来，就会看到灯光很亮，像巨大的银伞。

我说，是怕路人找不到回家的路吗？

艾文说，这是当年的白人政府立起的路灯杆子。不是因为什么善心，而

2 索韦托买不到那张明信片　　017

是为了更好地监视索韦托。

车到了一处街道，停了下来。艾文对我们说，这就是那个地方。

哪个地方？我已大致猜到，但还需确认。

这就是海克特·皮特森纪念碑和纪念馆。是索韦托的象征，也是学生们游行和发生枪击的地方。艾文示意我下车。这里有整齐和还算整洁的街道，周围的平顶房也大体规矩，似乎曾有过统一的规划。艾文说，这是政府出资修建的安居房。

临出发之前，我突击学习了非洲的历史，但所知仍甚少。南非的历史十分复杂，令人一时摸不到要领。说起来，咱国的历史也复杂，但南非的复杂和中国式的复杂有所不同。中国历代政权更迭、斗转星移、外敌入侵，让人目不暇接，好歹主脉络基本不变，最后总是九九归一，延续着封建大一统王朝的统治。南非则是在不同时代，由不同的占领者分而治之。占领者们不但和当地土著斗，互相间也掐斗不止。这让人在学习历史的时候感情无所依傍，思维容易飘忽。简单直接地说，索韦托的历史是南非种族隔离制度的产物。

1913年，南非的《原住民土地法》规定，国民分为四等人，分别是——白人、有色人种、印度人与黑人。400万白人掌握着政治经济的权力，2 500万黑人和有色人种成为廉价劳动力的来源。黑人只能拿到白人十分之一的工资。

1976年，南非当局在教育系统强行推动普及白人政府使用的语言——南非荷兰语，要求在基础教育中起码要占50%的比重。这引起了黑人民众的强烈不满，索韦托的弗费尼中学和奥兰多西中学的黑人学生们，开始上街示威游行。当时的南非总理约翰·沃斯特，下达了"不计任何代价"恢复秩序的命令。6月16日，白人警察开枪射击，第一周就有160名黑人死亡。运动和杀戮不断蔓延，持续到1977年。事件中共有566人死亡。它成为导火索，引发了旷日持久的南非黑人抵抗运动。

看，这就是那条线。艾文说。

顺着艾文的手指看向广场边，并没有什么线，白线红线都没有，只看到一排树。在南非春天的阳光里，摇曳着初生的绿叶，唰唰作响。

这排树的位置，就是当年警察射杀学生的"开枪线"。当时警察接到的命令是——一旦学生冲击这条线，警察就可以向手无寸铁的学生们开枪。学生们奋不顾身地前行，警察凶悍的枪声响起来……

视绿成朱。树木笔直的枝干上，有迸溅的血。

再请看那张照片。艾文又指点我们的视线。

一幅巨大的黑白照片。一名黑人男青年，怀抱着一个黑人孩子。男子在奋力地奔跑，怀中的男孩显然已经死去。片刻前还是活蹦乱跳的他，死于警察的枪弹。他的身体依然柔软，手脚静静地下垂着，像一只布制玩偶。在他们的背后，是无数愤怒的黑人青年在咆哮。在他们身旁，有一个呼天抢地的女孩。照片当然是无声的，可你分明会听见山呼海啸的呐喊，听到奔跑者上气不接下气的喘息，听到小女孩声嘶力竭的呼救……

这个被枪击中死去的男孩名叫海克特·皮特森，是暴乱死难者中的第一位。照片中的小姑娘当时只有16岁，是皮特森的亲姐姐。现在她当然不再是小女孩了，而是安托瓦内特女士。听说她是这座纪念馆的馆长，如果赶得巧，也许她会为你们担任讲解。艾文说。

这个纪念馆不大，暗红色的建筑有一种深沉的压抑感。门前的广场也不算大，大约只有两个篮球场多一点儿的面积。它建于20世纪90年代初，非国大青年联盟为纪念惨案竖立了皮特森纪念碑，南非新政府将每年的6月16日定为南非青年节。

纪念碑就位于大幅照片的斜前方，用大理石制作。曼德拉参加了纪念碑的揭幕仪式，纪念碑上刻着曼德拉亲自撰写的碑文——"向那些在为自由和民主斗争中献出生命的年轻人致敬，为纪念海克特·皮特森及所有为我们自由、和平与民主斗争献出生命的英烈"。

如果说历史上的索韦托，曾是一盘散沙乱摊在约堡旁，从没有过像样的中心，那自打这组建筑矗立起来，此地便成了索韦托的心脏。它承载着索韦托的苦难和抗争，开始日夜不停地跳动。

艾文走进纪念馆然后很快就出来了，对我们说，很遗憾，安托瓦内特女士有事外出不在馆内，所以今天见不到她。请自行参观吧。

我说，你不去了？

他说，我来过无数次了，一会儿，我们在这张照片下面会合。

馆内人不多，我静静地走着，眼前总是出现一摊血。离开的时候，我来到纪念馆附设的小卖部，想买那张皮特森之死的照片。

嗯，没有。我们没有那张照片。小卖部的黑人姑娘对我说。

怎么会没有呢？这应该是纪念馆的镇馆之宝啊。我心里纳闷。是不是我表达得不够清楚？我又说了一遍——我要那张最著名的照片，就是那张黑人青年抱着海克特·皮特森赶往医院的照片，外面广场上矗立着的那张巨幅照片，你们一定有照片的复制品或明信片。我从遥远的中国来，需要这个资料。

黑人姑娘表示已完全明白我要的是哪一幅照片。但是，没有。没有这张照片。大的小的或者复制品，任何一种，都没有。她说得非常肯定。

我还不死心，问她，是暂时没有，对吧？那么过几天就会有的，是吗？

多么期望得到肯定的答复，那么，我几天后才离开约堡，走之前我再特地来买也行。

黑人姑娘这一次非常坚决地摇了摇头说，现在没有。以后也没有。从来就没有那张照片。

这就奇怪了。为什么呢？这张照片非常有历史感，估计所有到过纪念馆的人，都会被它的血腥和真实所震撼到，动心买一张留作纪念的一定大有人在。

黑人姑娘不再解释了，忙着去招呼新的顾客。

带着满腹疑团，走到馆外和艾文会合，地点就在我想买的那张照片下。

我仰头看着照片说，这张照片非常真实。

艾文说，拍摄这张照片的新闻记者名叫尼兹马。当时他就在枪击现场，奋不顾身地抓拍到这个悲痛愤怒的瞬间。抱着被白人警察子弹杀死的皮特森的黑人青年，名叫梅布伊萨·马库波。他和死难者姐姐一同跑向医院的黑白照片被世界各地媒体转发，使"索韦托惨案"在第一时间传遍了全世界。

我说，照片真实得让人发抖。黑人青年梅布伊萨·马库波，当时说过些什么，现在在哪里？

艾文说，当人们问马库波为什么临危不惧时，他说，皮特森是我们的兄弟，在场的任何一个人都会抱起他。当时黑人的处境很艰难，马库波害怕被

种族主义者报复，就从南非逃走了，听说是在莫桑比克，至今杳无音讯。

我接着问，这张照片这么有名，为什么在纪念馆里却没有出售呢？

艾文稍稍停顿了一下，说，您在今后的参观里，还会不断发现这种现象。就是在纪念馆中，把这一段历史说得很详细。但是，当你离开的时候，不会带走这些具体的证据。

我大大地惊奇了，说，为什么？难道是想让大家忘记历史吗？

艾文说，不。我们并不想忘记历史，要不修这么庄严的纪念馆干什么？但是，我们不想天天生活在仇恨中，我们希望走出纪念馆，大家就开始新的生活。那些照片非常刺激，如果总是看着它，人就很容易沉浸在历史的冲突中。今天不巧，没有见到皮特森的姐姐。我有一次陪着客人来参观，正好是他姐姐做讲解。临离开纪念馆的时候，客人们向安托瓦内特女士表示同情，

2　索韦托买不到那张明信片

为她当年曾目睹弟弟的死亡，说了一些慰问的话。您猜，安托瓦内特女士是怎么回应的？

我思忖着说，安托瓦内特女士会表示感谢吧，会说记得弟弟之死吧，会说历史不能重演吧。

艾文说，嗯，这些话她都没有说，只是淡淡地回答"一切都已经过去了"。

艾文转述这些话的时候，面容平静，但我还是受到了暴风骤雨般的震动。

心理学上有一个专有名词，叫作"未完成事件"。

它指的是既往情境中那些创伤或艰难情境，尚未获得圆满解决或彻底弥合，仍活跃在我们的脑海中，栩栩如生。由于这种记忆心理上的未完结，会由此引发且未完全表达出来的情感，例如悔恨、愤怒、怨恨、痛苦、焦虑、悲伤、罪恶感、遗弃感等等。

这段话说起来有点拗口，简言之，"未完成"就是半成品，就是事件尚未结束。你曾经受到过伤害，无论时间已经过去了多久，仍是伤口未愈，暗自流血。或者你以为已经忘却或谅解，但一到了相似情境，人们就会不由自主地重温噩梦，旧创口就会翻涌作痛，沉重的阴影会势如破竹地卷土重来，让你身心堕入当年黑暗的旧窠臼，悲痛难忍，理智恍惚。

这个词语来源于20世纪初诞生于德国的完形心理学（也称格式塔心理学）。这个学派衍生的格式塔疗法，主旨是强调人活在当下的此时此刻，强调人要充分学习、认识、感受目前的一切，不再沉湎于往事。

南非当年的苦难不可谓不深重，裂痕不可谓不惨痛，撕裂不可谓不血腥，牺牲不可谓不酷烈……

他们现在对此的态度是——此事已结束，无须耿耿于怀。哦，让我们一起共同向前。

在这个指导思想下，索韦托的纪念馆，会以那个惨死的黑人孩子的名字来命名，但不会售卖他死亡时的照片。因为细节会给人以猛烈的撞击，宽恕就难以成立。

这种终结苦难的勇气和步骤，真是勇敢与温和并存的创举。

空棺

3

非洲三万里

关于这一段历史，这个纪念馆只是一家之言。它代表阿非利卡人，也就是布尔人的观点。如果从其他人的角度来看，结论也许并不一样。

南非有三个首都,这让习惯首都只有北京的中国人感到某种严重不适。首都首都,顾名思义,人不能有两个头。说起南非的多头首都,和南非的历史密切相关。

南非的行政首都是比勒陀利亚,现在它已经更名为"茨瓦内"。本来这个比勒陀利亚知道的人就不太多,这一改名,知道新名字的人就更有限了,这个行政首都,包括了原比勒陀利亚周边的一些地区,地盘扩大了。原来的比勒陀利亚并没有取消,不过现在仅指位于市中心的那片区域。

比勒陀利亚老城建于1855年,由布尔人的领袖比勒陀利乌斯的儿子马尔锡劳斯建立,并以他父亲和母亲的名字命名。它被立为南非的行政首都是1910年的事儿,距今已经有100多年的历史了。

现在你明白为什么要改名了吧?因为比勒陀利亚这个地名和布尔人的关系太密切,令很多人不爽。

南非布尔人这个名词,是你了解南非历史无法逾越的门槛。搞清楚布尔人的来龙去脉,是打开南非历史之门提纲挈领的钥匙。不了解布尔人,就无法理解南非。在比勒陀利亚城,南非先民纪念馆是个重要景点。浏览中国人写的游记,对此都有津津乐道的描述。

当我就要踏入先民纪念馆之时,白人导游艾文意味深长地对我笑笑,说,关于这一段历史,这个纪念馆只是一家之言。它代表阿非利卡人,也就是布尔人的观点。如果从其他人的角度来看，结论也许并不一样。

这让我带着浓重的迷惘入了馆。

它位于比勒陀利亚市西郊的一处小山上，高达40多米，呈巨大的四方体状态，上面蒙着一个同样巨大的穹顶。如果只是单独这样描述，你也许会觉得它有点儿呆板和木讷。但它的四壁并不是铁板一块，有独特而美丽的镂空设计，风可以从中间从容掠过，这就让整个建筑生出了灵动和精致。从远处望去，有点儿像是新疆晾晒葡萄干的晾房之放大版。

回想起来，它是我在非洲见到的服务最好的展馆，全年无休，游人如织。它也是非洲最大的纪念馆，自1949年建立以来，获奖累累，2006年，荣获了"非洲最佳博物馆"称号。它也很现代，与时俱进。在纪念馆的每块浮雕下面，都有一个二维码标志，访客可以用智能手机采集二维码，通过纪念馆提供的免费无线网络读取浮雕的文字介绍。这个贴心的二维码导游系统，使用英语、法语、阿非利加语、还有汉语进行播放。这在我此次参观过的所有非洲博物馆系统中是唯一的创举。不仅指它的二维码系统，而且指汉语播放。

纪念馆的外墙是一组由64辆水牛车浮雕组成的半圆形围阵。围阵的四角矗立着四位勇士的塑像，是布尔人当年的四位领袖，其中三位有名有姓，另有一位是无名氏。我不知道是真的遗失了这位领袖的名字，还是有意为之，表示也有无数无名先烈为之献身。这个纪念馆在细节上十分讲究，充满了设计感和历史寓意，由此推断，我更倾向于后者。

纪念馆入口处上方，有一头野牛头雕像，目光炯炯，俯瞰众人。布尔人崇拜野牛，在这画龙点睛之地，给野牛以殊荣。布尔人认为野牛难以琢磨，表面看起来温驯可爱，可一旦被激怒，其凶狠程度超过狮豹等猛兽。我揣测在这种喜爱中，有布尔人的价值观和他们的自诩。

一个人喜爱什么动物，基本上能反映出他内心的爱憎。所以，年轻的朋友们，别轻易地告知别人你喜爱什么动物，它是你精神的走光。当然了，如果你奉行事无不可对人言，或者你认为面临的这拨人完全无法破译其中含义，另当别论。喜爱什么动物，是你的心理隐私。

纪念馆的门厅发放免费的介绍资料，有中文的。这也是我在非洲所有博物馆和纪念馆中看到的唯一一次，除了感佩他们的细致周到，也觉有渗透之意。环绕大厅四周墙壁上的是白色大理石浮雕，全长92米，高2.3米，重180吨，可谓庞然大物。它很明显地露出史诗的倾向性，再现了当年布尔人大迁徙的过程。

每年12月16日这天，阿非利卡人（就是当年南非的荷兰人——布尔人的后代）都会聚集在先民纪念馆举行"契约日"的纪念活动。他们认为当年"血河之战"的胜利，以少胜多打赢这场性命攸关的战役，是因为在战前与上帝订立了契约。

"布尔"这个词本是荷兰语，意为"农民"。在南非，此词是指早年间到南部非洲进行殖民活动的"海上马车夫"荷兰人的后裔，人种为白人。按照我的固有印象，似乎欧洲殖民者都是养尊处优、生活奢靡的上等贵族，吃香的喝辣的，专事享受，其实真相并非这样简单。

1652年，荷兰东印度公司的船只在开普敦登陆，由于地理位置适中，荷兰人便把这里建设成了去往亚洲船只的给养补充靠岸点。这也是欧洲人在南部非洲最早的殖民地。

荷兰地少人多，气候寒冷。对饱受欧洲湿冷天气折磨的荷兰人来说，南非温暖干燥、阳光充沛的气候，极具吸引力。源源不断的荷兰农民从此不断迁移到这块美丽富饶的土地上，开始与土著人争夺这里的所有权。荷兰人最先把非洲南端的开普好望角变为殖民地，百余年后，繁衍成一个叫作"布尔人"的群体，渐渐成为南非当地的主要民族之一。

1795年，同样眼红南非的英国舰队也在开普登陆，开始和布尔人争夺南非。1814年，"开普殖民地"变为英国所有，英国移民蜂拥而至，带来了自己的法律和生活方式，从而削弱了布尔人的特权。1834年，当布尔人对于英国人废除奴隶制的理念无法忍受时，他们宁愿用四轮牛车长途跋涉，冒着瘟疫、猛兽的种种袭击，开始了"大迁徙"，向南非的纵深腹地进发，寻找新的家园。

关于那场惨烈的战争，容我后面再当详述。总之，那时的南非成了一块无主的香饽饽，越来越多的欧洲殖民者争先恐后地登陆。无论布尔人还是英国人，都试图通过武力争斗扩充自己的地盘。这块土地上硝烟弥漫、烽火频仍，史称"英布战争"。

空棺纪念厅

空棺（位于纪念馆中心位置的墓中并无任何尸体）是一个空墓，象征着彼得·瑞提夫和所有其他在大迁徙中遇难先民的永久安息之地。空棺的原材料是打磨后的红花岗岩。花岗岩的产地在自由州的帕斯斯。空棺的制作者是科尼利厄斯比勒陀利耶斯。

每年12月16日正午12点，阳光通过纪念大厅穹顶的圆洞口照射到空棺中部，直射到空棺上面的文字Ons Vir jou Suid-Afrika（南非，我们为了你）。这是先民纪念堂的设计师精心设计的，因为阳光象征着上帝的祝福，从而意味着上帝护佑着先民的生活和工作。

空棺纪念厅的占地面积为34.5 x 34.5平方米，里面悬挂着布尔先民时期建立的各种共和国的不同旗帜。纪念厅吸引了无数游人，因为在这里还可以看到著名的织锦。织锦描绘了大迁徙的壮丽场景。

大型绘画"南非，我们为了你"的作者是W-H科茨耶。这幅绘画是为当时的川斯瓦省政府大楼制作的，是科茨耶绘画中最大的史诗鸿卷，由三幅图拼接而成，每幅的构图面积为12 x 3平方米，于1963年完成。

这幅巨图描绘了先民领袖路易斯特里哈特率众翻越德拉肯斯堡山脉前往洛伦索-马贵斯（马普托）的场景。为了尽可能逼真地再现历史真实，科茨耶在制作这幅巨图前做了大量的专门研究，并亲自两度实地翻越德拉肯斯堡山脉山脉（一次徒步，一次骑马）。

空棺纪念厅被认为是整个纪念堂中最为敏感的区域，因而通常在这里只举办与阿菲力康（布尔）文化有关的活动。

Chinese translator
Charles Cao

历史上一共有过两次英布战争。第一次英布战争爆发在1880年至1881年，第二次在1899年至1902年。英布战争的实质，是老牌殖民者与殖民后起之秀的博弈，是英国同荷兰移民后裔布尔人为争夺南非领土和地下资源而进行的一场战争。这场战争，大到深刻地影响了非洲的历史进程，小到甚至改变了英国军队的军装颜色。

早年间，英国人自作聪明地把军装定为红色，为的是杀敌时将士一旦受伤鲜血横流，染在红色军装上，不太显眼，不易引起恐慌。布尔人潜伏在非洲的密林中，多穿绿色衣服。红色军装在非洲原野上，触目惊心，英国人个个成了活靶子，让英军大吃苦头。英布战争后，英国人吸取教训，从此把军装改成了暗绿色。

先民纪念馆内所有布尔人的人物雕塑，男子都仪表堂堂、颜容肃穆，

3 空棺　　027

充满了高贵的绅士感。女人都是端庄娴雅、大家闺秀，十分有教养。我私下里觉得这含有大幅度美化的成分。你想啊，颠沛流离、几近逃难的落魄农民后裔，能有这般体面吗？无论男女，布尔人的表情一律凝重伤感，充满痛苦而悲怆的正义感。参观者不由自主地生出对布尔人的同情和敬重，钦佩他们"化悲痛为力量"的壮举。

"先民纪念馆"这个名称很容易让人产生一种错觉，以为在这里被隆重纪念的布尔人，是南非这块土地上的先民。其实不然。后来我乘坐慢腾腾的火车，在南非广袤而富饶的土地上行进的时候，看着葱绿的山峦和盛开的马蹄莲，看着炙热明灿的阳光，倾听流水潺潺的声音，会不由自主地想到，如此气候温煦、阳光充足、土壤肥沃的地方，该是早就有人休养生息的乐园，怎么可能轮到几百年前才抵达这里的布尔人，堂而皇之成了"先民"！

如今，"先民"们的子嗣，在此无比虔诚地祭奠他们的祖先，并将他们是这块土地的先民这一概念，灌输给所有的参观者。我疑窦丛生——在这些不远万里赶过来的外国"先民"之前，南非大地真的就是一片惨淡的空白吗？

先民纪念馆成功地对匆匆掠过的游客进行了教育。白人殖民者的历史被辉煌而富有壮丽感地呈现出来，英布战争的第三方——黑人，却被丑化和妖魔化。至于更原生态的南非土著人，索性在"先民"后裔的述说中，悄无声息地湮灭了。

南非土地上的原住民，名叫科伊桑人。他们是非洲最古老的民族之一，简称桑人，分为布须曼人（意即"丛林人"）和霍屯督人（意为"笨嘴笨舌者"）。这类带有侮辱性的名字，是荷兰殖民者初抵南部非洲时对当地土著的蔑称。而当地居民则自称为"科伊桑"，意为"人"或"真正的人"。这种称呼的澄清，同爱斯基摩人的遭遇有类似之处。"爱斯基摩人"的直译就是"吃生肉的人"，隐含贬义，让他们愤慨。这个主要生活在北极圈内的民族，强烈要求改称"因纽特人"，意即"真正的人"。

扯远了，还是回到科伊桑人。桑人的皮肤并非黑色，而是黄褐透红，是赤道人种的一个古老支系，其体貌特征与一般非洲黑人明显有别。他们肤色较浅，面部扁平多皱，颧骨突出，眼睛细小，多内眦褶，带有蒙古人种的很

多特征。早期西方探险家描绘起桑人的外形，总是把他们看作介于人类和猩猩之间的动物。但在桑人古老的岩画中，他们姿态细长优美，有着羚羊一般的灵动。18世纪70年代以后，布尔人为了扩张土地，对桑人进行了大规模的掠夺征剿，土著桑人几乎被灭绝。非洲今天的桑人多是与外族结合后留下的后裔，被不断侵入他们土地的殖民者混血，成为南非有色人种的一部分。经过研究，科伊桑人的某些基因是独一无二的，是最早从人类祖先中分离出来的民族。总之，在外来侵入者的种种夹击中，科伊桑人逃离家园，被白人殖民者驱逐到山高水险的贫瘠地方，继而死于战火和屠杀。在非洲历史的黑暗褶皱中，掩埋着南非最原初的科伊桑人滴血的遗骸。

当年和布尔人决一死战的，除了英国人，还有当地的黑人。黑人是从中部非洲南下的，在某种意义上说，他们也是外来者。班图语系的黑人到达南非的时间，比布尔人还要晚。不要以为天下穷人是一家，班图黑人对本地科伊桑土著的屠杀也是血迹斑斑，毫不留情。祖鲁人是南下的班图人之一支，18世纪时建立了祖鲁王国。祖鲁人在英国人和布尔人的厮杀之间，选择了站在布尔人的对立面。

"血河之战"，不是在布尔人和英国人之间的战争，而是在黑人祖鲁人和布尔人之间展开的。血河的真名叫恩考姆河，因在战争中血流成河而得名。

1838年2月6日，为了惩罚布尔人通过欺骗手段夺取祖鲁人土地的做法，祖鲁人的首领丁干下令将70多名布尔人逮捕处死。随后，祖鲁军队四处搜索、袭击已居住在纳塔尔西部的布尔人，又将300多名布尔人杀死。

祖鲁人再接再厉，召集了3万祖鲁武士，准备与布尔人决一死战。面对如此悬殊的兵力，布尔人从12月12日开始每天晚上祈祷，祈求上帝出手，帮助他们打赢这场战斗。

1838年12月15日，在得知祖鲁大军要来袭击的消息后，布尔人的领袖老比勒陀利乌斯决定使用圆形的牛车阵战术。因为他发现祖鲁人仗着人多势众，个个手持短矛，这样在近搏中占尽优势。布尔人若想以少胜多，就必须发挥手持长枪的作用。老比勒陀利乌斯命令布尔人利用靠近恩考姆河的有利地形，把营地里的64辆牛车首尾相连，将车轮用牛皮绳固定起来，围成一个圆形的连环堡垒，牛车之间的缝隙用荆棘填满形成牛车阵，还在堡垒周围挂起灯笼以防祖鲁人夜间偷袭。

往年12月，正是南非的初夏，通常这个季节是没有雾的。可在12月15日黄昏时，突然大雾弥漫，将布尔人的牛车阵严严实实罩了起来。到底是攻打还是暂缓？祖鲁人内部产生了分歧，一部分人主张按照原计划在夜间发起进攻，但大多数人对大雾产生了畏惧，觉得这是布尔人先人的幽魂在保护他们的子嗣，最后决定将战斗推迟到次日。

第二天清晨，祖鲁大军开始向布尔人的牛车阵发起猛烈的进攻。但一次次冲锋都被老比勒陀利乌斯率领的530人打退。经过两个多小时的激战，布尔人的骑兵冲向祖鲁大军，三次冲锋之后，祖鲁人败退了。"血河之战"以布尔人3人受伤，祖鲁人包括首领丁干在内的3 000人死亡而宣告结

束。1∶1 000？有点儿不可思议。但布尔人的资料上的确是这样写的。

本是英国人和布尔人的殖民大火拼，最终诡异地摇身一变，成了白人战胜黑人的局面。历史让英布战争的结果疯狂地拐了弯。

"血河之战"救了布尔人，纪念馆在每年的这个日子惊天动地地举行纪念仪式。一楼的大厅被命名为"英雄大厅"。它和地下大厅连成整体，挑空成一个摄人心魄的空间。底座上，安放着一具花岗岩制作的长方形墓棺。若平常日子观看，虽觉壮观，也无甚大的出奇之处。瑰丽景象发生于每年的12月16日正午12时整。如若那一天晴朗光明，将有一束耀眼的阳光，透过极高穹顶上的孔道，利剑一般投射于石棺之上，将石棺上刻着的一行字照亮并镀为金色："我们为了你——南非！"

这是布尔人的烈士冢，一具空棺。布尔人因为在战前曾向上帝发誓，如

3 空棺

能一举战胜黑人,将立碑永志纪念。在南非种族隔离制度时期,白人政权索性把12月16日定为"最神圣之日",且规定为全国公共假日。

形成鲜明对比的是,就在同一天同一时刻,南非的黑人也会聚集在先民纪念馆不远处的自由公园里,祭奠他们的祖先——为捍卫自由而战的首领丁干和3 000名死不瞑目的壮士。这一天被南非黑人命名为"丁干日"。

同一场战争,同一条河流,被黑白两大种族赋予截然不同的意义,分别被隆重纪念着。

1994年,新南非诞生后,面对这个日子,伤了脑筋。政治家们面临艰难的选择。曼德拉的南非政府发挥政治智慧,保留了这一节日,只是将其更名为"种族和解日",旨在促进种族和解与团结,消除种族歧视与偏见。全国依旧放假,大家可以举行不同形式的纪念活动。

不过,历史的阴影依然尴尬地若隐若现。每年"和解日"的那一天,几乎没有人真正为了和解而纪念这个日子。布尔人的后裔聚集在一起,缅怀先烈的"伟大胜利"。而对广大黑人来说,这个日子意味着灾难和耻辱。

所以,只讲一面之词的"先民纪念馆",从布尔人特定的角度阐释了历史。要想真正地了解南非的往昔,还要多几个角度。来参观的中国游客被洗脑,基本上全盘接受了布尔人后裔的观点,所留下的旅游文字几乎都在复制布尔人的说法,黑人的声音几乎很少被提及。

我爬到纪念馆高处的观景台,鸟瞰四周旷野。风很大,把衣服吹得如同鹰的翅膀。远处有羚羊和角马在旷野上自由地嬉戏,一派平和。

沿着简单粗陋的铁质扶梯,我继续向上爬,这已不属参观范畴,估计仅供维修之用。终于攀上先民纪念馆的最顶端,我想看看那个能直射入12月16日阳光的天窗洞。没有安全保护,凌空张望,对我这个年过花甲的老妇来说,不是件太容易的事儿,一不留神脚下滑脱,就会像阳光一样直泻到40多米之下的石棺材板上。好在我总算亲眼看到,天窗除了位置和特定的角度,并无任何机关,一切皆是天然。

那一束阳光本无特殊意义,历史在人们的诠释中。

原始人洞穴的天光

4

非洲三万里

人世间的一切危难，未来的种种不可知，都不必太忧心忡忡。
安稳下来，有所节制，顺着天地万物的轨迹缓缓运行好了。

一片看起来再普通不过的荒原。稀疏的林木，低矮的黄草，毫无特色的低矮山头。石块在风霜的打磨下，轮廓疏松，边缘模糊不清，正在进行化为泥土的最后步骤。捡起一小坨，食指、拇指轻轻对搓，砂糖样的粉屑捻落下来，飘在白色旅游鞋网面上，跺跺脚便飞了，留下暗黄色的浅淡痕迹。

这是距离南非约翰内斯堡市大约50千米的某丘陵地带。平凡的景色，在非洲俯拾皆是。

不过，你听完联合国教科文组织世界遗产委员会对这块土地的评价，印象就会有所改观。

"斯泰克方丹山谷的许多洞穴里，藏有大量有关现代人类在过去350万年里演变的科学信息，人类的生活、与人类共同生活的动物，以及那些被人类作为食物的动物。这里还保存了许多史前人类的特征。"

于是你知道了此地叫作斯泰克方丹，你知道了在这貌不惊人的山洞地区，隐藏着巨大的人类史前秘密。世界上已知的早期人类化石，有三分之一是在这里发现的。

除了古人类的化石，遗址还出土了300多个树木化石的断片，还有已灭绝的锯齿猫、猴子和羚羊的化石群。由于这些丰富的信息群，科学家已经能将这块原野几百万年前的地貌，相当准确地复原出来。那时候，这里还生长着一片长廊般的森林，枝繁叶茂，百兽出没。它的边缘地带则

是辽阔的稀树大草原,也有很多动物栖息。对早期人类来说,这得天独厚的地理环境,成了他们进化的伊甸园。

斗转星移,沧海并未将这里变成桑田,宽宏大量地让它依然保持着大致相同的地貌,只是森林已然消失。在沉寂了几百万年之后,这块土地被炸药惊醒。1896年,一个意大利商人承包了这块山林,开采石灰石,炮声隆隆,硝烟弥漫。一群群疲惫的采石工在炸开的洞穴中进进出出,运出石灰石。有时看到化石洞里形态奇特的钟乳石和石块,就会敲下一些散块,带出洞来换点儿小钱。那些相貌平平没有特色的石块,就让它们随着采石的爆破声粉身碎骨,变成垩白色的石灰,涂抹人间凸凹不平的墙壁。

有些石块引起了考古学家的兴趣,他们惊奇地辨认出这是古化石。考古学家开始挖掘,不懈的努力终于换来了回报。1924年,从这山洞里传出了震惊世界的发现。首先出土了后来被命名为"汤恩幼儿"的南方古猿头骨化石。据当时的研究,判定这名幼儿生活在距今约200万年前。

这极大地鼓舞了古生物学家和考古学家,考古愚公们继续挖山不止,这片山峦心领神会地给予丰厚回报。1947年,科学家们又找到了首例完整的成年南方古猿头骨化石,被命名为"普莱斯夫人头盖骨"。此夫人可够老的了,大约生活在距今280万年至260万年前。科学家斗志昂扬,再接再厉挖掘的结果是,1956年在形成期相对晚的石洞里,又发现了石制工具。

你很惊奇,对吧?请继续保持惊奇。1997年,在这里出土了距今约330万年前的南方古猿"小脚"的化石。它是目前已知的世界上最古老的人类先祖骨架之一。

综上所述,这块看起来不起眼的荒芜之地成了人类的摇篮。

对于摇篮,人们总有挥之不去的亲近感。一睹古老的人类祖先繁衍生息遗址,会激起神秘的向往。我们一大早赶到了斯泰克方丹山谷,因为到得太早了,洞穴顽强地保持着摇篮尚未醒来的状态,还没到开放时间。我们先去参观紧傍考古遗址而建的玛罗彭展览馆。

"玛罗彭"为当地塞茨瓦纳语,意为"返回起源地"。展览馆的设计呈泪珠形状,我一时没想明白这其中的寓意,不知道是希望人们在谒见祖先的时候热泪盈眶,还是为人类如此漫长的进化史而黯然垂泪?还是百感交集到流泪?

展览馆的标志很有趣,是一对醒目的脚印,站在以非洲版图为主的地球上,含义不言而喻——人类祖先就是从这里萌发并走向世界的。展览馆的设备很先进,运用现代科技和声光电等综合手段,调动人体的多种感官参与,希望参观者能身临其境地感受到人类诞生的艰辛。

据艾文说,南非的小孩子非常喜欢这个博物馆。它把枯燥的进化史演得生动有趣。不过,我心不在焉,渴望早一点儿真正进入洞穴,没太花心思观看那些复制的展品。这里大致是一个唯物主义教育的课堂,重温"如何从猿进化到人"的基本过程。

终于,摇篮开放,我们可以进洞了。我三脚两步向洞口奔去,随行的艾

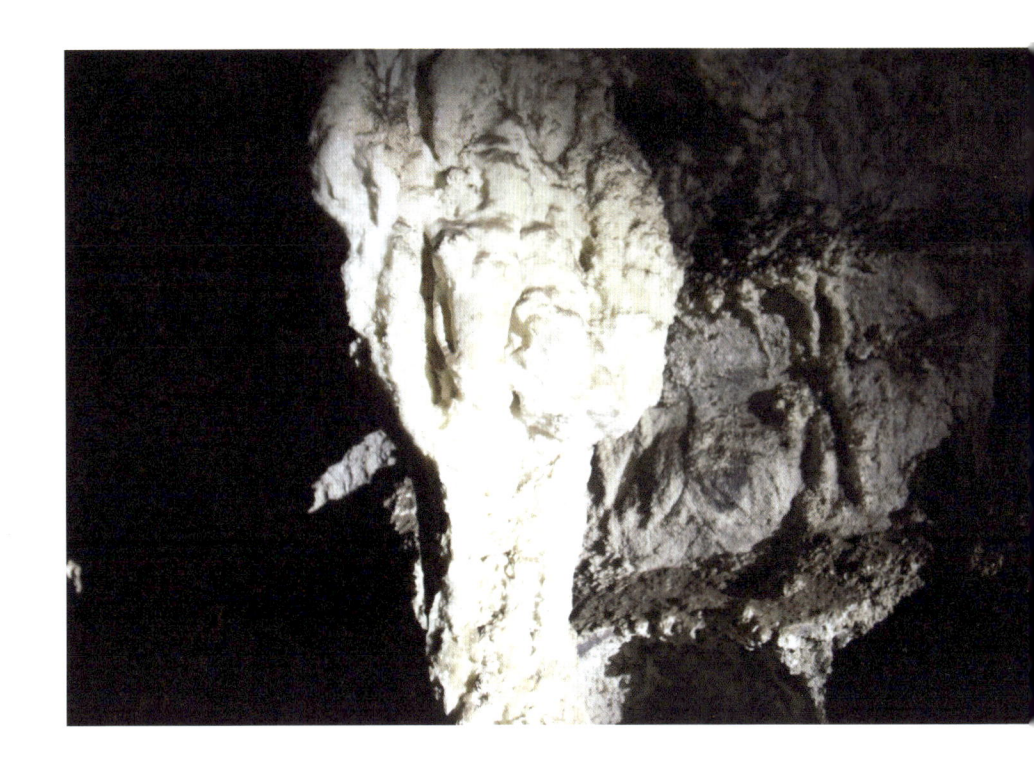

文却一动不动。

你不进去吗？我奇怪。

我来过很多遍。祝您不要太辛苦。说完，他溜到一旁喝咖啡去了。按照我们的合同，他只负责把我们送到目的地，所以这并不违规。我只是想，这样好的一个参观场所，他为什么不再多看看呢！

参观者们临时组成了一个团队，有老有小，拖家带口地从一个洞口蜿蜒向下，潜入了祖先的摇篮。

像私开乱采的小煤窑，仅容一人的巷道狭窄昏暗，四周被坚硬的岩石包绕，与想象中的柔软摇篮南辕北辙。刚开始，还有依稀的洞口光束送我们往深处走，但很快就沉入黑暗渊薮。导游的手电微光，牵引着大家沿着一条逐渐倾斜向下的曲折小径探入山的肚腹。他是个黑人小伙子，头发极短而卷

4　原始人洞穴的天光　　037

曲,像贴着头皮长着一层铁苍耳。皮肤黑到无以复加,如果他不龇牙的话,完全和昏晦的洞穴融为一体。

斯泰克方丹岩洞是一个发育于白云岩中的喀斯特溶洞。他说,白云岩这个名字很好听,对不对?不过,地下的白云岩和天上的白云,没有丝毫关系。铁苍耳小伙夸张地开着玩笑,露出希望把此次解说过程变成诙谐玩笑之旅的企图。

游客们积极响应,报以笑声。参见老祖宗的故居,是一件有趣的事情。碰上这样一位饶舌有喜感的导游,大家也很兴奋。

人们在跋涉的间隙张开双臂按压山洞两侧。我试着用指甲在岩壁上抠索,第一个感觉是粗糙艰涩,还有隐隐的冰冷湿润。石壁外表层有点儿像石灰岩,但要比通常的石灰岩坚硬一些,能摸出杂乱的纹理,也并不怎么结实,使劲一抠,便有粉渣脱落。如果你不爱惜手指,更费力地碾磨,石屑可破裂成粉。

嗯,岩壁的学名叫作"沉积碳酸岩",整个斯泰克方丹化石洞就是由地下水将白云岩溶解之后沉积而成。这个洞占地面积大约5摩根。摩根是南非的计量单位,1摩根合2.116英亩……铁苍耳的声音在岩洞中形成轻微的共鸣。

随着曲径下行,石块陡峭,路程渐行渐难,我还是抽空在脑海中苦苦折算此洞的面积。5摩根大约合10.58英亩。1英亩相当于咱们的6.07市亩。那么——换算之后,得知这个名震天下的宝贝洞子,有60多亩地大小。

轻微的失望。我本来以为这个洞子会很大,原始人团结一心、气壮山河地住在这里,聚义结社。看来是我错了。想想也是,那么大规模的社团,如何组织?如何安排给养?几百万年前的古猿群,肯定力所不及。

我们的老祖宗还是很会享受的。这个洞子冬暖夏凉,平均温度为16摄氏度,空气湿度终年保持在80%~98%。请紧紧跟随我,这个洞里没有任何照明的。铁苍耳的语调变得严肃,生怕有人走失或跌落在岩缝中。

想想也是。古猿们没有炭火取暖,没有空调制冷,只有充分利用并仰仗大自然的慈悲,找到适宜居住的场所。这个洞子,一定让他们(我一直在想,是用"它们"还是"他们"?最后出于对祖先的敬重,决定用"他们")在峰恋叠嶂中寻找了很久吧？按照现在的标准，湿度似乎有点儿高，想来也是不得已，两害相权取其轻。为了冬天不冻死，夏天不中暑，潮湿点儿也就忍了吧。

原本是一路下坡，不料走着走着又换成了上坡，洞子的孔径不断缩窄，最窄处竟然只容一人匍匐而过。

我们现在经过的地方，小孩子会比较轻松通过。个子大的人，就有几分困难了。刚才入洞前，我已经目测过大家的体形，只要紧抽一口气，尽量缩小你的体积，所有的人都是可以平安通过这个关口的。导游说着，率先垂范爬了过去。爬过去之后，他很负责地用手电通过洞穴照看我们，成了幽暗中的唯一光源。铁苍耳在狭长洞子的彼端，我们留在此端，完全看不到他的身影，只有一束微黄的光亮引导着我们。他的语音好似从另外一个世界辗转传来，带着在钟乳岩壁上反复碰撞形成的喑哑回声，显出先知般的诡异。

此刻，体验到洞内湿度的厉害了。我们四肢着地，汗如雨下，在狭长管径中匍匐前进。记起团队中有几个身材魁梧的汉子，大约是美国人吧？估计他们挤得肝肠寸断方可通过，然后又不合时宜地想到了胎儿从子宫娩出的过程。我一边想一边手脚并用，奋力向前，后面的人抵住我的脚底板，真是只能奋勇向前，绝无退路。

心中暗自生怨，主办方让游客们四肢并用、上蹿下跳犹如打洞鼹鼠般地参观，是不是也太狼狈了些？

费时颇多，整个小分队才完成了这种产道般的行进。大家个个汗流浃背，呼哧带喘，聚集在了一个大约有百十平方米的石厅里。除了导游手里的那一束笔直的手电光，终于看到了散射的微妙天光。仰头直脖子将近90度角，可以眺望在近百米的高岩处，有一不规则的狭小石缝，透过层层衰草的黄叶，筛眼般漏下稀疏的光斑，如同来自天堂的珍珠。

我偷眼看那几个胖大汉子，全身湿淋淋的肘弯和膝盖处，还粘着黄灰色石浆，简直像是溺沉于泥塘刚被救起之人，喷着白沫吐气如龙。

当瞳孔适应了这种渺茫的光线，看得出化石洞主体周围，串联着一片深不可测的地下洞群，不远处有一道流淌的地下河，汇聚成一个小小的地下湖泊，千姿百态的钟乳石和石笋悬挂在头顶，像是后现代风格的巨型吊灯。

4　原始人洞穴的天光　　039

这就是原始人居住的主要场所。铁苍耳导游介绍道。

被刚才的艰苦行程搞得惊魂未定，一时人心涣散。几个上了岁数的游客，被接连不断的攀缘匍匐惊吓，嘟囔着为什么不把这道路修得平坦一些，是不是南非政府缺经费呢？

铁苍耳导游暂时停止了介绍，说，嗯，这一切都是特意保留下来的。为了尊重祖先，斯泰克方丹山谷并没有进行过大的整修。各位刚才所走过的道路，就是当年原始人进出洞穴的必经之路。

有人说，天天这么爬来爬去的，多浪费时间。

铁苍耳导游说，那时候的古人类要防大野兽偷袭，就把别的出口都堵死了，只留下了这一条路，孔径特别狭小，大野兽就进不来了。

哦，原来是这样。疲惫渐渐消散，叹服油然升起。

铁苍耳导游说，人类学家和考古学家已经达成了共识，认为第一批人类就诞生在这里，然后从非洲走到了全世界。他们前额扁平，发际朝前，眉骨粗，嘴弓前突，头部向前倾斜，四肢强健发达。脑容量比猿要大，这里有森林又有草原，食物充沛，住所安全。大家齐心协力打野兽，打到了野兽，就把肉割下来，带回这个大厅，然后大家一块儿分着吃……渴了呢，就喝这里的地下水，据说这里的水能够治病呢。

铁苍耳认真负责地介绍着，我却不知不觉走了神，半倚半靠地抵住一块相对平滑的岩壁，凝视米汤般的稀薄天光。

身后的这块石头也曾被古人类倚靠过吧？我轻轻地抚摸着它，感到一丝温暖从石缝中沁出。

他或她，也曾在这个角度，仰望过这朦胧的天光吧？

距今多少年了？一说到化石的断代，科学家们就众说纷纭，差异动辄以几十万年上百万年计，搞得普通人脑仁疼。好在这里的研究人员曾经把头骨化石上附着的一些成分，专程送到美国加州理工学院，用最先进的科学手段进行检测，确认了化石的年代为215万年前。

咱就取个大数，200万年。多么久远的光景！那时的古人类尽管已经尝试着进行直立行走，尚无法制造工具，无法用语言交流，也不会使用火。

但是，他们已经能为自己找到这样冬暖夏凉，有天然照明、有清洁水源、空气流通的舒适住所，已经能在进出的必经之路上留置关隘，躲避凶险。遥想彼时他们的生活，也自有他们的乐趣吧？居住在此大厅的原始人类，可曾有过交头接耳的呢喃语言雏形？想来应该是有的吧，否则他们如何呼朋引类去打猎，如何传递信号警示风险？他们可有崇拜的东西，比如早期的图腾？应该也是有的吧，面对喜怒无常的大自然，他们总要信奉点儿什么，尊崇点儿什么，以寄托自己的希望和消弭恐惧。他们可有特定的喜怒哀乐？应该也是有的吧，不然何以挨过这山洞里的漫漫长夜？何以度过自己短暂但危机四伏的一生？他们可曾在这石质大厅里歌唱？应该是有的吧，虽然可能更近似于停不住的猿啼。他们可曾在这里舞蹈？应该也是有的吧，用以展示勇气和耐力，踢踏作响并带有无以言表的炫耀。他们可曾在这里做爱？一定会有的啊，不然人类何以繁衍至今。他们可曾在这里诞生新的生命？一定也是有的啊，这里是整个洞穴系统中最安全的地方。生下来活下去，那时就是他们的一切。他们可曾在这里陪伴死亡？这个可能没有吧，想象不出来了。也许为了整个部落的健康，他们会把受伤染病的濒死之人，转移到某个支洞里，或者让他留在野外的某个特定地方？他们手舞足蹈的节奏，可曾震落过岩壁上不结实的沙石？他们啸叫的声响，可曾引来过野兽觊觎？那时候他们还不曾掌握火的应用，但总要在干燥的地方睡觉吧？那么，面对着"天窗"的地方地势较高，在不下雨的时候，应该是眠榻的好选择。在漆黑的夜晚，可有一两颗星芒从头顶的狭缝中，映照过原始人酣睡的面孔？对史前的人来说，月亮是多么准时的伴侣。那时候的黑夜一定比现在要黑，那时候的月亮一定比现在要亮。那时候的人们也许会在睡梦中，被满月的清辉叫醒。

最后的疑问是——他们偶然醒来，可曾面对无限星空，遥想过与饮食男女无关的问题？他们可曾想象过这世界的奥秘和未来的走向？

应该都是有的吧，不然作为他们的后代，今天的人类何以有了种种进步，何以依旧索求不止，征战不已？如果他们知道子孙们杀戮抢夺，已经让地球千疮百孔，会不会就拒绝进化，干脆将这链条断裂，还200万年后的地球一个安宁呢？

不知道。

铁苍耳导游很热衷于与游客互动，他问一个金发小姑娘，你知道这条暗河流向哪里吗？

只有五六岁的小姑娘，回答不出如此高深的问题，怯怯地说，流到……幼儿园了。

导游一下子愣了，说，幼儿园？那时候这里也许有也许没有这东西，我不能保证。不过我知道，这条河是流到大西洋了。

我不晓得这是一个确切的答案还是一句玩笑。也许是看我一直恍惚走神，铁苍耳导游想提振一下我的注意力，把目光转向我，问：您参观了无与伦比的斯泰克方丹岩洞，有何感想？

感想多多，却似乎不足与外人道，便嗫嚅着说，我想的是，如果是我，我就不进化了。这太难了，需要的时间也太久太久了，而且也不一定是好事呢。

看来铁苍耳对我的回答颇不满意，他以正视听地说，斯泰克方丹岩洞给我最大的启示是——人必须在群体中生活。你想想啊，那时候，要是你一个人生活，是根本活不下去的。

我不得不佩服铁苍耳导游的总结。的确，斯泰克方丹岩洞处处放射着集体主义，或曰原始共产主义的光辉（认识不正确请谅解）。你不可能一个人打猎，那样你至多像隐藏在山林中的白毛女，好不容易逮只兔子就算万幸，还得不时地到庙宇偷供果补充营养。没人放哨，没人协作，你很容易就被狮子野牛猎豹等当成柔软早点。你不可能一个人住在山洞里，那样你会寂寞致死。你不可能一个人长途跋涉，你没有目的也没有方向，会孤独倒毙。总之，在人类进化的历史上，团结合作是主流。也许，这正是我们至今活下来的希望所在。

往回走的路程稍微平顺了些。铁苍耳导游突然变得一本正经，尽职尽责地做起了介绍。

有几个流传甚远的错误，我要纠正一下。不然，各位从著名的斯泰克方丹岩洞回去，带回的却是一堆谬误，这是不行的。

我们艰难行进自顾不暇，只有铁苍耳导游锻炼有素，一边带路一边诲人不倦。

第一个错误，大名鼎鼎的"普莱斯夫人"，大家一定很关心她的容貌。但是抱歉得很，他并不是位美丽的夫人，而是一位先生。

我们本来只顾埋头赶路，以防被尖利石块绊倒，听他这样一讲，顾不得脚下趔趄，竖起耳朵。

刚找到这个头盖骨的时候，科学家们认为她是一个南方古猿成年女性的头盖骨化石。南非自然博物馆后来对这个头盖骨化石的犬齿根部进行CT扫描后发现，这个头盖骨应该属于一个少年男性，因此他应被称为"普莱斯先生"。

我们除了大喘气加上点头，无语。

这里的第二个要纠正的错误是……1924年，就在这个山洞里，发现了一个幼年灵长类动物的头骨，混合了猿和人的特征，被命名为"汤恩幼儿"。

实际上，他并不是什么幼儿，而是一个成年男性。

这下子，我们连点头这个动作也做不出了，自然而然升起来的困惑是——考古学家们怎么这么不靠谱呢？为什么不调查确实了再发布结论呢？不过旋即就原谅了他们。几百万年前的事儿，谁又能说得那么准！

铁苍耳继续道，第三个要纠正的不是错误，只是说明一个事实。就是各位虽然千辛万苦地爬高下低，但要知道，著名的"小脚"古人类化石，并不是出土于这个洞子，而是另外一个洞。各位回去向朋友们夸赞这次旅行的时候，不要说错了啊。

"小脚"是1997年出土的，先是找到了四个原始人类的左脚骨骼化石。由于发现他的时候，骨骼相对较小，标本便被称为"小脚人"。科学家对洞穴继续搜索，最终找到近乎完整的骨架化石。它是目前世界上最古老的人类先祖的完整骨架，距今330万年了。他所属的南方古猿，身高可达1.5米以上。从骨盆的构造、脊柱与头骨的连接方式，可以判定他们是直立并用两脚走路的，这就具备了人的特征。他的脑容量有450~550立方厘米，比黑猩猩的脑容量（350~450立方厘米）大一些，比人的脑量（1 200~1 500立方厘米）小得多。

要说这"小脚"的命运，既悲惨也有点儿幸运。说他悲惨，是他在行进中，一不小心失足掉进一个深达20米的山洞，是被活活饿死的。幸运的也正是由于这个洞穴，才将他的尸骨完整保存了330万年。他已经初步具备了现代人类的特征，手掌短、拇指长、会爬树，也能直立行走。这具化石已同周围的岩石紧密地结合在一起，为减少探掘对化石的破坏，以便更好地保护它的原始状态，科学家便停止了挖掘，让他仍留在山洞里，隐藏于角砾岩的坚硬沉积岩中。好了，就介绍到这里吧。寻找自己的来路，这是人的天性。那么，请记住斯泰克方丹岩洞吧，这里是窥探人类先祖最老的窗口。

再会！

谢过了铁苍耳，告别了古人类的家，我们终于重新回到了赤日炎炎的朗朗乾坤下。斯泰克方丹山谷呼啸的山风掠过，重新打量周围的一切，感触万千。

这里动植物品种丰富，地下水千万年流淌不息，地势平缓，视野开阔，食物充沛，又能眼观六路耳听八方，古人类聪明啊！他们在此休养生息，繁衍昌盛，逐渐积累起进化的优势，然后在某一个清晨出发远行，走啊走，穿越了几百万年的烽烟，直到今天。

今日的人们再如何走下去？已经化为岩石一部分的老祖宗"夫人""男孩"和"小脚"，自然回答不了这个问题。今天，人类已经用空调代替了山洞的庇护，用丰盛的食品代替了食不果腹的日子，用电力代替了天光，用用之不尽的衣物代替了草叶和兽皮，把曾经对人类生命构成巨大威胁的动物变成了濒临灭亡的种类，把清洁的河水污染了，把干净的空气变得浑浊不堪……最重要的是，人类已经失去了对天光的敬畏和节制，进化之路眼看已经走到了头。起码，问一问人类还能再进化330万年而屹立不倒吗？

风继续吹拂,半边脸热半边脸凉。我的心思又转了向。

闻着来自古老前世的气息,看人类曾在如此恶劣的情境下依然存在并发展,创造出无数精神的珍品和科技的高度,你会觉得人世间的一切危难,未来的种种不可知,都不必太忧心忡忡。安稳下来,有所节制,顺着天地万物的轨迹缓缓运行好了。

人类终究是有希望的。

被麒麟的
紫色舌头舔过

5

非洲三万里

长颈鹿栗子色的皮毛和黄白色的网纹，在暗中渐渐变得混沌一片。我看不见，
但可以想见它们紫蓝色的舌头，如黑色的长蛇，在林木间盘绕，而不必担心被白日炙热的阳光灼伤。

问你一个八卦问题，长颈鹿的舌头是什么颜色的？

没想到第一个人就回答出来了——是紫蓝色的。

咦，你怎么知道的？真是太有才了。我叹服。

这没什么可奇怪的，我爱看《动物世界》。对于我的敬佩，朋友一点儿也不受宠若惊。

在我的印象中，动物的舌头都是粉红色的。比如猪（当人们吃它的时候，被叫作口条），比如鸡，比如狮子……我以前没有看到过狮子的舌头，这一次在非洲看到了，真的是很健康的粉红色，并且没有像人们饱食膏粱厚味上火时的黄腻苔。狮子的舌头灵活且充盈血液。

在某部《动物世界》反复播映的片头中，我似乎看到过有蓝色舌头的蜥蜴。不过，长颈鹿和蜥蜴应该没什么血缘关系吧？

在一家野生动物园里，有一座高高的瞭望塔状建筑物，我刚开始以为是观测森林火警的，后来才知道，这是为了方便游人喂食长颈鹿的特制木塔。沿着楼梯攀上去，大约到了两层楼高的地方，有原木所制带栏杆的露台，以方便人们把食品放在手心，供前来觅食的长颈鹿享用。

这家野生动物园很有特色，动物的活动区域相当辽阔，倒是人所能走动的区域比较狭窄。似乎是人在圈子里供动物们观赏。喂食长颈鹿的食物，是一种特质的类似膨化食品的短棒，棕褐色，手指样粗细，据说添加丰富的营养素，长颈

鹿爱吃这种零食,会弃树叶而来舔舐。游人可在木塔旁的小亭子买到这种特供食品,约合人民币10块钱一小包。

我爬上木制高梯,在平台上眼巴巴地等候长颈鹿。高梯前面是一片广阔的草原稀树林区,十分荒凉,有若干只长颈鹿分散在林木中,悠闲地散步。我以前只知道牛羊成群,却不知长颈鹿也喜欢成群结队。看起来它们都不饿,一副散淡无欲的样子。我把手心的食物短棒捏碎,向空中散去,希图让风把美味的食物分子传布到长颈鹿的鼻孔中。当然前提是这种花钱买来的食品,真的是长颈鹿的最爱。

眼看快到中午了,长颈鹿不会过午不食吧?

我在高塔上手搭凉棚,努力观察不远处的长颈鹿群。按照雄性比较高大和鲜艳的惯例,我认为有几只长颈鹿当属雄性。它们身材魁梧,大约有五米多高，果真能和二层楼的房顶媲美。它们身披咖啡色的大氅，间或有明亮的白色网纹夹杂其中，像是某种世界名牌服装的流行品。据说长颈鹿是地球上个子最高的动物，连看起来巍峨高大、不可一世的非洲象也要甘拜下风。长颈鹿也并不单薄，体重可以达到将近两吨。想象如果真有一所动物学堂，长颈鹿铁定要坐在教室的最后一排了。在较远的地方，有几只外套朴素褪色的长颈鹿，大约是雌鹿吧。它们棕黄色的身躯上有多边形的褐色斑点，有的斑点索性趋向于铁锈色，我想，这几只雌鹿是不是不注意防晒，被非洲灼热的阳光晒得斑色加重了？

就像钓鱼要先用鱼食"砸窝子"，我不惜血本的诱导政策取得了初步成效，一只有着巨大斑点的黄色长颈鹿慢慢踱了过来。我猜它是一只雄鹿，不但背上腹部有斑点，而且蔓延到了整条腿上，当它奔跑的时候，星芒状的斑点抖动，边缘像锯齿状摩擦着，有的瞬间居然扭成了葡萄叶形状。只不过这些葡萄叶可不是绿色的，而是带着轻微栗子色的本白。

旁边有一位当地人，手里也捏着一把长颈鹿零食。但他很吝啬，绝不肯在长颈鹿还没走过来的时候抛撒出任何一颗。

长颈鹿慢走时步伐相当优雅，同一侧的前后肢向前不疾不徐地挪动，而另一侧的前后肢安稳着地。四蹄好像四只大餐盘，轮流敲击桌面。它和大象走路的方式类似，给人以不慌不忙的感觉。

吝啬人耐心地等着长颈鹿靠近高塔。他在语言上倒是毫不吝啬，神采飞扬地向我介绍说，别看长颈鹿是个慢脾气，一旦受了惊吓和攻击，也会飞快地逃跑，最高时速可以达到每小时70千米。

我想，这速度和小汽车有一拼。

吝啬人接着说，不过长颈鹿不善于长跑，它不能连续奔跑超过一个小时。它们的心脏很小。这位长满胡须的中年男子晃了晃自己的拳头，他的拳头像个中号碗。

这么大的心脏，如果长在人身上，真是不算小了，但要镶在身高五米的长颈鹿体内，还真是"小心"啊。看来温文尔雅的长颈鹿，还真不是大刀阔斧的猛士。

老管身旁这位热心男子叫"苫嚭人",颇不礼貌。我知道,在印度称照料大象的人名为"象奴",就称他为"麒麟奴"好了。"奴"字并无贬义。

中国有把长颈鹿叫作麒麟的传统。典籍关于长颈鹿的记载,最早出自宋代李石所著《续博物志》,记录非洲索马里沿岸拨拔力古国出产异兽,身高一丈余,颈长九尺。宋代赵汝适著的《诸蕃志》中,称非洲长颈鹿为徂蜡:"状如骆驼,而大如牛,色黄,前脚高五尺,后低三尺,头高向上。"

明代的郑和远航世界,史有定论的是说他的船队曾远达非洲。关于他出使的真正目的,众说纷纭,史无定论。其中有一派揣测,郑和之所以不辞劳苦地乘风破浪跑那么远,就是为了寻找中国人心目中的吉祥神兽"麒麟"。

在看到非洲野生长颈鹿之前,我觉得这种说法有些荒唐。至于吗,费那么大人力物力,就为了搜寻一种动物,劳民伤财。如今看到非洲大草原上悠闲自得的长颈鹿,突然觉得似乎也未尝不可。

中国人笃信世有麒麟出,国泰民安,天下太平。既然传说中有这种鹿身、牛尾、独角神兽模样的动物存在,那么国力强大之后,就有人提议愿意四海搜寻此物,用以谄媚帝王也说不定。反正在明永乐十二年,也就是公元1414年的九月二十日,郑和手下的杨敏就带回了榜葛剌国(今孟加拉国)新国王赛弗丁进贡的一只长颈鹿,明朝举国上下为之沸腾。记载上说:"实生麒麟,身高五丈,麇身马蹄,肉角觊觊,文采煜耀,红云紫雾,趾不践物,游必择土,舒舒徐徐,动循矩度,聆其和鸣,音协钟吕,仁哉兹兽,旷古一遇,照其神灵,登于天府。"

写这辞赋的人,多有夸张。比如说长颈鹿身高五丈,那就是50尺,大约十几米高。就算那只长颈鹿比一般的鹿魁伟得多,但要到五六层楼那么高,还是有点儿匪夷所思。特别是说长颈鹿"音协钟吕",实在不靠谱。我竟私下里怀疑撰写者是否真的见过长颈鹿。因为长颈鹿可是信奉"沉默是金"的典范,很少发出声音。有人说,这是因为长颈鹿没有声带。这又不准确了,长颈鹿是有声带的,偶尔也会叫。世人很少听到长颈鹿的鸣叫,是因为它们叫起来太麻烦。长颈鹿的声带很特殊,中间有道浅沟,发声困难,做一次发声运动要动员起胸腔和膈肌的共同力量方能完成。长颈鹿的脖子太长,和这些器官之间的距离太远，神经传导和协同动作都很费力气。所以，长颈鹿基本上就放弃了发声的念头。当然了，比如小长颈鹿找不到妈妈了，它们也会发出像小牛似的"哞哞"声。也许这是因为小长颈鹿的脖子还不太长，发声还不那么困难吧。

明朝得了"麒麟"之后，仔细一调查，方知这孟加拉国并非麒麟的原产地，而是二道贩子。它们仗着地利之便，是从非洲把长颈鹿运来的。在东非，当地的索马里语称长颈鹿为"基林"（Giri），发音与麒麟非常相近，这使得中国人确信长颈鹿就是麒麟。永乐十三年，郑和的船队第四次下西洋，到达西亚后，首航东非，终于找到了长颈鹿的故乡，并亲自带了两只长颈鹿回到北京。明成祖大悦，认为此乃祥瑞之兆，证明了自己史无前例的伟大。历史就这样传承下来，时至今日，日语及韩语仍将长颈鹿称作麒麟，中国台湾更是直接把长颈鹿叫作"麒麟鹿"。

这是一只壮年的公鹿。麒麟奴告诉我。

我虽不恐高，但在距离地面五米高的梯子上，和一只自然界的长颈鹿对视，一时竟十分紧张。这只雄鹿很漂亮，浑身的棕黄色网状斑纹淋漓酣畅。离得实在太近，鹿身上已经不像远观时可以看出明显的图案，只见一丛丛不规则的异色毛发。它的头上有毛茸茸的小角，眼睛在头部的最高位置，大而突出，很单纯而无辜的眼神，一边看着我手中的食物，一边不时向远处眺望。

在判定周围很安全之后，它长长的脖子很灵活地趋向我的手掌，忽地伸出了舌头，像钩子一样卷走了我手中的食物。我的天，它的舌头真是天下舌头之王，足足有我的胳膊那么长，最少有半米吧。并不很宽，这让它扭动的时候看起来像是一条蛇。而且，最最令人惊惧的是——这条蛇是紫蓝色的。在充当完"钩子"的角色之后，长颈鹿的舌头又改行当起了"搅拌机"，将口腔中的食物搅得翻天覆地，不一会儿就咽入食道。

我看着长颈鹿足有三四米长的脖子，心想，这点食物要到达胃里，真可谓路漫漫其修远兮。

这时正好一束强烈的光线照在长颈鹿的舌头上，它闪电般地把舌头缩了回去，任凭我在手上继续安放食物，它也不理不睬。

麒麟奴说，长颈鹿的舌头很怕太阳，它要把舌头藏在嘴巴里，防止被这里强烈的阳光晒伤。

我有些担忧地说，我以前当过医生，如果是人的舌头变成了这个颜色，那一定是得了非常严重的心血管病，生命会有危险。

麒麟奴说，嗯，长颈鹿和人是不一样的。它的舌头之所以是这个颜色，和它的身高有关。

我反驳说，可是人并不因为个子比较高，舌头的颜色就变成蓝的啊。

麒麟奴想了想，说，你说的也有道理。那么，除了和身高有关，主要和它的脖子太长也有关系。

这下我找不出反驳的理由了，说，脖子和舌头有什么关系呢？

麒麟奴说，因为长颈鹿的心脏很小，它的脖子又太长了，血压很高，是人的三倍。

我驳斥道,可是血压高的人舌头也并不是蓝色的啊。

麒麟奴并不气馁,再接再厉地阐释他的推断。好吧,就算和血压的关系也不是最大,但是这和血的路程有关。

血的路程？这是个什么东西？

看我不解,麒麟奴解释道,血的路程,就是血从心脏到舌头要走的路啊。拿人来说,最多也就半米多远吧,可是对长颈鹿来说,足足有三四米。这样,它的血里面的氧气就消耗掉了,就像人的静脉血的颜色也比较暗。既然您以前当过医生,这个观点您是否可以接受呢？

我只好点头,表示这个理由基本上说得通。

一片薄云遮住了骄阳,天气暂时凉爽了一些。长颈鹿忍不住又向我的手掌凑了过来。看来这食物的配方不错,颇得长颈鹿欢心。我赶紧受宠若惊地倒了一大把食物在掌心,讨好地凑到了长颈鹿嘴边。

长颈鹿这一次认定已和我比较熟识,立刻张开嘴,把它的长舌头探了出来,在我的掌心翻过来掉过去地舔舐,像一台小型推土机,把所有的食物风卷残云般地席卷而去。

被长颈鹿的舌头舔舐,非常奇怪的感觉。黏黏的,像被一颗巨大的饱含水分的蘑菇冠盖轻轻拂过,软而稍带颗粒感。它温热的口水大颗地滴落在我的掌心,像半透明的胶水,黏糯温暖。

吃完后,它用乒乓球大的眼珠看着我,好像在说,还有没有了？不要那么小气,都拿出来吧!

我倾其所有,将食物悉数捧出。

长颈鹿又一次以它紫蓝色的舌头在我的掌心卷过,将一种属于动物的温度传递给我,那一刻,我心中突然溢满一种沟通的感动。它一下下咀嚼,下颚肌肉有节奏地运动着。脸上的表情依然僵硬,看不出欣喜还是满足。我不知这是大智若愚,还是真的漠然。当它再次吃完之后,估计已经判断出我山穷水尽,大眼珠子不再看我,踱着缓步,庞大的身躯灵巧地移动着。麒麟奴喂了它几粒点心,然后就吝啬地收起自己的宝贝。长颈鹿也很知趣,扭转身体，渐渐远去。

看我怅然若失，麒麟奴说，你在等什么？等着长颈鹿向你致谢吗？哦，不会的。长颈鹿脸上的肌肉很少，所以你看不出它的喜怒哀乐。而且它很胆小，虽说它是地球上最高的动物，可是并不仗势欺人。

那么，如果它受到欺负怎么办呢？我转而担心这温驯的动物。

跑啊，它跑得很快。如果实在跑不掉，它会用蹄子踢向敌人，我听说它一脚能把狮子的肋骨踢断。麒麟奴很有把握地说。这时又有新的客人登上高梯，麒麟奴就转而向他们走过去。我于是明白了，他手里的长颈鹿点心是要支撑他一天时间的解说的，自然不可随意抛撒。

我给了麒麟奴小费，远远地用目光和长颈鹿告别。在非洲游览，没有无缘无故的热情服务，来自陌生人的温暖流畅，几乎都要靠金钱来润滑。

这天我看到的长颈鹿，看似野生，其实主要还是靠人工豢养，只是活动区域比较大，模拟自然环境，目所能及之处，几乎看不到边界围绕。后来，我又到了一家范围更加辽阔的自然保护区，在傍晚的夕阳斜照下，看到了三只长颈鹿，正在用长长的舌头掠食树上的叶子。看起来是长颈鹿一家子，爸爸妈妈带着它们的孩子。

长颈鹿似乎没有发现我们，它们恬淡地吃着树叶，缓慢而平和。夕阳将它们高高的身形拉得不可思议的长远，好像史前时期的怪兽。它们是如此安静，没有表情，没有其他任何多余的动作，甚至也没有彼此间的交流。

我们看着它们，它们按部就班地走在自己生命的轨道上，和我们没有交集。

很久很久。多久呢？直到夕阳在非洲的大地上隐没，四周变成浓重的黑色。保护区的工作人员几次催促我们离开，对他们来说，看长颈鹿吃晚饭，似乎用不着这么持之以恒加上目不转睛。

但是，我不愿离开。看一群动物自由自在地生活，本身是有魔力的。我这才明白大量人们拍摄的动物世界，其实并不真实。人们将动物的生活浓缩提炼，将那些可能让乏味生活中的人感兴趣的环节——比如弱肉强食，比如争强打斗，比如为了抢夺配偶的奋不顾身，比如大迁徙和万里跋涉……加

5 被麒麟的紫色舌头舔过

以浓烈的铺排。这些是不是在动物界真实发生过的片段呢？肯定是的，但这绝非常态，更不是全部。或许这类激烈震荡的桥段，连动物们寻常活动时间的百分之一都占不到。为了好看，为了各种噱头和吸引眼球，人们曲解了动物，让动物的活动为人类所用，宣泄的是人类的紧张和不安全感。我想说，真正的动物，并不是时刻在奔跑，也不是不分场合地肆意性交……它们若是那样只争朝夕地折腾自己，早就筋疲力尽地灭绝了。

动物更多的是悠闲常态，是如眼前这样安稳自在、不被打扰地生活着，平静雅致。长颈鹿栗子色的皮毛和黄白色的网纹，在暗中渐渐变得混沌一片。我看不见，但可以想见它们紫蓝色的舌头，如黑色的长蛇，在林木间盘绕，而不必担心被白日炙热的阳光灼伤。

回想起长颈鹿的舌头舔过掌心，有一种眷恋长久萦绕。

那一刻，
我变作黑人

6

非洲三万里

出了博物馆，眼睛被阳光晃得睁不开。劈头看到矗立着七根高大石柱，定睛看去，上面分别刻着：自由、尊重、责任、多样、和解、平等、民族。

南非的约翰内斯堡，有个种族隔离博物馆。导游对我说，这个博物馆是2001年对外开放的，有7公顷大小。因为他们都用英制，换算一下，1公顷等于15亩地，所以这个博物馆合成咱中国的度量衡，并不太大，只有100多亩地，估计还没有某些中国阔人家的庭院大。外表看起来也不起眼，是由颜色斑驳的红砖垒起的高墙，显出年代感。外墙上方有带着锋利铁刺的"网"（想必当年的监狱就是这个样子，现在只是外表酷似，其实应该没有电的吧？我猜测），连周围的植物都一片衰败……尚未进馆，就有一种森冷的氛围扑面而来。

我预先估摸着这是个堆砌罪证的地方，和国内的忆苦思甜展览相仿，以控诉为基调。到了售票处，先就让我有出乎意料之感。此馆的票价为50南非兰特，约合人民币30多块钱。按说我们的门票钱都是包含在旅游费中的，若是别的博物馆，导游都是为我们买好票。但这一次，他眨眨眼给了我们票钱，然后说，请您自己去买。每个人各买自己的，不要代买。

我接了钱，走到售门票的窗口。卖票的黑人大妈收了钱，漫不经心地随手按下一架小机器的按钮，机器吐出一张票。

芦淼也照此办理，机器也随即吐票。

我们仔细观察自己手中的票，几乎同时叫了起来——咦！为什么票不一样？！

导游走过来说，这就是这个馆的特别之处。它专门设计了出票机。游客付款之后，机器会随机出售三种不同的门票，分别为黑人门票、有色人种门票和白种人门票。

我和芦淼的两张票，我拿到的是黑人门票，芦淼那张是有色人种门票。门票分了三种，但入口处只分为两个门。"黑人和有色人种"共用一个门，另外一门是专供"白人"使用的。

供有色人种和黑人进出的门被推开后，狭长巷道扑面而来。它由钢筋焊接而成，窄小逼仄，想要通过只能拱腰低头，有一种潜行笼中的压抑感，让人不由自主滋生强烈不安。此下马威甚是有效，让你立马体验到如果生在旧南非，你又是非白人，那么你的脖颈就要习惯性地低垂，你必须接受先天肤色带来的不平等待遇。

正式进馆后,劈头盖脸砸入眼帘的是墙上黑色的巨大单词——"Apartheid"。它来自南非荷兰语,意思是——"种族隔离"。

南非的种族隔离政策,说起来话长。17世纪初,荷兰这个欧洲国家,为了海上贸易,开始建造起大量的远洋船队,一举成为世界上最大的海上运输贸易大国。从他们当时的外号"海上马车夫",你可以想见鼎盛时期的荷兰船队是如何纵横驰骋于大洋之上。它异军突起地垄断了从欧洲到亚洲的海上贸易通道,长达200余年。那时欧洲对香料的需求很大,一本万利。从生产香料的印度航行到欧洲,必须要绕过非洲最南端的好望角。荷兰就在好望角建立了第一个殖民点,以给自家的商船提供粮食、牛肉、烟草、淡水等等补给。谁来干这个活儿呢?荷兰的穷苦农民开始源源不断地迁入南非。刚开始建立的是自由农庄,后来随着农庄规模越来越大,人手就显出匮乏。荷兰本地愿意来南非当苦力的人毕竟有限,成本又高,于是当地农场主就从安哥拉等地买来黑人为奴。还是不够啊,荷兰地主又把当地的土著人纳马人,也一并收入麾下做苦力。奴隶们为白人们畜牧、劈柴、做仆人……辛劳无比。原本在荷兰也是苦挣苦熬的南非荷兰裔农人,在风和日丽的南非扎下根来,从此乐不思蜀,再也不想回他们寒冷的故乡。他们自诩为"布尔人"——意思就是"农民"。于是,在南非形成了欧洲白人的后裔奴役当地土著和黑人的历史格局。

由于残酷的压榨和欧洲人带来的天花等烈性传染病的影响,造成当地人的大量死亡。荷兰的农民乘虚而入,对南非内陆地区发动多次"远征",不断扩大自己的势力范围,将原住民驱逐到南非西北部的荒凉地区。

南非这块沃土,不仅被荷兰人霸占,还有无数双红眼紧紧盯住。一是原本居住在西非和中非地区的班图人,从17世纪前后,也开始了向南推进的脚步。他们是谁?就是黑人的班图族部落群。包括赫雷罗人、奥万博人、苏陀人、祖鲁人等等,还有曼德拉的祖先所属的科萨人。这些人大踏步地南进,接二连三地渡过林波波河,走入了今日属于津巴布韦、博茨瓦纳、纳米比亚和南非的大片地区。

那时在南非这块土地上的土著人,非常弱小。在这南北夹击的危机局面中，渐渐衰微以致趋向灭绝。你可以想象一下当时的情势，原本在最南端的荷兰布尔人，一直向北挺进。而不断南下的黑人部族则大踏步地向南向南……他们必然迎头相撞，地点就在南非的东海岸。这两大征服者群体，针尖对麦芒，顽强地对峙了一百多年，双方都未能再继续向前一步。

老牌的殖民者英国，面对着富庶的南非，哪里肯甘居人后。1795年，英国派兵占领开普，把它当成了自己的海军基地。到了19世纪初，在与拿破仑的战争结束之后，英国一下子有30多万士兵和水手复员，潮水般涌入了劳动力市场。一时间哪有这么多岗位可安插这帮血气方刚的精壮汉子呢？没有正经工作就容易滋事，大量失业造成了英国国内严重的社会问题。面对如此困境，英国政府心生一计，1820年，决定向地广人稀的开普殖民地移民。

从此后，命途多舛的南非被迫开启了"双重殖民"的独特历史。英国人大力实施的移民策略很见成效。只用了不到10年的时间，在南非的英国人数量已经压倒了荷兰裔的布尔人。英国当局随即宣布南非殖民地是英国的"皇家土地"，宣告布尔人不能再免费占据土著的土地，原先的奴隶制度也受到限制。

资料查到这里，我要纠正自己的一个偏差。我原本以为在殖民问题上，天下白人是一家。殊不知，英国殖民者和荷兰殖民者，在苍茫的南非大地上，曾为了各自的利益，进行着生死相搏。

别看他们的肤色相同，但布尔人和英国人从民族性格和宗教传统上来说，有很大的差异。布尔人信奉的是最偏执、最严肃死板的教派之一。他们反对音乐，反对唱歌跳舞，反对过圣诞节，反对一切快乐的东西，主张过清规戒律的苦修生活。布尔人因此自视甚高，认为自己是最优秀的基督徒。这种宗教上的优越感，不断发酵成为种族上的优越感。布尔人的优越感是个巨大的筐，不仅盛放着土著人和黑人，也把英国移民囊括其中。还有一个巨大分歧是，荷兰采用的是欧洲大陆的罗马法体系，而英国在南非殖民地推行的是普通法体系。双方理念分歧，加之语言不通，英国人便把布尔人排除在南非主流阶层之外。

当时的英国人对布尔人满肚子的鄙视。认为南非布尔人都是农民出身，低贱下流，顽固不化。在1900年到1902年的英布战争中，英国人对布尔人采取了非常残酷的焦土政策，共有两万多布尔妇孺因为饥饿和疾病，死在英国人建立的集中营里。

旧恨新仇啊！布尔人与英国人之间的裂隙越来越大。历史向前发展，荷兰政府停止向南非输送新的移民，布尔人于是变成撒哈拉以南非洲唯一的"土著白人"。他们孤悬海外，孑然一身，既和母国失去了血脉联系，又无法融入当地文化，极端缺乏安全感，时刻感到自己处于八方受敌十面埋伏中。他们紧密抱成一团，把外族人——不管是同肤色的英裔白人，还是不同肤色的非洲黑人，还是其他的有色人种，统统视为潜在的敌人。于是，当布尔人的南非国民党执掌政权后，他们先是在1961年，宣布废黜英女王的国家元首地位，接着退出英联邦，并实行最为严厉的种族隔离制度。

说起南非的种族隔离制度，是从1913年的《原住民土地法》为发轫，规定400万的白人，掌握着南非政治经济的全部权力，而2 500万黑人和有色人种，只是廉价劳动力，工资仅仅为白人的十分之一。

我在馆内慢慢行走观看，像从浑浊的深坑中打捞历史的骸骨。馆内有一件展品，是1910年正式生效的《南非法》复制件。这份由南非议会草拟、英国议会通过的南非联邦宪法，将种族隔离制度以立法的形式确定下来，其中明确规定只有白人才享有公民权，才能进入行政、立法和司法体系。

馆内还有被放大的种族隔离时期的身份证。在白人的身份证上写着"南非公民"，而其他有色人种的身份证上则注明"土著""马来西亚人""中国人"……

历史的惨痛记忆和对未来不确定性的高度恐惧，使得布尔人和他们的政党都把种族隔离制度当成最后一道防线，认为取消这个制度就是灭顶之灾，一定会最终导致南非布尔人从肉体到精神的灭亡。

1948年，以马兰为代表的阿非利卡人（就是南非荷兰人）政党——南非国民党赢得选举。他们上台之后，立马颁布了一整套种族主义的法律，共有350余项。这些法律可不是只在纸面上说说而已，而是非常具体，而且伴以极其严厉地推行。种族歧视于是在南非极度扩张，达到了前所未有的高潮。

这些法律涵盖了南非政治和生活的方方面面，事无巨细，无所不包。

比如关于居住区域的集团地区法。说到底，核心就是以人种作为居住场所的限制法。从展馆中可以看到，那时的南非，所有公共场所都是按种族区分开的，分别标明"只供白人"和"非白人"的使用区域。公共场合的座位，白人与非白人也不得混用。居住地区的限制，更是楚河汉界壁垒森严。有色人种和白色人种不得同读于一个学校，不得同住一个房间，不得同上一座教堂……活着的时候是如此，死后也绝不混淆，白人和有色人种不能同葬一个墓地。尤其是黑人，必须严守规则，一旦越界，等待的将是一顿暴打甚至枪杀。

比如关于婚姻的混种婚姻禁止法——禁止人种不同的男女结婚。

这个法律的目的是为了保证"种族的纯洁性"。1949年的一项法律规定：不同种族之间的通婚为非法。到了1953年，又通过了一项法律，不准不同种族之间的人发生性关系。看到这里，我猜读者诸君一定会联想到纳粹。它从法律的层面认定南非白人是高尚人种，为了世代相袭地保持白人人种的血统优越，而把占人口大多数的非白人永远打入另册，让其成为被奴役的工具。

隔离设施法——规定年满16岁的黑人必须携带身份证，天黑之后不能进入白人居住的城镇。

另外在医疗、宗教、就职等方面，也都有非常严格的种族隔离限制。

不知你可还记得我在前面说过非洲的全称叫——"阿非利加洲"。荷兰人的白种后裔布尔人，将自己命名为——阿非利卡人，意思就是："非洲人"。

理由如下。

第一，他们早就跟原来指派他们来南非的宗主国——荷兰脱钩了，荷兰不再派人来，他们也就同原来的故国分道扬镳另立门户了。于是他们不再是荷兰人，变成彻底的非洲人了。

第二，布尔人认为自己比英国等白人殖民者抵达南非的时间更早。凡事都有个先来后到，我已经占山为王，就是这里的主人。剩下的人，休想再分一杯羹。

第三，他们认为自己的先人比现在居住在南非的黑人占据南非的时间还要早，起码是不晚于黑人。这一段历史虽然还存在争论，但黑人的确不是南非的土著也已有定论。所以，无论是面对白人还是黑人，布尔人的优越地位都当仁不让。

到底谁才是南非的主人？咱中国人在谈到土地归属的时候，特别爱说一个词——"自古以来……"。可惜的是，南非的历史虽然古老，但没有能说得清的一脉相承的"自古以来"。南非所有文字记载的历史，都是从欧洲人的到来时算起的。

整个"种族隔离"理论核心体系是——一个人的肤色确立他的身份，决定他的社会属性，并永远不得改变。这套制度把生而平等的人，分为白人、有色人种（17世纪荷兰白人和土著纳马人通婚的后代）、印度人、马来人、黑人几个基本种群。犹太人被划为白人，华人被划为白人下面的一个亚种群，日本人则被归为"荣誉白人"。为了甄别一个人的人种属别，在种族隔离时期，南非政府甚至成立了一个由白人组成的"人口登记委员会"。其成员的职责就是不厌其烦地用几个月的时间，来调查核实考证申请者的皮肤颜色、面部特点和头发的组织结构，以此来决定是否批准其改变种族身份的请求。

这套反动并荒谬可笑的理论，被阿非利卡人奉若至宝，成了当时的南非立国立法的第一基石。

馆里有一个角落，还原了当年种族隔离时的监狱，政府把一切反对种族隔离制度的人视为洪水猛兽，不由分说投入监狱。一间小黑屋，没有阳光，没有窗户，环境极其恶劣。铁门沉重，推动时会发出巨大而刺耳的声音。

刚开始我还想，为什么不在门轴上抹点儿油？再一想我明白了，这是为了防止犯人逃跑而特地制造出来的装备，并以其强大尖锐的噪声，给人以巨大压抑。最可怖的是从一大片天花板上，低垂下来很多绳索结成的套子，粗糙狰狞。乍看之下，不知道干什么用的。听了解说，才晓得它们是种族隔离时期用来吊死政治犯的绞索。站在这一排排嗜血的绳套之下，不由得手足冰冷喉头窒息，激起对那个并不算遥远的黑暗时代的无比愤慨。

这一整套倒行逆施的法律，让位于人种最底层的黑人们饱受奴役，横遭

虐待，还有无尽的羞辱。黑人们充满愤懑和绝望地说：我生的时候是黑色，长大成人是黑色，太阳晒过还是黑色，患病时是黑色，死去后仍然是黑色。你呢，生的时候是粉红颜色，长大成人呈白色，惊恐时是青色，太阳晒过变为古铜色，着凉时转为黄色，死去后变为黑紫色。你们为什么把其他人种都称为有色人种？

这片土地上一轮又一轮地上演着种族隔离的悲剧，南非的无数志士仁人为了反抗它，付出了血的代价。南非统治者的倒行逆施也遭到国际社会的一致反对，这是击穿整个人类良知的犯罪。

1962年，联合国向会员国建议，请不要在南非投资。1963年，联合国敦促各国不再帮助南非制造军用飞机、战车和军舰。1974年，联合国宣布中止南非在联合国大会中的席位。1977年，宣布对南非实施武器禁运。南非的体育团体被禁止参加奥运会和大多数国际比赛，几乎所有的非洲国家都不允许南非航空公司的客机降落或飞越其领空。然而，南非的阿非利卡人政权在这种强大的压力下，依然我行我素，顽固地独自对抗着整个世界，不惜沦为孤家寡人。

真正动摇了南非种族隔离制度的是黑人们的不懈斗争。1976年6月16日，是一个悲怆而值得纪念的日子。约翰内斯堡的索韦托，爆发了大规模黑人起义，并迅速蔓延到全国。但胜利并非一蹴而就，索韦托事件过了十年，南非还处于全国紧急状态中，没有改变。

历史总算等来了有识之士。国民党接下来出任总统的德克勒克，对党内保守分子说："我们当然还能执政五到十年，但那是毁灭之路。和谈的时刻已经到来。"

同时，曼德拉领导的非国大也认识到转型比革命更为现实可取，解决种族问题不能简单地靠驱逐白人，后者掌握着建设国家所必需的知识和管理技术。曼德拉后来在回忆录中说："军事胜利即使有可能，也只是一个遥远的梦想。双方在没有必要的冲突中使成千上万的人牺牲生命，这是毫无道理的。暴力决不是解决南非问题的最终办法。"

德克勒克在1990年2月2日南非国会开幕式上发表讲话，表示将终止对非国大、泛非大会、南非共产党等反种族隔离组织的禁令，将无条件释放曼德拉，恢复新闻自由，并取消死刑。

曼德拉在坐了27年牢之后，终于自由了。1990年2月11日，他出狱后发表的首次公开演讲中说："那段长达半个世纪的种族隔离制度，给我们这片大陆造成了难以估量的破坏。成千上万个家庭的生活基础遭到了摧毁。成千上万人流离失所，无法就业。我们的经济濒临崩溃，我们的人民卷入了政治冲突……"

曼德拉意识到，对于种族隔离泛滥的南非来说，有两个关键问题：南非必须进行一次彻底的变革，使它转变为一个融洽的多种族社会。但这种变革如果要通过暴力方式来进行，那么它对非洲大陆和整个世界的影响，都会是一场大灾难。

1991年12月20日，南非举行首次"民主南非大会"，包括国民党和非国大在内的17个政党组织，承诺建立一个没有种族歧视和隔离制度的新南非，尽力弥合过去造成的社会对立，实现国家的民主转型。1993年，非国大与国民党达成了大选后共享权力的双边协议，同年制定了南非的临时宪法。1994年4月，南非举行大选，曼德拉当选总统，德克勒克成为副总统。

　　1993年10月15日，曼德拉与德克勒克一起被授予诺贝尔和平奖。

　　作为一个外国人，我们对这段充满了强大内在张力的斗争史，以往所知不多。出国前虽进行了紧急补课，也常常在纷繁的人物和时间表中迷失。好在博物馆中有大量素材和资料，以影像、图片、文本等等，多方面地展示了南非的历史变化。有关曼德拉的史料，占了很大的篇幅。展现他从年轻时代起，为废除南非种族隔离制度所做的斗争。我第一次这么近距离地集中观看曼德拉一生的图像资料，好像跟着他的脚步走过他跌宕起伏的传奇的一生。

曼德拉的前妻温妮曾经说过她第一次看到曼德拉时的印象——"我看到一个高大、仪表堂堂的男人"。

坦率地说，年轻时的曼德拉，身材魁伟，相貌端正，基本算得上英俊。但那时的曼德拉，和一个平凡的壮硕的黑人男性并没有太大的区别。你看得出他有热情和激情，但充满了愤怒，有一种好斗的冲动感。经历了27年的牢狱之灾，在艰难苦涩的煎熬折磨之后，曼德拉的政治生命如同秋天的果子芬芳成熟了。在幽暗的囚室中，他完成了一个伟大的蜕变。曼德拉的容貌变得冷静、温和、安详，一种穿透一切的智慧蕴含在眼中。晚年的曼德拉图像，越来越像一个超凡入圣的人，凌驾在一切人世间的苦难之上，温暖包容地凝视远方。

这个博物馆浓缩了南非人对待历史的态度——和解，但是永远记住。

不过，要把"和解"与"记住"融合在一起，谈何容易！人们往往借助忘记来达到谅解。既要记住，又要谅解，这需要慈悲和智慧轮番出马，然后比翼齐飞。这是世界政治历史上的杰出篇章。

出了博物馆，眼睛被阳光晃得睁不开。劈头看到矗立着七根高大石柱，定睛看去，上面分别刻着：自由、尊重、责任、多样、和解、平等、民族。它准确表达了南非人民对前方的期待心态。

天上飘扬着一面巨大的南非国旗。国旗由黑、黄、绿、白、红、蓝六种色彩构成了一个"Y"字形图案。这如同彩虹一般缤纷的多种色彩，象征南非是由多民族融合而成的国家。我想，世上的图案万万千，在这其中选中"Y"字形，一定颇有深意。它象征着把原本是两条的道路合为了一条，延展向前。这个造型寓意着"融合"和"前进"。

过了一会儿，待眼睛慢慢适应了从馆内的压抑灰暗到阳光下的明媚，我看到博物馆旁边就是一个主题公园，有载满孩子的摩天轮在缓缓移动。欢叫的儿童中，有黑人也有白人，还有不太黑和不太白的肤色夹杂其中。在50年前，这可是万万不可能的。

罗本岛B区5号的修行者

7

非洲三万里

ela at the launch of the Robben Island Museum in 1997. In the background are sketches of other South African anti-apartheid leaders.

曼德拉是历史上罕见的伟大政治家,他践行的种族和解政策,具有深刻的远见和极大的胆魄。他带领南非选择了和平和解的新纪元。

"罗本"是什么意思？荷兰语"海豹"的意思。

罗本岛是什么意思呢？顾名思义，海豹岛的意思。

今天的罗本岛上没有一只海豹了，有的只是监狱的旧址和伟人的传说。

在南非立法首都开普敦的桌山上，如果天气好，你向西北方向眺望，可看到椭圆形的罗本岛，如一只绿色葫芦瓢，在汹涌的南大西洋海面上半浮半沉。

如果你站在罗本岛上，向东南方向眺望，就可以看到开普敦，高楼林立，雾雾沼沼，犹如海市蜃楼。

我从开普敦乘船到罗本岛参观，同船的都是小学生，穿着统一的校服，熙熙攘攘，大约是到岛上接受爱国主义教育。在我们预备出发的前一天，因为浪急，渡轮停驶了。在我们出发后的那一天，因为浪高，渡轮也停驶了。所以，我和这一船的小朋友运气不错。

罗本岛这个名字，拜荷兰人所赐。在当地人的口中，这个岛另有他名。土著的阿玛科萨人的首领马卡纳，是第一个被欧洲殖民者囚禁在这个岛上的犯人。马卡纳不甘屈辱，英勇出逃，纵身跳入了冰冷的大西洋。不幸的是，他没能游到岸边，在波涛中长眠。当地土著人谁也不愿意用荷兰语名字称呼这个岛，他们叫它马卡纳岛，以纪念那宁死不屈的酋长。

望山跑死马。在大西洋暗淡阔大的背景下，人很容易低估从岛上到陆地的这段距离。即使乘坐现代化的游轮，从开

普敦到罗本岛，单程也需45分钟。

虽说今日可出海，但风大浪高，颠簸不止。这片海域，以其永恒的激荡不安而闻名于世。越靠近罗本岛，海流越是湍急。尽管高大的灯塔日夜光芒四射地指引，还是有29艘船只在附近沉没，残骸深藏在罗本岛周围海底。

登上罗本岛。本以为看到的是阴森恐怖的狱址，甚或还有嶙峋的白骨和稀薄的咖色血迹……但是，完全出乎意料，罗本岛上芳草萋萋，莺歌燕舞，空气清新，艳阳高照，如同巨大的森林公园。绿树掩映下的监狱旧址，如果忽略高墙的峻厉和铁丝网的缠绕，竟类似一处静谧的别墅区（顺便说一句，国内现在很多别墅区，也有高墙和铁丝网）。

当然这是非常不相宜的观感，但并非说谎。斗胆写在这里，以描述我看到罗本岛的第一印象。

1999年12月1日,南非罗本岛被联合国教科文组织正式列为世界文化遗产。评价如下:

"从17世纪到20世纪,罗本岛曾有过不同的用途,它曾经是监狱、不受社会欢迎的人的医院和军事基地。它的建筑,特别是那些在20世纪后期用来关押政治犯的最安全的监狱,是阴暗的历史的最有说服力的见证。罗本岛及其监狱建筑象征人类精神、自由和民主战胜压迫取得胜利。"

我还没从登岛最初的愕然中缓过劲来,游人们便被分配乘坐不同编号的大轿车,开始了罗本岛上的旅行。

我原以为罗本岛除了监狱别无其他,但从大轿车车窗居高临下望去,植被茂盛,鸟类众多。有从大陆不辞劳苦飞过来的鹌鹑和珠鸡,还有各种海鸟翩翩起舞后垂直降落。头顶有白鹭和苍鹭低空翱翔,脚下的灌木丛中遍布奇花异草。若干种不认识的鸟儿在树上搭巢建穴(在南半球,我们在北半球习得的植物知识完全不敷应用,当地很平常的植物却完全叫不出名字)。

随车的导游是一个有着轻微卷曲头发的黑人小伙,精瘦到似乎只有皮肤和肌腱,毫无赘肉,非常健谈。

我问,这么多动植物,是这里成了世界文化遗产之后,加强保护才繁衍起来的,还是原本就很茂盛呢?

小伙子说,罗本岛原来基本就这样。最早这里海豹栖息,海风强劲吹拂,长不成太大的树,灌木也是稀稀落落的。为了给麻风病人提供好的疗养环境,人们开始种树。有了树,动物也就多起来。现在岛上生活着两种两栖类动物,就是蜥蜴和壁虎。蛇呢,有三种,乌龟有一种。羚羊很多,有一个庞大的家族,比如白纹大羚羊、跳羚、小岩羚和旋角大羚羊等等。此外,还有很多鸵鸟……

看他如数家珍的样子,我心想,一个岛,地方有限,还不挤得够呛!不由得发问,罗本岛到底有多大呢?

他搔搔耳朵撇着嘴说,人们常常以为罗本岛很小,这很不确切。它是南非第一大岛屿,面积约有574英亩。

可能发现我反应茫然,判断我对英亩的概念模糊,他接着解释道,一英亩约合4 047平方米，算下来罗本岛有大约230万平方米大小。

我频频点头，表示确信罗本岛有容纳众多动物的充分空间。黑小伙反问我，您到罗本岛来，一定事先对罗本岛的历史有所了解吧？

幸好事先做了一点儿功课，不然会让这个小伙子失望加小瞧。

我说，在400多年里，这个岛基本上有两个用途。一是用作医疗，把麻风病人和精神病人单独安排在这里，远离大陆，以免影响正常人的世界。另一个重要用途，是囚禁囚犯和逃亡者。早年间有来自安哥拉和西非的奴隶，还有东方国家的王子、反抗英殖民主义的革命领导人。而罗本岛让世界都为之铭记，是因为这里囚禁过曼德拉整整18年。

黑人小伙子对我的回答还算满意，他说，哦，不只是曼德拉。这个岛自1961年开始，被当时执政的白人国民党政府用来关押政治犯，到1991年5月最后一名政治犯离开这个岛，此地总共关押过3 000多名黑人政治活动家，其中包括非国大领导人沃尔特·西苏鲁、南非前总统姆贝基的爸爸戈文·姆贝基、现任总统祖马……总之，罗本岛是一个浓缩历史的地方。

我心想，这么多斗士曾聚集此地，思考过南非的未来蓝图，真乃圣地。

大轿车来到了岛子的东面，小伙子开始履行他的工作职责，半倚着车前方的不锈钢栏杆，手持麦克风介绍说：几千年前，罗本岛曾与大陆相连，后来渐渐分离，就成了海豹和企鹅的家园。17世纪时，来自欧洲的海员和水手会上岛捕捉动物充饥。那时候，岛上的企鹅和海豹非常多，趴在地上晒太阳，你一眼望过去，几乎看不到土地的颜色。后来，荷兰人到岛上采集贝壳烧制石灰，开采石头用以建造开普敦城堡。再往后，这个孤岛就成了精神病和麻风病人的收容站，然后是充当监狱。很多人死在岛上，被就地掩埋。我们现在所处的位置在罗本岛东部，这里就是以往的墓地。尸骨胡乱地混杂在一起。人们直到现在也分不清这些尸骨到底是黑人奴隶、麻风病人的，还是矢志不渝的革命者的。1964年6月12日，曼德拉被判处终身监禁。1964年，他被用飞机送往罗本岛，意味着在监狱里了却一生。入狱之初，曼德拉的体重下降了近20千克。

所有的人屏气息声，行驶中的旅游车好像一辆灵车。

车子停下，已是海边。黑人导游说，曼德拉他们曾在这里捞海藻、海草。罗本岛受来自南极的本格拉寒流的影响，冰冷多风。犯人们没有任何防寒防水的装备，穿着单薄囚衣站在海水中，非常累人。海藻并不值钱，监狱的管理者们只是希图用这种苦役折磨政治犯，并摧毁他们的信仰。

我站在海岸边，看海水激猛地拍打礁石。很多水草在波浪中一起一伏地漂荡，好像水妖绿色的长发。捞取海藻几乎是毫无意义的，只是让你在枯燥和衰竭的磨难中，经历惩罚而绝望。

脚下刺骨的海水，也许打湿过曼德拉的身躯。我想，在这种毫无成效的劳作中，曼德拉一定很多次地想过——自己有可能永远留在罗本岛上，自己的白骨也会就地掩埋。但他无所畏惧地承受着这一切，坚持自己的信念，决意把牢底坐穿。人是置之死地而后生的，连死都不怕了，他必定会更缜密地思考如何活着。

之后来到了著名的石灰矿，那是依山开出的一个岩石大坑，山岩狰狞，反射着垩白色的阳光。此刻还是南非的初春，岩石已被炙烤得如餐桌上要烫熟鸡蛋拌饭的石锅。导游说，夏天的石灰矿简直就是大火炉，岩石滚烫，粉尘飞扬，条件非常恶劣。政治犯们要用尖镐和铁锹挖掘出石块，再用锤子把岩石砸成小块，最后将石灰石装上汽车。曼德拉戴着镣铐，在这里劳作过无数天，手掌起泡，脚踝磨裂，浑身像雪人似的沾满石灰粉。由于石灰粉迸溅入眼，曼德拉得了眼疾，终生未愈。

狱方规定，政治犯苦役中不许说话，甚至不得交换眼神。谁犯了禁令，罚三顿不许吃饭。

当时，罗本岛上关押着1 000多名政治犯，大牢房每间关押60个男性黑人，重犯单独关押。曼德拉被独自关押在B区5号，监号为46664，意为1964年的第466名犯人。曼德拉的监室不能算是一个房间，只是一个所有缝隙都被抹平的水泥匣子。简直无法想象身高1.83米的曼德拉，如何在这只有4平方米多一点儿的逼仄空间里，日复一日辗转腾挪，度过了整整18年，共6 000多天！

B5牢房内，只有一卷薄毯、一张小桌、一个饭盆和一个马桶。曼德拉最初一直是睡在地上，薄毯半是被子半是褥子。其下是坚硬如铁的水泥地。水

泥地再下，是南大西洋冰冷的海床。如此睡了十年之后，曼德拉背部生病，患上了高血压。他再三争取，才得到了一张很小的床。

政治犯们顿顿薄粥，食不果腹，衣不蔽体，在罗本岛滴水成冰的冬天，也只发短裤。对这一切，曼德拉早已做好了准备。在审判他的法庭上，曼德拉曾说："在我一生中，我已经把自己献给了非洲人争取生存权利的斗争。我珍视实现民主社会的理想。在那样的社会里，所有的人都和睦相处，具有平等的权利。我希望为这个理想而生活并去实现它。但是如果需要，我也准备为这个理想献出生命。"

他还说："我已做好准备接受刑罚。我曾坐过牢，知道在监狱的高墙背后对非洲人民的歧视多么严重，非洲囚犯的待遇是多么糟糕。然而，我不会因为考虑到这些而背叛自己选择的道路，因为人类的最高追求是在自己的土地上得到自由。我在监狱中会受到可怕的折磨，而在监狱之外，我的人民正遭受可怕的折磨。我对后者的仇恨超过了我对前者的担心。"

正因为坚定的信仰和足够的心理准备，曼德拉把极端单调艰辛的牢狱生活过得闻鸡起舞有声有色。他坚信，狱中的单调日子也会每天不同。新的一天对犯人来说，是友谊不断发展共享经历的一天，是重温往事再次坚定对未来信心的一天。

曼德拉不屈的声音，不断从罗本岛与世隔绝的牢房中，通过种种孔径传播出去。暴力抗争的号召，响彻从好望角到林波波河的南非辽阔土地之上。"我们将把种族隔离制度在群众运动之砧和武装斗争之锤中间砸得粉碎。"他用祖鲁语和索韦托语呼唤——"权利属于人民！"

除此之外，曼德拉在监狱里最重要的事儿，就是孜孜不倦地学习。他认为学习在监狱里是仅次于探视权的权利，比任何优待都重要。曼德拉开始攻读伦敦大学的法学学位，继而学习经济学。由于狱方不许犯人学习法文和德文，曼德拉改学高级阿非利卡语。做苦工的同时，他巧妙地与狱友们用各种方式进行讨论，互相汲取政治营养。他既善于倾听，也善于辩论。在高墙之内苦役之中，他对南非的命运反复梳理，对信仰和道路重新审视。

18年啊！度日如年的日子，曼德拉是如何度过的？

每天清晨五点半，罗本岛上的监狱守卫就会敲起震耳欲聋的大钟，把犯人从睡梦中惊醒。曼德拉起床后，马上开始体育锻炼。他给自己制订了计划，每星期一至星期四早晨，在牢房里原地跑步45分钟，并做100个俯卧撑、200个仰卧起坐、50次下蹲。每天放风的半小时，要在院子里坚持跑步。

曼德拉成功地把罗本岛变成了他的大学，把自己从一个愤怒的领导者变成了深思熟虑的沉静学者。他在监狱中写下长达500页的书稿，名为《通向自由的漫漫之路》，被狱友带到了英国伦敦出版，震惊了全世界。

狱卒可以囚禁曼德拉的身体，却不能阻止戴着脚镣的曼德拉，在走向石灰场的路上，尽情欣赏岛上开满黄花的灌木和淡蓝色的桉树枝条；不能阻止曼德拉在看到草丛中袋鼠蹿动或小鹿蹦跳时露出慈祥的微笑；不能阻止曼德拉眺望东南遥远之处，那里可以看到开普敦的地标桌山；更不能阻止曼德拉在漫漫长夜倾听无尽涛声，思索南非的明天。

曼德拉的一位狱友曾这样评价曼德拉性情的改变。他说，在罗本岛，曼德拉明显地养成了一种故意隐藏自己愤怒的习惯。早年间，他感到愤怒就会发作，为了政治和个人的需要，他有意锻炼自己，有所变化。最基本的变化是对现行体制的愤怒和仇恨在增加，但这种愤怒表现得更不明显。他的精神状态在提高，和善礼貌热情，更沉静更温和。

…………

说话的人是曼德拉生死与共的战友，人们不能怀疑他判断的准确性。细品他的话，有一些十分重要的线索浮现。第一是罗本岛的牢狱生涯，让曼德拉发生了强烈的变化。第二——按照该战友的话——是曼德拉学会隐藏自己的愤怒，曼德拉的愤怒越来越少地表现出来，潜藏至深。第三是曼德拉的精神状态在提高，变得更沉静和温和了。

以上三点，我都赞同，只是有一点小小的不同意见——曼德拉并不是学会并成功地隐藏了自己的愤怒，而是他真的放下了愤怒。

1982年，曼德拉从条件恶劣的罗本岛监狱转移到了开普敦附近的波尔斯莫尔高级监狱。他和几位战友突然被统治者从罗本岛带走，面对着空无一人的五间囚室，留下的政治犯感到巨大的失落。一位狱友深情说，对大家而言，同时离开的西苏鲁是我们的密友，但曼德拉则是我们的父亲。

请注意——密友和父亲的区别。

其实，西苏鲁比曼德拉的年龄还要长上几岁。曼德拉于1944年加入非国大组织，西苏鲁是他的介绍人。西苏鲁还资助曼德拉边工作边学习，在南非大学获得文学学士学位，可以说西苏鲁是曼德拉革命之路的引路人。曼德拉也一直非常尊重西苏鲁，他们的战斗友谊牢不可破。不过，罗本岛18年的监禁岁月，神奇地锻造了新的曼德拉。磨难和沉思，让曼德拉发生了巨大的改变。他变得沉稳如水、坚定如山，表面上友好、随和、自信，内在蕴含着宏大的张力和非凡的勇气。曼德拉神圣的人格力量光芒四射，已逐渐成为南非精神之父。

18年的时间，罗本岛用无尽的苦难和大自然的壮美风光，将曼德拉打磨成了一代圣雄。

抬眼看见不远处，枝头悬挂着一个精致的织布鸟巢。它完全是小小的织布鸟，用植物纤维一针一线地编结起来，精雅地吊悬在我叫不出名字的高大乔木的枝条上。一只黄色胸脯的小织布鸟，小脸略显黑褐，背部的黄色素衫上，还有几道黑色的条纹，像极了某种世界知名运动品牌的图案。它正在侧开的鸟巢洞口探头探脑，研判巢外是否安全，自己要不要飞出巢穴。

我问黑人小伙子，这个织布鸟巢悬挂在这里多久了？

他抬头看了看，耸耸肩膀说，谁知道呢，也许刚刚挂上，也许很久很久了。

我愿意相信很久很久这个说法。也就是说，这只黄胸脯的织布鸟，在罗本岛上已经繁衍了很多代，已足够古老。这只织布鸟的祖先，或许见过正在做苦役的曼德拉。曼德拉也可能在劳作当中，看到过穿梭般编织自家房舍的织布鸟，注意到不久之后精致的鸟巢大功告成。想来曼德拉会沉思，想起自己颠沛流离中的妻女和未来南非的蓝图。

1990年2月11日，72岁的曼德拉走出监狱。

黑人导游与我们这一车人告别。他说，你们马上要到大牢房去受教育。

1996年9月，罗本岛成为国家博物馆后，很多过去的犯人和看守都回到岛上，成为志愿者，向游客讲述当年的故事。

听当年犯人描述坐监牢的经历，我可以理解。听当年的狱卒述说那段历史，让人别扭。起码在中国国内，没有这样的先例。后者会是怎样的口气？

黑小伙很敏感，马上看出了我的疑惑，说，曼德拉对囚禁他的警官们的态度有所不同。对低级警官，他显得很和气，甚至是慈祥。年轻的看守对他也很友好，还会向他请教工作或社交问题。对高级警官，曼德拉会质问他们——为什么要迫害我们？你的肤色并不能使你显得更加高贵！我们都是人。对中级警官呢，曼德拉与他们的关系也不太好。曼德拉发觉，他们为了爬上更高的台阶，表现常常比高级警官更加凶狠。曼德拉会对他们说，听着，你不能做出这样的决定，我要见你的上级。

曼德拉出狱以后，认为告别仇恨的最佳方式是宽恕。他彻底原谅了当年的狱警。1994年,曼德拉在自己的总统就职典礼上,亲自签署了邀请函,邀请当年在罗本岛上监押他的看守。就职仪式后的晚宴上,已经76岁高龄的曼德拉起身致辞:"能够接待这么多尊贵的客人,我深感荣幸。更让我高兴的是,当年陪伴我在罗本岛度过艰难岁月的三位狱警也来到了现场。"曼德拉与他们拥抱,说:"我年轻时性子急脾气暴,在狱中,正是在你们的帮助下,我才学会了控制情绪……"仪式结束后,曼德拉再次走到当年的狱卒面前,平静地说:"在走出囚室,经过通往自由的监狱大门那一刻,我已经清楚,如果自己不能把悲伤和怨恨留在身后,那么我其实仍在狱中。"

马迪巴的胸怀,比太平洋和大西洋加在一起还要阔大。黑人小伙子感叹道。

马迪巴是南非民众对曼德拉的爱称和尊称,意思约略等于"父亲"。

告别小伙子,我们向关押政治犯的大牢房走去。引导我们的新向导是一位70岁左右的老人,面色黧黑,身材如一根细弱铁钉,双唇很薄,滔滔不绝地向大家介绍着当年政治犯在岛上的生活。

集体牢房每间大约60平方米,非常坚固。窗户上密集的铁窗棂并不是后嵌进去的,而是在囚室建造之时,就同步埋进厚厚的水泥墙板中,天衣无缝,融为一体。要想在这种铁壁合围之下破窗而出,是完全不可能的。多少年过去了,囚室仍像堡垒般屹立,让人望而生畏。

反对政府50年、坐牢27年、长期倡导武装暴力斗争的曼德拉,在罗本岛监狱里并没有挨过打。这和曼德拉的地位和国际声望有关,迫于国际压力,狱方有所忌惮。但在大牢房的普通犯人远没有这般幸运,常常被狱吏用镐把和电棍殴打,有时还会发生更残酷的暴行。殴打之后,犯人们还要清洁沾满了自己鲜血的牢房。提倡非暴力的黑人觉醒运动领袖斯蒂夫·比科,就在这里被活活打死。

当曼德拉为政治犯所遭受的虐待抗议时,监狱方面的高官振振有词地反问道,你受到过惩罚吗?

没有。曼德拉如实回答。但是,他马上严正指出,你不能只看我一个人,你迫害了我们。

这位铁钉模样的向导的介绍十分冗长，基本上都是资料上写过的内容。他本人看起来很激动投入，时不时地像列宁演说一样高举拳头挥舞着。我常常走神，总是在想，他到底是什么身份，是当年的囚犯还是当年的狱警呢？

最后我得出结论，他有90%以上的可能是一个狱卒。虽然他能够客观地描述罗本岛上的状况，但是他没有那种经过苦难而淬炼出的金属光泽。

曾经的犯人和曾经的狱卒，终究是不同的。

走出监狱后的曼德拉担任了非国大主席。曼德拉之所以坐牢，是因为领导"非洲之矛"从事暴力革命。后来南非白人政府曾提出，只要曼德拉宣布从此放弃暴力反抗，就可以释放他，被曼德拉断然拒绝。掌权后的曼德拉，如何做到"不报复"，如何团结以前的敌人，如何寻找国民的共同点，统一国家，把国家和民族引导上一条新的道路，是他必须面对的问题。

在南非白人统治和种族隔离制度历时300余载的国度里，黑人四分五裂，历史上从未建立过统一国家。他们过着痛苦而麻木的生活，心目中只有自己的部落、酋长，或满足于在与白人隔离的"黑人家园"中忍受虚妄的"独立自主"，或栖身于索韦托之类的黑人城镇，忍受歧视和欺凌，换取能稍稍维持温饱的生活。白人不把黑人当成同胞，黑人也不把"白人的国家"当作自己的国家。

曼德拉曾坦承，自己在入狱前确曾认为，南非共和国是白人压迫黑人的统治工具，除了推翻它，建立黑人当家做主的新家园外，黑人别无翻身可能。黑人除暴力反抗外别无出路。当被捕入狱、与世隔绝20多年，经过反思，他警醒地感觉到，时代变了，打破种族隔离藩篱不再只有希望渺茫、牺牲巨大的暴力一途，可以另谋佳途。他终于决定放弃报复，融化仇恨。他竭力说服狱中同伴，帮助非国大和反种族隔离运动向谋求"和平与自由"的道路转型。曼德拉以无与伦比的政治气度，摈弃前嫌，最终与前白人总统德克勒克政府达成政权的和平交接。

曼德拉最终完成了理想的胜利。

人们常常惊异——在饱受白人欺凌、战友被谋杀、妻离子散、自己身陷牢狱之灾整整27年之后，曼德拉怎能做到如此超脱于仇恨？

罗本岛上的岁月，是一个关键的转折点。在这与世隔绝、无所作为的18年里，曼德拉日复一日地重复着苦役，看似虚度时光，但一个伟大的思想转折在此萌生，并最终在岛上修炼完成。这是一个面对白骨与鲜血、面对石灰岩与织布鸟、面对蓝天和大海的刻骨铭心的深刻修行，曼德拉的政治生命由此焕然一新。他明白了自己的历史使命，义无反顾地担当起来。他决定将南非当作自己的国家，建立统一的、多种族平等相待的新南非。

这可以凝聚为一句话，这句话现在镌刻在"黑人之都"索韦托——"让黑人和白人成为兄弟，南非才能繁荣发展"。

在被拘罗本岛之前，曼德拉的思想和行为方式与非洲一般的黑人领袖并无大不同，是罗本岛让他脱胎换骨。他以76岁高龄当选"新南非"总统后不久，就组织"真相与和解委员会"，让黑人与前殖民者和解，成为南非历史上首位黑人总统。三年后,他主动宣布"不再谋求连任"。任期届满,便真的功成身退,彻底退休。

曼德拉是历史上罕见的伟大政治家,他践行的种族和解政策,具有深刻的远见和极大的胆魄。他带领南非选择了和平和解的新纪元。

返回开普敦的船上,我还是与穿校服的小朋友为伍,他们乖乖坐着,显然比早上赴岛的时候沉静了许多。我翻看一本有关曼德拉的书,曼德拉在审判他的法庭上曾说:"许多年以前,我在特兰斯凯的农庄度过了自己的童年,那时,我经常听到部落的长者讲之前的美好旧时光。那时,我们的人民和平地生活,他们可以自由地、满怀信心地在这个国家迁徙,不用谁的许可,也没有人阻止他们,国王和长老们的统治是民主的。那个国家是我们自己的,归我们所有,受我们支配。我们占有土地、森林和河流,我们从土壤中提取矿物,我们拥有这个美丽国度的一切财富。我们建立并管理自己的政府,我们控制着自己的军队,我们组织自己的贸易和商业。老人们会告诉你,我们的先人为了保护祖国而进行的战争,以及将士们在那段史诗般壮丽的岁月中表现出的英雄气概。"

这就是曼德拉的童年。

我问一个穿着绿色校服的黑人小女孩,嗨!今天你记住什么了?

她想了一下,眨巴着大眼睛说,我要做一个马迪巴那样的人。

我点点头,心里想的却是,这谈何容易!山水斧削,与时代一同浇注了巨人。就算你有超凡的禀赋和火热的责任感,可你,不一定会遭逢生命中的罗本岛。

哦，还是叫
风暴角吧

8

非洲三万里

当地人说，好望角带给非洲人的并不是好运气。

从这个角度来讲，我觉得还是叫风暴角符合这里的实际情况，也更有气势。

好望角是写入中国学生地理课本中的一个词。它是非洲大陆的最南端，为大西洋和印度洋的分界点。

我记得第一次听到这个词的时候，阳光正好出现，像一条带刺的小虫，慢慢在我的课桌上爬。我靠着窗户，阳光会在晴天下午上第二堂课的时候，蠕上我的脸。通常是数学课，我会有片刻看不清老师在黑板上书写的公式。但那一天，是上地理课，每星期只有一次，它作为副科，难得地占据了这个时间段。上这种课主要是听老师说，看不看黑板，晃不晃眼，并不太要紧。但少年的记忆就是这样古怪，我的脑海中留下了这一抹稍微带夕阳味道的下午阳光，顺便记住了好望角。

这天课上所讲的几个地名，都那样生疏。非洲大陆啊，印度洋和大西洋啊，遥远到像在另外的星球。我相信，年轻的女地理老师并没有到过非洲——这一点是肯定的，也没有好好找寻相关资料——这一点是我成年后的推测，不敢肯定。女地理老师说，为什么那里叫好望角呢？就是有利于瞭望的意思。那个角很高。

为了完善那混合着一缕毛茸茸阳光的记忆，在完全老迈之前，我决定去看看好望角。

旅行为什么会发生？有时，和景色的名声无关，和文化的传承无关，甚至和其他人的宣介与鼓动也无关，只与自己那未完成的心结有关。就像很多年后我们还猛然忆起的旅游片段，和金钱无关，和国度无关，甚至和旅途中碰到的人和事儿也无关，只与心在某一瞬的感动有关。

旅游之发轫，并不是身体的蠢蠢欲动，而是心的涟漪激荡。

我终于知道了，"好望角"的意思是"美好希望的海角"。它原本并不叫这个名字。

1487年，葡萄牙著名探险家巴尔托洛梅乌·迪亚士，奉葡萄牙国王若奥二世之命，率探险队沿非洲西岸向南航行，以寻找绕过非洲通往东方的航路。

我曾和一位对烹饪史有研究的"两把盐"进行过如下谈话，地点是在一棵花椒树下。他50多岁，头发花白。对饮食文化很有研究，有理论也有实践，外号叫"两把盐"。说的是他善于烹制中用盐。第一次用完盐后，尝一尝，再用第二把盐，打造出简单而恰到好处的佳肴。我问过，为什么不一次到位？他回答，用盐如用兵。打仗不能一次把所有的兵都派出去，要有余地。

惭愧地想到自己用盐，要么是一次，要么是多次，乱撒。

初秋傍晚，花椒树红色的果实散发出一种奇特的清香。没有蚊虫干扰我们，蚊虫受不了花椒树的味道。

欧洲人为什么对东方感兴趣？我问。

欧洲人对东方的物品有需求。两把盐答。

欧洲人想要东方的什么东西？我问。

主要是香料和黄金。两把盐答。

黄金可以理解，但是，香料有这么重要？我说，我对香料一言九鼎的地位始终不解。没有香料，又会怎样？还不是照样吃饭行走，烹饪时少些滋味，好歹不影响大局。香料算不上生活必需品吧？

两把盐说，香料是一种奇怪的存在，要知道人的嗅觉非常古老，对神秘且遥远的气息有天然的崇拜。香料不仅能让我们在迷幻中，以为它是勾连天堂和现实间的蜿蜒小径，也有非常现实的美化食品的作用。它能让粗糙牛肉变成人间美味，也能让木乃伊停止腐朽以进入来世，它还有某些对抗疾病的能力，加之让人莫名其妙地兴奋不止……所有这些，都让香料披上了圣彩。再加上它很稀少，需要长途贩运，英语中的"香料"这个词来源于拉丁语，意思就是贵重而量小的物品。这又让它成了上层贵族标榜身份、炫耀财富的载体。

我说，可是说到底，香料不过是一些植物的叶子和果实，比如咱们头顶上的花椒树。何以变得如此高贵？

两把盐说，你说得很对，中国人对香料没有那么迷信，因为我们基本上可以自给自足。比如，没有胡椒我们有花椒，没有迷迭香我们有薄荷叶。

说到这里，我们都下意识地抬头看了看缀满枝头的花椒。花椒身世古老，早在《诗经》当中就留下了名号。《诗经》收载的是西周时期的民间诗歌，证明中国人在2 000多年前就已知利用花椒，还发现花椒的香气可以避邪。宫廷里会用花椒渗入涂料，用来糊墙，就有了著名的后宫"椒房"之说。我想这椒墙之说，一来证明花椒的使用在中国历史悠久，二来证明当时的花椒产量已经很大，并不算太稀罕。只是被浓郁的花椒香气成天熏着，美丽的后妃，轻盈走动的时候，会不会有红烧肉的味道？

行家就是行家，不似我这般不着调，紧扣主题说，中国人擅长替代和改良，没有香茅就用九里香。再说中国人向来不把香料当成生活必需品。我们以素食为主，植物长在地里，可以随时收取，植物的种子收获下来，也很容易保存。中国人很早就解决了菜肴的味道问题。再者，像胡椒、肉桂、丁香、豆蔻、檀香这些西方人奉为至宝的香料，绝大部分中国本土就可生产。就算少许品种缺乏，东南亚出产香料的那些岛屿，距离中国都不远，很容易就能找得到这些东西。欧洲可就惨了，因为纬度高，寒冷季节十分漫长，要大量摄入动物性蛋白质，才能维持生命之必需。打猎的动物和畜养的牲畜一旦宰杀，吃不完就很难保存。在有冰箱之前，温暖的季节你如何办？牲畜在冬季会变得瘦弱，所以要在冬天来临之前集中宰杀，那你怎么让它们很长时间味道依旧可口？欧洲人找到的法子就是大量使用香料。具有强烈挥发性芳香油的香料，有很好的防腐作用，并且还兼调味。在那个时代，可以说谁掌握了香料，就等于掌握了整个欧洲"冰箱"的开关。从古埃及神奇的木乃伊制作，到后世欧洲一日三餐的烹饪，须臾都离不开香料。

哦，原来地理位置帮了我们大忙。我们已知感恩太阳感恩四季，从今后还要特别感谢纬度。

两把盐接着说，香料如何获得呢？香料的主产地在热带，在东方。早先香料是走陆路到欧洲，大体和丝绸之路差不多。商人们赶着骆驼驮着香料走了千百年，大家相安无事。不料到了1453年，东罗马帝国首府君士坦丁堡，也就是今天的土耳其伊斯坦布尔，被奥斯曼土耳其人攻陷，东西方贸易的通道也落入其掌控之中。精明的土耳其人不会放过这条能带来滚滚财源的神奇之路。他们依仗扼守欧亚非三大洲要地之便，层层设置税卡，对来往的商品进行盘剥，香料是其中的重头戏。今天，人们已无法想象那时香料的昂贵程度，它当时成了黄金的等价物。15世纪时，如果采购香料的成本为3 000英镑，到达英国市场后会卖到36 000英镑，是成本的十余倍。1499年，如果是满载香料的船队从印度返回葡萄牙，所获纯利竟达到航行费用的60倍。

麦哲伦那次悲惨的环球航行，历时3年多，出发时265人，归来时你猜剩了多少人？

我摇摇头，记得死伤大半。具体是多少，记不清了。

两把盐说，只剩了31个人！出发时五条船，回到西班牙时只有一条船了。但就是这一条船，由于装满了香料，出售香料后得到的钱，除偿还远航的全部费用外，还有结余。

因为陆路靡贵，欧洲人开始寻找海上通道。说句半开玩笑的话，香料其实是大航海时代娩出的产婆。

说到这里，行家稍稍停歇了一下，补充道，除了烹饪防腐所需，还有一个不登大雅之堂的说法，就是欧洲人的体味特别重。因为毛发旺盛，加之食肉较多，还有遗传因素，欧洲人患有狐臭的比例相当高，需要猛烈的外来香味遮盖。

我说，味道这个东西，闻久了也就习惯了，按说不应该有这么大的驱动力吧。比如咱们刚开始坐在花椒树下，觉得异香扑鼻，现在时间一长，也就不那么明显了。

两把盐说，人是高等动物。凡是动物，都有利用体味寻找配偶的天性。如果气味不投，彼此就没有吸引力。这本是自然法则，但到了人类的贵族那里，就不能简单地听凭这种纯粹生理上来自基因方面的好恶左右婚配了。姻亲这件事，更多的是家族的强强联手，是由政治和经济还有军事的综合考量来决定。那么，遮挡气味也就有了更深一层的谋略隐藏其内。所以，欧洲的香水制造业特别发达，对香料的需求也非常旺盛。可以这样说，在某种意义上，香料充当了媒婆。

我说，又是媒婆又是产婆的，您这番高论可有多少真理的颗粒在内？

两把盐从树上摘下一小把花椒，说，你看，这花椒并不是无懈可击的圆，它有两个小耳朵呢！

是吗？我基本上算是多年的家庭厨娘，花椒怕也用过成千上万颗了。一向以为花椒是滚圆或椭圆的，接过来仔细看，果然，花椒上有两个小凸起。

两把盐说，你知道这两个耳朵是怎么来的吗？

我说，就是这个品种呗。

两把盐说，说个故事。当年诸葛亮军务繁忙夜不能寐，半夜起来在花椒林中散步，突然看到一群小孩子在花椒树下玩耍，十分可爱。诸葛亮抱起一个，发现这娃娃没有耳朵。诸葛亮就用面捏了一对耳朵，粘在娃娃头上。第二天，人们发现花椒树上的每一粒花椒都有了耳朵。原来那群孩子是花椒的精灵。我的理论和这个故事差不多。

乍一听，我不大懂，分开之后反复想了想，方明白两把盐的深意。欧洲人给香料捏上了耳朵，从争夺香料出发的动机，让欧洲人得以重塑世界。

马可·波罗是意大利传奇人物，以他在中国17年的经历写成了闻名世界的《马可·波罗游记》。现在有人质疑马可·波罗并未真正到过中国，此书不过是他把很多到过中国的波斯商人的故事捏合而成。甚至有人声称，马可·波罗不过是把别人的游记集录而成。不管成书的过程如何，这本书一问世，就对欧洲人产生了极大的诱惑力。天哪！在遥远的东方，有天堂一样的富饶国度，有性格非常温顺的人民和巨多的财产，还有无数香料。好战并且对财富具有无限攫取欲的欧洲人的遐想被熊熊点燃。如何抵达那个神秘世界，成了中世纪欧洲人永不疲倦的话题，野心和梦想比翼齐飞。

1487年8月，葡萄牙航海家迪亚士率领船队，沿着以往航海家们走过的航路到了加纳，后经过刚果河口和克罗斯角，约于1488年1月间抵达现属纳米比亚的卢得瑞次。在那里，船队遇到了大风暴，他乘坐的三桅帆船在惊涛骇浪中几乎沉没。被风暴和疾病肆意摧残的船员们不愿继续冒险前行，强烈请求返航。迪亚士坚持南行，在茫茫大海中被风暴裹挟着漂泊了13个昼夜。风暴停息后，对具体方位辨认不清的迪亚士命令船队继续向东航行，以便靠近非洲西海岸。船队航行了数日，却茫然不见大陆。迪亚士突然醒悟到船队可能已经绕过了非洲大陆最南端的岬角，他便下令折向北方行驶。本想继续沿海岸线东行，无奈疲惫不堪的船员们归心似箭，拒不服从，迪亚士只好下令返航。

返航途中，再次经过非洲最南端时，今非昔比了。此地风和日丽，风平浪静。船员们惊异地凝望着这个壮美的岬角，感慨万千。迪亚士想起上次路过时九死一生的险境，将其命名为"风暴角"。1488年12月，迪亚士回到里斯本后，向国王陈述"风暴角"的见闻。国王认为这个名字有点不祥，会挫伤以后航海家探险的锐气。而一旦绕过这个海角，就有希望到达梦寐以求的印度，希望就在前面。因此将"风暴角"改名为"好望角"。

从此，好望角的名字以其特殊的地理位置和历史典故流传世界。

好望角的发现开通了欧洲至亚洲的航道。英国、法国、西班牙、荷兰等国的船队纷至沓来，经过好望角前往印度、印度尼西亚、菲律宾和中国。1652年，荷兰的东印度公司掠取了好望角的主权，在开普敦建立居民点，专为本国和其他国家过往的船队提供淡水、蔬菜和船舶检修服务。19世纪初，已攫取大量殖民地的英国人染指好望角的制海权，侵入南非将荷兰人取而代之。此后300多年的时间，好望角航路成为欧洲人前往东方的唯一海上通道。1869年苏伊士运河开通后，这条航路的作用虽有所减弱，但仍然是欧亚之间不可或缺的重要通道，一些巨轮太宽，无法穿越运河，必须从好望角通行。现在每年仍有三四万艘巨轮通过好望角。西欧进口石油的三分之二、战略原料的百分之七十、粮食的四分之一都要经好望角运输。

终于，来到了好望角，在我60多岁的时候。

千万不要以为好望角只是一块凸起的礁石，如今的好望角地区有7 750公顷大，属于南非国家自然保护区。除了观光汽车外，其他任何汽车都不得入内。车辆沿着蜿蜒山路行进，周围和迪亚士当年所见似乎并无二致。四处仙人掌林立，灌木丛生。不知名的野花烂漫绽放，大狒狒背着小狒狒，一蹿一跳越过公路，把红屁股隐没在萋萋绿草中。据说，这里生存着上千种植物和200多种动物，是羚羊、鹿、斑马、猫鼬、鸵鸟的乐园。

当地人告诉我们，这片位于非洲大陆最南端的陆地，有一个形象的名字，叫作"非洲之尖"。

非洲之尖主要由三部分组成。其中名气最大的要数好望角。风景最好、地势最高的是开普角，最靠南的是厄加勒斯角。

说起来，这个厄加勒斯角比好望角还要向南探出100多千米，纬度相差28分多。所以严格算下来，好望角是不能被称为非洲大陆"最南端"的。不过，在如此辽阔的大陆上，百十千米在地图上比一根头发丝宽不了多少。谁

让好望角名气大呢，这个"最南"名头就让它占了吧。

先说说雄伟的开普角。

开普角是一座可眺望印度洋和大西洋千里海域的悬崖险峰，它并不算太高，只有200多米。不过由于是在零海拔的洋面上拔地而起，四周空旷，就显出凌空一霸、傲视天地的姿态。

山的最高处是全部用石块铺就的观海平台，用前面咱们说过的那位葡萄牙航海家的名字命名，叫迪亚士角。山顶的平台中央有一座白色的大灯塔。它的体积着实不小，比人们常常想象中的孤零零的小灯塔要魁伟得多。它可谓劳动模范，150多年以来，锲而不舍地在高山之巅指点两大洋的过往船只，被水手们尊称为"避开死神的灯塔"。

不过，由于大灯塔在山上的位置太高了，海上起大雾的时候，近海的船只反而看不到它的灯光。人们又在老灯塔前面的山腰间，海拔87米处修建了一座小灯塔。别看这座灯塔小，但灯光的穿透性非常强，据说要比大灯塔亮10倍，是全非洲海岸最明亮的灯塔。

灯塔前有一根里程柱，有许多指向不同方向的箭头。通常这种里程柱上的标牌，都是指往自己国家的城市。但这根里程柱比较胸怀世界，箭头指向全世界的各大重要城市。我有一点儿紧张地寻找中国的标志。虽说相信一定是有的，但看的时候还是有一种考生看榜的感觉。最上面的两个箭头中，有一个写着"BEIJING-12933KM"，也就是北京到这里的直线距离是12 900多千米。纽约是12 541千米、伦敦是9 623千米、悉尼是11 642千米……我有点儿意外，原以为同在南半球，悉尼应该不太远，不想沧海茫茫，着实不近。接着感叹此地离北京的距离真远，来一趟就相当于两万五千里长征了。

站在海岬之上，看底下的海浪卷起，像蓝色的头发怒发冲冠。居高临下，高度让浪花产生了一种飞翔般的不真实感。我乘坐过邮轮周游世界，看过很多海浪并遭遇飓风，按说对大风大浪已经见怪不怪了，但好望角的海浪依然以其不可一世的猖狂震撼了我。它们从大洋深处涌来，像是一条条手拉手的白色巨链，向海岸抽打过来。飓风在礁石上轻而易举地把海浪砸裂成无数银片，让它们如同锋利匕首般四处迸溅。

当地人告诉我，好望角的浪高天下闻名，今天还算是风平浪静的日子呢。倘若天气恶劣，巨浪可达十几二十米高。

我问，好望角为什么有这么大的浪？

当地人说，水文气象学家也很好奇，琢磨了多年，总算搞明白了。原来好望角正处在西风带上，风力很强，11级风是家常便饭。西风带有个外号，叫作"咆哮西风带"，从这名字里，它的脾气你便可略知一二。其次，因为南半球和北半球不同，水域占了巨大比例，素有"水半球"之称。好望角接近南纬40度，而南纬40度至南极圈，是围绕地球一周的大水环，海流在宽广水域恣肆汪洋地周而复始，好不逍遥。来自印度洋温暖的莫桑比克厄加勒斯洋流和来自南极洲水域的本格拉洋流在此交锋，正打得不亦乐乎，突然遇到好望角陆地的侧向阻挡，两大洋流便不可抑止地怒火中烧，爆起巨浪和漩涡以示抗议。好望角因此被称为航线上的"鬼门关",不知颠覆沉没过多少满载的商船。

看,那就是印度洋和大西洋两洋交汇处。当地人指了指我们面前的大片海域。

哦,这个我是知道的,来自童年时那个阳光夕照的下午。

混水区。印度洋的水是浅黄色的暖洋,而大西洋的水是深蓝色的冷洋。我本以为这两大洋的动态交融,会像亚马孙河的上游一样,出现明显的界限。但是我错了,岂能用河水来想象海水?虽然那是举世闻名的长河,但这更是声名盖世的汪洋。浩渺的海水一望无际,海天一色,天下海水是一家啊。

好了,我们再来说说大名鼎鼎的好望角。

从开普角向西南方向驱车大约十分钟,有一片岩石区,它就是海拔约200米的好望角。在好望角的海边上竖一块牌子,标示此地的经纬度:东经18°28′26″,南纬34°21′25″。

我原本不大稀罕那种到此一游式的留影,但当地人督促我说,赶紧照相啊。不然中国人马上就来了。

我一搭眼,看到不远处有几辆大巴车正在缓缓泊车,已经可以分辨出亚洲面孔。

我说,也许是日本人或韩国人。

当地人说,不是。是中国人。

我说隔着这么远,你怎么就能分辨出?连我都还没敢肯定一定是同胞。

当地人说,我看到了他们背着的大相机,是日本造的。

我说,这不正说明他们是日本人吗?

当地人说,真正的日本旅行者并不背长焦距的大相机,他们多半只带小小的相机。中国人爱这种装备。

这时,我已经能听清同胞们的汉语了,佩服当地人观察入微。

当地人指着标牌附近一块伸入大西洋海水中的岩石,说,在这里照张相吧。这就是真正的好望角。

好望角的海水是清澈的,但里面有众多的漂浮物:绿色的海草和腐朽的

枯木。它们粘在岩石上,让岩石有点儿像一只史前巨兽探向大海深处的爪。

站在岸边,任海风扑打,遥想万千。

15世纪末,欧洲向南通往东方的海上通道被葡萄牙人打通,16—19世纪,英、法、葡、荷、意等欧洲殖民者大量进入非洲,并纷纷建立起了各自的殖民地。300多年来,它们争夺地盘,经常发生争执。到了19世纪中叶,欧洲殖民主义国家认为有必要举行一个会议,协商解决所占非洲领土的纠纷。1884年11月—1885年2月,德国首相奥托·冯·俾斯麦召集了15个国家(德意志帝国、大英帝国、法兰西第三共和国、俄罗斯帝国、奥匈帝国、美利坚合众国、意大利王国、西班牙帝国、葡萄牙帝国、奥斯曼帝国、荷兰殖民帝国、比利时王国、瑞典王国、丹麦王国和挪威王国),在柏林主持召开了没有任何非洲国家代表参加的、旨在瓜分非洲的"柏林会议"。

会议签署了《柏林会议总协议》,就各自在非洲的殖民地划界达成国与国之间的协议。到1912年,欧洲列强瓜分并占据了非洲96%的土地。这次会议奠定了今天为人们所熟悉的非洲地缘政治版图的基础。这也就是我们今天看到的非洲国界,常常是横平竖直的线条。

当地人抱着双肘,看着海水发呆。这种姿势,在世界各国的文化象征中都代表拒绝。此时此刻,他在拒绝什么呢?拒绝风浪?

他站的位置临海,浪花拍湿了他的双腿。我说,风浪很大,您若一不小心掉到海里,被飓风冲向印度还是南极,要看您的运气。

当地人说,每一次我到达这里,都会想同一个问题。

我说什么问题?

他说,我不喜欢好望角这个名字。

我问,为什么呢?

当地人说,好望角带给非洲人的并不是好运气。从这个角度来讲,我觉得还是叫风暴角符合这里的实际情况,也更有气势。好望角,多小气啊,不能概括这片伟大的海域!

黑人女老板
和手机

9

非洲三万里

在我的非洲见闻中,黑人无论男女,动作基本上都是慢吞吞的。也许,这才是生命的本相。像受惊的羚羊一样奔跑不止,被金钱如豺狼般地撵着,是现代文明强加给我们的节奏。

站在南非约翰内斯堡的黑人聚集区索韦托的街道边,心惊肉跳地四处张望,生怕会横空跳出一个持枪歹徒。

黑人区色彩斑斓,很难用一个词来概括,总之令人眼花缭乱。当地黑人大多生计艰窘,有些人简直生活在垃圾堆里。废弃的木箱和纸板胡乱搭着,留个豁口就算是门。严格说起来,它不能叫门,因为没有门扇。但屋里的人们的确从此进进出出,它当仁不让地肩负起门的功能。透过歪斜门框,可以看到地上有若干纸片堆积和一口锅。那纸片便是床铺了。我不能说它是纸板,因为厚度实在太薄。这种住所,用"家徒四壁"来形容都是奢侈。它没有四壁,只是一些不规则的木板、铁板隔断,勉为其难地圈在一起,围出多边形的小空间。也许是六壁、七壁,也许只有三壁。不由得涌出一个词——水深火热。以前我们常常用这个词形容世界上三分之二的人之状况,后来发现不是那么回事,于是废用。今日联想起这词,或许还有几分贴切。

这只是索韦托的一部分。索韦托也有政府搭建的鳞次栉比的公屋,类似我们的经济适用房。也有别墅似的洋房,这是黑人当中状况良好的富人居住区。当然,更有钱、更发达的黑人贵胄们已经搬出了索韦托,住到约翰内斯堡的豪宅区了。不过,听说黑人贵族们还是经常会回到索韦托转一转,重温这里的氛围。这里有他们熟悉的一切,有他们的根。

我们今天要走访的,是坐落在索韦托富人区中的一家黑人旅店。

汽车开进一片幽静的花园区，各色小别墅勾肩搭背。虽看起来不算很精致，但也有模有样地奢华着。南非气候好，绿树掩映，繁花似锦，使景观增色不少。没有树木的房屋，再好也只能算是一堆干瘪的水泥建筑，有了欣欣向荣的植物，才可摇身一变跻身别墅。道旁停有很多名牌汽车，多是二手货，不过保养得不错，熠熠生辉。街道也干净整洁，只是多弯曲，看得出没有规划。

店老板是一位黑人妇女。我们按时抵达，主人因另有几处馆舍要照料，尚在途中。非洲人的时间观念不强，在动物悠闲漫步的荒原上，守时是一种可笑的教条。人们慵懒惯了，向动物学习，饿了才吃，饱了就小憩，再不就是漫无目的地溜溜达达。争分夺秒地掐着时间的脖子赶路，在这里显得不合相宜。

我在附近随意走走看看，虽然对黑人别墅区的细节很感兴趣，但不敢凑得太近。毕竟这里是索韦托，很多人拥有枪支。擅自窥探也许会惹出麻烦。突然看到道路远处有个黑人妇女一溜小跑奔过来，我说，女主人快到了。

同伴说，不一定吧？你也不认识她啊。

我说，如果没有特别的事儿，你何曾看到一个黑人妇女如此步履匆匆？

的确。在我的非洲见闻中，黑人无论男女，动作基本上都是慢吞吞的。也许，这才是生命的本相。像受惊的羚羊一样奔跑不止，被金钱如豺狼般地撵着，是现代文明强加给我们的节奏。

那女人渐渐离我们越来越近了，看得出艳丽的服饰和窈窕的身材。因为无法确认，我们也不好贸然迎过去，只有原地等待。她的身材属于非洲维纳斯型。

维纳斯是位女神，但在非洲，有个故事凄凉四溢。

在法国某博物馆，150年以来，一直展出着一件诡异的展品，那是一个非洲女子的人体标本。她有名有姓，名叫萨蒂吉·巴特曼，生于18世纪末，是南非东开普奎纳部落的土著人。她的两胯比上身宽厚，腰很细但臀部凸起，这是非洲女子的典型身材。

1810年，一个名叫威廉·邓洛普的白人医生看到少女巴特曼之后，陡生一计，觉得可以利用她这种完全不同于欧洲人的身材，发上一笔横财。他引诱巴特曼跟他走，说她什么也不用干，只要向众人展示她的身材，就可以赚到钱。

稚气的巴特曼同意了，随这个黑了心的欧洲医生到了英国，被送入一家马戏团。班主一眼看到巴特曼，就知道自己得到了"宝贝"。他忙不迭地到处张贴"展览活人"的广告。每次演出时，巴特曼都被赤裸裸地摆在一个展台上，驯兽师像展览动物一样，让她做出各种供人赏玩的动作。

门庭若市了四年之后，来看的人渐渐少了。班主估计是英国有猎奇心围观巴特曼的人都来得差不多了，于是将巴特曼转卖给了巴黎的流动马戏团。巴特曼继续在异国他乡裸身展览。终于巴黎也没有更多的看客了，号称文明时尚的人们对巴特曼丧失了兴趣。马戏团觉得摇钱树枯萎了，从巴特曼身上再也榨不出油水了，就把她一脚踹出门外，无情遗弃。巴特曼无以谋生，只能沦落为站街妓女，得到一点儿小钱后就终日酗酒。1816年，年纪轻轻的巴特曼因染上梅毒，惨死在巴黎。

巴特曼的厄运并没有因她的死亡而终结。拿破仑的医务主任乔治·库维尔解剖了巴特曼的尸体，将她的大脑和生殖器分别装在玻璃药瓶中保存，然后将残余遗体制成标本，送到巴黎人类博物馆公开展览。这个展览一直延续百余年，直到20世纪80年代才停止。

20世纪90年代，南非学者曼塞尔·尤伯哈姆发起了"还回非洲维纳斯"的运动。他要帮助已经逝去的非洲女子巴特曼恢复人的尊严。1996年，南非艺术部部长恩古巴内在会见到访的法国合作部长戈德弗兰时，郑重提出"请贵国归还'非洲维纳斯'"。2002年，法国政府终于同意将巴特曼的遗体交还给南非。同年8月，巴特曼的葬礼在她的家乡南非东开普举行。

在南非，我见到过不少黑人妇女拥有这种极度前挺后撅的身材。我曾好奇地请教过有关医学专家。

她们的身材为什么会成为这样？

专家说，您本人也当过医生。您一定知道人身上所有的生理特点，都在现实中有它们的实用性。比如，女子的肘关节前臂在同一肘关节屈曲位时，女性提携角平均值明显大于男性提携角平均值。也就是说，臂轴与前臂轴的延长线相交，形成一个向外开放的角度。女子的提携角更便于提东西。这具有统计学上的意义。

闻听此言，我赶紧调动自己以往做医学生时的记忆，总算明白了这段话的意思。通俗点儿说，我们伸出胳膊，上臂和前臂并不是笔直的，前臂有一个向外展开的角度，这个角度就叫作提携角。顾名思义，这个角度是为了人们提携物品方便而形成的。想想吧，如果我们的胳膊笔直，提物品的时候就很容易碰到身体一侧，既费力气又容易撞翻所提的东西。如果是液体，就会迸洒一身。久而久之，人类就进化出了胳膊肘稍稍往外拐翻的一个角度。这个角度，男人和女人是不同的。

我不断点头，表示明白了提携角的奥妙，专家说，非洲女人高高隆起的臀部也有它的实际功用。一是非洲高原的生态环境相当荒凉，当狩猎和奔袭时，都需要长途奔跑。强健的下肢要有良好的支点，臀部必须发达后翘。再者，黑人负重时一般不是肩挑手拿，是将重物用头部顶着，或者背负。无论使用头部还是背部，都需要身体有更稳定硕大的中段做重力平衡……后凸的臀部才可以担当此任，使身体安稳负重。

我不知道这是不是非洲女子身材的定论，姑且写在这里，为非洲维纳斯做点儿科学注释。

黑人女子终于抵近了，捋着头发中的汗水，气喘吁吁地说，对不起，来晚了。我刚从另外的店赶过来。

她大约40岁的年纪，是黑人中的美女，有维纳斯的身材和雪白的牙。只是略微纤瘦了一些。她领我们进入别墅，并叫出女儿与我们相见。那姑娘15岁，也很漂亮，而且是深知自己漂亮的女孩，不停地四处乱抛媚眼。我原以为媚眼这东西跟导弹似的，是专朝有情人定向发射，此刻才悟到还是需要平日抓紧时间在陌生人面前多练习，不然容易"书到用时方恨少"。

女主人领着我们参观她的家庭旅馆。

富人区的独栋别墅。大致有四间客房，一间客厅，一间餐厅，还有设备完善的厨房。就其基本设施来说，相当于中国中产阶级简朴的别墅。有小小花园，种着不很名贵的花草，但长得很茂盛，给人以朝气蓬勃之感。对于种植花草，我觉得名贵与否并不重要，但一定不得疏于管理，不能把花草弄得病恹恹半死不活的。一棵植物在大自然当中，有上帝之手负责它的生老病死。被你迁到了自家的庭院，你就成了它的衣食父母，要为它负起责任。如果只是在它盛花期买回来赏看几天，然后放任不管，由它自生自灭，那就是一次微型的植物界花钱买春。

旅舍里很干净，布置中弥散着一种廉价的品味。比如紫红色的沙发扶手宽大，看起来很舒适，但一屁股坐下去，会受到轻微的惊吓。它比想象中懦弱，缺乏支撑力，让人有不安的陷落感。在国内的很多小旅店常遇到此类座位，于是一笑，算和老熟人打个招呼。

彼此落座，女主人露出明显地想受到夸赞的表情，我送上了她想要的客气话。她很高兴地告诉我，买这座房子，大约花了200多万元（我当时已经折合成了人民币，心想，这比北京的房价可便宜多了），现在才两年，已经增值了百分之二十。

我恭喜她创业加投资都获得成功。她说，现在正在凑钱，买更好的房子，扩大家庭旅馆的业务。

我说，来的客人可多？

她说，多啊。全世界的人都知道索韦托，都想到索韦托来看看啊。

我频频点头，想到我自己是多么渴望到索韦托游览，而且颇费周折，要是没有金晓旭先生的周密安排，我哪里来得了！旅游者若能认识她，住在索韦托腹地，真是巴不得的。

她领我到办公室参观。

她说，我现在和全世界的客户都可以联系。客人预订很踊跃，在不久的将来，很希望能有中国客人住在我这里，看看我们的索韦托。她说这些话的时候，充满了信心和自豪感。

我也很希望能早一天成为现实。想起在国内时受到的警告，不由得多问一句，说，您不要生气啊，我想知道外国人在索韦托是否安全？

女主人果然生出些许恼怒，说，你刚才不是站在索韦托的路边很久吗？你觉得有什么不安全吗？

回想刚才，果然是鸟语花香、四周静谧，没有违和之感。但是，就算曾经的杀戮之地，也不是处处时时都血流成河。

看我的回应不太积极，女主人说，请问，您在约堡住哪家酒店？

我说，住在南非著名的太阳集团下属的一家酒店。

她点点头，说，那是一家很好的豪华酒店。

我说，是的。

女主人紧接着胸有成竹地说，我猜，你每天进出酒店，一定会看到很多安保人员吧？

我说，是。

女主人肯定地说，你要经过安全检查。如果你带着包，那个包也要经过安全检查透视。对吧？

我说，是的。您说得很对。

她突然朗声笑起来，雪白的牙齿像一道闪电炸开漆黑的面庞。众多的保安，严密的检查，这说明了什么？当然只能说明那里治安情况不好，不够安全。你看索韦托，有一个保安吗？你进入我的旅店，需要进行安保检查吗？当然没有。这样一对比，哪里安全，哪里不安全，你不是一目了然吗？

我一时瞠目结舌。对啊！是啊！没错啊！那边层层安检，这里畅行无阻，到底哪里更安全？应该是这里啊！

后来我回想起这段对话，承认自己被进行了最快速精彩的洗脑。在那一瞬间，我的确被女主人铁的逻辑俘获，信服索韦托是安全的旅行地。

女主人说，再说啦，这里的人都互相认识。只要知道了是我的客人，没有人会动你们一根毫毛。

这个说法倒是很安定了我的内心。我决定要把这个旅店的信息告知我的好朋友们，如果日后他们要到南非，要到约翰内斯堡，要到索韦托，请住在这家干净整洁又安全的家庭旅馆，女主人会做很地道的黑人餐食（我虽没亲口品尝，但从那个整洁并有现代感的厨房可以推断出），你能近距离地体会到一部分黑人的生活。如果能在半夜时分披衣起身，看看索韦托，估计也很有特色。

美丽的黑人小姑娘对我们的谈话不感兴趣，她瞅了个空子插话进来，您觉得我到中国去怎么样？

我说，好啊，欢迎你去旅游。

小姑娘说，我不是去旅游，我要去做生意。

我吓了一跳，说，你打算做什么生意呢？

她骨碌碌地转着大眼睛，顺便抛了一个媚眼过来，说，您觉得我教英语怎么样？

我再次吓了一跳。虽然南非曾是英国的殖民地，英语也很普及，但黑人英语有特殊的韵味，这和中国人所崇尚的地道英式英语和美式英语还是有差距的。我稍稍避开话锋，小心地问，除了做英语老师，你还有什么打算呢？

小姑娘的思维来得挺快，马上说，如果当老师不行，我就倒卖手机。说着，她拿出自己使用的手机，展示了一下，问我，你说这个大约多少钱？

我对此实在不内行，但看出这是一部老式的翻盖手机，在中国，应该有N年不流行了。

我说，中国的年轻人更换手机很频繁，这种手机现在很少有人用了，应该不会值很多钱。

女孩子说，她买的是二手手机，在南非花了上千元。

我说，在中国这类手机基本上被淘汰了，应该不需要用这么多钱。

女孩听后眉飞色舞，大喜过望地说，那我从中国回收这种手机，然后带回南非来卖，肯定会很赚钱。

我说，如果你真有此愿望，要找来相关资料，比较一下两边的市场行情。还要知道携带大量旧手机出入境，手续上有无麻烦。事先要搞清楚。

女孩子很认真地听着，不断地点头，最后向我飞了一个长时间的大媚眼，算是真诚感谢。临告别的时候，我送给女主人一条丝巾，薄如蝉翼。她非常喜欢，立刻披在身上，同我合影，然后问我，这上面是什么花？南非似乎没有看到过。

我说，这是牡丹。中国的国花。

她喃喃地重复着：木——谈。她又指着丝巾上的中国字，问，这写的是什么？

我说，这是汉字：春黎。

女主人问，陈——里……什么意思呢？

我说，就是春天的早晨，天刚刚亮。

她非常高兴地说，我一定要在我们黑人节日的时刻，把春天的早晨披在身上。

话是这么说，一转身，她肩头的春天早晨就不见了，被她女儿抢先"天刚刚亮"了。

她女儿对我说，你觉得我要到中国去做生意，是不是需要学习一点儿中国话呢？

我说，如果你真下决心要到中国做生意，提前学习一点儿中文是有必要的，最好上南非当地的孔子学院。

黑女孩皱了皱眉头，她光滑的前额竖起了一道纹路，很快又散开了。说，那多麻烦啊。我觉得你教会我说一句话，我就可以到中国做买卖了。

我真的想不出哪一句中国话具有这样所向披靡的魔法，甚至怀疑这么神通广大的话，我可会说。忙问，你说的是哪一句中国话呢？

黑女孩咧开厚厚的嘴唇，嘻嘻笑着说，就是——你好！会说这一句，我就可以到中国去了。一切等到了那里再说嘛！说完，向空中飞了一个无与伦比的大媚眼，蓝天为之震撼。

我怔了一下，算是大道至简地明白了什么叫文化差异。

小海豹的
眼神

10

非洲三万里

我相信雨果先生听到过海豹之言，因为千真万确——
它们在说：人类，我们从不曾杀死过你们，也恳请你们让我们活下去。

沿着据说是南半球最美的海滨公路前行，在靠近南非开普敦豪特湾不远处遭遇堵车。心急火燎的，我和弗朗索瓦·雨果先生约好了午餐时间必到，现在已经快12点了。

顾不得欣赏美景，紧赶慢赶还是迟到了半小时，虽说之前已经打了招呼并表示歉意，还是很不好意思。等待我们的，不仅有雨果先生夫妇，还有饥肠辘辘的小海豹们。

走进类似旧货仓库的海豹救助站，主人已经急不可待，顾不上寒暄，径直领着我们去给小海豹们开饭。我想，为了让我能看到海豹进餐，雨果先生一定不断安抚着小海豹们，才让这些对食物望眼欲穿的小家伙，辛苦地等到了现在。

真是抱歉。你对人可以说对不起，但是你对小海豹们无计可施，只有充满歉疚地看着它们莹亮如水晶的眼珠，恳请谅解。

弗朗索瓦·雨果先生拎起几条尺把长的冻鱼，走向院子。以我有限的鱼类知识，那应该是鲅鱼。很新鲜，背脊青蓝，肚腹雪白，鱼眼暴突。小海豹们看到久候的午餐终于到了，兴奋地挺直了身体，双鳍着地，半仰着头大张着嘴巴，一甩头猛一口就把鱼吞了下去。一只很秀气的小海豹渴求地看着饲养员，恳请他再发放些食品。雨果先生轻轻把第二条鱼投放下去，然后温和地对它说，嗯，差不多了，你吃得太多了，就会变胖，那样你就没法游回大海了。小海豹似乎听懂了雨果先生的劝慰，恋恋不舍地和食物告别，一扭一扭地

108 非洲三万里

走开了。

几只海豹吃饱后，便在院子里或躺或卧地晒太阳，皮毛发出油亮而略带蓝色的光泽，如玩具小轿车，逍遥自在地泊在海湾陆地上。

我看着手痒，问，雨果先生，我能喂喂它吗？

雨果先生说，海豹生性非常敏感，你还是先看着我喂，让它们慢慢熟悉你，你才能喂食。

我趁机打量救助站。它是豪特湾小码头上的一栋简陋的二层小楼，水泥建造，一股咸腥气。旧沙发、旧摩托车、旧小艇随意摆放着，说得不好听点儿，如同废品回收站。

弗朗索瓦·雨果先生方头大脸，豪爽汉子。他的妻子面色憔悴但笑容清丽，跑前跑后，不停地照拂海豹宝宝。屋外爬满了海豹，附近海水中也有海豹浮游。看到雨果夫妇走近，海豹们高兴地扭转身体，把鳍状肢伸出水面摇晃，好像人类的招手，口中不断发出低沉叫声，打着招呼。

等得手痒，终于获得雨果先生许可，同意我可以投喂海豹了。我把冻鱼小心翼翼地放下去，小海豹很敏捷地向上顶了一下，我赶紧撒手，鱼就像鱼雷一样滑入小海豹的嘴里。它满意地看了我一眼，眼神清澈如同山泉，满含着信任与天真。

我不由得说，小海豹太可爱了。

雨果先生说，是啊。只要你同海豹真正有所接触，你一定会爱上它们。

海豹身体浑圆，形如大枣核，头圆圆的，和脖子之间没有明显的过渡，一下子就到了水雷般的身躯，这种体形很适于在水中快速前进。它虽为哺乳动物，但四肢已经退化成了鳍状。全身长毛，前肢短后肢长，末端像人的手指脚趾一样分叉为五根，而且每个指头上都长着指甲。这个特点千真万确地表明它是哺乳动物而非鱼类。可能是为了在水中游得更快，它们的耳郭消失了，退化得只剩下两个小洞。它们的后肢类似潜水员的两只脚蹼（准确地说应该叫后鳍吧），不能弯曲。刚才说过的那只秀美小海豹，笨拙地跟着弗朗索瓦·雨果先生进了工作室，熟门熟路地弯曲爬行，累赘的后半身在水泥地上留下湿淋淋的扭痕。看它扭呀扭的身姿，让人想起了张曼玉扮演的青蛇。

要说眼前这位雨果先生，真是充满了传奇色彩。十几年前，他还是南非一家钻石公司负责保安系统的工程师，整天和安保设备打交道。日复一日的单调工作让他烦了，于是辞职和妻子一起准备坐船出海旅行。在开普敦豪特湾码头做舰船出海前的例行检修时，见到了一只10个月大的小海豹。它的双鳍被鱼线割裂，无法游泳和自己觅食。如果没有人出手相助，这小海豹定死无疑。夫妻俩赶紧放下出海的准备工作，救下这只小海豹，取了个宝贝名字，叫"甜心"。从此，他们索性放下了出海旅游的打算，办起了开普软毛海豹的庇护所，累计救助了数千只海豹。

我不停地喂着小海豹，发现它们可真够能吃的。如果你不劝慰它们或者干脆拿走鱼料，它们饕餮无厌。雨果先生说，小海豹刚生下来时吃妈妈的乳汁，到4~6周时断奶。之后就变成了一个大肚汉，每天吃的鱼超过它体重的十分之一。也就是说，一头60~70千克重的海豹，一天要吃7~8千克鱼。

我吓了一跳，说，那您一天要买多少鱼来喂海豹啊？

雨果先生说，为了让海豹们能按时开饭，我不停地筹集它们的伙食费。

一只海豹一年的伙食费就要一万多人民币。救助站常年生活着几十只海豹，雨果先生火头军的担子很重。

雨果先生轻轻拍打着刚才扭进门来的小海豹背部说，它在我们这里生活了很久，和人很亲。和海豹交往，我有一个宝贵经验，那就是始终尊重它们的自由。它们能为自己思考，它们能思考什么对它们是好的、什么是不好的。看到人类帮助它们时，虽然口不能言，但心里很明白。现在，你可以摸摸它。

看得出雨果先生非常尊重海豹的天性，我先谢过，然后说，我就不摸它了，省得它害怕。

见我婉辞，弗朗索瓦·雨果先生似乎有点儿失望。这让我想起家有顽童的老爸，你若随意开逗他家孩子，他不放心。你若是不理睬他家宝贝吧，他又心有不甘。我体谅他的善意，说，好，那我摸一下。

我慢慢伸出手指，探探小海豹湿淋淋的身体。它在弗朗索瓦·雨果先生怀里，很惬意地享受着雨果先生的拍打和抚摸，对我这个外来人暂时放松了警惕。小海豹的毛皮湿冷，看起来顺滑，但并不柔软，稍有弹性，像覆盖着

一层细密的鱼鳞。

在格陵兰岛，我摸过海豹制品。因为经过了加工，光泽油亮，极其丝糯，手掌拂过时，有一种小溪般的舒畅。当皮毛长在活着的海豹身上时，却有一定力度。这大概近似于穿皮鞋和摸一头水牛，是不一样的。

海豹的生存威胁，一是来自港口。弗朗索瓦·雨果先生脸色阴郁，手指着豪特湾说，港口渔船很多，海豹一旦陷入渔网，身体就会被勒破。就算它好不容易挣脱出来，也是遍体鳞伤，因伤重而亡。渔船收网时发现了受伤的海豹，会把它们当作垃圾扔掉，我经常会从垃圾堆里捡到还活着的受伤海豹。第二个威胁是人类的过度捕捞，使得海豹的食物日益减少。没的吃了，海豹就越来越虚弱。第三个威胁，来自人类对海豹的需求越来越大。海豹可以说浑身是宝，它肉质鲜美，营养丰富，是高级蛋白质，富含维生素A和铁

10 小海豹的眼神　　111

元素。开普软毛海豹更是由于毛皮柔软舒适，穿在身上十分暖和，在制衣业大受欢迎。海豹的皮毛还可以制鞋、制帽，抵御严寒非常舒适。海豹的肠子是制作琴弦的上等材料，海豹油更是一种营养品。欧洲大航海时代以来，商人们一旦发现海豹群，就会和开采出石油一样狂喜。这些因素叠加在一起，使南部非洲海豹的数量，在过去的200年里减少了80%以上。

说到这里，弗朗索瓦·雨果先生稍微踌躇了一下，似乎在斟酌说还是不说。他思考的结果是决定一吐为快。他皱起眉头说，在中国，海豹的某一部分还成了一种药品……

我从雨果先生的表情中，明白了这个问题的实情。我问，海狗和海豹可是一种动物？

雨果先生说，海豹和海狗都属于鳍脚类动物。严格讲，它们有一点点细微的区别。但由于对海狗的需求量剧增，世界上已没有那么多海狗满足需求，不法商人就以海豹代替海狗，于是海豹遭到了大肆屠杀。

一时间，忆起往事。

那时我是医学生。在军队里，性是微妙话题。即使是医学学习，校方也对生殖系统轻描淡写。战场上，士兵体格精壮、格杀凶猛，哪里还顾得上慢腾腾的繁衍和老年肾虚？但西医一笔带过，中医不讲这些难成方圆。

教中医课程的是一位地方教授。他认为医学百无禁忌，讲到阴阳五行中的肾，便说，不要以为中医的肾就等同于西医的那个排尿器官，它还包含生殖系统。中医的肾相当于西医两个庞大系统的总和，除了泌尿，还关乎子孙后代。

既然讲到了肾，就会讲到肾虚。既然讲到了肾虚，就要讲如何补肾。养肾填精什么方剂最好呢——海狗丸。

我们问教授，海狗是什么？

教授说，海狗是寒冷地区的深海动物，长得像狗。

我现在确认该教授并没有见过海狗，并不知道海狗的别名就叫"毛皮海豹"或"突耳海豹"。

中药用的"海狗肾"，就是雄海豹的睾丸、阴茎、精索的干燥制品。民间流传取海狗鞭一根切成薄片，用高度白酒浸泡，三个月后就可以饮用了。

据说有滋阴壮阳、兴奋男性性机能的功效。

  以医学观点来看，海豹的内外生殖器官是由海绵体、皮肤和筋膜构成，不过是些蛋白质和脂肪类物质，大约还有少许的结缔组织，很难说具有什么特殊的营养学意义。在高浓度的酒精长时间浸泡之后，即使原本有微量的有效物质，估计也都丧失了活性。况且，海豹和人类的属性相差甚远，就算它的性能力超群，和人类又有几多相关呢？

  "以形补形"是国人古老的民间风俗，却不一定科学。鲁迅先生多年前就强烈抨击过以"人血馒头"治疗肺结核的愚昧，却无法彻底根绝种种谬传。照这个逻辑推理，所有的脱发者都应选一堆猪毛鸭绒鸡羽来乱炖吧？近视眼的孩子，每天来十来颗鱼眼煎炸，像嚼糖豆一样吞服，是否可练成千里眼？肠癌的人，狂吃葫芦头或许能有治愈的希望……可能有人会反驳，说贫血病人吃血补血，确有疗效。以我的医学知识来看，那不过是因为动物的血液制品中富含蛋白质和铁剂，恰好补上了病人的短板。就是不吃血豆腐，吃动物肝脏和铁剂也一样有效。中国人把动物的内外生殖系统统称为"鞭"。中国男子中，无论长幼贫富，颇有一批人是"鞭控"。理论根据就是这个"以形补形"，以为"吃鞭补鞭"，就能永葆青春。这其中，除了真正的病体缠身之外，很多人是不自信，无法接受衰老这个自然法则。把性能力的高下当成人生至关重要的硬指标。这本是人的心理孱弱之悲剧，不想却在千万里之外，酿成了海豹种群的悲剧。

  对中国人热衷使用海豹生殖器官当作药物一事，面对雨果先生，我窘困不已。我不敢鄙薄中医，但这以脏补脏的办法，面对大自然的生灵，应做调整。

  没有买卖，就没有杀戮。我想补充一句，没有愚昧，也没有杀戮。

  请酷爱各种动物鞭的中国富男人或准富男人们三思。上天给予你们的繁衍机能，本是够用的。如果过度索求性福，便是贪婪。更不消说如果是为了征服更多的女人，企图交媾无度，那便是灵魂和肉体的双重堕落。再加上残杀动物，更是让中国人颜面无光。

  雨果先生接着告诉我，世界上对海豹生存构成重大威胁的还有纳米比亚。小海豹长到八九个月时，会从南非开普敦沿海岸线北上，一直游到纳米比亚的十字湾，海途全长1 600千米。在那里等待它们的，是厄运陷阱。纳米比亚政府公开允许猎杀海豹，而海豹又常常被当成海狗，李代桃僵。在纳米比亚的十字湾等海豹聚居地，每年7月1日，当地政府开始有组织地捕杀海豹。小海豹首先被数百名手持长棍的人从妈妈那里驱赶出来，然后集中到沙滩上。因为要保持皮毛完整，人们用棍子而不是猎枪，疯狂地击向小海豹的头部。许多小海豹当即死亡，另外许多被打中肺部的，拖延数日后才慢慢地痛苦死去。每年约有8.5万只海豹被极其残忍地猎杀。就算偶尔逃脱，小海豹因和母亲失散，形单影孤，饥饿地在大海中漫无目的地漂流，它们年幼又缺乏经验，也会大量死亡。

雨果先生终日辛劳，很大一部分就是拯救并照料这些海豹孤儿，让它们在救助站休养生息，待它们恢复健康后，将它们放归大海。

在和海豹们的相处中，我觉得它们经常在对我说话。雨果先生说。

哦，您能听懂海豹的话？我反问，却并不吃惊。我相信，这世界上除了人类之外，动物和植物也都自有它们的沟通方法。有一些特别敏感和仁慈的人，能打通这种物种间的隔膜，进行跨界交流。

是的。我听到海豹们在说：我们活着是非常重要的，世界需要我们。我们代表一种强大的爱的力量，如同母亲和婴儿之间那种爱。地球需要这种强烈的爱，才能恢复到往昔的平衡状态。我们在地球生活、在地球的海中游动，行使我们的使命。雨果先生诚挚地说。

我抱起小海豹，它很温驯地依附着我。它的体重近似五六岁的男孩，将近20千克吧。它身上未干的海水将我的衣服打湿，这让我感到轻微的寒冷。拥抱的时间稍久，我感受到在表层清冷之下的海豹体温。比人类的体温要稍低一点儿，但仍是温暖的。稍后，它半仰起头，看着我。这让我得以非常近距离地注视小海豹的眼神。真的，在人类中，即使是刚刚出生纯真无邪的婴儿，我也未曾见过如此明澈洁净、通透专注的眼神。它一眨不眨地看着我，充满信赖。那一刻，我突然泪水盈盈。

我相信雨果先生听到过海豹之言，因为千真万确——它们在说：人类，我们从不曾杀死过你们，也恳请你们让我们活下去。

持枪的巡守员
唯一知道的事儿

11

非洲三万里

随着夜色浓稠,那旷野变成了一种让人获得静谧、缓慢、平和的幽深存在。
这是一种永远不会生锈的不锈钢一样光滑的宁静。

在非洲，有很多野生动物保护区。

在非洲，你一定要到野生动物保护区去。如果不去，就像到了中国不去北京上海西安……

有人说起到非洲去的唯一目的，就是看动物。

我就纳闷，人怎么那么爱看动物？

这是来自远古的咒语。并不仅仅因为人类曾经狩猎，而是在我们的血液中，沉淀着和动物相依为命、难舍难分的基因。真正的唇齿相依啊，无数动物的血肉化成了我们生命的原始能量，在这种依存中，它们的生命片段嵌进了我们生命的图谱。不信，你可曾看见过不喜欢动物的孩子？到了成人阶段，喜爱的比例有所减少，不知是因为经济的原因，还是不期然中有些人受过来自成人或动物的某种威吓。

非洲最大的动物保护区当数大林波波河跨国公园。它由南非的克鲁格国家公园、莫桑比克的林波波河公园和津巴布韦东南部的戈纳雷若禁猎区合并而成，占地面积约为3.5万平方千米。就动物种群和密度来说，尤其是狮子等大型猫科动物密度来说，肯尼亚和坦桑尼亚结合部的马赛马拉保护区当属第一，被称为"园中之冠"，面积为4 000平方千米。

除了国立的野生动物保护区，非洲也有很多私人的动物保护区。以南非为例，国家保护区有20多个，私人保护区有数百家。

在国人的心目中，如果是私人的动物保护区，那多半是圈起来的土围子，卖票收钱，是只供少数人享乐的动物圈、变相的大庄园。南非的萨比萨比私人保护区则完全不同。它位于南非克鲁格国家公园西南端，面积超过65 000公顷，治安保护方案非常完善。其内的动物们自在逍遥，绝不比任何国立保护区差。当地巡守员很自豪地说，因为和克鲁格国家公园毗连，那边的动物成群结伙地跑到这边来，都不肯回去啦！

我说，那克鲁格国家公园的动物岂不越来越少？

萨比萨比的巡守员耸耸肩膀，幸灾乐祸地说，那有什么法子呢？你总不能给动物发通行证。

为什么叫"萨比萨比"？营地的名字来源于保护区境内的一条河流，土名就叫"萨比"。早年间，这条河中栖息着大量鳄鱼及河马，猛兽成群。当地的土著聪加族人对这条河充满了敬畏，"萨比"是土语"敬畏"之意。

保护区内还建有世界顶级的丛林营地酒店。此地的名称直译出来，就是带有感叹意味的——"敬畏啊敬畏"！

萨比河两岸是野生动物的乐园。1830年，为了获取象牙和犀牛角，欧洲狩猎者最先在这里安营扎寨。南非东北部发现黄金之后，为了运输矿石方便，铁路穿越了这里的丛林。欧洲贵族们很快发明了一种惬意的游览方式，就是乘坐火车，在旷野和密林中穿行，它有个时髦的名称叫"猎游"。火车的铁皮壳子里，相对安全和舒适。在经过充分设计的精良车厢内，贵族们一边安逸地喝着咖啡，一边随着列车的行进，观赏窗外的美景以及奔跑跳跃的野生动物。

如今去往萨比萨比营地的开端就先声夺人。要从约翰内斯堡乘专属航线的小飞机，飞抵营地。飞机小巧玲珑，规定每人携带的行李绝对不得超过15千克。专属的豪华小机场，在一应周全的服务设施之外，配备精准的行李秤，不仅是托运的行李，就连身上背的手里提的小包也一并计算在内。如果重量超标，多余的部分不是一般的超重罚款作结，而是要让你把它们留在机场代为保管，然后通知你的亲朋前来取回。概因飞机的载重有严格限制，超重了就不能保证安全。为了不在半路上坠毁，跌下来成为动物们的下午茶，旅客们都要严格执行规定。

这可难煞了我们。从萨比萨比营地钻出来之后，还要在非洲旅行近一个月，穿越赤道和高原。行李箱的自重有3千克，所有的物品都要压缩在12千克以内，难度很大。

为了保证重量不超标，我特地网购了一个行李秤。芦淼笑话我，说本来就非常紧张的重量额度，加上这个秤就又多出300克重量。

我说，赴萨比萨比乘小飞机出发那天早上，完成确认行李不超重的任务后，我把它留在宾馆的桌子上。

锱铢必较到苛刻的地步。

手提电脑和一应充电设备必须带，望远镜必须带，存储卡、相机必须带……哎呀呀，和箱子的自重加起来，已达6千克多。这要求其余所有的物件必须压缩在9千克以内。光是携带的诸多药品，就差不多有大半千克。计有：抗疟药、驱蚊液、清凉油、防晕车药、防过敏药，治拉肚子的，包扎外伤的，抗感染的，治疗消化不良、肚子痛的，酒精棉，创可贴……都是断乎不能少的啊！第二位重要的是送给非洲友人的礼物，这个必须有。至于自己的衣服尽量精简，除内衣之外，一件抓绒衣打天下。由于抓绒衣比较鲜艳，还要带一件中性色彩的外衣，以便在保护区内减少对动物的刺激。鞋子脚上穿一双，行李里带一双。遮阳帽、墨镜、防晒霜……对了，还有拖鞋，非洲酒店通常不供应此物。所有的牙膏、洗浴液、洗发水，够在萨比萨比用的即可，深山老林怕没的卖。出了营地之后的用度，再去购买。所有的阅读资料都存在电脑中，不拿一张纸片（这一条后来稍有更动，我用一张纸记录了所经诸国大使馆和外交部领事司电话，还有保险公司的电话，大约占用了几十克重的额度）。相机用最简陋的，功能寥寥，只有几百克。连随身携带的笔都反复掂量，排了最轻的一支。带不带指甲刀呢？这也要占用至少100克分量。我原本想不带了，出发前把指甲剪秃到露肉，等回到家里再彻底清理。后来一想，不行，近两个月不剪指甲，归来时会成九阴白骨爪模样。忍痛拨出重量额度，挑了个最小号的指甲钳带上。此物袖珍到就是剪小指指甲也要折返多次。

还有个不可逾越的为难之处。萨比萨比之后，我将乘坐"非洲之傲"列

车。它号称极度奢华，在提前发送的乘车文件中，要求所有乘客在每日晚餐时，必着晚礼服出席。

天哪，现在我只剩下一千克的分量了。几件晚礼服？就是用报纸糊，也要超标。

思前想后，突然眼前一亮——中国伟大的丝绸翩然起舞。蚕宝宝用它柔弱的丝缕拯救了我！买了几条丝裙，油光水滑、光亮灼灼。由它们担当礼服之角色，应该说得过去。

临到小机场之前，我连口袋中的纸巾都扔了。心想，抵达一个号称世界上顶级营地的地方，大便纸总会有吧。

在小机场过磅的时候，心怦怦跳，做贼似的紧张。虽然自己称量不超重，但若是机场的秤不一样呢？若是多出一千克，我再也找不到可以扔出来的东西啦!

思前想后,暂且可扔的东西似乎仅有一样——两包红烧牛肉方便面。一想到有可能和这两包方便面诀别,从此永不相见,肝儿颤啊。

你一定笑话我在如此紧张的额度中,居然还为方便面保留了一席之地。

我也一边耻笑自己,一边义无反顾地带上了它们。这两包方便面,我是N次拿出,又N+1次地放入行囊。非洲路途遥远、前途叵测,中国风味的这两包面,给我的肚腹以稳定的安全感。

好在一切妥帖,那个网购来的被我放弃的行李秤,居然和机场的秤一丝不差。行李未曾超标,得以顺利登机。

从未乘坐过这样小的飞机,单排座,连驾驶员10个人。从它小得和茶杯口差不多的舷窗朝下俯瞰,像骑在一只鹅的背上。

已是南非暮春时光,但旷野春晚。广袤的原野苍黄中,只染有一抹稀薄新绿。飞行40分钟之后,萨比营地到了。飞机却在机场上空盘旋,迟迟不肯落下。定睛一看,原来是跑道上有一头双角犀牛在漫步,身圆如鼓、皮糙肉厚,完全不理睬头顶上的钢铁怪物,兀自优哉游哉地漫步。或许,它真把这家伙当成了一只无聊的秃鹫。

下了飞机,经过狭窄的林间小路,入住酒店。酒店好似融入密林之中的一个巨大的白蚁之穴。土黄色的外墙和屋顶,覆盖着攀缘的绿色植物和花朵,酒店的名字也很随意,叫作"灌木"。它们和周围的环境融合到了浑然一体的地步,好像同在洪荒早期前后脚形成。

欧洲人和美国富豪对这种貌似原始实则奢靡的风格,趋之若鹜。

客房的卫生间是我迄今为止看到过的最大面积的个人私密空间,简直有半个篮球场那么大。酒柜中摆满了各种葡萄美酒和饮料,以供客人随意饮用。我不善饮,素无遗憾,但此刻恨不能仰头呼唤——苍天哪,倘若有来生,请您务必赐我以酒量。无须太大,能够在这美景中微醺即可。

还有室外浴池。注意啊,并不是室外游泳池,而是只属于你自己的专用沐浴设备,包括淋浴和浴缸。按说这也不算是太稀奇,但最出乎意料的是——它毫无遮挡,完全露天敞开式。浴缸的对面,是一条河(不知道是不

是威风凛凛的萨比河），稍远处，是莽莽苍苍的非洲荒原。此地号称在你洗浴之时，能偷窥到你裸身的只有狒狒或长颈鹿，偶尔也会有张着血盆大口的狮子吧。因为隔着一条河和电网，所以你不用怕，理论上是很安全的。

然而我没出息地胆战心惊，决定这个宝贝只留作欣赏，绝不以身试法。

动物保护区最重要的活动，就是探望动物。有两种方式：一是乘坐敞篷越野车探寻，二是徒步丛林行走。我等初学乍练，不敢尝试徒步，便取了能够偷懒的前一种。

探寻动物一天两次，一是黎明时分，二是黄昏时分。据说这两个时间，都是动物最喜欢漫无目的地东游西逛的时刻。

十座的路虎越野车身上披着斑驳的迷彩色，好像一只巨大的史前动物。在车头两侧坐着巡守员和驾驶员，肩背对讲机，负责在旷野和密林中寻觅动

11 持枪的巡守员唯一知道的事儿   121

物，引导车辆前去抵近观察。后面像阶梯教室似的依次升高的四排座，每座两人，有点儿像个小型的比赛场馆。

司机是当地土著人，不爱说话。除开车外，也缩着脖子只顾看前方和四周，以目光为人工雷达，找寻动物。巡守员是高大的黑人壮汉，手提AK-47步枪，如同拎着一个塑料玩具，十分轻巧。

我问芦森，咱们坐在哪一排？

芦森说，咱们这车的八位乘客中，有四位是一家人，他们估计愿意扎堆坐在一起。等他们坐定了，咱们再坐吧。

我欣喜他能这样为别人着想。

那一家人来自美国，其中三位是女士。旷野风大，他们最终选择了最低的车位。一对印度夫妇，看来也对非洲烈风心存畏惧，依次坐在了次低位置。我们母子便坐在了最后一排。

拎步枪的黑人巡守员为我们进行了简短的寻游前教育。

大家不要穿鲜艳的衣服，以免刺激动物。嗯，很好，你们穿得都很像动物。

他的开场白有趣，车上的人们相互瞅瞅，果然，虽说都是名牌（我们母子除外），但整体十分黯淡，和灰扑扑经过伪装的路虎车融为一体，好像颓败的小山丘。

持枪巡守员继续说，不要吸烟。不要随手丢废弃物。不要喂食动物。

我们频频点头。

最重要的是你们千万不能下车。无论什么时候都不能下车，记住！尤其当野生动物靠近我们的时候。不要以为你会跑得过野生动物，这里的任何一种野生动物，包括兔子和地鼠，都比你跑得快。只要你在车上，野生动物就会将车和人视为一个整体，认为这是一头巨大完整的动物，它会暗自比量自己和这辆路虎车到底谁更魁伟一点。它不傻，当它认为自己在体形上不占上风的时候，它轻易不会发动攻击。但是如果你下了车，那就不同了。你渺小软弱，有令它食欲大开的可疑味道，你柔软多汁，它会认为你是车的内脏掉下来了……

生动地说着这种并不好玩的幽默话语，他的牙齿像一架钢琴的白键在整齐跳动。

以我的医学知识，知道并没有找到有力的比色证据，以确认黑人的牙齿更白。也就是说，如果把单独的牙拔下来比对的话，大家都差不多。反差这件事，的确功能强大。黑人女孩穿什么靓丽的衣服都好看，黑色是万能的底色。但面对这位持枪巡守员，你还是要对他的牙釉逼人的雪白心悦诚服。

他发给我们每人一条毛毯，灰黄色，类似老虎的斑纹。披裹上身后，彼此相觑，都压低声嘿嘿地乐。大家轮廓模糊、囫囵一体，首尾不分、色彩浑浊，实在比动物还像动物了。

出发！

路虎车轰鸣着，卷起赭黄色的沙尘。颠簸行进中，巡守员紧张地东张西望，不时用对讲机和友邻联系着，通报着动物们的信息。

我们最先看到的其实不是动物，而是飞禽。在非洲的天空，自由飞翔着数不清的鸟类。同行的美国人一家，不停地呼唤着那些鸟的名字——"黄眼隼！""蓝蕉鹃！""绿头织布鸟！"

祈望天空飞过一只栗色麻雀，让我也能有机会发出声音。

我悄声对芦淼说，在非洲，我还认识火烈鸟，可惜它们生活在咸湖沼泽中，这里估计一只也没有。

芦淼看出我的沮丧，安慰说，他们都带着非洲鸟类大全的画册，我看到他们临上车的时候还在翻看。他们来过非洲多次了，自然认得的鸟多。

看动物的程序，大约也是由浅入深、循序渐进。咱国人还停留在"五大兽"的阶段，以为动物越大越饱眼福，看得过瘾，值不菲的花费。对于资深的旅行者，能叫出像子弹一样掠过天空的鸟名，成了更值得骄傲的水准。

持枪巡守员说，萨比萨比栖息着超过200种野生动物，超过350种鸟类。他带着自豪感补充，如果客人你来自北半球，那么你在此地一天之内可能看到的鸟类，或许超过你在家乡时一生见过的。

我估计他所说的北半球指的是北欧。在中国未及污染的热带边疆，能看到的鸟类也还不少吧。当然，我们的城市里只有麻雀和偶尔的燕子，在某些稍好的区域，还有乌鸦和喜鹊。

我们看到的第一批动物是羚羊。灌木丛中，各种年龄段的羚羊眨着温柔的大眼睛，看似惊慌实则胸有成竹地逃开，一边奔跑一边回头，好像俏皮地在说，追追看！你们可有我跑得快？

持枪人说：这是斑羚，那是黑斑羚……

人们是多么容易满足和厌倦啊！很快，裹着花毛毯的看客们就对鳞次栉比的羚羊阵营失去兴趣。持枪人说，看那边，牛角羚！

美国男人首先发难，说，带我们去看看别的动物吧。不要总是羚羊羚羊的。

持枪巡守员说，好吧，我和他们联络一下，看看狮子在哪里。

在一段密集的当地土语沟通之后，巡守员说，今天天气比较冷，又没有太阳，狮子不爱出来活动，至今没有发现狮子的踪影。

我们遗憾。不过巡守员说，那边有一只猎豹正在进食。今天它运气不错，扑到了一只瞪羚。

路虎车于是在沙地上掉转车头，向说不清方向的远方潜行。

周围是稀树草原地貌。我们对非洲旷野最标准的印象——干燥的荒草之上，矗立着孤零零的有着水桶腰身的猴面包树或其他乔木，就是稀树草原地貌的标准照。稀树草原这个词既专业又传神，放眼望去，下面是草，上面是树。从数量和广度来看，草很多，树很少。众草之上，树木毫无章法地点缀着，所以就叫稀树草原。

稀树草原生长于距赤道8°～20°的热带地区，非洲有世界上面积最大、发育最好、特征最为典型的稀树草原地貌，约占非洲大陆总面积的40%。这种地貌对于中国人来讲比较陌生，只在云南澜沧江、怒江等流域局部存在。

尽管陌生，我们还是要对这种地貌报以深切的敬意。正是在稀树草原上，诞生了最初的人类。

这些草叫什么名字呢？我指着满地衰草，问持枪巡守员。

禾草。他回答。他是动植物专家，大学毕业。

抬眼望去，连续的禾草原大约有半人高，枯黄的草叶中心泛着懵懂醒来的稚弱绿色。这里是禾草的天堂，它们肆无忌惮地连成一片，好像鸿篇巨制。偶尔出现的孤独乔木和抱团取暖的灌木丛，打断了禾草的整齐划一，仿

佛长文中出现的惊叹号和删节号。

但是，禾草究竟是什么草呢？它们好像并不只是一种草，而是一个乱七八糟的庞大阵营。说实话，来非洲之前，我不很了解禾草这个词。当下搜肠刮肚地想，回忆起来的也只有戴望舒悲怀激愤的诗——《我用残损的手掌》："江南的水田，你当年新生的禾草是那么细，那么软……现在只有蓬蒿。"根据上下文的意思推断，我一直认为老戴口中的禾草指的是水稻。不过指天发誓，虽然眼前禾草阵营里泥沙俱下地包含多种植物，但我敢肯定没有水稻。

禾草，就是俗称的草。从谷物到竹子，从地毯草到埃及的纸莎草……统统都是禾草。持枪白琴键回答。

我问，水稻不是吧？我对戴望舒半信半疑。

水稻也是禾草。白琴键答。

那么小麦？燕麦？我问。

也都是禾草。白琴键答。

我深出了一口长气，恍然大悟。后来我查了资料，禾草没什么神秘的，就一包罗万象的大筐，你所能见到的所有草类，都被它一网打尽。所有的粮食，除了荞麦以外，都是禾本科植物。

白琴键说，你可别小看了稀树草原，无数种动物，包括大型哺乳类动物像野牛、斑马、角马、河马、犀、羚等，要么直接把禾草当作食物，要么靠捕食吃禾草的动物，把食草动物从禾草那里得到的养料间接地摄入体内。所以从本质上说，连最极端的食腐动物也是靠禾草为生。只有少数动物，比如大象和长颈鹿，依赖乔木的树叶或果实过活。

我一时对稀树草原恨不能倒地便拜。它是所有非洲动物的厨娘！它怎么这么能干呢？何德何能养活这么多生灵？

白琴键说，稀树草原有相当高水准的净初级生产量。

我说，什么叫净初级生产量？

白琴键利用寻找豹子的间隙，向我普及植物知识。

初级生产量是指单位时间和单位面积上的绿色植物通过光合作用所制造的有机物质或所固定的能量。

我点点头，表明大致明白。

持枪白琴键接着说，净初级生产量是可供生态系统中其他生物利用的能量。

我这一次使劲点头，表示明白这个净产能，就是植物除了自己消耗之外，额外积聚起的能量。

持枪白琴键说，禾草具有最大的净初级生产量。在雨季，稀树草原的产能比热带雨林还多。

这令我目瞪口呆。热带雨林多繁茂啊，万象葱茏、青翠欲滴，它怎么会被这黄皮寡瘦的稀树草原在植被净产能上比下去！

持枪白琴键说，热带雨林的总初级生产力当然是高于稀树草原地带了，但请不要忘了，单位面积下热带雨林的总生物量远大于稀树草原。雨林的呼吸作用消耗更高，因此综合计算下来，热带雨林的净初级生产量反倒不如稀树草原。

哦，怪不得呢！我原来一直想不通原始人类为什么要选择在看起来十分荒凉的热带稀树草原地带过活，想象中应该生活在热带雨林中，野果多，气候温暖。却没有想过那里的雨林不但瘴气弥漫、毒虫泛滥，电闪雷鸣、险象环生，就是从产能方面来讲，也比不上稀树草原。

古人类真是聪明啊！

持枪白琴键说，禾草基本上很可口而且好消化，比起大部分热带森林的乔木叶子，禾草叶的怪味道也很少。

哦，禾草还是不可多得的美味！

可是，面对干季刚刚过去雨季尚未来临的干瘪草原，实在难以想象它如何养活庞大的动物群。我把担忧同白琴键说。

他说，你想得有道理，但请不要忘了，动物是活动的，它们会迁徙。非洲稀树草原的动物已经适应了食物供应的季节性变异，它们练出了奔跑的本领，才能生存下来。雨季来临，趁着植被青葱、食物充足时，它们立即占据稀树草原，大吃大喝。干季时，又迁徙到热带雨林边缘水草肥美的地方，耐心地等待下一个雨季来临，到那时再迁徙回来。这个随水草迁徙的大兽群，至少有上百万头。每年2月前，它们在非洲高原南部，第一场雨过后，它们就奔腾着进入稀树草原。7月，兽群进入肯尼亚，9月以后又往回走。打头阵的是20多万匹野斑马，紧跟其后的是百万头牛羚，最后面的是50万只瞪羚，浩浩荡荡。

这就是国人特热衷的非洲动物大迁徙的理论根据。

说着说着，我们已经到了豹子的领地。

聊天中太阳已经下山，由于云层浓厚，未能看到非洲大地上惊心动魄的完整落日。短剑般的阳光透过低矮的云层倾斜而下，将草原装点成若明若暗的斑斓布匹。再接着，四周就直接滑入了蒙蒙黑夜。

从四面八方闻讯赶来的路虎车有四五辆，围成一个近似圆圈的环阵，近观豹子。我们到场比较晚，豹子的晚餐已经收场，卧在地上安睡。我似乎闻到空气中有血腥的味道，不过豹子已经把自己的嘴巴打理得很干净，猎物也不见了踪影。不知是连骨头都嚼得一干二净，还是把残骸藏在某处了。

所有的人都静悄悄地看一只豹安睡，天空悄无声息地爬上一轮明月。

这是一只猎豹。持枪白琴键悄悄说。猎豹尽管体形比狮子小，但它矫健凶猛、身手敏捷，是最危险的猛兽之一。

你怎么能在黑暗中分辨出来它是一只猎豹呢？

眼前的豹睡着，仿佛死去。尽管是躺着，仍显出身材极度修长，体形近乎完美。它背部的皮毛呈华贵的浅金色，半裸着的腹部的颜色比较浅，略显发白的淡黄色。它的头颅和颀长身材相比略微小了一点儿，鼻梁旁有两道明显的黑色条纹，从眼角处一直下延，直伸到嘴边，好像哭泣时未曾擦干的泪痕。它柔软的脊椎骨扭曲成一道华丽的曲线，镶在枯黄的草地上，四肢一半蜷缩一半舒展，伴着身边的暗影，犹如倒卧的青铜雕塑。

想起海明威在《乞力马扎罗的雪》的开篇所写的："乞力马扎罗是一座海拔19 710英尺的常年积雪的高山。""在西高峰的近旁，有一具已经风干冻僵的豹子的尸体。豹子到这样高寒的地方来寻找什么，没有人作过解释。"

老海没写明那是一只花豹还是猎豹，所以我一向认为识别豹子并不容易。

白琴键悄声说，猎豹的身体更修长，花豹要短一些。猎豹喜欢待在开阔地带，比如像现在这种地方。而花豹更愿意上树。再有就是猎豹有明显的黑色泪线，花豹没有。当然了，最主要的是看斑点。猎豹的英文名字就是"有斑点"的意思。

我凝视着即使在睡梦中也依旧不可一世、威风凛凛的猎豹，心想，它的胆子可真大，这么多人和车围聚在它周围，它怎么竟充耳不闻、酣然入睡呢？

我把这顾虑对白琴键说了。

白琴键说，猎豹像人一样，是日出而作，日落而息。现在已经是夜晚了，它要睡觉了。你知道猎豹跑得很快，最高时速可以达到每小时120千米，但是这种速度它只能维持三分钟。一旦超过了这个时间，猎豹必须减速，不然它们会因身体过热而死。能量在追击中大量损耗，如果它连续五次都不能成功猎杀到动物，或虽然辛苦猎到了，但猎物被豺犬等抢走，它有可

能活活地饿死，因为它再没力气发动下一次捕猎了。刚才的捕猎一定耗费了它太多的体力，现在它变得十分羸弱。

原来，这骁勇的霸主也有脆弱的一面。

我充满怜惜地看着猎豹。

白琴键突然说，这是一只雌猎豹，有小猎豹在身。

啊！我借着月光细细观察，除了看到猎豹黄色毛皮上的黑色斑点是实心圆以外，并不觉得这母猎豹有丝毫臃肿。白琴键是否看走眼了？

可能看出我的不以为然，白琴键叹了口气，说，即使雌猎豹怀孕了，它的身体也要保持流线型，奔跑速度依然很快，捕食也非常灵活。哪怕到了怀孕晚期，它也必须有独立捕杀食物的能力，以维持自己和胎豹所需的所有养料。所以，猎豹崽的个体重量和数量都很少。

11 持枪的巡守员唯一知道的事儿　　129

想想也是，雄猎豹不可能肩负起照料孕豹的责任。雌猎豹啊，也许你是天地间最敏捷的母亲，直到分娩前的一刻都需要不停地奔跑。

白琴键接着说，花豹的斑点是如花朵状的空心圆，美洲豹的斑点是空心圆内还有个小圆点，当你分辨不清的时候，斑点的形状可以帮你的忙。再加上猎豹的叫声是吱吱的，花豹呢，有点儿像低吼。

我第一次对白琴键的解说生出腹诽。天哪，当能听到豹吼时，还有能力分辨它是什么科什么属吗？！当我能看清豹身上的斑点是实心还是空心的时候，估计也快成豹的餐点了。

人和豹就这样在旷野中安静地对峙着。严格地说起来，是我们在欣赏一只豹，豹对我们熟视无睹。甚至连熟视无睹也谈不上，因为它基本上没有睁开过眼睛，只当我们是静物。

白琴键说，世界上的猎豹基本上都是一家。

我一时搞不明白，说，您的意思是它们彼此都认识吗？

白琴键说，通过研究，世界上的猎豹亲缘关系都比较近，就是说，这些猎豹是近亲繁殖所产生的后代。由于个体遗传结构高度相似，它们的生存能力其实很弱。

我第一次知道猎豹先天的短板，为这无比美丽的动物哀伤。原以为只要人类从利令智昏中苏醒，洗心革面从此善待万物，我们尚有机会和濒危动物们相守相伴。却不知还有更强大的上苍之指在制约乾坤，一切都可能转瞬即逝。

在暗夜中返回营地。临走时我频频回头，猎豹妈妈，祝福你能顺利诞下宝宝，祝福你们平安。

面对着高原小湖泊的营地餐厅，树枝上挂满了一盏盏煤油灯，四周摆放着采自世界各地的斑斓水果和蔬菜，烤肉的油滴溅落篝火之上，嗞嗞青烟香飘四野。

跳动的灯焰，映照着丰富的晚宴。

暗夜之中，苍茫大地浑然一体的黑暗，罡风扫荡兽鸣呜咽。于是，这些奢靡的享受，在极其荒凉的背景衬托下，显出不真实的梦幻感。

一抬头，恍惚看到一只孤独的小兽在湖对岸饮水，恍然明白了什么是顶级的享乐。

就是在世界上最原始的角落享受现代文明的奢华。每一个局部都独具匠心，又伪装成皆是天然。粗看所有的东西都像是刚从旷野中采集的，细一推敲，充满了人工的雕琢。比如我入夜后巡兽归来，看到房间被清洁得纤尘不染，茶几上用原木雕琢而成的花瓶里，斜插着一束蓝色野花。而当我上午入住的时候，这花是粉色的。

野花的寿命极短，不像培植过的专门用于插花的品种，可以在清水中坚持数天甚至更久。就算有足够的水分供应，不消几小时，野花便花瓣低垂，花蕊蔫谢，花茎萎靡，难掩颓败。这时时的野趣，是有人到野外将花采撷下来，然后一个个房间分插好，恭候客人推门而入。

所有的细节都是刻意斧凿而成，这过程隐没在你看不见的暗处，你看到的只是流畅芬芳的野趣。

白琴键走到我们桌前，他稍显疲惫，但仍再三叮嘱，如果晚上要从客房出来到周围走走看看，或要到邻居家串个门聊聊天，请一定要和总台联系，由总台告知我。这里虽然妥加防护，但采取的是敞开式环境，野兽有时也会好奇地造访营地。我会带着枪出发，保护着你从房间到达目的地，等你玩耍够了，再通知总台，我会出现，持枪送你回家。前几天有个客人晚上独自出门，他听到背后有尾随的声响，回头一看，是一条狗。他就不在意地继续向前，正好我们的工作人员持枪出门，才发现那是一头非洲土狼。所以，请务必记住——出门叫我！说完，他下意识地拍了拍枪。

第一次感到草原的夜晚和白天大不相同，充满杀机。夜晚是动物们出没的世界，它们顽强地表达着独立意志——这里不属于人类。

我说，你的AK-47步枪里可有子弹？

他很肯定地回答，有。

我说，你在什么时候可以开枪？

他说，当人的生命受到威胁的时候。

我说，你可因这个理由在此地开过枪？

他微笑起来，几乎把满口的白牙都露出来，说，没有。今天之前没有过，希望以后也不要有。

煤油灯跳跃的橘色火光，从他洁白的牙齿上滚过，镀上一层金。

我说，这样的工作，你可曾厌倦？每天就是开车，看动物。游客们大惊小怪，但对你来说，已是司空见惯。

他说，哦不！我从来没有厌倦过。因为每天的动物都是不一样的，你不知道会发生什么。有时候很血腥，有时候很温暖。看到世界各地的人们在非洲的动物面前受到震撼，我觉得这很有趣。动物的听觉异常敏锐，视觉也极好。它们还有神秘的第六感。它们是谜。而人在某些时候是愚蠢的，以为一切尽在掌握中。其实当你以为安全无忧时，猛兽正在不远处虎视眈眈。

我说，谢谢你的知识和经验，让我们懂得了以前不了解的动物。

突然他不好意思起来，说，动物们的世界，人类其实永远不会懂。说起来，我于它们，只有一件事是确切知道的。唯一的一件事儿。

持枪巡守员的渊博，我已深有领教。他竟说自己对于动物们，唯一只知道一件事。这让我万分好奇，这一件是什么呢？

白琴键说，这唯一的一条，就是我知道动物们每天都要喝水。

我想，这倒真是千真万确。动物们没有水壶，没有水塔，没有蓄水罐，除了骆驼等，它们没有任何能力存水。地处炎热而干燥的非洲，它们必须天天赶赴水源。

可是，这有什么值得特别强调的呢？

白琴键看着我，说，所有的顶级营地都建在动物的水源地。客人们才可以在最舒适的情形下，观赏动物。

我说，您的意思是，人们打扰了动物？

白琴键说，打扰总比灭绝了好。来营地的消费很贵，像萨比萨比，每天的房费在5 000元到15 000元（人民币——我换算之后的）之间。主办方赚到了钱，才能购买更多的旷野土地，以供动物们繁衍生息。

面对着渐渐散去的游人，他对我说，您可知道，科学和医学经过研究都证实了，动物也拥有感情，有爱、有悲伤、会害怕。非洲所有的动物都有它们存在的理由。比如，蚂蚁让土地通气，不辞劳苦地掘出微细管道，让水得

以流向植物。

我点点头。是的，微不足道的蚂蚁，对于非洲的土壤系统肯定万分重要。

白琴键接着说，鸟类和蜜蜂为庄稼、果树和各种花朵授粉，还能传播种子。水獭建筑堤坝，保护湿地。鹿四处搜寻食物，在森林的再生系统中扮演非常重要的角色。蚯蚓能改良土质，让植物长得更好。大象帮助植物发芽，帮助雨林再生，为其他动物开路。

想起大象摧枯拉朽、排山倒海的力道，我不禁连连点头。

白琴键深情地说，长颈鹿让大草原上的洋槐树长得更高，河马是沼潭和河流的疏导工，猴子是其栖息地重要的种子散播者，猩猩是影响雨林的再生和植物种类多样性的使者。而且，他微笑了一下，说，在唯物主义者那里，还有更重要的任务。

我会意地一笑。

箭猪在拱土觅食的过程中，让泥土通气，也为泥土和种子蓄水。兔子在觅食过程中，让土壤更肥沃，更利于植物生长。它们的洞穴为脊椎动物和无脊椎动物提供结网处或栖所。秃鹫处理腐尸，对环境健康有所贡献。斑马是草及植物最主要的播种者之一……

他如数家珍，好像这些动物都是他的亲属。

夜深了，我们从晚宴处回各自的房间。美国先生边走边对我悄声说，我女儿是特地从大学请了假，专门来看动物的。我向她夸下海口，说最少能看到20种动物。咱们的车今天傍晚这一次巡游，基本上没看到什么像样的动物。除了一大群羚羊，就是一头长睡不醒的豹子。

我说，咱们运气不大好，天冷，又没有太阳。

美国男子嘟囔着，我看，是巡守员不够尽心，没好好下车分辨动物的脚印、粪便什么的，没找到线索。咱们几乎算是空手而归。

我说，我相信，土著人对于野生动物的精通能力远远超过我们。巡守员还是尽心了，动物也不是家养的，也不会听谁的号令。明、后天还有好几次巡游，你女儿还是有可能看到更多动物的。

他仍悻悻，我们互道了晚安，各自回房间。

我没开灯，头脑空空地坐在露天浴缸的旁边，孤独地着装整齐地面对非洲旷野。随着夜色浓稠，那旷野变成了一种让人获得静谧、缓慢、平和的幽深存在。这是一种永远不会生锈的不锈钢一样光滑的宁静。你知道周围潜藏着无数生灵，它们本身或许是危险的，但你仍旧安宁。

那一晚，我竭力平抑住自己对非洲夜晚的强烈好奇心，坚持没有出门，让白琴键多休息一会儿吧。

格拉萨·马谢尔的美丽

12

非洲三万里

格拉萨·马谢尔虽然贵为开国总统的夫人,但她绝不是依附男人的小女人。她曾对别人大声呵斥:"我不是萨莫拉的妻子,我就是我。"

格拉萨·马谢尔，是一位非洲黑人妇女。

我好奇她的长相。

按说我是个不大关心相貌的人，既不关心自己的，也不关心别人的。可能是当医生太久的缘故，我看人面容，主要在意他是否健康。至于长相嘛，男人的相貌不要呈阴险歹毒状，女人不要太显狰狞凄苦形，就好。

年长之后，在社会氛围的胁迫下，才开始学着评价人的相貌，基本上是宽以待人加上宽以待己。不好意思的是，我常常忘了此事，既不对人也不对己，整个是个"貌盲"（原谅我生造出"貌盲"这个词，好在不难懂）。不过这世界越来越强调相貌了——概因节奏越来越快，一日碰见，也许终生不再相逢。人人都想凭着来自容貌、衣履等第一印象，为快速审世度人多个参考值。

格拉萨·马谢尔已经不年轻了。她于1945年出生在莫桑比克北部的一个农民家庭，今年，也就是2015年过后，就满70岁了。咱们还是从她青春年少时说起。20世纪60年代，她与莫桑比克农民领袖萨莫拉邂逅，成为一名为自由而战的女战士。1975年，格拉萨29岁时，与萨莫拉正式结婚。萨莫拉领导了莫桑比克的独立，成为总统。他的新婚妻子格拉萨当上了文化和教育部长。莫桑比克当时是非洲文盲率最高的国家之一。在两年之内，格拉萨·马谢尔提高了学龄儿童的就学率，降低了文盲率。1986年，她的丈夫，莫桑比克的总统萨莫拉,死于一场诡谲的空难,格拉萨差点儿崩溃。当时尚在狱中的南非黑人领袖曼德拉发来了吊唁函。格拉萨在回信中说道:"是你在我最悲伤的时候给我带来了一丝安慰。"

这基本上是外交辞令。远方的一丝安慰,挽救不了格拉萨呼天抢地的悲怆。在葬礼上,她俯身趴在丈夫的灵柩上,悲痛得几近昏厥。

此后五年,格拉萨·马谢尔基本上被击垮了,永远穿黑色的衣服。1991年,在12岁的儿子的鼓励下,她才重新振作起来,创立了一个关注贫困问题的基金会。她再一次表现出了非凡的领导才能。1995年,为了表彰她为保护难民营儿童权利所做的工作,联合国把具有重要影响的南森奖章授给她。

由于工作成绩斐然,1996年,莫桑比克外交部推荐她进入联合国工作,有呼声推举她同安南一道竞选联合国秘书长。直率的格拉萨认为联合国并不能制止和处理世界各地发生的战争,"那里只有政治,我去那儿能干什么?"后来,便是我们熟知的科菲·安南担当了这个要职。

马谢尔的回答当然是无懈可击的,但在这个冠冕堂皇的政治理由之外,还有她的私心。那时的她,已经预备充当一个新的角色。这个新角色既和政治有关,也和她自己的一生幸福有关。她说过:"人这一辈子只活一次,我想尽可能地和他待在一起。"想想看,如果格拉萨·马谢尔担当了联合国的女秘书长,肯定会义无反顾和奋不顾身,就不能和那个"他"长相厮守。

这个让格拉萨放下自己政治抱负的"他",究竟是谁?他居然有如此不可抗拒的魔力,让曾经贵为莫桑比克第一夫人的格拉萨为之奉献和倾倒?

这个"他",就是曼德拉。当时,格拉萨即将成为曼德拉的第三任妻子。

参观曼德拉的故居,是南非旅程的一个重要组成部分。

我们走进黑人聚居区索韦托。

这就是著名的"蹲区"。白人导游艾文介绍说。

何谓"蹲区"?我不解,一时想到的竟是厕所的蹲位。

艾文说,这里是索韦托的外围,也可以说是索韦托最真实的面貌。它们在英文里叫作"Squatter Camp",意思是"蹲区"。房子都是用铁皮、木板和硬纸板拼搭起来的,破烂不堪不说,而且极矮,人们只能弓着腰蹲居在里面。在那里出生的婴孩，每四人中就有一名是艾滋病携带者。

蹲区给人最直观的印象，就是巨大的垃圾场。堆积如山的垃圾，像一张张污脏的丑脸。密密麻麻的铁皮纸皮小屋，像穷困潦倒的牙，从垃圾中顽强地冒出来。臭水四处横流，苍蝇成团，像乌云笼罩。几乎所有的人手，无论长幼，不是去挥赶满头满脸黏附的苍蝇，而是毫不迟疑地伸向路过的人，要求施舍。那些手在我眼前，距离如此之近，以至于我可以清楚地看到手背很黑，手心是柔软的黄红色，在手心和手背的交界处，有显著的分界线，好像比目鱼的背和腹部。他们说："我们很穷，能否给一点儿东西？或……美元？兰特？"

面对近在咫尺的哀情，我忍不住要掏钱包。

艾文低声但是很有力地说，请不要这样。

艾文的白人肤色，让我在那一瞬，甚至想到他是不是对黑人有所漠视。

艾文悄声说，我不是阻止您的仁慈。要知道，您给了一个人钱物，马上会有一堆人围上来，咱们有可能无法离开蹲区。别忘了，今天要到维拉卡斯街去。

维拉卡斯的名字让我决定迅疾离开。我说，走吧。

离开时，我不敢回头。触目惊心的贫穷和苦难让人悸痛。

索韦托的维拉卡斯街，如此短小，只有几百米，既干净又整齐。和刚刚离开的蹲区相比，有天壤之别。这当然和此街笼罩的无与伦比的光环有关，在这里，曾居住过两位诺贝尔和平奖的获得者——曼德拉和图图大主教。当局曾经做过修整。

街角处就是8115号，为曼德拉旧居。从1946年开始，曼德拉和他的两任妻子都曾经住在这里。第二任妻子温妮·曼德拉在这里生下了两个女儿。1990年，结束了27年牢狱生涯的纳尔逊·曼德拉又曾返回这里居住了11天。艾文说。

你可以把此地想象成南非的延安。如果再具体一点，8115号便是枣园。

见识过索韦托的贫困，我判断出这处房屋，即使在当年也该算比较好的宅子了。现在曼德拉的故居已成为国家博物馆，门票为60兰特，约合人民币50元。

请您注意,外墙上还留有弹痕,这是当年白人宪兵留下的作品。艾文提示。

窄小的院子呈不规则形,保持着曼德拉和温妮共住时的原貌。

整套居室大约40平方米。卧室逼仄,床也十分短窄。1995年第四届世界妇女大会上,我曾近距离地见过温妮,还和她合了影。她体形硕大,快步走动时像一座小山。曼德拉的身高,有说1.83米的,有说1.85米的,总之曼德拉起码在1.80米以上。住在这套房间的时候,正是夫妻相濡以沫的奋斗岁月,十分艰窘。双人床上铺着一张兽皮褥子,据说这是土著部落酋长才有的待遇。曼德拉有资格享用这褥子,他有显赫的背景。

曼德拉的家族系南非滕布王朝成员,他的曾祖父努班库卡曾是滕布的国王,他的父亲是酋长。曼德拉在乡间度过了无忧无虑的青少年时代。白天,他与小伙伴一起在田野中嬉戏、追逐牛羊,采集野蜂蜜、野果和能吃的草根，在奶牛肚下直接喝温暖香甜的牛奶，在清冽冰凉的溪水中，游泳和钓鱼。晚上，他喜欢在部落里的篝火旁听老人们讲故事。从这些故事中，他了解到自己的祖先为什么要反抗白人殖民者，他们为保卫家园都进行了哪些战斗，在这些战斗中涌现出了哪些民族英雄。幼小的曼德拉开始对政治产生兴趣，立志长大以后为争取民族自由与解放贡献力量。

曼德拉12岁丧父，父亲去世前将他托付给在当地的大酋长。大酋长待曼德拉如亲生儿子，希望曼德拉大学毕业后能回来继承大酋长的职位。在白人教会学校里，曼德拉接受了初等教育，他又就读于卫理公学教会学校。之后，他考取了当时唯一招收黑人学生的黑尔堡大学。曼德拉读到大三时，因参与组织反种族歧视的抗议活动被迫休学。校方曾劝说曼德拉宣布放弃搞学生运动，否则不允许他复学。倔强的曼德拉不肯屈服，毅然放弃了即将到手的学士学位，回到阔别已久的家乡。

23岁的曼德拉一到家，大酋长便开始热心地为他操办婚事，选中了一位胖而性格持重的女子做未来的新娘，并送了聘礼。曼德拉在外头见了大世面，志存高远，部落狭小天地的酋长生活并不是他的理想，于是，他再次出走。

1941年，曼德拉来到约翰内斯堡，一时找不到工作。好在他身高体壮还练过拳击，先是在克朗金矿谋到一份当保安的工作，之后他又在房地产商处当了一年的房地产代理人（曼德拉当保安我还能理解，但他当买卖房屋的中间人，不知曾完成过多少房屋交易？）。在约翰内斯堡期间，曼德拉结识了一位对他终生政治影响极大的人——沃尔特·西苏鲁。他的第一任妻子伊芙琳，就是西苏鲁的表妹。

在卧室的一只木箱上陈列着四双鞋：一双是曼德拉当律师时穿的皮鞋，一双是曼德拉流亡国外时落在房东家里的靴子，一双是曼德拉结束多年的囚禁出狱时穿的皮靴，还有一双……对不起，我忘啦。

故居里还陈列着曼德拉得到的各种荣誉证书，包括诺贝尔和平奖的证书。还有一条绿色拳击腰带，这是一位著名拳击运动员赠给曼德拉留念的礼物。

故居里有曼德拉的很多照片，一路看过来，我觉得年轻时的曼德拉相貌不丑，但也说不上多么出众，不过是一个彪悍黑人男子的长相，也未见有多少书卷气。1952年，曼德拉完成法律学业成为开业律师。之后的10年间，为了民族的解放，为了争取黑人自由与平等的权利，他与白人政权展开了不屈不挠的斗争，为躲避白人警察的追捕，东躲西藏，最后还是难逃魔爪，被捕入狱。

27年的牢狱之灾，苦难的锉刀无时无刻不在切割着曼德拉，岁月如坚硬砂纸磨砺着曼德拉。内心的变化让曼德拉的相貌渐渐温润庄严起来。从一个黑人"愤青"，变成了性情内敛的智者。曼德拉曾这样写道："即使是在监狱那些最冷酷无情的日子，我也会从狱警身上看到若隐若现的人性，可能仅仅是一秒钟，但它足以使我恢复信心并坚持下去。"

老年的曼德拉，苍老如树根，平静如秋水，目光如炬又深藏温和。时间刀刀见血，锋利地雕刻着人和历史，让它们相互影响，完成各自的使命。

这并不是我个人一厢情愿的判断，曼德拉的家人也有同感。曼德拉的小女儿泽妮，当她还是襁褓中的婴儿的时候，父亲就被掳进了监狱，那时候泽妮只有18个月大。孩子不许探监，幼小的泽妮只能先从照片中认识父亲。当她年满14岁，终于获得允许登上罗本岛的时候，她才第一次对现实中的父亲有了实在的感觉。探视回来后，她说，因为照片中的父亲块头很大，所以我一直以为父亲很胖。但当我第一次去探监时，发现父亲长得跟我想象中完全不一样，他很瘦，而且长得很好看，非常精神。

亲人的感知也可以佐证，年老的曼德拉和他年轻时的相貌相比，已经有了显著的改变。

正门口放置了一张曼德拉在1990年重返故地时的照片，曼德拉的手里拿着一本护照。从那一刻开始，他重新获得了自由，南非历史也掀开了新的一页。最让我感动的是这样一张照片——1990年2月11日，曼德拉与妻子温妮手拉手走出监狱大门。

走出监狱大门之后，他们去了哪里呢？走啊走，他们回到了眼前这座房屋——久违了的家。

在那11天里，这间貌似普普通通的小房子里，一定包裹过无数激荡的火花和温情。先是重逢的喜悦。多么难得啊，整整27年的迢迢阻隔，一朝穿透。美丽的温妮已经从翩翩少妇变成了叱咤风云的暴烈中年妇人。曼德拉也从伟岸健硕的男子变成了须发皆白的71岁的羸弱老人。出狱后的曼德拉，一定尽情享受过家庭的和暖。清晨，温妮为他挑选合适的衬衫和领带，摆好不含胆固醇的早餐，盯着他服完药，敦促他到院子里去会见客人。然而，温妮真的也感受到同样的幸福吗？她对这种家庭主妇的生活生出种种不满。她曾说过，比她大18岁的曼德拉"甚至不能涮洗一下他喝水的杯子"。我想，曼德拉并不是故意懒惰，他在监狱时，只有一个杯子归自己用，也没有方便的水龙头，所以没有不断涮洗杯子的习惯。住牢狱的节奏和居家好男人之间，完全不相同。

然而，温妮不能原谅曼德拉。分歧的种子早已埋下。

他们之间一定有很多说不完的情话。曼德拉会激情四射吗？可能已十分生疏。温妮会温暖相拥吧？但也许有虚与委蛇的尴尬，因为那时的她，已经有了风流倜傥的年轻情人。温妮和曼德拉，一定有过相对无语难以沟通的时刻，岁月堑壕无情地横亘在他们之间，彼此都已陷落为陌生人。也许还有争吵，他们的性格和价值观这时都已发生巨大的崩裂，离异的导火索在这11天里刺刺点燃……曼德拉后来曾非常痛苦地表白：自从出狱后，与温妮共同生活的那段时间，我成了世界上最孤独的人。

这一切，这个房间都曾历历在目地见证过。此刻，它默默无言地蹲守在原处，任由人们猜想。

我看到一个怪模怪样的铁物件，圆而瘪，点染斑斑红锈，撒在院子的角落里。

我问工作人员，这是什么？

工作人员回答，垃圾桶。

我问，垃圾桶为什么要放在曼德拉家？当时的政府为了迫害曼德拉家属，故意把这里当成了垃圾站？

工作人员回答，这是温妮特地储存起来的。铁质垃圾桶砸扁后，当遭受警察袭击的时候，可以起到盾牌的作用。

想当年，温妮她也不容易啊！

1958年，已经离婚的曼德拉与年轻漂亮的温妮一见钟情，22岁的温妮成为

曼德拉的第二任妻子。1958年6月,正受"叛国罪"审判的曼德拉,获准离开约翰内斯堡与温妮结婚,保释候审只有四天时间。传统婚礼才进行到一半,曼德拉就被带回法庭了。1962年,曼德拉被判入狱时,温妮刚怀上小女儿。温妮每个月总是在警察的严密监视下,千里迢迢乘船渡海,隔着铁窗看几眼憔悴的丈夫。狱中的曼德拉每天都抚摸温妮的照片,他在给温妮的信中说:"婚姻的真正意义不仅在于互相爱恋,而且在于相互间永恒的支持。这种支持是摧不垮的,即使在危险关头也始终如一。我真想在你身边,把你抱在膝上。"

温妮独自拉扯着两个幼女,度过凄冷岁月。她曾多次被捕,被禁止在公众场合讲话,住所曾遭到枪击,被流放荒原。面对威逼利诱、软禁虐待迫害……温妮昂然而立,坚持斗争。她以不屈战斗、忠贞母爱的形象赢得了南非广大黑人的爱戴,被视为全南非受害者的母亲,几乎相当于"国母"。

可是，就在丈夫走出牢笼、新生活扑面而来之时，曼德拉和温妮却无法携手向前。1992年4月13日，也就是曼德拉出狱两年后，他们宣布分居。1996年，两人正式离婚。

这结局，让人扼腕叹息！多么令人伤感遗憾！

深究其原因，温妮应该负全责。她的政治观点激进并富有野心，常常发出政治上的不和谐主张，令曼德拉和非国大的最高层处于十分为难的地位。她刚愎自用、性格偏激，在气质和观点上与曼德拉的隔阂与反差越来越大。她崇尚暴力，生活腐化，加之婚外恋，南非报端充斥着温妮的种种丑闻。曼德拉多次苦心相劝，却无法挽回妻子的心。温妮我行我素，酗酒闹事，愈演愈烈。为了挽回温妮，曼德拉让她担任非国大社会福利部部长，但温妮的放纵并无丝毫收敛，拒绝与曼德拉保持夫妻关系，并在沸沸扬扬的婚变期间公开羞辱曼德拉。

曼德拉心灰意冷，忍无可忍，只得宣布离婚。2003年，温妮因犯有盗窃和欺诈等共计68项罪名，被判入狱5年，缓刑1年。

曼德拉一生，有三段婚姻。

前面说过，曼德拉和西苏鲁的表妹伊芙琳，第一次走入婚姻殿堂，但全部身心投入黑人解放运动中的曼德拉让伊芙琳难以接受，夫妻关系日渐疏远。1958年，曼德拉与伊芙琳离婚。不过，伊芙琳一生坚持使用"伊芙琳·曼德拉"这个名字。2004年5月，82岁的伊芙琳死于呼吸系统疾病，曼德拉参加了伊夫琳的葬礼。

离婚后，40岁的曼德拉娶了22岁的温妮。1996年，这段维系了38年的婚姻彻底崩解。和前任一样，温妮离婚后，也一直沿用"温妮·曼德拉"的名字。

此时，曼德拉已年近80岁，进入生命的垂暮之年了。

1996年，离婚后的曼德拉与51岁的格拉萨手挽着手，在巴黎街头漫步，众人错愕。之后，曼德拉在巴黎的一次正式宴会上宣布："我再次坠入了爱河，连我自己都没想到。"他满脸幸福地公布了自己的新恋情。

格拉萨·马谢尔说："当我们相遇时，我就知道我的生活里再也容不下其他亲密男友了。他是个很有魅力的男人。"

哦，又是一见钟情。曼德拉喜欢一见钟情。

关于二人的恋爱史，格拉萨·马谢尔是这样说的："我们的第一次会面是在1990年。我们都非常非常孤独，我们都需要有人可以说说话，有人可以来了解自己。"

曼德拉与格拉萨·马谢尔第一次重要的公开约会，是在萨莫拉·马谢尔的墓地。我想，这一定是有特殊含义的安排。格拉萨·马谢尔要对亡夫有个交代，曼德拉也是光明正大的君子。曼德拉与格拉萨的浪漫史曝光后，南非报章纷纷把"情人""新欢""非正式第一夫人"等称谓加在格拉萨的头上。

于是，总统办公室宣布，格拉萨将成为曼德拉的"正式伴侣"。

紧接着，这位正式伴侣陪同南非总统曼德拉进行了为期十天的对菲律宾、马来西亚、新加坡和文莱四国的访问。曼德拉本人要求，格拉萨陪同他出访四国期间，要享受第一夫人的所有礼宾待遇。

曼德拉与格拉萨同居的消息曝光后，曼德拉的好朋友图图大主教曾直截了当地提醒曼德拉："你这样做会给南非青年树立一个很不好的榜样。你不如干脆结婚，尽快与她结为夫妻。"

或许是因为听取了图图的意见，1998年7月18日下午3时30分至4时，曼德拉的婚礼在他的官邸举行。曼德拉身着他标志性的花衬衫，新娘穿一件镶金边的连衣裙。婚礼按宗教仪式进行，基督教堂主教主持婚礼，曼德拉的知己、大主教图图协助，副总统姆贝基是证婚人。参加婚礼的还有非国大副主席祖马、司法部部长奥马尔夫妇、正在南非访问的沙特阿拉伯王子班德尔、新娘格拉萨的三个兄弟、曼德拉的妹妹和女儿们等20多人。图图首先用《圣经·创世记》篇中的"上帝创造夏娃"进行布道。他说，伊甸园是美好的，当夏娃到来后，伊甸园才变得更加美好——曼德拉实现了这一理想。

婚礼中，曼德拉对图图半开玩笑地讲："以后你再也不会说我为青年人树立了坏榜样。"姆贝基在曼德拉结婚的新闻发布会上宣布，格拉萨·马谢尔婚后不改姓，以利于她在莫桑比克继续从事她的儿童福利和教育事业；他们二人还和以前一样，过着分居生活，格拉萨往返于南非与莫桑比克之间。19日上午，按照传统礼仪，曼德拉与格拉萨夫妻双双回娘家莫桑比克。曼德拉曾这样评价他这最后一位妻子："在我的余生里，她给我爱和支持，让我像花朵一样绽放。"

于是，南非媒体称赞格拉萨是"真正带给曼德拉快乐的女人"。

2000年初，南非议会在开普敦举行年度例会，新任总统姆贝基在宴会上致辞。致辞结束了之后，曼德拉携新婚夫人步入宴会厅。看他俩一进来，会场沸腾起来。曼德拉在主宾席上向大家招手，然后称赞姆贝基年轻有为。接着，他笑容满面地大声说："我现在失业了，但拥有了一位新娘。"

格拉萨·马谢尔是仅有的做过两位总统第一夫人的女性。历史上能追溯到的先例——哦，以前的年代还没有总统，只能勉强用王后来比拟了。

那么，只有大约900年前的埃莉诺女士，勉强比肩。

请允许我啰唆一下，说说这位埃莉诺女士。她的父亲是阿基坦公爵威廉十世，1137年7月25日，埃莉诺与当时仍只是王子的路易七世结婚。路易六世于8月1日逝去，路易七世成为法国国王，埃莉诺在同年的圣诞节那天，正式加冕成为法国王后。婚姻末期，埃莉诺因与当时只是诺曼底公爵的亨利二世私通，1152年3月21日，四名大主教得到教皇尤金三世的批准，宣布婚姻无效，埃莉诺返回家乡。这位刚刚离婚的30岁少妇颇有魄力，立马修书一封，派遣使者送递亨利二世，要求19岁的亨利二世立即到普瓦捷迎娶她。1152年5月18日，也就是埃莉诺离婚后差两天才满两个月的时候，埃莉诺再次结婚。又过了两年，亨利二世加冕为英格兰国王，而埃莉诺则成为英格兰王后。

别嫌我离题太远。人们追究埃莉诺为何这般神通广大？据说她美丽非凡，风情万种。

任何比拟都是蹩脚的，但历史上仅有的两位双料第一夫人这一点，还是让我对格拉萨·马谢尔的容貌产生了兴趣。想想看，两位享有巨大声望的黑人领袖，一定会有无数的拥趸和爱慕者，他们若要寻找美若天仙的年轻佳丽，并非难事。可是为什么都把目光聚焦在格拉萨·马谢尔身上？这个女人何德何能，一举掳获两位勇士的芳心？

人们第一想到的是她有绝世的容貌。虽然她同曼德拉结婚的时候，已经年过五十，再俏丽的容貌也经不住时间的锻打磨洗，但想象中，依然风韵犹存吧？

我没有见过格拉萨·马谢尔本人，便查找了她的相关图片。然而，即使从再宽容的角度来看，格拉萨·马谢尔也算不上绝世美女。她的容貌，在黑人女性中，算是中等偏上吧。（请原谅我对这样一位伟大女性的相貌秉笔直书。）不过她的修养甚好，有法学学位，举止优雅自信，并精通多门语言——英语、葡萄牙语和法语。

可见，这个女子是以容貌以外的强大因素吸引了杰出的男子。

且来看看格拉萨·马谢尔的成长历程。

格拉萨·马谢尔于1945年10月17日出生在莫桑比克沿海的一个农民家庭，那时的莫桑比克还是葡萄牙殖民地。她的父亲是个半文盲，靠着在南非当矿工和种地养家糊口，后来当上了卫理公会教会的牧师。格拉萨·马谢尔的不幸从出生前几周就开始了，她的父亲没有见过这个将来誉满全球的女儿，就去世了。有家族的传言说，父亲临终时，要求即将临盆的妻子一定答应——未出生的孩子要接受适当的学校教育。格拉萨的母亲含泪点头承诺。这位黑人母亲信守自己的诺言，送格拉萨读书，以至于长大成人后的格拉萨曾说："我们是穷人家，但我得到了最好的教育。"

幼小的格拉萨在乡下读完小学和中学后，得到一份奖学金，前往莫桑比克的首都马普托上高中。她成了全年级唯一的黑人，而且还是女孩，其余的40个学生全都是白人。她心生疑窦，对自己发问："为什么我在自己的国家里反而感觉是陌生人？他们才是外国人，而我不是。这里出了些问题。"

年轻的格拉萨成为争取非洲自由的斗士，开始致力于对现状提出不留情面的质疑，并以实际行动贯彻自己的纲领。格拉萨加入了"莫桑比克解放阵线"，当了信使。她接受了游击队的训练，成为一名为自由而战的女战士。这种训练的成果之一，就是她至今仍能熟练地拆卸步锋枪。工作中，她遇到了解放阵线的领袖萨莫拉·马谢尔，两人在战火中成为恋人。

现在，允许我再来说说马谢尔。

萨莫拉·莫伊塞斯·马谢尔是莫桑比克开国总统。

他出生于莫桑比克南部的一个穷苦农民家庭，家庭经常陷入饥荒。20世纪50年代，他家的土地被葡萄牙殖民当局没收，亲人们被迫流落南非，以当矿工为生。不久，他的一名兄弟在矿难中身亡，殖民政府却拒绝赔偿。

马谢尔在天主教教会学校接受了六年基础教育，并在夜校获得护理知识，当上了首都医院的护士。但他发觉，自己的工资比那些白人同事低很多。马谢尔组织了几次黑人护士的罢工，以抗议这种歧视。后来他成为一名马克思主义者。1962年，马谢尔在坦桑尼亚加入了"莫桑比克解放阵线"组织。在阿尔及利亚接受了军事训练后，他于1964年9月返回国内，开展游击战反对葡萄牙军队。1970年，马谢尔成为莫桑比克解放阵线主席。1974年，"莫解阵"终于带领莫桑比克人民获得了独立。1975年6月25日，马谢尔当选为莫桑比克总统。

马谢尔执政期间，将原葡萄牙殖民者的财产国有化，并在不发达地区普及基础教育和医疗体系。1986年10月19日晚，他乘坐由苏联飞行员驾驶的飞机返回莫桑比克首都马普托时，因雷雨无法降落，在南非境内200米处坠毁。飞机上共有乘客38人，34人罹难。有人怀疑是南非种族隔离主义者策划了这起空难，但时至今日，仍无定论。

格拉萨·马谢尔虽然贵为开国总统的夫人，但她绝不是依附男人的小女人。她曾对别人大声呵斥："我不是萨莫拉的妻子，我就是我。"

曼德拉喜欢在公众面前牵着格拉萨的手，还时不时亲亲她的面颊，大秀恩爱。他们有很多共同点——比如都喜欢慢慢地散步，都喜欢一起静静地阅读，乡村生活对他们有一种无法抵抗的吸引力，还有失去了至亲爱人的痛，让他们更加珍惜对方。曼德拉开玩笑说："从今往后，我生活中最重要的内容有两个，第一个是格拉萨，第二个是到莫桑比克吃大虾。"

嗨，说是两个，其实都是绕着格拉萨·马谢尔转哪！

从此，曼德拉有了四个家。一个在约堡，一个在开普敦，一个在他的老家东开普省，还有一个在莫桑比克。

这个并不算绝世美貌的女子，吸引两位卓越黑人领袖的是其特殊魅力，更重要的是格拉萨·马谢尔为祖国的献身精神和她的坚忍善良。她曾说过，自己的一生中有三个最爱——自己的国家、莫桑比克前总统萨莫拉·马谢尔和曼德拉。

注意啊，即使是在她贵为两国第一夫人之后，她所挚爱的第一位仍然是自己的国家。格拉萨·马谢尔对此也非常明确。她说：政治和爱是纠缠紧密的结，与曼德拉在一起，绝对不能整天谈情说爱，你不能要求他的生命中只有你，你不能要求他放弃工作只面对你一个。爱一个人，就要爱他的全部，对吧。他是个很棒的人，我觉得自己现在很幸福。

曼德拉与格拉萨结婚后，格拉萨长住莫桑比克首都马普托，而曼德拉住在南非东北部城市约翰内斯堡。好在两个城市坐飞机只需要一个钟头。在分开的日子里，两人每天都会通两次电话。曼德拉挺黏格拉萨的，曾说："她是老板。当我一个人的时候，我是软弱的。"于是经常软磨硬泡地要求格拉萨到约翰内斯堡定居与他同住。但格拉萨放心不下她的八个孩子（六个是萨莫拉前两次婚姻所生，两个是格拉萨与萨莫拉所生），而且马普托的儿童基金工作也不能缺少她。而且，她反对出于感情对自己的丈夫进行理想化。她说："人们也许会说我的丈夫是圣人，但对我来说，他只是一个淳朴、友善的普通人。我以前并没有料到马迪巴会进入我的生活，但现在我们确定要共同生活，因为我们曾经十分孤独。人生只有一次。"

格拉萨为曼德拉的生活注入了新的活力，使他重新感受到拥有一位体贴入微的爱侣是多么快乐。

说完了曼德拉的妻子们，再来说说曼德拉的孩子们吧。

曼德拉共有六个孩子，三个在他生前死亡。

1945年，曼德拉九个月的大女儿因病夭折。1969年，大儿子马迪巴·桑贝基勒遭遇车祸死亡，这些都和他奋不顾身地投入黑人解放运动中有关。痛楚在曼德拉心中剜出了一个深深的洞，曼德拉说，这个洞永远也无法修复。不过这些悲痛加在一起，也比不上2005年1月6日，他召开记者会宣布儿子马克贾托·曼德拉的死讯更为惨痛。儿子当天在约翰内斯堡的一家医院过世，死于艾滋病，终年54岁。

马克贾托病故，医院刚开始并未透露真实死因。几个小时之后，曼德拉召开记者会，说："我们不能逃避真实。今天把你们召集到此，我要宣布我儿子死于艾滋病。我曾说过，'让我们公开艾滋病，而不是隐藏它。'唯有这样做，艾滋病才能被当成一种普通疾病。"87岁的曼德拉说着，老泪纵横。

在南非，艾滋病是"超级瘟疫"。政府拒绝宣布因感染HIV病毒而死亡的数字，因为它太巨大了。据联合国艾滋病计划署统计，南非成人中每五个就有一个身患此病，全国目前约有530万名艾滋病病毒感染者或艾滋病患者。许多人都不愿公开谈论这个话题，但惨遭老年丧子之痛的曼德拉挺身而出，亲自向新闻媒体公开儿子的死因，他希望帮助南非这个"艾滋重灾区"正视现实。

曼德拉说，在位于东开普省老家的他的大家庭中，已有三个人被艾滋病夺去了生命。"我希望，随着时间的推移，我们将意识到公开讨论艾滋病问题是非常重要的，因为这样才能让看似不可战胜的艾滋病恢复其'只是一种普通疾病'的本来面目。呼吁大家千万不要歧视艾滋病患者，一定要亲近他们，爱他们。"

在曼德拉做出这一举动之后，南非各大报纸、防治艾滋病活动人士以及政党领袖纷纷向曼德拉致敬，赞扬其打破禁忌向公众宣布唯一的儿子因患艾滋病去世。公开家庭悲剧的做法挑战了广泛的禁忌，值得赞赏。在此之前，很少有公众人物愿意公开他们本人或家人感染这种疾病。曼德拉在艾滋病问题上的坦诚极为有胆量，帮助社会向前迈进了一步。

曼德拉曾发起过一个抗击艾滋病的音乐会，世界著名歌星积极响应参加义演，义演的收入将捐献给曼德拉基金会，用于抗击艾滋病蔓延。在音乐会开幕式上，身着一件黑色衬衫、胸前佩戴着"红丝带"、满头银发的曼德拉说："艾滋病是人类面临的一个巨大威胁，它夺去的生命超过了战争、洪水和饥荒死亡的人数总和。它已不是一个病魔，而是一个人权问题。它影响着所有人的生活，特别是青年人。为了青年，为了未来，我们必须立即行动起来，进行一场抗击艾滋病的运动。"

"被关押在罗本岛监狱的18年中，我整个人被简化为一个号码。今天，数百万艾滋病感染者也是一个数字，他们也是被终身监禁的囚犯。"

他对前来参加演唱的各位歌星表示热烈欢迎和真诚感谢："今天我非常荣幸地向你们介绍一群特别的盟友，言其'特别'是因为他们是世界上或南非最具天赋的艺术家，同时因为他们的名气和财富并没有蒙蔽其同情心。"

音乐会的前一日，曼德拉带领众歌星参观了罗本岛博物馆，在当年囚禁他的牢房前，他语重心长地说："希望大家像当年支持南非战胜种族隔离制度一样，支持抗击今日在全球范围内蔓延的艾滋病。我们有着比打败种族隔离制度更大的决心。"

这个音乐会的名称叫作"46664"。"46664"是曼德拉在罗本岛监狱服刑时的代号。

在儿子的葬礼上，曼德拉致辞，他只说了两句话："我儿子是一名律师，得到了专业领域的认可，这是他的荣耀。除此之外，我没有什么好说的。"

马克贾托是曼德拉和第一位妻子伊芙琳所生。对于马克贾托而言，虽然自己的父亲是名扬天下的"大人物"，但他并没有想凭借父亲的势力在南非政坛大展宏图，只是默默无闻地做好自己分内的工作。

从1969年开始，马克贾托在保险公司做了15年职员。1990年，马克贾托在巴西一所大学开始学习法律，经过7年的学习，他获得了法律学位。2000年，马克贾托进入律师行业。之前15年保险业的默默打拼，使他拥有了丰富的保险业内经验，成为一家大银行的法律顾问小组成员。

马克贾托是在2004年年底入院开始治疗的，曼德拉取消了度假计划，以便能有更多时间陪伴病中的儿子。除了父子情深，曼德拉也心存内疚。这最后的陪伴也成了最后的弥补。

马克贾托生于1950年，当时曼德拉正带领工人进行总罢工。马克贾托六岁的时候，曼德拉以"叛国罪"被起诉，从此开始了漫长的审判和牢狱生涯。曼德拉在监狱一蹲就是27年，使得马克贾托从少年成长为青年、从青年成长为中年的过程里，父亲都被迫缺席。

马克贾托八岁时，曼德拉和马克贾托的生母伊芙琳离婚，同年与温妮结婚。这个变故对马克贾托的打击极大，从此，他和父亲的沟通有了深壑。

在罗本岛上，曼德拉常常挂念孩子们，孩子们在他心目中的分量比什么都重。"监狱生活剥夺了我们许多权利，但是不能和孩子们见面是最痛苦的。曼德拉总是担心孩子们吃饭是否正常，衣服穿得够不够，在学校里面有没有进步。"一位与曼德拉一同在罗本岛监狱坐监的狱友这样说。

曼德拉的自传中刊录了他和儿子马克贾托的通信，从信件中可以看到父子间的渐行渐远。1974年，曼德拉曾在一封信中写道："给一个几乎不回信的人写信，是很难坚持的。"

当局一直不允许马克贾托去罗本岛探望曼德拉，直到他16岁才可以上岛。刚开始，马克贾托每年还都到罗本岛看望父亲一到两次。但从1983年起，马克贾托不再去监狱看望父亲了，也几乎不写信。

曼德拉的另一个儿子1969年死于车祸，马克贾托便成了他唯一的儿子。曼德拉对儿子寄予了巨大期望，这让马克贾托感到非常有压力。他学习成绩不好，升级考试不及格，还因为组织同学开展罢课活动而被学校开除。1994年，曼德拉举行总统就职仪式，马克贾托也没有参加。

曼德拉曾经这样形容儿子："他是个可爱的小伙子。但是他的弱点是不能写作。即使他的家族有那么多传奇性的故事可以著书。"

我稍觉曼德拉这个评价有点儿不准确。不能写作并不是弱点，普天下那么多人都不能写作，都不是弱点。家族无论有多少传奇故事，作为子孙并不一定要承担写出来的责任。由于不能写作就不能担当起这个任务，但这并不是马克贾托的过失。曼德拉把自己的一生都献给了民族解放事业，可亲可敬，但他不应如此苛求自己的儿女。他宽容了整个世界，但对自己的儿子是严厉的。

曼德拉在儿子死亡的当天，召开了新闻发布会，宣布了自己儿子的死因——艾滋病。我估计他早就做出了这个决定。因为艾滋病的死亡是一个逐渐的过程，他儿子住院病危，并不是猝死。在马克贾托生前，曼德拉是否与儿子达成了公布他死因的共识呢？如果是，当然最好。如果没有，那么，这算不算侵犯了儿子的隐私呢？曼德拉还提到自己家族中也有人因艾滋病而过世，本也打算公布他们的具体信息，但人家的家人不同意，曼德拉虽十分想借此事为南非的防治艾滋病事业做努力，也只好作罢，尊重死者的隐私。

我相信曼德拉爱他的孩子，曼德拉爱自己的事业。但毫无疑问，曼德拉是把事业放在孩子之上。不但在孩子小的时候是这样，当孩子成年之后，为了事业，曼德拉也在所不惜地放下了孩子的利益。

曼德拉就是这样一个把自我的生命融入广大慈悲的人。曼德拉的孩子必将为此付出巨大的代价。也许，这是常人难以理解的大爱，将爱自己的孩子化为爱普天下所有的孩子。

曼德拉的小女儿泽妮曾经写过这样一首诗：

一棵树被砍倒了，

果实落了一地。

我哭泣，

因为我失去一个家庭。

那树干，

是我的父亲，

全部枝丫，都靠它支撑。

那果实，就是妻子和孩子们，

是他珍爱所在。

他们该有多么美味，

多么可爱，

可是都落在地上，

有些离他很远。

在土里，

那树根，

代表幸福，

被割断了联系。

2013年6月8日，曼德拉因肺部感染被紧急送到医院。12月5日20时50分，95岁的曼德拉离开了人世。入院至逝世的半年中，他一语未发。不过，他不是摘下呼吸机离世的，而是自己停止了自主呼吸。

参加曼德拉葬礼的，有全球91个国家元首和政府领导人。追悼会那一天，南非下雨，苍天为之哭泣。由于代表13亿人的中国国家副主席李源潮的出席，使得曼德拉的葬礼在规模上超过了教皇，成为半个世纪以来的世界第一葬礼。

遵照曼德拉的遗嘱，他的遗孀格拉萨·马谢尔接受其50%的遗产。

格拉萨的美丽，举世无双。

在中产阶级家里做客

13

非洲三万里

炫耀资产，当然容易引起别人的嫉妒和来自社会的批判，不过不是炫耀，只是实事求是，才能肩负起历史的重任。

一直觉得中产阶级是个离我们很遥远的词。我父母是无产阶级，他们一生除了工资，别无长物。在很长一段时间内，我家除了被子和几件衣服属于自己之外，剩下的桌椅板凳包括茶杯，都是公家配发的。关于盛放茶杯的两个盘子，父母从来没有明示过来历，我理所当然地认为是他们买的。我20岁那一年，到父亲的一位老战友家中做客，突然在桌上看到了一模一样的盘子。我迅即判断那位阿姨年轻时是我妈妈的闺密，这盘子是她和我妈妈一块儿上街买回来的。我随口道，我们家也有一个这种盘子。阿姨笑嘻嘻地回应，那时候大院里很多人家都有这种花色的盘子，是统一发的。

　　在我的印象中，中国的中产阶级，是指1949年以前的富农和小资本家、小业主吧。再加上那时候的医生、律师和教授一应高收入人等。随着解放，这个阶级已不复存在。

　　在南非，某天的安排是到当地人家做客。我们的司机兼导游，是个蓄络腮胡子的中年男子。那一天的活动安排很紧，最后的旅游项目是参观国家植物园，再然后就是到某人家里吃晚餐。

　　一天走下来，已是汗水涔涔、步履蹒跚，鞋面尘灰满布，鬓发凌乱。

　　胡子大叔看着我的狼狈样，说，您就这样去赴晚宴吗？

　　我说，不这样又能怎样呢？旅人在外，也顾不得太讲究了。我一边回答，一边奇怪他说这话的用意是什么。

胡子大叔迟疑了一下，好像是在斟酌下面的话该说还是不该说。他嚅动了一下嘴唇，看来是下定了要说的决心。接着又沉默了，估计是在琢磨着怎么说好。

我等待着，并不催促。反正该说的话就一定会说，如果他决定不说，我也不刨根问底。有的时候，太积极追问，是强人所难。我趁机歇息喘口气。

终于，他说了出来，预备招待你们的那一家，非常郑重。

哦，谢谢。我竭力振作起精神回应，心想，如果有外国客人要到我家来，我也得紧着忙活。

他们会穿礼服盛装迎接你。胡子大叔追加说。

这让我受了惊吓。本来以为是顿便饭，现在变成晚宴性质，措手不及。

我尚存疑问，您怎么知道？

他说，人家来电话问我几时到，顺便说了一下准备的情况。家里还请了另外的客人一起欢迎你们。

事态比预想的严重，不可太随意了。看看表，时间真不富余，我着急地说，还有一个旅游景点没去呢。

胡子大叔说，那个地点没有三个小时，你根本参观不完。

我说，那我进大门看一下，有点儿印象即可。

大叔说，看一个小时和看三个小时是不同的。看一小时和不看是差不多的。

我被这绕口令似的话搞糊涂了，思谋了一下方才明白，说，您的意思是，这个景点我不必去了？

胡子大叔眉开眼笑地说，正是。这样你们才有时间回酒店洗洗脸，换件适合晚宴的衣服，我在酒店的停车场等你们。

于是，我只得放弃一个梦寐以求的景点，回酒店换下被汗水浸透的衣服，打扮齐整去赴宴。其实我也没有什么体面礼服，只有提前把准备到"非洲之傲"上去吃维多利亚时代豪华晚餐的绸衣提前穿了出来。临出门的时候，看到皮鞋有土，赶紧用酒店配给的擦鞋布掸去尘灰。

和胡子大叔相见，他喜形于色，说，嗯，衣服非常正规，很好。

汽车沿着公路很快进入了郊区，路灯渐渐消失，四处一片黑暗。

七拐八绕的，终于到了开普敦半郊区的城乡结合部。一大片平房，门前各有小院子。不过这里不像是别墅区，而是自家盖的简易楼，有点儿像咱农村的小产权房。每家的院子前的铁门都紧锁着，此地治安恐非良好。

我们走进一家平房，面积大约有100多平方米。女主人50多岁，身穿节日盛装相迎。刚才因为没有去成最后景点的憾意无存，如果蓬头垢面赴宴，的确不合礼仪。只是我邀请胡子大叔同席，他毫无商榷地拒绝了，说，这不合他的工作程序，人家招待的是远方来客，而他是工作人员。他说，我尽管放心吃饭随意聊天，临到告辞的时候，女主人会提前通知他，他会来门前等候，送我返回酒店。

恭敬不如从命，我也不再勉强，只是不放心地问，这里看起来不像商业区域，也没有饭店什么的，您忙活了一天，到哪里吃晚饭呢？他稍稍踌躇了一下，告知我不必担心。他的家就在附近，可以回家吃饭歇息。

女主人向我们介绍了她的陪客，有女儿、女婿，儿子和媳妇，还有小外孙女。黑人小姑娘大约只有两岁，很乖巧，大眼珠子翻过来掉过去地看着客人，一点儿也不认生。

彼此寒暄过后，就直奔主题了。餐厅和客厅共用一区域，有20多平方米，和厨房借一面玻璃隔断连接，目光可以将烹饪过程无障碍扫视。餐桌上铺着印有动物形象的桌布和餐巾，有非洲特色。先上的奶油浓汤，熬煮得黏稠如浆，火候非常到位。我连喝了两碗，其中当然有给女主人厨艺捧场的愿望在内，也和我们一直奔波在外渴坏了有关。当然，最主要是汤非常可口。

女主人对奶油浓汤受到热烈欢迎，感到十分开心。她告诉我，这个汤需要不间断地熬煮四个小时，手艺是她从逝去的妈妈那里学来的。

那一瞬，我用勺子连续搅着汤，掩饰自己突如其来的感动。妈妈的手艺只要还在女儿身上流传，妈妈就不曾真的远去。

按说家宴是取西餐方式，应该比较节制，但其后的菜肴让人饱受惊吓。先是迎面飞来一大盘炸鸡翅，我约略估计了一下，大概有30只鸡丧失了上臂。我还没来得及表示感叹，马上又端过来一大盘红烧猪肘，至少四只猪因此低位截肢。浩浩荡荡的烤鱼群前赴后继，牛肋排、羊肋排匍匐而来……这

一桌人满打满算不到10个，荤腥之物足够让两倍以上的人大快朵颐。

看到我难以掩饰的惊诧，女主人很得意，达到了她预想中的惊艳效果。她说，为了预备这桌丰盛的晚餐，一家人从早上忙到晚，烤箱未曾凉过。

我相信，她说的一点儿都不夸张。这种像烧腊作坊似的制作成品，人工付出那是相当大。

我叹息着说，单是今天的忙碌还不算，我相信从昨天开始的采买和腌制，也很费心力哦。

女主人马上跷起大拇指，认可了我的家庭主妇资历。

主人家兴师动众地集结起了所有能调动的人马，除了那个小外孙女，殚精竭虑地劳作。劳累了一天，也都饿了，先是风卷残云地扑向了鸡翅，然后是猪肘，再然后是牛排羊排烤鱼群……一时间，房屋内焦香四溢，噼啪作响。我很合时宜地想起一句陕西话——一吃一个不言传……

待吃得八分饱之后，屋内的气氛渐渐和缓下来。女主人问我，您在中国能否经常吃到这些美味？

我说，前些年大家吃得很多，近些年慢慢少了。

哦？主人阵营集体表示极度关切，面露同情之色。

我忙解释，膏粱厚味吃得太多，会造成营养过剩，对身体不好。中国人现在认识到这一点，口味主动变清淡了，大鱼大肉就吃得比过去少了。

哦，原来是这样。那么，中国现在有多少人呢？主人儿子问。他是公务员。

我说，13亿多。

众人齐刷刷地惊呼起来，中国人是南非5 000万人口的26倍！如果在街上走，连着碰到26个中国人之后，才会碰到1个南非人，然后又是26个中国人迎面走来……

我还真没碰到这样形容人多的句式。

他们对遥远的中国很感兴趣，主人的女儿是教师，问，中国有多少种官方语言呢？

这还真难住了我，不得不思索中国的官方语言究竟是指什么？

顾名思义，官方语言应该是政府使用的语言，这和民间语言是有区别的。在中国，我们虽然大力推广普通话，但并没有把它上升到政府使用的唯一语言这个高度。记得我见过一位维吾尔族校长，他对中国少数民族地区使用双语教学这个提法颇有微词。他说，"汉语"的说法容易产生歧义，让人觉得这只是汉族人使用的语言。应该把汉语上升到中国官方语言的高度。只要你是中国人，你就必须学习这种语言，因此它应该叫"国语"或"中语"。林林总总的民族和民间语言，是不能和国家官方语言相提并论的。

我觉得很有见地。

面对餐桌上聚焦于我的好奇目光，我说，中国有56个民族，每个民族都有自己的语言，它们是平等的。

南非一家人做恍然大悟状，说，原来中国的官方语言有56种。我们除英语外，还有荷兰裔使用的阿非利卡语，当地土著人使用的祖鲁语、科萨语、斯佩迪语、茨瓦纳语、索托语、聪加语、斯威士语、文达语和恩德贝勒语，共计11种。原以为南非的官方语言很多,不想你们比我们多多了。

我不知如何是好,只得说,这是我个人的看法。

他们又表示奇怪,说语言这个东西,难道你们的国家没有统一的说法吗?

我只得笑笑算作回答。他们又问道,中国人现在非常喜欢学习英语,是吗?

我说,中国现在对外开放,英语是国际通用语言,所以要学习。

他们好像对我的回答早有预知,说,英语是我们的官方语言,所以我们都是可以到中国去教英语的。

这个话题,自我到非洲之后常常遇到。我相信,一定有个传说像野火般蔓延——非洲人只要会说一点儿英语就行,就能到中国赚钱啦!

我说,中国人学习英语很有热情,对英语的要求也很高。一个好的外籍教员,要有资格许可和相关手续。他应该也懂汉语,懂得中国人的文化和传统,这样的教学才会卓有成效。

他们听了,面面相觑,估计发现原以为探囊取物般容易的事儿,并不是那么简单。

非洲普通黑人的英语常常是有口音的,还有些不合正统语法的口语。有时发音模糊,难以听懂。他们把到中国教授英语当成新的致富之路,我个人觉得有点儿过于乐观了。中国人求贤若渴不错,但也不会莠好不分。

因为一进门就被热情包围,我一直没找到机会拿出带来的礼物。瞅准了女主人稍微得了空儿,我赶紧呈上一块真丝头巾,略表心意。虽然我知道所有的一应开销都打在我所付的旅游资费当中,但感激是由衷的。

天下所有的女人都喜欢丝绸吧。喜欢它的柔软贴身,喜欢它的光华灼灼。这块丝巾有着抽象的金色和碧色相缠的波纹,抖动起来,如同拧干一束彩虹。

那位请来帮忙的女子掩饰不住艳羡的神情,把丝巾接过来,横着抖了抖,又竖着飘了飘,翻过来掉过去地摩挲。我不由得想起了一段相声《卖布头》。世界各地的女子买布,都是这样反复抻拽吧。

女主人告诉我,她特别喜欢做手工活,比如我们现在吃饭所用的餐垫,都是她一针一线自己做的。餐垫上聚集着成群的犀牛和狮子,基本上算是栩栩如生。人一低头,面对着一堆猛兽进食,需要有一点儿胆量加肚量。

整个晚上，芦森比较辛苦，双方的沟通交流都要依靠他翻译，几乎没顾得上吃饭。

主人的女儿是公务员，英语不错。她问芦森，您的英语这么好，是在哪个国家学的呢？

芦森说，就是在中国学的啊。

女公务员不大相信，说，那你后来一定又在英语国家待过很长时间吧，不然不可能说得这样好。

估计芦森联想起他们预备大举杀向中国教授英语的理想，就说，我完全是在中国国内学习的英语，中国有很多非常棒的英语老师。

餐桌上一时缄默，估计赶赴中国争当外教的愿景，被泼了小小一盆冷水。

夜深了，我们要告辞了。女主人拿出一本签名簿，希望我们在上面留言。签名簿大约已经用掉了半本，在我们之前是一位日本人的签名，时间是在半个月前。

我用文字赞叹了女主人的烹调手艺。

回饭店的路上，导游胡子叔问：怎么样？

我说很好。

胡子叔说，吃得不错吧？

我叹息道，那么多肉啊。

胡子叔说，就是要让你们看一看南非中产阶级的生活。

我说，我们拜访的这一家是南非的中产阶级？

胡子叔说，是的。那位女士是个会计，有不错的固定收入。她的女儿和儿子生活也很稳定，有体面的职业。那所房子也是自己的。

我怔了怔，问，您心目中的中产阶级是怎样的呢？

胡子叔说，就是这样的啊。你还想怎样呢？

我说，那您认为自己是什么阶级呢？

他很自豪地说，虽然这辆车是老板的，但我还是认为自己是中产阶级。一个社会，只要有了稳定的中产阶级，就会安定发展。

胡子叔毫无疑问是工薪阶级，受雇于旅游公司。从他每天到饭店接我们

出发时，都要顺手牵羊地从饭店前台的水果篮里捞走一个苹果的小动作看，他似乎并不很宽裕。起码，我以为真正的中产阶级大致不会如此。

中产阶级这个词的兴起，来自19世纪的工业革命时期，那时被称为"布尔乔亚"，在中国人印象中，多指小资产阶级。一般来说包括商人和工场主，再加上律师、医生、工程师和受过良好教育的专业人士。他们通常身着整洁的衣服，精干称职，有安定的家庭环境，怀抱理想主义的希冀。独立自尊，爱慕体贴，受过良好的教育，讲求规则，敬业守时，为人一丝不苟，是中产阶级的特征。

中产阶级也是有缺点的，最大的缺陷是他们太重视完美。

这样看起来，我对刚才拜访的家庭和眼前的胡子大叔是否属于真正的中产阶级有几分狐疑。在中国，没有属于自己车辆的导游兼司机，算中产阶级吗？你在北京街头问任何一个出租车司机，他大概都不会承认自己跻身了中产阶级行列。中产阶级会大啖烤肉人均二斤以上吗？中产阶级会当场把客人送的礼物，翻过来掉过去地抖搂个不停吗？

匆匆一瞥，细节多少也能说明问题。我问胡子大叔，那么您认为在您周围，有多少人属于中产阶级呢？

胡子大叔一边灵活地打着方向盘，一边说，除了贫民窟的人，剩下的人都应该算是中产阶级。

看来，中产阶级的确不像我们想的那样稀罕，是我太过吹毛求疵了。

也许因为在很长的历史阶段中，我们都是一边倒地以无产阶级为荣。人人都想持久地留在一穷二白的阵营中，哪怕已经有了资产也赖在这个圈子里不走，让人有足够的安全感。也许胡子大叔是对的，尽管他在打工，但他有房子，有固定的收入，过上了自己认为体面的生活，这就是中产阶级了。

我们不必虚伪地谦虚。现在，有房子的人不在少数，受过良好教育的人不在少数，有正规职业、有固定收入的人也不在少数……如果这几条你都已具备，那么，你就有可能成为中产阶级的一员，这不是危险和耻辱的事情，而应该像胡子大叔那样，引以为自豪。

只是就算我们在经济范畴上可以入围中产阶级，那中产阶级有的品德和社会责任，我们有多少人有意识地具备了呢？我们有多少人能身着整洁的衣服，精干称职，有安定的家庭环境，遵守公德，怀抱理想主义的希冀？有多少人能独立自尊，爱慕体贴，讲求规则，敬业守时，为人一丝不苟呢？

我很感谢胡子大叔的提醒和这户中产阶级的热情款待。也许，中国的稳定正需仰仗庞大而有尊严的中产阶级存在。想起老祖宗的教诲，《孟子·滕文公上》中孟子曰："有恒产者有恒心，无恒产者无恒心。苟无恒心，放辟邪侈，无不为已。"

翻译成白话文，就是说：有一定财产收入的人，才有一定的道德观念和行为准则；没有一定的财产收入的人，便不会有一定的道德观念和行为准则。假若没有一定的道德观念和行为准则，就会胡作非为，违法乱纪，什么坏事都干得出来。

据说，现阶段我国的中产阶级占了5%。中产阶级的要求是——资产1 000

万元以上，受过大专以上的教育。

我觉得受教育这一条比较容易达到，大学扩招，成人教育大普及，鱼目混珠的大有人在，别说大专，就是硕士博士也已是满地开花了。资产1 000万这个标准呢，初看之下，有点儿高了。美国衡量中产阶级的标准是——年均收入在3万美元至10万美元的人就可入围。照这个尺度衡量，美国95%以上的人都属于中产阶级。于是美国有人觉得这个资产标准太稀松宽大了，就提高到人年均收入标准在4万美元至25万美元。高标准、严要求重新计算，也没刷下去太多人，美国中产阶级还是占到了总人口的80%。

也许有人会说，美国是世界上头号发达的资本主义国家，和咱们不具备可比性。那么，就看看同是亚洲国家发展中国家的印度吧。据印度"政策研究中心"的说法，印度现有中产阶级约3亿人。印度"国家应用经济研究理事会"是印度中产阶级标准的制订和发布者，其规定的标准是：凡年均税后收入在3.375万卢比到15万卢比（约合700~3 000美元）的人，可算是中产阶级。

折合成人民币，大约是4 000多元到2万元，这似乎也太宽泛了些。如果说印度都有3亿人算中产阶级，那么中国的中产阶级或许不会少于这个数目。

有数字说，新加坡300万人口中约90%属于中产阶级。连续坠毁飞机的马来西亚，依他们自己的估计，中产阶级大约占总人口的60%。

闹了半天，中产阶级到底是什么标准，各国各有多少人入此阶级，在全球范围内是一笔糊涂账。

更有中国学者认为，中国现阶段根本就不存在所谓的中产阶级。至多可以说是有中产，但无此"阶级"。

为什么"中产阶级"这么重要呢？因为当他们成为社会的中坚力量，就能在社会变革中发挥非常关键的作用。他们不是特权阶级，而是对于特权强烈不满、具有推动社会变革的内在动力。再者"中产阶级"的工作性质，使得他们具有知识和专业特长，希望依靠个人努力在公平竞争的现代社会中获得成功，他们会积极参与新社会和新制度的设计和建设。由于他们家有恒产，对社会的变革倾向于改革和改良，而不太会采取破坏较大的激烈暴力行动。他们倾向于温和的"改革派"。

而中产阶级之下的下等阶层，极度的贫穷而缺乏专业特长和教育知识，很容易对上等阶层的奢华生活和优越社会地位，从羡慕向往急速地滑向嫉妒和怨恨。他们倾向于采取激烈的暴力行动，推翻上等阶层的统治而由自己取而代之。当把统治权攫为己有之后，重新建立起来的仍旧是一个两极分化的社会。中国的封建社会史，正是一幕幕地上演着这样的戏码，绵延了几千年。

现在，我们要挣脱出这个怪圈。炫耀资产，当然容易引起别人的嫉妒和来自社会的批判，不过不是炫耀，只是实事求是，才能肩负起历史的重任。中产阶级不必再羞羞答答、遮遮掩掩，你脱不了干系，只有勇于担当。

不管怎么说，中国在现代化的过程中，未来需要更多的中产阶级，这一点是毫无疑义的。

在南半球的南十字星下，胡子大叔问我，您是中产阶级吗？

我说，是。

我认这些机车
为我的兄弟

14

非洲三万里

其实，旅途上没有真正的独行。即使周遭没有人，还有非洲的原野，还有飞驰的机车，还有不时鸣响的汽笛，还有无数的故事。就算这一切都没有，那我还有自己同在。

比起"旅行"这个词，我更喜欢"旅游"。概因为这个词当中有一个活灵活现的"游"字。

什么是"游"呢？它的原意是人或动物在水中行走。说一千道一万，最能诠释这个词的是水中自由自在的鱼。水中有什么？有浮力，所以，旅游中的人应该是轻松的。鱼游水中，多么惬意。这一趟非洲旅游，我要以粗糙的蒸汽机车为水了。

一团团烟雾呛咳般地从蒸汽机车的喉管，也就是烟囱中吐出，乳白色的蒸汽在站台上云雾般浮动，天空瞬时昏暗，盛装的绅士和女子们缓缓走进车厢，登临台阶的那一瞬，回头向站台上送别的人招手……汽笛长鸣，一列老式火车慢吞吞地启动了。

这不是什么怀旧的老电影镜头，而是世界顶级豪华列车"非洲之傲"2013年的开车仪式。一趟漫长的旅程就此启程，它将历时14天，纵贯南部和中部非洲，途经南非、纳米比亚、津巴布韦、赞比亚、坦桑尼亚五个国家，行程近6 000千米，完成一次史诗般的旅行。

此刻我正假装矜持，忍住火烧火燎的好奇心，竭力不东张西望，假模假式地沉稳登车。只可惜我没有维多利亚时代的盛装，只穿旅行行头。

据说，这是中国大陆客人首次乘坐"非洲之傲"，进行如此长途的旅行。

不过，当我一脚踏上名震遐迩的"非洲之傲"，第一个感觉竟是淡淡的失望。

这号称世界顶级豪华的列车，就算它摇身一变油饰一新，我也立刻认出了它就是咱"春运"时的老相识——"绿皮火车"！

千真万确，此车的前世就是蒸汽机车配绿皮车厢。

我想每一个曾经迁徙过的中国人，说起绿皮火车都会涌起对死去多年的一匹老马的追忆。它曾声嘶力竭地载着我们抵达青春梦想的遥远他乡，又不辞劳苦地驮着我们回到心心念念的故土。每一次乘坐，都悲喜交集、又爱又恨。爱的是它将把我们送达目的地，恨的是旅程的艰辛与劳苦。

绿皮车厢大都年久失修，油漆沧桑地剥落，饰板龇牙咧嘴地开裂，车门污浊不堪且几乎都难以关合。车窗以一种愚蠢的方式起落，没有拳击手的腕力，基本上打不开，闹不好还把你的手指甲砸成青紫。盛夏时，车厢内的电扇像蚊翅一样痉挛转动。夜晚时，电灯昏黄如得了白内障的眼眸。所有的厕所都便器破烂，污水横流，整个车厢内弥漫着多年沉积的恶味。茶炉经常没有一滴水流出，洗漱更是奢望。炎热时，车内像炭盆一样火上浇油。寒冷时，车厢如冰窖却仍浊气弥漫。列车运行的时间表永远是理论上的，不断莫名其妙地临时停车。硬座是名副其实地硬，让你的腰脊经受考验。记得有一年我从部队回北京探亲，在火车上僵坐了三天三夜，下车时我惊奇地发现鞋子缩小到根本就套不到脚上，只得不成嘴脸地趿拉着鞋挪出站台。

由于自己的创伤性记忆，我就这样丧心病狂地说绿皮火车的坏话，深感太不厚道。它其实功勋卓著，价格低廉，朴实亲民，像一位苍老的大叔，背着抱着我们昼夜兼程地赶路。特别是几千米一停的慢车，在深夜孤寂的灯火下，在每一个荒凉的小站不厌其烦地停靠，让农民和他们的鸡鸭鱼菜上车。它不惧风霜雨雪，慢吞吞但锲而不舍地独自前行。越过高山和峡谷，将旅人们踏实地送达目的地。它永恒不变地慢，是缺点也是优点。

因为煤炭的价格比石油低很多，在中国，蒸汽机车就一直顽强地存在着。我们成了全世界最后停止制造蒸汽机车的国家，2005年12月9日，当最后一列蒸汽机车执行完任务停运后，中国不无自豪地宣称蒸汽火车退出历史舞台。现如今，我买一张绿皮火车车票，将用极其缓慢的速度行驶14天。我暗自调侃了自己一下——你啊你，花了那么多钱，万里迢迢地来赶赴一场异国他乡的"春运"。

不过，我还抱着一丝希望，它虽名为蒸汽火车，但和咱们熟悉的绿皮火车还是有天壤之别，不然如何对得起那天价的车票！我四处巡睃，逐一评说。独特的近乎橄榄色的绿外衣，没有丝毫区别。铁质的窄小上下车梯，也完全是一个模子"刻"出来的。蒸汽机车头，也是一脉相承……失望渐渐加深。不过，同行的客人都掩饰不住兴奋，他们基本上都来自欧美，蒸汽机车在那里已销声匿迹很多年，他们以一种见到恐龙复活的心态高兴不已。

待走入我的客房，方知相似的外形里，肚囊相差之大可谓天上人间。有道是不识庐山真面目，此绿皮非彼绿皮也！

每一节车厢都经过了彻底改造。原有的卧铺车厢被大刀阔斧地动过手术。唯一保留的是走廊通道，但所有的窗户因为重新油饰，并配以精美的蕾丝窗帘，显出不同凡响的高雅。包厢部分被完全打通后，重新整合为几套卧室。最豪华的是皇家套房，一整节车厢只分割为两个单元，只供四个人使用。我住的是把整节车厢分割成三间客房，也就是说，一节车厢可乘坐六个人。

我们这一次出发，整整24节车厢，只搭乘了50多名客人。

推开我的房门，目光首先被五扇大窗户吸引过去。真敞亮，类乎一个阳光房。

房间内是暗红色的全木结构，虽不是真正红木，但制作精美，华贵典雅。说实话，我在之前的介绍中说卧房内用的都是红木，觉得太过奢侈。一看是仿红木，正合我意，比较环保。天花板下方有巨大的空调设备，让人对即将通过的黏稠热带雨林地区不再心存畏惧。脚下是木地板，这地板之下有供暖设备。因这一程旅行恰逢南部非洲的春天，脚下的温暖就没机会享受了。坐过火车的人，都对火车卧铺的窄小局促留下过不快的记忆，这个顾虑在"非洲之傲"的客房里可以释然。床铺宽大，古典花纹的床罩，让你相信在它的覆盖下，是非同小可的柔软。

两扇车窗之间有一张玲珑小桌和两张沙发，这将是我以后半个月内最钟

爱的地方。衣橱很大，放满了旅途必备的各种物品，人家想得真够周到，防晒霜、驱蚊液、消毒巾等一应俱全。独立的卫生间，窗明几净。超大的淋浴房、银光闪闪的水龙头……堪比五星级酒店。只有那些无处不在的不锈钢扶手，无声地提醒你，它可是会以每小时几十千米的速度前进的钢铁屋子。

这列绿皮火车如同时光机，在这有限的空间中，辗转腾挪，力求模拟一个业已消失的时代。它以古老的硬件加上无微不至的谦卑服务软件，把你托举到一个远去的阶层，合力让你潜回到历史前页。

候车室有一位老年绅士彬彬有礼地为旅客们送行。他名叫罗斯，是南非的英裔人士。

英国人和蒸汽机车有非同一般的缘分。1774年，是英国人瓦特发明了蒸汽机并投入生产，1814年，英国人史蒂芬逊发明了第一台蒸汽机车。1938

14 我认这些机车为我的兄弟　　171

年7月3日，4668号机车头拖着六个车厢，在英国创下时速126英里、折合203千米的蒸汽机车的最高速度纪录。蒸汽机车在20世纪中叶开始被内燃机车取代，20世纪末，蒸汽机车在北美及欧洲被完全淘汰。

想那蒸汽机车的壮年时代，多么威风凛凛！它牵引着长长的车厢以雷霆万钧之力呼啸而来，那令人惊悚的汽笛、方头大脸的车头、无数巨轮铿锵有力富有节奏的声音，让第一次看到它的人无不被它一往无前的凶悍所震撼。即使在没有火车驶过的时刻，那蜿蜒伸向不可知远方的雪亮钢轨，也以一种坚硬的冷峻让人浮想并臣服。

有人说罗斯先生很有风度，长得像英国王储查尔斯王子，但我觉得他比英国王储要帅。个子很高，背部笔直，面容线条刚毅，目光中带有慈祥。只是此刻他的右手腕缠着绷带，前不久他在瑞士滑雪时骨折了，尚未痊愈。他用左手和旅客们握手，仍然很有力度。他宣读注意事项和行程安排，宣读乘客名单，被念到名字的客人就踏着红地毯，随列车员登上"非洲之傲"列车。

罗斯先生是这列号称世界上最豪华列车之一的"非洲之傲"的创始人。他和"非洲之傲"的关系说来话长。

1986年，南非成功的汽配商人罗斯先生收到一份请柬，邀他和夫人参加蒸汽火车旅行。酷爱机械的罗斯先生对隆隆作响的庞然大物产生了浓厚的兴趣，钻到火车头里与火车司机攀谈了一路。回来后，他参加了当地保护传统火车俱乐部举办的拍卖会，成功拍下了一节老式火车车厢。

罗斯先生最初想得很简单，就是为自己的家庭打造一列拥有两三节车厢的私人古董火车，闲暇时间，全家人舒适地出游，其乐融融、惬意无比。不过真运行起来，才发现这列短短的火车成本不菲。火车头力大无穷，"一只羊也是赶，一群羊也是赶"，罗斯先生索性决定多挂一些车厢，除了自家人旅行，也可把其他车厢的房间对外出售。一来分担私家车的运营成本，以车养车，二来可有更多的人分享乘坐豪华复古蒸汽火车的乐趣。一不做二不休，罗斯先生渐渐痴迷于此事，索性在1989年4月成立了以自己名字的缩写命名的Rovos Rail私人火车公司。

他开始在全世界范围内搜寻老火车。一节节披着历史尘灰的车厢和餐车，从各地的废品中心、私人公司以及俱乐部中被搜集出来，如同听到集合号令的退役老兵，向它们的将军——罗斯先生聚拢过来。其中一些老古董车厢的历史超过了150年。想想看，火车才问世多少年啊！到2000年，罗斯先生已经成功地收集到了60节车厢。

旧车厢蜂拥而至后，接踵而来的问题是如何改造它们。罗斯先生对豪华列车旅游其实一无所知，整个一个门外汉。不过这难不倒他，不照搬任何豪华列车的经验，完全凭借自己的喜好，开始打造属于自己的奢华旅行风格。因为他本人个子高大（我目测他的身高当在1.90米以上），便要求在火车上把私人空间的面积发挥到极限。第一，每个人都要有宽大的床。第二，每个人都要有宽大的卫生间。第三，其他服务设施也要尽可能地大。于是，"非洲之傲"诞生了世界上所有豪华列车中排名第一的客房面积。除了求"大"以外，他还特别注重细节舒适，怕委托别人不能深刻理解他的良苦用心，干脆让妻子亲自负责列车的内部装潢和软装设计。连沙发所用的面料都是由罗斯先生的夫人亲自从荷兰挑选来的。他们用对待亲人般的呵护，把"非洲之傲"列车打造成优雅温馨的家。

在随后的几年中，每个月都会有一节老旧的列车车厢，在罗斯先生手下的能工巧匠们手中脱胎换骨。罗斯先生也越陷越深，索性将自己的其他产业悉数转让，集中精力全力打造火车帝国。他亲手制订了遍布南非及纵贯南部非洲、中部非洲的十余条经典旅行路线，以绮丽雍容的装潢和无比细致周到的服务，引得达官贵人、浪漫情侣纷至沓来，被美国《国家地理》杂志评为世界十大最豪华列车之一。有些客人干脆称"非洲之傲"为"铁轨上的邮轮"和"流动的五星级酒店"。

罗斯先生为"非洲之傲"选定的装潢品味，是英国维多利亚时代的复古情调。

最能体现这种风格的是车上的两节餐厅。全车满载时的50多位客人就是齐刷刷地一起去用餐，每个人也都能找到自己心仪的位置。餐车的色彩主打红色与金色，有一种艳丽逼人的皇家气派。水晶灯饰和老式电扇，蕾丝窗纱和精致瓷器，反射灯芒的水晶杯和复古的油画，交相辉映，都让你在踏入餐厅的那一瞬间，恍惚穿越到了一个逝去的年代。

每次出发之前，不管罗斯先生在哪里，他都会乘着自己的私人飞机赶到列车的始发站，向每一位来宾致欢迎词，几十年来，风雨无阻。他会和每个人都亲切握手，目光注视着你，温和而亲切。

细听罗斯先生的送行词，并非轻松惬意。他千叮咛万嘱咐，甚至可以说是忧心忡忡。这样的长途旅行线路，在"非洲之傲"的历史上，每两年才发车一次。

他的开场白是"欢迎乘坐'非洲之傲'列车，我敢保证这是一次与众不同的旅行！"

先声夺人，大家便欢呼。紧接着罗斯先生的声音低沉下来，有着淡淡的忧郁。"你们要走的路很长很长，一共有6 000千米，要经历近半个月的时间。旅行是一件充满未知感的事情，也许你们会遇到很多意想不到的事情。希望你们能做好充分的思想准备，所有的意外也都是旅行中必不可少的组成部分。你们将要跨越多个国家，各国的情况会有所不同，所以一定要注意安全，听从工作人员的安排……"

他一定已经做过很多次临行赠言，每一次讲话都情深意切。这一回路途漫漫，他充满了毫不掩饰的担忧。罗斯先生很像家中的一位长者，面对即将远行的亲人，再三叮咛。

当时我并没有特别留意他的话，以为是例行公事，后来才发现，他的担心绝非杞人忧天，这一路果然山高水险。

列车终于开动了。开普敦渐渐远去，在短暂的城市繁华景象之后，排山倒海的贫民窟和垃圾堆扑面而来。之后，列车铿锵，把城市光怪陆离的繁华和令人心酸的贫困甩在身后，一头扎入非洲原野之中。无边的葡萄园、盛开的马蹄莲、牛羊成群的牧场、数不清的白蚁冢……扑面而来又全身而退。

匆匆洗了个澡。明明知道沐浴的时候面对的是旷野，但我还是不能洒脱到一边看风景一边冲浴。我把窗帘闭合，放弃了冲着温热水流欣赏火车奔驰的美感，谁让咱在艰难困苦中长大，不习惯享受呢。偶尔会看到湖泊中成群栖息的火烈鸟，用它们那令人惊叹的细腿，无所事事地金鸡独立着。很希望

14 我认这些机车为我的兄弟

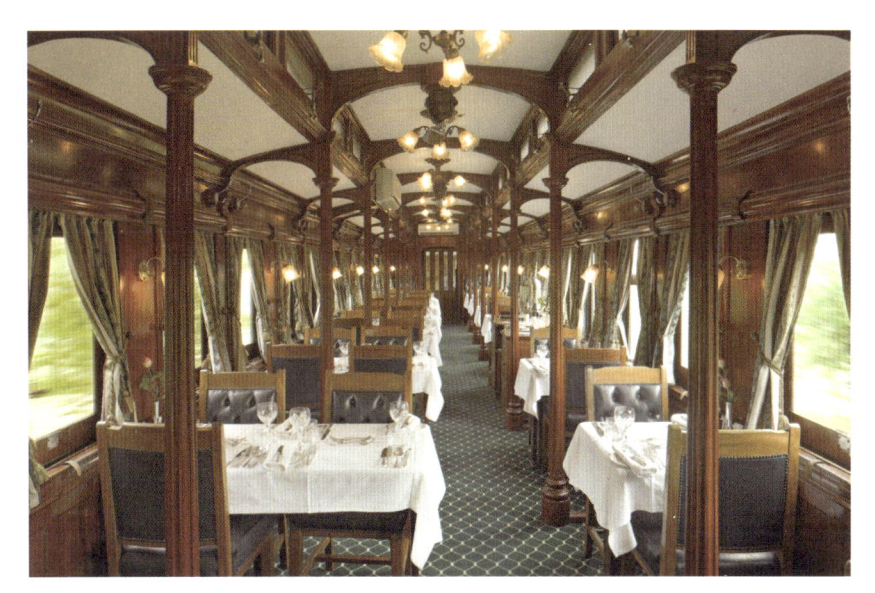

它们被火车驶过的声响惊得群起飞翔，但是单薄的火烈鸟们气度甚好，大智若愚地该干什么干什么，一点儿也不惊慌，更没有乌云蔽日般地飞起。

火车单调的声音，是上好的催眠药。

火车到达比勒陀利亚。

"非洲之傲"在这里拥有一个独享的私人火车站，还有其周围的一大片土地，以供罗斯先生的工厂修理老式机车。这里还储放着他从世界各地搜罗来的蒸汽机车车头和相关的宝贝。我们在充满复古气息的候车室小憩，舒适的沙发和摆满鲜花的欧式茶几，餐台上摆放着香槟、果汁和小点心，四周的墙壁上挂着与火车有关的各种油画和装饰品。

对于罗斯先生的气魄和大手笔，从"非洲之傲"列车出发的排场和内部装潢上，你会有所察觉，但真正让我大吃一惊的，是比勒陀利亚的车站。北京城里过去有句专门用来斗气的话："你有钱？有钱你把前门楼子买下来啊？"说明作为私人不可能买下前门楼子，你不能富可敌国。

罗斯先生却真把"前门楼子"买下来了。这可不是后来仿造的火车站，而是原汁原味的比勒陀利亚首都公园站。这个私家火车站现占地56公顷，拥有总长度达12千米的15道铁轨，40台蒸汽机车处于随时待命可以出发的良好状态。

举目望去，车站内，在漂亮的小喷泉和庞大的金属机车重器之间，不时有羚羊、孔雀、珍珠鸡灵巧地穿行而过，不慌不忙、旁若无人。这都是罗斯先生在此豢养的动物……他觉得，动物和人和机械可以友好地相处。

我获得特许，爬上了一节冒着烟的火车头驾驶舱，里面的炉门一开一合，燃烧着熊熊炭火，工人往内不断填着拳头大小的煤块。擦得锃亮的仪表盘不知连向车头深处的何种部件，数字跳跃显出活力。火车司机是位黑人大叔，很得意地向我介绍火车头的操作要领。面对光亮鉴人的仪表盘，如数家珍，边说边示范，拧开驾驶室左上方的一个阀门，车头顿时喷出很多蒸汽，热浪随之扑面而来，空中飘洒起细碎烟尘。他说："我开蒸汽火车已经有20多年了。虽说机车年纪老了点儿，可力气还是很大。比起那些烧油、烧电的火车头，还是蒸汽机车头带劲。"说着，他指指一根操纵杆，示意我可以拉

响汽笛。

  我一时畏葸。站在火车头上，看它有节奏地喷吐白烟，仿佛骑在巨鲸之背，不由得把它当成活物。我觉得随手拉响汽笛，有点儿冒犯这个庞然大物。

  黑人大叔示意我尽管用力拉，意思是不要小瞧了蒸汽机车，它可不是随便就会坏的样子货。我鼓足勇气拉了一下。

  出乎意料，并没有激动人心的汽笛响起，也没有浓烟往车顶上蹿。我想，这车该不会年龄太大，老态龙钟失灵了？正想着，突然有震耳欲聋的笛声响起，紧接着火车头喷出大量蒸汽，夹杂着煤灰，差点儿眯了我的眼。这才悟出，刚才的间隔是蒸汽机车的反应时间。如今都是操纵电子产品，习惯了手起刀落，电光石火。蒸汽机车庞大的身躯和传导系统，依然保持着工业时代的韵律，稳扎稳打。

谢过黑人司机,下了火车头,碰到了罗斯先生的小女儿安卡。

"因为知道今天有中国客人来,所以我们特意在站台的旗杆上挂上了中国国旗。"

候车室与铁轨之间,有一排高大的旗杆。

安卡不像父亲那样高大,是身材窈窕的美女。很难想象她现在是这个巨大钢铁帝国的实际管理者。安卡说,我父亲制定下来的传统,说,所有来这里参观的人,所有乘坐"非洲之傲"的人都是我们的朋友。所以,会为来自不同国家的人挂上他们的国旗,以示友好和欢迎。

她向我们表示热烈欢迎,说乘坐"非洲之傲"的中国客人越来越多,但像我们这次走完"非洲之傲"最长的线路,还是第一拨。

我们跟随着安卡的脚步,在火车站里边参观,边聊天。

她对车站里的一草一木都了如指掌,随手指着不远处一只目中无人、昂首阔步的非洲大鸵鸟说,它的最大爱好,就是在列车开动时,跟在火车屁股后面扑扇着翅膀尽力追赶。

我说,它好胆大,就不怕火车轧坏了它!

安卡笑着说,它知道火车不像汽车,是不会倒车的。也许它惊讶这个黑绿的大家伙看起来挺笨的,怎么跑起来这么快啊!我倒要和你比试一下!

我们笑起来。我想,鸵鸟会在最终赶不上火车的时候,羞惭地把头埋在铁轨间的沙石中吗?

安卡收敛了笑容,说,也有人猜想,鸵鸟是在为列车送行。它把每一列机车都当作了朋友。

我问,你好像特别喜欢这些钢铁大家伙,很少有女子会做到这一点。

安卡说,因为父亲喜爱蒸汽机车,我从小就经常乘坐"非洲之傲"四处旅行,火车就成了我们流动的家。父亲带着我每天在机车上爬上爬下,在我眼中,这些机车都是有生命的。我高中毕业后,面临着一个选择——是直接上大学还是工作呢?我去征询父亲的意见。父亲说,希望你能按照自己的爱好来做决定。我就选择了先不上大学,积累一点儿社会经验。我20岁的时候去了伦敦,因为喜欢艺术设计,就在那里边学习边工作。回到南非后,我在开普敦一家杂志社做了一年的设计工作，后来干脆成为自由职业者，承接名片、菜单、艺术展览的设计等等。

我听了半天，觉得她基本上没回答我的问题。

我说，那你怎么想起来继承父亲的家族产业了呢？

安卡沉吟了一下，说，父亲渐渐老了，他开创的事业需要有人来接手。我上面有一个哥哥和一个姐姐，哥哥在开普敦经营一家矿泉水厂，你们在"非洲之傲"列车上喝的瓶装水就是他们的产品。姐姐在伦敦的一家公关公司工作，妹妹是个医生。

安卡基本上还是没有回答我的问题，但她的坦诚让我明白了她当时所处的形势。没有人来接手父亲的产业，那么父亲就不能歇息，家族的事业面临中断的危险。

我说，所以你就担起了重担？

安卡说，即使几个孩子都不打算接父亲的班，父亲也不会失望。因为父亲是个很开明的人，他尊重我们，从来不把他的希望强加于人，而是任由我们自由地选择喜欢的生活方式。我加入"非洲之傲"，是因为我喜欢这些机车，我视这些机车为我的兄弟。

说到这里，她扫视着周围的钢铁阵营，目光中凝聚着深情。

我说，你就这样走上了"非洲之傲"的领导岗位？

安卡笑着说，我和其他所有新员工一样，接受基础培训。然后我在列车上的各个岗位轮流工作，积累经验。不过，厨房我没去过，因为那里的要求太专业了。比如，你们这趟直达坦桑尼亚达累斯萨拉姆的长程路线，我也跑过。整整14天，照顾客人们的所有需求。当客人们去吃午餐和晚餐时，正是服务生清洁包厢的时段。蒸汽机车是灰尘比较多的，我们要在这有限的时间里，把房间清洁得一尘不染，叠好被褥，擦洗卫生间的所有设备。马桶要像白瓷茶杯一样雪亮……

我下意识地问，你也擦洗马桶？

安卡说，当然啦！我能把马桶擦得非常干净，还在比赛中得过第一名呢。

我在书本上看到过很多富翁教子的故事，总认为那一定有某种程度的夸

14 我认这些机车为我的兄弟　　179

张和美化。现在，我亲耳听到安卡这样说，心中充满敬重。敬重罗斯先生，也敬重他的女儿安卡。

我说，那你很辛苦啊。

安卡若有所思地说，我很感谢爸爸的安排，让我能够面对面地了解客人的需求，也让"非洲之傲"的员工们对未来充满了希望。

安卡忙着去招呼其他客人，我独自在车站内漫步。沧桑的车站不由得使人浮想联翩。这个车站，就是年轻的甘地无法抵达的列车终点？

1893年，后来被称为"印度圣雄"的甘地，当时只有24岁。他作为在英国接受了四年教育的青年律师，拿着公司为他购买的头等车票，登上了从德班驶往比勒陀利亚的列车。不料车行半路，车上的验票官认为甘地作为一个印度人，无权坐在头等车厢，要甘地马上坐到行李车厢去。甘地不从，就在彼得马里茨堡（今南非夸祖鲁-纳塔尔省首府）车站被警察强行推下火车，在寒冷的小站蜷缩一夜。这一夜，给了甘地极大的刺激。甘地认为，这次旅行是"他一生中具有决定性意义的经历"，促使他走上了领导印侨反种族歧视的斗争。

人在旅途，看似消遣，其实思绪往往触景生情、信马由缰，进入自己始料未及的轨道。

突然列车长召集大家，有话要说。

列车上大家蜗居各自房间，难得有欢聚一堂的时刻。黑人列车长戴着雪白的巴拿马帽，风度翩翩地端着香槟，和大家一一碰杯，然后郑重地开始宣布乘车纪律。

第一条，各位要于发车前一个小时到达"非洲之傲"私家站台或专属候车室。不要耽误发车仪式和讲话。

散坐在周围的客人们微笑起来，我们已经上车了，列车长，你就不要本本主义了。

第二条，吸烟的客人只可以在自己的包房内和雪茄吧解决问题，公共区域是禁止吸烟的。

第三条，手机和笔记本电脑不可以在公共区域使用，只可在包房内使用，以免破坏列车整体的复古氛围和打扰其他乘客的旅行。

其实在出发前发给我们的注意事项里，已经注意到这条了。此刻听列车长郑重其事地宣布，更显得非同寻常。我想一般的隆重场合，只是要求大家把手机调到静音，不发出声响影响其他人即可。"非洲之傲"可真够牛的，干脆让手机、电脑这类高科技的东西玩失踪，不允许它们抛头露面，以防毁了好不容易营造出来的复古气氛。是啊，100多年前的维多利亚时代，若出现电子产品，真是穿越。

第四条，晚餐时需着正装。

我对这一条噤若寒蝉。拜托老祖宗的丝绸，让我可以体面过关。

第五条，在公共区域不要大声喧哗，注意礼仪。列车上可以提供熨烫衣服的服务和有限的洗衣服务。

第六条，乘客在享受服务和服务员打扫房间时不用付小费，为了表示谢意和礼貌，可在下车前统一把小费放入房间内有列车长署名的信封，并亲自交给列车长，也就是我。说到这里，他做了一个夸张的表情。

第七条，早餐、午餐和晚餐开始前，会有人在您的包厢走廊摇响铃声，各位客人在听到铃声后，就可以前往餐车用餐啦！

第八条，当您离开房间或列车停车时，请务必关上车窗并拉下百叶窗，以防从火车外窥视到您的贵重物品。当然，这个窥视者有可能是人，也有可能是大猩猩或狒狒。

说到这里，可能是为了提醒大家对此问题要高度重视，戴着巴拿马凉帽的黑人列车长抬腿一跃，箭步跳上了庭院中的白色铁艺桌子，站在上面继续演说。

客人们先是吃了一惊，但很快反应过来，对列车长的幽默报以掌声，表示记住了列车长的叮咛。

第九条，列车上设有小图书馆、小商店、雪茄吧等设施，您可以在那里阅读、购买和吸雪茄。休闲车厢和列车尾部带有吧台和观景台，很适合大家放松和聊天，结识新朋友。列车上任何一种酒水，都可以随意免费享用。

听到这里，我不禁深叹一口气。我是个滴酒不沾的人，对此福利只有望洋兴叹了。

第十条，请注意您的房间里窗子旁的桌子上，会有一个文件夹。这个夹子里有"非洲之傲"列车的创始人Johan Vos亲笔签发的您乘坐这一豪华列车的证书。一定要好生保存，下车的时候要记得带回你们的家乡，留作纪念。

第十一条，非洲的太阳十分厉害，您下车游览时，请注意一定涂抹防晒霜并戴上帽子。在您客房的更衣柜里，有"非洲之傲"赠送的高效防晒霜。至于帽子，在我们的小商店里有卖，比如我头上戴的这顶，就是小商店的货品，它标有"非洲之傲"的字样。买一顶，下车的时候，它可以为您遮阳。回到您的家乡之后，您戴着它出门，一定会有很多朋友问您，这么漂亮的帽子是从哪里买的啊？您就可以跟他们讲讲您的非洲之行。

哎呀呀，黑人列车长真是绝好的推销员，我几乎怀疑这个式样的帽子卖出后，列车长是否有提成？之后的若干日子里，我不断看到有人到小商店问询这顶帽子，开口就说，我要买和列车长一样的帽子，最终把那款帽子买断了货。

什么叫奢侈？这些注意事项多少说明一点儿问题。你要模仿远去的尊贵，就要暂且放弃原有的生活角色，潜入19世纪欧洲宫廷生活之水，享受旧式的无所事事和尊贵与从容。你时不时会有点儿恍惚，隔三岔五地出现微错乱，但又异常真实。

上车。又要出发了。

这次我注意到五扇窗户的玻璃中央都雕有一只小鹿。服务员告诉我，这个车窗玻璃是特制的，除了有罗斯火车公司的标记外，还有防止眩晕和不适的作用。

我的目光透过小鹿的四蹄，在荒凉的非洲大地上不断地移动着焦点。身体以机车的特定速度在匀速前进着，你几乎以为自己已是这个钢铁怪兽的有机组成部分，天生就能用这种速度行进。类似开普敦桌山的地质结构在窗外层出不穷。如果说开普敦的桌山被称为上帝的餐桌，那么现在窗外鳞次栉比的大大小小的类桌山、准桌山，简直就是上帝的食堂，或者说是上帝的美食一条街了。

打开车窗，大自然的气味扑面而来。森林的冰冷潮湿气味，天空的辽远

空旷气味，野花稍纵即逝的清甜，牧场的牛粪味，腐草的暖腻气，煤火的硫化气……窗户就像是气味和光影合谋的舞台，瞬息万变地演奏着原生态的大合唱。

整个火车的最末一节车厢是休息厅和观景台。休息厅里有一个吧台和服务生，随时免费提供各种饮品。这节车厢的窗玻璃更是大得异乎寻常，你可以坐在沙发里，尽情欣赏窗外景色。太阳就要下山了，落日浩瀚的光芒把远山修剪成黛青色的轮廓，天际中的云团正试图越过戴着最后一抹金色的山丘之巅。

休息厅的尾部是一扇落地玻璃门，我推开玻璃门，顷刻便置身于车外的廊中。视野在这里无拘无束，毫无遮拦。车廊有宽大的木质长椅，你坐在上面，探出身体，风像鞭子一样抽打在脸上，好似骑在龙的背上。

旅行是什么呢？

所谓旅行，不但指身体的空间移动，更是心灵的飞翔之途。墨西哥曾经获得过诺贝尔文学奖的作家奥克塔维奥·帕斯说过："旅行的愿望，在人身上是与生俱来的。谁要是从未萌生过此念，那绝非人之常情。每次旅行向我们展现的国度，对全体造访者来说，原本是同一个，可是在每一位旅行家的眼里，却又有见仁见智的不同。"

此时此刻，观景走廊上只有我一个人。

天地间仿佛只有我一个人。

其实，旅途上没有真正的独行。即使周遭没有人，还有非洲的原野，还有飞驰的机车，还有不时鸣响的汽笛，还有无数的故事。就算这一切都没有，那我还有自己同在。

我将把你的话转告天堂

15

非洲三万里

哦,东方人!希望你能再次登上"非洲之傲"!你一定会看到我,看到我美丽的衣服!珊德拉夫人独自举起酒杯,一饮而尽。

甫一上车,客房的桌几上放了一份花名册,上面录有全车客人的姓名、国别、在"非洲之傲"居住的门牌号……想起座山雕的联络图。其后的几天,很多人怀揣着这张纸,在观景车厢聊天或就餐的时候,打过招呼之后就拿出纸来,边看边说,嗨!你好!我知道你是某某了,我知道你来自哪里……由于旅客们老态龙钟者众,很多人都要戴上老花镜仔细打量。每当看到这种情形,就想起一个词"按图索骥"。

一位老妇人第一天就引起了我的注意。开普敦启程之时,来到火车站的专属候车室,迎接我们的是鲜花、香槟酒、现场乐队的奏鸣曲,还有工作人员的笑脸和罗斯先生彬彬有礼的握手……但这一切,都无法阻止我的目光被这位苍老的妇人夺去。她戴着一顶淡粉色大宽檐缀满花朵的帽子,身穿复古的高贵蓬蓬衣裙(不知道裙撑里有无鲸鱼骨?),显出不可一世的矜持,像刚喝罢下午茶从宫廷油画中走出来的老夫人。恕我直言,这略略带点儿戏剧性的滑稽。老妇人不看任何人,独自摇着长柄羽毛扇,款款而坐。要知道,天气可一点儿都不热。

我在乘客花名册上难以确定这位老妇人的姓名。英国客人里没有这么大年纪的妇人。在车上乘客中年迈的女人里(我估摸着她有70岁了吧),有好几位都有可能是她,但无法确认。第二天,她又吸引了我的注意。这一次,她换了新的服饰,依然是复古情调,依然有大檐帽子,帽子上依然缀

满了美丽的花朵。第三天，还是如此。老妇人无论是就餐还是下车旅行，都是独自一人。于是，我就在单独居住的访客中搜寻，很快，我锁定了一位德国女人，姑且称她为珊德拉夫人吧。

某天下午，我终于找到了和她拉呱儿的机会。正确地说，是在一片绿草地上喝下午茶，这是列车行进中的短暂歇息。无微不至的"非洲之傲"员工，在客人们下车的同时，将轻便桌椅和饮料茶点带来。客人们在风景优美的大自然怀抱中散步，微微出汗时，服务员们就手脚麻利地把便携式桌子支了起来，椅子调到最舒适的角度摆好，咖啡和红茶恰到好处地煮沸，散发着醇香。精美的小点心在晶莹的托盘中摆出雅致造型。

珊德拉夫人托着咖啡杯盏走到我的桌边，颔首问，我可以坐在这里吗？

哦，欢迎。请。我说。

经过这几天的观察，我发现珊德拉夫人特立独行，不喜被人打扰。她年轻时应该是个美人，岁月无情地掠走她的美貌，但还是仁慈地把优雅的身段留给了她，成了一个质地坚硬、结构紧密的老女人。从她能妥帖地揳入那些对女子体态要求极严格的旧式贵族女装中，可见一斑。现在她主动表露出攀谈意愿，我是巴不得的。

老妇人坐下来，她穿着淡粉色的及地长裙，唯一露在衣服外的手腕，舒展出平滑曲线，用大拇指和食指轻轻捏住镀金的杯柄，缓缓地把杯子送到嘴边小口慢饮。她边喝边平视着我，面带礼节性的微笑，但眼神是犀利的。她说，我喜欢喝黑咖啡。你呢？中国茶？

我碰碰面前摆着的白开水，说，午饭之后，我就不敢喝茶和咖啡了，怕晚上失眠。

珊德拉夫人说，失眠？你看起来身体不错啊，也很年轻。

我说，谢谢。不过，的确是不年轻了。

珊德拉夫人摇头，显出霸道的样子，道，我说你年轻是有理由的。

我心想，她很可能要倚老卖老了，大约会说出，在我面前，你还是年轻之类的话吧。我虽然不能问及她的年龄，但抵近一观察，她应该是靠80岁上走的人了。

珊德拉夫人说，我说你年轻，是因为我看到你在运动和感觉热的时候，脸上还会出现一些红润。而真正的老人，是不会出现这种血脉涌动的红润的。除非他患了高血压。

我不由得笑起来，为了她这英式幽默，虽然她是德国人。

我说，几天以来，我有一句话，一直想告诉您。

哦？什么话？请讲好了。她有些好奇，蓝色的眼珠由于苍老，显出一种略带瓷白的浑色。

我说，我很喜欢您每天穿的衣服，别致美丽，有一种上个世纪的味道。

她竭力睁大眼睛，假睫毛根根翘起，显出非凡的专注，说，哦，我以为大家都没有注意到呢，没有人告诉我！原来你都看在眼里了，你能这样说，我非常高兴。

我说，您会这样每天换一套，一直换到我们抵达达累斯萨拉姆吗？

她稍稍得意地说，看来，你是很希望这样的事情发生喽？

我说，是的。我们就有眼福了，像在观看一场古老的贵族服装秀。

她半侧着脸，目光看向远方，点点头说，嗯，我也很想这样。

我接着说，想必您一定带着几只巨大的箱子，除了这些美丽的服装，和它们相搭配的帽子、羽扇什么的，也都很占地方。

珊德拉夫人突然伤感起来，忧郁地说，我不能每天换一套，因为我没有那么多套衣服了。

我说，那您可以轮换着穿，每套衣服我们只能看到一次，会看不够的。

我说的是心里话，在这辆老掉牙的古典列车上，看到穿着维多利亚时代服装的老妇人蹒跚走动，本身就有种梦幻般的感觉。

珊德拉夫人打开双肘，微笑着说，好的。我会把你的这些话转达到天堂。

我一时摸不清她话里的真实意思，轻声重复：天堂？

珊德拉夫人毋庸置疑地说，是的，天堂。我这次旅行所穿的所有古典主义服装，都是我母亲生前穿过的。她是一个英国人，已经迁往天堂很多年了。

我抑制住自己的惊讶，尽量语调平和地说，您母亲是位美丽的女子，而且您的身材和她非常相仿。这些衣服好像是专门为您定制的一般。

珊德拉夫人啜饮着浓浓的黑咖啡说，我想，我母亲一定喜欢她那个时代，不然她不会做了这么多套精美绝伦的衣服。上帝赐予我和母亲一样的身材，我就穿着她的衣服，用她喜欢的方式来旅行和游览，这就等于延长了她的生命。我用这种怀念方式，让她在天堂微笑。

我很想知道珊德拉母亲的故事，但服务生已恭顺地站在一旁。这表示他们就要收拾桌椅，安排大家回到火车上，虽然并不会催促。珊德拉夫人缓缓起身，走到不远处一直在为我们演奏乐曲的黑人乐队身边，掏出五美金放下。她穿着长及脚踝的裙，挺直后背，窸窸窣窣地傲然而去。我快走几步，和她并排。听到她半是自言自语半是说给我听：这帮小年轻吹奏得很卖劲，对吧？凡是努力干活的人，都应该受到奖赏。

我点头，但纳闷珊德拉夫人的细致。因为客人们平时在车上的一切消费都不用付款，所以大家基本上都不带现金。想来珊德拉夫人一定是提前做了准备，才能在恰到好处的时间，拿出恰到好处数额的小费。她从精美的缀着蕾丝花边的手包里取出这张钞票的时候，不是找出来的，而是看也不看地探囊索物。这只有两个可能，一个是珊德拉夫人的手包里，日复一日地放着一沓五美金面额的钞票，以备她随时随地抽取，以付出符合她身份的小费；第二个可能是——珊德拉夫人为了今天的这次户外下午茶，专门预备了这笔小费。

那只蕾丝手包很小巧，容量有限，看来预置多张小费的可能性不大。但如是第二种可能，珊德拉夫人是如何知道今天一定会有专门的黑人乐队来为我们现场演奏的呢？在"非洲之傲"事先发放的活动计划书中，只写着下午茶，并没有说有精彩演出。当然，珊德拉夫人可能与列车长之类的工作人员有过交谈，得知了这个信息。不过，我看依珊德拉夫人的脾气，她是不屑做这种工作的。

请不要笑话我的无事生非、杯水兴波。豪华而单调的生活，很容易培养人的八卦嗜好。再说啦，下午茶的历史，追本溯源就是萌生自八卦的肥沃土壤。

我和珊德拉夫人的再次交谈，是在赞比亚飞溅的瀑布旁。喜好徒步的旅人们看完了这一处瀑布，又到一千米外的地方去看另一处瀑布。我因为脚有旧伤，走平路尚可，但不愿让它过度劳累，就放弃了继续前行。珊德拉夫人又和我坐到了一张咖啡桌旁。

无话找话吧。我说，您为什么不去看新的瀑布？据说那一处的水势比这一处要大，高度也更甚。

珊德拉夫人不屑地说，瀑布都是差不多的。水从高处跌落下来，然后复原。不同的只是高度和宽度而已。我已经看过这世界上最大的、第二大的、第三大的等等瀑布，不打算再赏光看这个小不点儿的瀑布了。

我大笑，说，您一定到过很多很多国家。

她单挑了一下左眉说，是的。很多。光是这列"非洲之傲"，我就已经是第七次乘坐了。

我几乎从舒适的椅子跌到青葱草地上。虽然我先前从宣传资料里就知道有人一而再再而三地乘坐"非洲之傲"，但我总觉得那是小概率事件，是个招徕人的噱头。现在倒好，咫尺之遥就有个人现身说法，而且不是一次两次，是七次。天哪，别的姑且不说，单是这盘缠钱，就不是个小数目。虽然我知道在西方直接问对方的财务情况是不礼貌的行为，但我仍忍不住好奇。我变换了一下说法，使它听起来不大像是有意打探隐私的样子。

我装作随意地说，那"非洲之傲"要感谢您为他们的运营做出的贡献了。这七次的票款所费不菲哦。

她说，是的。不过，这算不了什么。我在世界各处都有房产，从巴黎的市中心到欧洲某个小国的镇子，只要是我喜欢的地方，都有。

现在明白了，老人家原来是跨国房产主。

我说，那我很想知道，"非洲之傲"有什么特别吸引您的地方？

她呷了一口苦咖啡，说，饮食、服务、氛围、风光……

我说，的确，这些都是非常吸引人的。

她冷淡地说，这些都完全吸引不了我，虽然他们的确做得很好了。

我是真真奇怪了。我说，既然这些都不足构成持久的诱惑，那是什么吸引您一次又一次地登上"非洲之傲"？

她前倾着身体，拉近了我们之间的距离，凑到我的耳边悄声说，我告诉你东方人——是——摇晃。

"摇晃"？什么意思？我莫名其妙。

看到我满脸狐疑，她似乎有点儿气恼我的不理解，说，不要这么大惊小怪。是的，就是摇晃。火车车厢在行进中不断地摇晃，让我想起了母亲的摇篮。谁能在我们成年之后，让我们回到这种婴儿时代的美好感觉中？没有，没有任何人能有这种法术。就是我们的母亲还健在，她想做也做不到。她没有那个气力，我们也太大了。但是，请注意，蒸汽机车可以做到。这种有节奏有韵律的、充满了爱意的摇晃……有让人沉醉的魔力。我就是因为这个晃动，才一次又一次登上"非洲之傲"。至于半路上的这些小插曲，比如黑人乐队的演奏啊，徒步走向远处的瀑布啊，还有什么牵着狮子漫步，等等，一干程序我都烂熟于心。它们没有任何新意，只是插科打诨的小把戏。你是第一次来，自然感觉很开心，但我已经走过很多次了，一切都在我的已知范围内。

珊德拉夫人说这些话的时候，并不看我，好像我只是她面前飞溅的瀑布雾水。她的窄檐盆状樱红色呢帽，由于雨丝一般的水雾浸染，显得比干燥时的颜色要深一些，透出点点血色的猩红。

我和这位有着英国血统的老妇人，进行着对我来讲非常陌生的谈话。在此之前，我从未接触过这种逻辑。你可以不被它慑服，但你不能不被它打动。

当大部分人自瀑布返回后，珊德拉夫人站起身，说，我们也该回去了。

路过奏乐的乐手时，她照例从充满英伦气息的古老手袋中摸出五美金，默不作声地放在乐手面前。乐曲的声音在那一瞬间骤然欢快地放大，吓了我一跳。

珊德拉夫人不动声色，她连这种奏乐声音突然加强也成竹在胸。她说，我喜欢给人小费。

我无法点头呼应。虽然在所有应付小费的场合，我都不会忘记和吝啬，但骨子里，我把它当作负担。不单是金钱上的支出，还有心理上的不习惯。我明白，在实行支付小费的国家，这笔不大不小的钱是劳动人民非常重要的生活来源。也就是说，我在理论上完全能够接受支付小费之必须，但在具体行动上，总有些心不在焉。

珊德拉夫人非常敏感，她立刻察觉到了我的回应不积极，莞尔一笑，用丝帕擦擦嘴道，我知道东方人不习惯付小费。但是，付小费多美好啊。只要付出一点点小钱，你就会看到另外一个素不相识的人对你笑脸相迎。如果你给得稍微多一点儿，就会换来那个人像服侍亲爹亲妈一样对你的倾心照料。如果没有小费，你用什么法子能换来这一切呢？没有。所以，小费是你和穷人之间的润滑剂，小费是神圣的。

当天晚上，似睡非睡之时，我想起了珊德拉夫人的话，于是竭力把动荡的车厢，想象成一只巨型的钢铁摇篮，把每一次铁轨的震荡，都力求幻想为有一只暖手将摇篮推动……这种想象几乎是痛苦的，我始终无法进入婴儿般的睡眠中，只好和珊德拉夫人的美妙睡眠法告别。想象在与我的卧房相距几个车厢的地方，珊德拉夫人戴着古老的睡帽，穿着一个世纪以前的白纱裁剪而成的睡衣，随着车轮震荡恬静地安睡，并梦到她在天堂的母亲。我在暗中微笑。

快到终点站达累斯萨拉姆的时候，我同珊德拉夫人告别。

她的维多利亚时代服装基本上展示告罄，穿上了比较严谨的德式服装，这让她干练了一些。我已经知道她77岁了，一生的工作就是照看在全世界的房产。

哦，东方人！希望你能再次登上"非洲之傲"！你一定会看到我，看到我美丽的衣服！珊德拉夫人独自举起酒杯，一饮而尽。

你可在金伯利的
矿壁抠出钻石

16

非洲三万里

钻石被发现的时间以及之后归何人所有，都有神鬼莫测的规则操控着。
从这个意义上说，所有的钻石占有者，都不过是它的匆匆过客。

这个坑，大得简直不像话。战战兢兢登临它的崖边，直视着它，有一种身临渊薮的极度恐惧感。洞壁不是坡形的，而是被笔直下切，坑底的水由于和地表相距甚远，显出不真实的湛蓝。坑缘不规则，基本上算是个椭圆吧。要说我对这个巨坑的第一印象，就是一颗坠落凡间的妖魔之眼，而且是丢了眼白只剩眼珠的巨眸。

这就是金伯利矿坑。从1866年这个矿被发现而动工开采，至1914年被关闭，它总共被不间断地开采了不到50年。刚开始是从地表挖起，从金伯利矿石中寻找金刚石。可叹那时的矿工们仅凭手中的镐头和铁锹，一下下狠狠地朝着地心深处开砸，一日日一年年，竟然在此地生生抠出一个深1 097米、占地17公顷、方圆1.6千米的大坑。

我们乘坐"非洲之傲"的一个项目，就是下车游览这个巨坑。

挖了这么大的坑，得到了什么？我问。话一脱口，才意识到自己的愚蠢，当然是为了得到钻石。其实我的意思是从这么巨大的坑里，拢共得到了多少钻石。

你的问题我一会儿回答。从开采出的矿石里筛取钻石，平均需要开采250吨"金伯利"岩，才有可能蕴含一克拉的钻石。所以，钻石昂贵。当地人说。

这个当地人可不简单，他是跟随"非洲之傲"列车的教授，研究的方向就是金刚石。"非洲之傲"怕客人们在漫

长的旅途中乏味，特地邀请专家同行，该教授在列车上还开了专门的钻石讲座。面对这样的权威，我这个连一克拉钻石都没有的土包子，底气屡弱。

金伯利因钻石而享誉南非，南非因钻石而享誉世界。教授很自豪地说。他身材高大，穿咖啡色花呢西服，打暗蓝色条纹领带，衬着红黑色的皮肤，有一种属于非洲的威严。

我们沿着大坑旁的平台缓缓走过。我几乎不敢冲下看，觉得那蓝色有一种诡异吸力，像要把你嘬进去。

有没有人不慎落入这个大坑？我挥之不去的不安全感化成这句胆战心惊的问话。

当然有。人们总想在这矿坑的遗址上找到钻石，每年都有勇敢的贪婪者坠下大坑。为此，坑区还专门组织了救护人员。钻石教授说。不过，我们现在站立的地方很安全，你是不会掉下去的。

为了不被钻石教授小看，我鼓足勇气往前走了两步，窥探这深渊下的蓝色老潭。心想，若是不慎坠落，就算是入水后马上被时刻待命的救护队捞上来，也早在这千米的自由落体运动中昏厥致死。

想到这里，我没出息地退后三步，以尽可能地拉开和矿坑的距离，同时不由自主地捂住胸口，以安慰自己强烈跳动的心脏。

你知道这里为什么叫金伯利吗？钻石教授说。

我之前约略看过一些资料，稍稍了解一些，但我摇了摇头。在古老的矿坑旁边，听一位专家讲述，应该别有特色。

钻石是我们这颗星球上最坚硬的物质，它来自远古，大约形成于45亿年前，形成的地点基本上是在地表200千米以下。

那为什么要在地表挖这么大的坑？它再深也到不了地下200千米啊。我不解。

钻石教授说，南非金伯利的矿床是由于火山喷发才来到地表的，它们夹杂在喷发后冷却的岩浆所形成的火山岩中。具体说起来，金伯利的钻石大约是在1.2亿年前至8 000万年前来到地表的。那时正是中生代白垩纪，所以，这里的钻石应该见过恐龙。

我算是彻底拜倒在这大矿坑前。突然想，那些纤指戴着南非钻石的"美眉"，不知愿不愿和恐龙有所瓜葛？

钻石教授说，钻石原本安稳地待在地球深处，被火山裹挟着来到地表附近，形成了矿脉。它们和老老实实的煤矿不同，脾气古怪。不是大面积地散状存在，而是以垂直的管状形态蕴藏于地下。所以，这里的钻石矿最初的开采方式，都是采用由上至下的露天挖掘法，直到1945年以后，才开始改用地下采掘法。

我四处张望，只见三三两两的游客既想看又不敢看地在矿坑周围徘徊，却不见一个脚蹬胶靴、头戴安全帽的矿工。我把这疑问同钻石教授说了。

教授说，现在已经不是金伯利矿的鼎盛时期，基本上关闭了。它的历史要从19世纪70年代说起。1866年，南非一位少年在玩耍时，无意中捡到一块重达21.25克拉……的金刚石。对了,你可知道1克拉是多少重量?

这我是做了功课的,回答,1克拉等于0.2克。

钻石教授继续说,那粒金刚石被英国殖民总督送到巴黎的万国博览会,取名为"尤里卡"。这是一句希腊语,意思是"我找到了"。要知道,每一颗钻石在被发现前,都要经受埋藏尘埃的寂寞时光。

1871年7月16日,这个日子是要载入史册的。你今后在看有关钻石的资料时会发现,钻石是爱讲故事的宝石。所有的大钻石都有履历表,时间、地点非常清晰,它们是钻石当中的皇亲国戚。那天,矿工们在钻石开采场干了整整一天,一无所获,筋疲力尽地回到工棚,发现为他们做饭的厨师喝得酩酊大醉,完全忘了自己的职责。恼怒的矿工们丢给厨师一把镐,罚他去挖钻石,对他发狠话——如果你找不到钻石,就别回来啦!

矿工们以为厨师一定会在深夜筋疲力尽灰溜溜地返回。不料几个小时后,失职的厨师竟然捧着几颗钻石回来了,人们赶紧问他是在哪儿找到的钻石。厨师如实禀告。听到消息的人们炸了锅,狂热地扑向那个小山丘,用手中的镐和铁铲拼命地向深处挖掘。很快,那个小山丘不见了,取而代之的是一个坑。这个坑越来越大、越来越深……喏,现在咱们站的这个地方,就是当年厨师挖出钻石的小山丘。

钻石教授捋捋被风吹乱的红发,手指深不见底的金伯利大坑。

原来这曾是一座山!什么叫沧海桑田?此坑可现身说法。只不过造就它的不是大自然,而是无数矿工的血汗。

教授接着说,那时的金伯利还不叫金伯利,它有一个非常拗口的名字,叫弗瑞特艾格特。1873年1月,英国执政官来此视察。第二天,恰好开普殖民地的金伯利勋爵也来到这里。金伯利勋爵向英国执政官抱怨说,这个地名太难写了,改个名字吧。执政官就地取材,说,那就以您的名字命名吧。从此,此地就叫金伯利了。欧洲投机商和投资者纷纷拥向金伯利,掀起了世界上最大的钻石勘探开采热潮,这个名叫金伯利的小镇成了当时南部非洲的第二大镇。

钻石教授再次用手指向大坑说,许多年以来,从这个巨坑里,一共挖出2 250万吨矿石,从中筛选出1 450万克拉,相当于2 722千克的钻石。钻石的发现带动了南非经济和市政的建设。1885年，开普敦的铁路通到了金伯利。所以，我们现在行走的"非洲之傲"火车线路，还要拜托金伯利的钻石啊。

你知道世界上最大的钻石叫什么名字吗？钻石教授时不时地提问。

我说，叫库利南。

教授说，对。每一颗著名的钻石都像皇室的名马，有它的谱系，要从何人何地何时发现它讲起。1905年1月25日，"库利南"被发现，由于它品质极高，个头又太大，当时没有人能买得起，后来由地方当局用15万英镑收购，被当作礼物，于1907年送给英国国王爱德华七世作为生日礼物。英国王室得到这颗大钻石，欣喜异常，把它送到琢磨钻石最权威的城市——荷兰阿姆斯特丹市，付了8万英镑加工费委托加工。"库利南"的个头实在太大了，工匠认为需要劈切分割。到底怎么切割好呢？荷兰工匠不敢轻易下手，反复琢磨。到了1908年2月10日，方案终于成熟，开始动手了。敲击钢楔之后，"库利南"按照预定计划裂为两半。大家松了一口气，一回头，操刀的工匠却找不到了。因为紧张过度，此人昏倒在地。

"库利南"被劈开后，三个熟练工匠又进行了八个月的琢磨，把"库利南"磨成了九粒大钻石。最大的一粒名叫"非洲之星1"，镶在英国国王的权杖上。次大的一粒叫作"非洲之星2"，现镶在英王王冠下方的正中。它们俩至今稳居世界上最大钻石的冠亚军。

钻石教授谈古论今，滔滔不绝。还时不时地提问，你知道在南非盛产钻石之前，世界上最大的钻石生产国是谁吗？

这个……我还真不知道。我想，在中国文化里，并不特别推崇钻石。它的那种晶莹剔透和格外坚硬的特性，与中国人温润柔和、折中圆融的追求相符之处较少。当我们开始瞩目华丽钻石的时候，南非已是拍马便走一骑绝尘。新的世界纪录诞生了，很少还有人记得之前的钻石产地冠亚军。

在南非之前，印度是钻石的最大生产国。历史上许多著名钻石——如"光明之山"和"大莫卧儿"，都产自印度。

我长了知识。

教授又问，在印度文化中，你知道谁是钻石的守护神吗？

这个……不知道。我本来想说大象的，后来吞了回去。思谋以大象的块头，对微如尘埃的钻石估计看不上眼，守也守不住。

钻石教授说，公元前350年，马其顿国王亚历山大东征印度，在一个深坑中发现有钻石，但钻石周围毒蛇环绕，毒涎喷射，可在数十米之远就让人毙命。亚历山大何等精明，心生一计，选明媚晴天，命众军士一齐手执镜子，照射毒蛇。反光将热能聚焦于蛇身，毒蛇先是挣扎，之后就被烧死了。可毒蛇虽死，钻石并不能自动爬出深坑。亚历山大又命士兵将羊肉剁得细碎粘腻，扔进坑内。这样钻石就沾在羊肉上面。羊肉的味道引来了秃鹫，秃鹫连羊肉带钻石一齐吞入腹内。最后的步骤是士兵们跟踪追杀秃鹫，捕获后破开鹫腹，就这样得到了钻石。所以在印度文化中，毒蛇是金刚石的守护神。

哦，原来是这样。古时那些来自印度的钻石，有如此恐怖而曲折的身世，令人寒栗。

钻石教授接着说，印度的金刚石都是被河流、冰川搬运过去的，所以多产于河谷。你知道毒蛇为什么会和金刚石在一起吗？

我说，实在想不出来。这金刚石也不好吃，毒蛇为什么要环伺其周呢？

钻石教授说，这源自金刚石的特性。金刚石受紫外线照射后，会在暗夜发出蓝、青、绿、黄等颜色的荧光。荧光会吸引昆虫飞来，昆虫又引来青蛙。蛇类喜食青蛙，所以就被吸引来了。这就是凡出产金刚石的深谷中多毒蛇的原因。

我说，既然钻石产量稀少又很名贵，南非为什么不扩大生产呢？据我所知，南非现在已经失去了世界钻石第一生产大国的桂冠，被澳大利亚夺去了。

钻石教授没想到我还知晓这个信息，稍显意外。不过他很快回答道，南非钻石颗粒大、品质优，50%的金刚石均是可切割的，产量虽不及澳大利亚，但产值一直居世界前列。钻石这个东西，贵在品质高，并不在产量大。比如产自中国的钻石，品质就不是很好。中国现在供应市场的钻石，大多来自俄罗斯和印度，品质要比南非钻石差一些。

我相信他说的很可能是实情，但谈话沿着这个方向下去，多少有点儿话不投机。我调整话题，说，教授，您对钻石这样有研究，自己一定也拥有很多名贵的钻石吧？

钻石教授果然对这个问题轻车熟路，大笑起来，说人们常常这样问我。我就说，你以为对癌症很有研究的医生，就把所有的癌症都患过一遍吗？正因为我研究钻石，我知道商人从来都是追求利益最大化的群体，比如在长达一个世纪的时间里，英国德比尔斯矿业公司就通过控制全世界80%的钻石供应量，垄断了钻石的价格。所以并不意味着钻石产量大，价格就会降低。在我眼里，钻石不过是金刚石。

我知道金刚石是钻石的母体，但并不觉得它们之间有本质上的区别。一时分辨不出教授的真实意思，问，它们有什么不同吗？

钻石教授说，我尊敬金刚石。它具有超硬、耐磨、热敏、传热、半导体及透远等优异的物理性能，是自然界中最坚硬的物质，有很多重要的工业用途，如精细研磨材料、高硬切割工具、各类钻头等等，它还是很多超精密仪器的部件。

我说，金刚石变成钻石之后，它的这些优秀品质难道都消失了吗？

教授摇头说，金刚石经过琢磨切割变成钻石之后，就成了装饰品。它不再是卓越的实用工具，而成为权力、地位和尊贵的象征。有人说，钻石象征着勇敢、坚定和专一，但这些专属于人类的美德，和一块几十亿年前形成的石头有什么相关呢？所以，我并不积攒钻石。

我说，那您积攒金刚石？

钻石教授说，金刚石精加工的产品之一就是钻石，如同埃及的长绒棉和巴黎服装展览上的时装。我是个学者，既不搜集长绒棉，也不积攒时装。

我们已经绕着大坑走了很远，有人招呼我们进到金伯利的矿洞里参观。坐着缆车进入矿洞，沿着坚硬的石壁走向开采下来的岩石，运矿石的小车和蜿蜒的轨道述说着这里往昔的繁忙……

我突然想起一件事，问钻石教授，在这个洞里，现在还能发现钻石吗？

教授有点儿意外地说，为什么你想起问这个问题？

我说，在中国有一个流传很广的说法，说是来这个洞子之前，千万不要剪指甲。最少要把自己的指甲养半个月以上……要是你能把指甲留得像当年中国的皇后戴着指甲套那么长，最好。后面这半句话，我忍住了没有和教授讲。因为太复杂啰唆。

果然，红黑脸膛的教授很迷惑，甚至打量起自己的双手，嘟囔着，指甲……为什么？

我说，据说留着长长的指甲，在参观的时候，让指甲在金伯利矿洞的石头上顺势划过，运气好的话，可以从指甲缝里带出一小颗钻石。不知可否有人成功过？

教授笑得前仰后合，说，哦哦……这是完全不可能的事儿。说罢，他用手指抠了一下灰绿色的金伯利岩壁，不曾留下任何痕迹。他接着说，金伯利岩母矿很硬很脆，母岩开采下来之后，要用专门的装置将它破碎解体，这样镶嵌在金伯利母岩当中的金刚石块粒就会脱颖而出。指甲，完全派不上任何用场。

我无意中当了一回流言终结者。这就是——在金伯利矿洞中，再长的指甲也抠不出金刚石。

我们又参观了钻石展览馆，到处都是熠熠生辉的钻石（保安措施看起来不很严密，我觉得基本上是复制品）。不管是真是假，我都打不起精神，匆匆走过。钻石教授有点儿吃惊，说在这些巨大的钻石面前保持冷淡的女人，不太多。

我说，归根到底，它是一种石头，就算再稀有，也不必五体投地。

钻石教授俏皮地眨眨眼睛，说，钻石也不像人们想象的那样稀有哦。

我说，它们还是很稀少。

钻石教授说，那不过是人为地控制着它的产量。

我说，您的意思是每年只是有计划地投放一定数量的钻石，维持高价，以保证商人可以最大限度地从钻石身上榨取利益。可是这样？

钻石教授不置可否，岔开话题说，你知道波皮盖陨石坑吗？

我说，似乎知道一点儿，它位于俄罗斯西伯利亚地区。

钻石教授说，那个坑是远古时期，由一块大型陨石或者说干脆就是一颗小行星撞击地球而成。撞击坑直径约100千米。它的存在和发现，简直是全世界钻石商人挥之不去的噩梦。我想，如果有可能，他们恨不得用自己的骨头把这个坑填平。

我说，钻石商人为什么对这个陨石坑恨之入骨？

钻石教授说，波皮盖陨石坑蕴含丰富的钻石矿资源，简直就是一个装满了钻石的超级大漏斗。这类钻石被称为"冲击钻石"，是地外星体高速撞击地壳的石墨矿床而产生的。这类钻石比普通钻石更硬，个体更大，品质更高。想想看吧，据说它的储量达多少万亿克拉，就是说高达几十万吨，是现在世界钻石总储量的10倍。就算从此以后，全世界上的所有女子，每人都结三次婚，每次新娘子的10个手指头都佩戴全套钻石戒指，再加上钻石项链，这个无与伦比的钻石坑也可以足足供应全世界3 000年的需求。那里戒备森严，连直升机都禁止从它的上方飞过。

我先是设想了一下大量钻石面世后的可怕情形——每一个女子都珠光

宝气、星芒四射，好像无数小太阳莅临人间，不由得大笑起来。马上又起疑问，如果说钻石产地严防死守，禁止无关人等进入尚可理解，怎么天上的飞机也不能经过呢？

钻石教授说，他们要防止飞机经过时产生的上升气流裹挟起钻石，然后把钻石吸走。

钻石让人们殚精竭虑、如临大敌。

钻石教授接着说，以前的苏联人就是现在的俄罗斯人，是很精明的。他们20世纪70年代就发现了这个盛满钻石的大坑，保守秘密几十年。长时间的秘而不宣自有道理，俄罗斯人深知海量钻石一旦流入市场，会给它的价格带来灾难性的影响。他们希望维持钻石产量的恒定，自己才能细水长流地享受钻石的高价格，天长日久地受益于这个大坑。所以，我就更不买钻石了。他很严肃地说。

2005年9月,金伯利的最后三个地下矿井停产,结束了这个小镇134年的钻石开采史。目前,南非政府正试图将金伯利矿坑申请为一处世界文化遗产。它用苍茫独眼,凝视冷暖人间。

人的寿命苦短,大多不过百年,也许这就是我们为什么对恒久的时间充满尊崇,对凝蕴了漫长时间的事物心怀敬意。钻石正是在这个意义上击中了我们,讨巧地成了时间的代言人。据说,一粒钻石一旦形成,就永远不会消失。钻石的命运,也许早在45亿年前就已经定好了。它被发现的时间以及之后归何人所有,都有神鬼莫测的规则操控着。从这个意义上说,所有的钻石占有者,都不过是它的匆匆过客。

短命而绚丽的非洲落日映照下,钻石大坑如同天地间硕大无朋的火钻。

荒原上的
古镇

17

非洲三万里

"非洲之傲"一声鸣笛,缓缓驶离荒原上的小镇,夜色深浓。我把身体探出窗户,向路灯下一团镶着灰色淡边的黄色光雾挥挥手,与只有我能看到的维多利亚时代老妇人告别。

维多利亚风格是很多中国人现时心心念念的一个时髦词。谁用了这种风格的建筑、装饰、器皿等等，哪怕只是一只镀金小盅，也像拿到了一个高大上的火罐，骄傲地在额头拔出紫廊。因为自家没有一个能和这伟大风格沾亲带故的物件，对它的特点基本上一团模糊。想象中应该是泛指英伦风，带点儿皇家气息吧。这次乘坐"非洲之傲"旅行，被这种风格腌泡其中，才多了一点儿了解。

它的命名来自英国的维多利亚女王。1837年，年仅18岁的肯特郡主维多利亚，登基成为英国女王，在位时间长达63年。它前接乔治时代，后启爱德华时代，被认为是大英帝国辉煌的巅峰。在维多利亚女王统治时期，英帝国控制着全球制海权，主宰了世界贸易，其广阔的殖民地遍布各大洲，达到了令人惊骇的3 600万平方千米，号称"日不落帝国"。它具有占压倒优势的制造业，坚不可摧的海上霸主地位，再加上由它制订并主宰的世界金融体系，构成了英帝国傲视群雄、不可一世的三大支柱产业。同时，英国并不是只注重物质文明，还涌现出很多伟大的科学家和文学家。

于是，维多利亚女王的名字成了英国和平与繁荣的象征。英国人为他们无可匹敌的地位扬扬得意，宣称："北美和俄国的平原是我们的玉米地，芝加哥和敖德萨是我们的粮仓，加拿大和波罗的海是我们的林场，澳大利亚、西亚有我们的牧羊地，阿根廷和北美的西部草原有我们的牛群，秘鲁运来它的白银，南非和澳大利亚的黄金流到伦敦，印度人和中国人为我们种植茶叶。我们的咖啡、甘蔗和香料种植园遍及西印度群岛，西班牙和法国是我们的葡萄园，地中海是我们的果园。长期以来早就生长在美国南部的我们的棉花地，现在正在向地球的所有温暖区域扩展。"

好一个烈火烹油、繁花似锦的时代。维多利亚女王过世后，由她的儿子爱德华七世统治大英帝国。靠着老妈积累的鼎盛国力和巨大财富，这位英王更是开创了奢华、浮躁、享乐的统治风格，史称"爱德华十年"。

世界上许多河流、湖泊、沙漠、瀑布、城市、港口、街道、公园、学校、建筑物等等，都是以维多利亚女王之名命名的。比如澳大利亚的维多利亚州、加拿大维多利亚市、新加坡维多利亚纪念馆、香港的维多利亚港和维多利亚公园、塞舌尔群岛首都维多利亚，非洲最大的瀑布被命名为维多利亚瀑布，非洲最大的湖泊也被命名为维多利亚湖，等等。

第一次世界大战的枪声，中断了这个不断攀升中的帝国的奢华泛滥。

说起来，我最先知道这位大名鼎鼎的维多利亚女王，却是在医学课堂上，和某种严重的疾病相连。

英国的维多利亚女王共生育了九个孩子，女王虽然外表健康并且高寿，但她是血友病基因的携带者，女王把这种病遗传给了她的三个子女。幼子直接就是血友病患者，五位公主虽个个看起来正常，但其中有两位和女王一样，是血友病基因携带者。19世纪的欧洲盛行"婚床上的政治"，各国王室之间政治联姻忙个不停。维多利亚女王的两位公主与欧洲王子结婚，基因继续繁衍遗传。这个可怕的疾病传入了西班牙、德意志和俄国王室。

从此，血友病也被人们称为"王室病"。

都怪我当过医生的经历，动不动就扯到得病，好了，回来。在维多利亚和爱德华这娘儿俩执掌政权的历史阶段中，英国富裕的中产阶级数目剧增。一下子拥有了大量财富，加上摇身一变被刷新成上流身份，新兴的富商和资产阶级既渴望古老贵族的奢侈，又期望有所突破和超越。他们开始注重生活品位，饮食上也日渐考究，对居住环境改换门庭格外上心，对室内装饰样式也求新求异。这帮新富豪对风格的准确性其实没什么兴趣，只希望密集地展示财富和炫耀自己从大千世界搜集来的珍奇百物。凭借着无可匹敌的海上优势和广袤无垠的殖民地，巨大的财富积累使得他们可以尽情挥洒想象力并付诸实施。他们有能耐这样显摆，从遥远的国度搜刮来各式各样充满异国情调的精品，用奇花异草装饰庭院，在食品中加以各种香料烦琐烹制，研制规定出令人眼花缭乱的进餐礼仪……争相斗艳、不辞劳苦。他们对家具的要求也越发吹毛求疵，既要舒适，更要显得奢美华丽。超大尺寸和过分的饰物应运而生，所有材料都不必要地加厚加长，轮廓一定要突出饱满。复杂的雕琢、精细的垂花比比皆是。所有这些外在的形式都不单单是为了实用，而是成了标榜身份的象征。

如今已经成为英式餐食标志的下午茶，也形成于这个时期。起因据说是维多利亚女王的女侍从官——安娜女公爵，每到下午就会觉得饥饿，便让仆人拿些小茶点来吃，外加女官们无所事事地聊天。（安娜女公爵该不是有低血糖吧？我出于医生的癖好，忍不住暗自揣度。）这习惯从宫廷流出来，贵族和新兴中产阶级纷纷效仿，于是下午茶渐成英国人的例行仪式。

你很难把维多利亚风格一语概括。它如同一只斑斓多彩的大筐，把各种民族和历史的装饰元素一股脑地攒在一起。哥特式、文艺复兴式、罗曼式、都铎式、意大利式，加上陌生的东方元素……兼蓄杂糅，整个一个大掺和。说白了就像是各种文明风格的一通乱炖，加上工业革命以来的现代元素和新材料也大显身手，混合起来，变成了一种没有明显样式基础的创新运用，又以其矫揉造作的繁文缛节大行于世。

然而，它毕竟成就了一种炫目的辉煌。它在建筑、家具、时装、器皿等领域广泛应用，随之扩展成一种奢靡生活方式的代名词。它的本相是随心所欲地把若干种风格元素混搭起来，虽是没有多少计划性的大拼盘，但由于原本艺术风格的强大美感力量，叠加后形成了视觉上具有绝对冲击力的惊世华美。最终奠定了它以无可掩饰的优越感，绮丽地白着眼珠傲视世界的格局。

不由得想，维多利亚时代，我们的祖国是怎样的？灾难深重，挣扎在半殖民地的边缘，真是和这种风格南辕北辙、格格不入。

"非洲之傲"在日暮时分抵达荒原上的一个小镇，在告知了重新开车的

时间后，列车方请乘客们下车游览。悄无一人的站台外，有一辆色彩斑驳的双层游览轿车默默等待。旅客们纷纷上车预备游览小镇，我可不想下了火车再坐汽车，就在空无一人的街上信步走动。

　　这里曾是布尔人重创英军的战场。落日西斜，小镇上没有任何居民出没。按说这并没有什么稀奇的，我到过世界上一些著名的废墟，也曾在废墟中的旅店落脚。暮色时分游人散去后，会让人生出鬼影幢幢之感。但这个小镇不是废墟，它保养得非常好，维多利亚式风格的建筑美轮美奂，老式的路灯杆上，新式的灯泡迸射出明亮光线，虽然天还不太黑，但它未雨绸缪地亮了起来。道路两旁绿树成荫，修剪有序，长满浮萍的小湖中心还有鸭子在慢吞吞地游动。苗圃都精心打理过，鲜花盛放，香氛幽幽。路旁有老式的加油机，漆色明朗，明显露出等着供人们拍照的用意。钉着铭牌的银行和邮局

17　荒原上的古镇　　211

虚掩着门，好像时刻等着人们推开存款、取信。不过当你真的想要推门而进时，才发现内里的门已经落锁。

有一家古老的药房，门却是可以推开的。我想这也符合规律，虽说天色晚了，但邮局和银行可以打烊，药铺应该营业。我饶有兴趣地走进去，却饱受惊吓。在反射着古董之光的瓶瓶罐罐之间，立着一个男人，西服笔挺，戴着金丝眼镜，双手正在取药。我一个踉跄，才发现是个仿真度极高的蜡人，塑的是旧时代的药剂师。

唉，这街口什么都有，就是没有人。远远地看到一个人影走动，急忙赶上前想问个究竟，走近了才发现也是"非洲之傲"上的游客，正满脸狐疑地东张西望。

这一切，在非洲旷野越来越深沉的暮色中交织出几分诡异。周遭像是硕大的仿古布景，剧组的拍摄也已完毕，此地人去楼空。但它千真万确是个真正的古镇，有过辉煌的历史。

终于，我在火车站附近找到一位工友。他穿着铁路制服，肤色呈现出一种暗淡的浅棕色，好像是多次混血后的当地人后裔。我见到了救星，忙问他小镇现在有多少人。他低着头，并不看我，好一会儿避而不答，最后看实在拖不过，才说这里连一个警察都没有。我愣了半晌没醒过神来，不知道这答话的意思是说此地治安甚好，还是说这里根本就少有人生活，连警察也用不着了。思谋了一会儿，想这南非的治安似乎没有好到不需要警察的地步，后面一种可能性比较大。

我说，既然这里很少有人住，为什么看起来一切都保养得很好？谁在打扫街道？谁在修剪花木？谁在精心维护着小镇的美丽？

工友一直低着头，不看我，像是自言自语，早年的时候，因为火车开通和钻石开采，周围曾经有很多人生活，是个繁华地方。后来随着金伯利的衰落，这里的人都搬走了，很少有人长期住在这里了。现在这儿成了旅游的地方，一到节假日，会有人前来寻古。你们此刻来得不是时候，不是节假日，又是晚上，所以看起来有些凄凉。

他是个腼腆的人，这一番话断断续续说了半天，到最后也没回答我到底

是谁在孜孜不倦地修缮、保养古镇。小镇的精致有序，实在不像是旅游机构能维护出的水准。我不得不再次追问——谁在维修小镇？

他想了想，吭哧着回答说，这些房屋都是以前的房屋。

我发现此人的一大特点就是答非所问。不过他此刻于我是如此宝贵，除他之外，我再也寻不到一个当地的活口了。

我夸张地点头表示赞同，说，是啊是啊，看得出那些房屋都有一些年头了。

这些房屋的主人是有后代的。他又积攒了半晌气力，才接着说。

哦！这些房屋主人的后代想必也都发达了，继承了祖业，妥加维护，一来对祖先有个交代，二来也可以让后人多了解一下那个时代的历史。的确是个好主意。

我详尽地表达自己的理解，表示充分领悟了他话中的深意。

此人总算在受到鼓舞后，破例地多说了几句。也不都是老住户的后人在管理这些房屋，也有对历史感兴趣的人，买下了这里的旧建筑，不断维护。他们还收集各种老物件，办起了博物馆。那边就有个展览，你可以抓紧时间去看一下，免费的。

　　这个慢性子人！为什么不早点儿告诉我呢？现在火车在小镇上已逗留了相当长的时间，马上就要开车了。虽说我有把握它不会把我甩在月台上，恩断义绝地轰隆隆地开走，但为一个人耽误大家的行程终是不妥。我刚想走，他拦住我说，有一位以前住在这里的老夫人去世后，把自己的东西捐献给这家小型博物馆了，你可以好好看看。

　　我赶紧向这个沉稳至极的工友道了谢，撒腿奔向他所说的博物馆。

　　这是坐落在火车道边的二层小楼。从进入房间的第一瞬间起，你就不由自主地踮起脚，屏住呼吸，蹑手蹑脚起来。你觉得自己是闯入别人家宅的不速之客，你未经主人许可擅自窥探隐私。你像一把锋利的小刀，刺入他人密室之中。

　　小楼里陈列着那个已经逝去时代的种种物件，比如酒具、家具、自行车等等。那个工友的话如同魔咒指引着我，我上下楼跑动，不遗余力地寻找老妇人的旧物。

　　想想看，一个人，如果把他所有的物品——从年轻时代到垂垂老矣，一应物品都保存完好，一丝不苟地收拾好，等到自己死后一股脑地捐献出来，心思何等缜密。后世的人按照他生前的喜好和习惯，一一按原样布置出来，这可构成了他一生的大数据。人们可以毫不费力地由此看出他是一个怎样的人，曾经怎样生活。细想想，有点儿可怖。

　　老夫人的一生，在这个博物馆里被彻底撕开，从此大白于天下。从头上的发卡到颈上的项链，从紧身褡到长筒丝袜，从盥洗用具到化妆品匣，从往来信函到文书文件，从头疼感冒吃的药到纳凉御风时的羽扇纱巾，从精致的蕾丝内衣到豪华奢靡的外套，从饮茶的镶着金边的杯盏到吃饭时的纯银刀叉，从下午茶的小碟子到安眠时覆盖的暖毯……老夫人真是无一不可对人言，和盘托出。她享用过那个时代最好的物品，大概实在不愿诸物随着自己肉身的寂灭而永远湮没。她像一个捐献遗体的人，剔去肉身，仅遗骨骼，将生平百态立体地矗在此处，供人们淋漓尽致地观赏。

给我留下的第一个深刻印象是——此人的衣服和帽子实在多。

她喜欢温婉的荷叶边，很多衣服上都留有这种精致手工镶嵌的痕迹。那复杂的编排中，带着灵动的轻柔，彰显着贵族的高雅神韵。从衣服可以推断出，此夫人年轻时腰身纤细，上了年纪后依然身材窈窕。我私下里窃想——这也是她敢于全盘展示服装的理由吧。若是中年后成了水桶腰，估计也就自惭形秽地将衣服统统打包销毁了。

所有衣服上的扣子，都不是现在常用的化学塑料或金属的，甚至也不是螺贝的，它们全都是包纽，就是用与服装相同材质——服装是真丝的它就是真丝的，服装是兽皮的它就是兽皮的，严丝合缝地用手工把扣芯包裹起来。好像它们本身就是同衣服一道生长出来的，浑然一体。

再有就是无所不在的蝴蝶结，粉色的波点是她的最爱。我本来以为蝴蝶结是小姑娘的特权，不料它乃老少咸宜。闪亮的缎带打出板挺的蝴蝶结，结后还有长长的飘带。有的是粗而宽的带子，有的只是纤细的细绳……想来因为老家来自英伦岛，岛上多风，飘带便生出永恒的飞逸感，让那个时代的英国女子欲罢不能。

老夫人晚年的时候喜好立领，估计希望将脖子严严实实地包裹起来，以掩盖那出卖她年龄的颈纹。女子年轻的时候是包裹比裸露来得更神秘性感，年迈的时候，包裹也可遮挡岁月的痕迹。所以，遮挡和包裹万岁。

她持久地喜欢淡紫色，喜欢薰衣草般的浪漫。从她的发卡看，她有时是长发，有时也会梳着光滑优雅的发髻。她饮食考究，吃什么看不出来，但那一组组餐具上描金的花朵和烦琐造型，可让人想见她的考究和悠闲。

她喜欢上衣缝制羊腿袖。就是肩部上端蓬开，像丰硕的羊腿一样宽大，而一旦越过肘部，袖口突然收紧，逼近手腕处，简直就是贴着尺骨、桡骨的外侧缝制（原谅我又卖弄医学知识，就是咱们前臂的那两根骨头），她一定有纤柔的腕。同时她也爱着公主一样的泡泡袖上衣，这服饰同样能凸显小臂和手腕的玲珑。

只是这样的衣服，多么行动不便！她如何工作，如何行走，如何完成家务养育孩子呢？

正想着，我的脊背后面一阵发凉。我的第一感觉是——老夫人的灵魂，趁着暮色溜达过来了，在暗角处大睁着昏花老眼，微仰下颌，略带挑剔地审视着闯入者。她倒要看看是什么人对她的一生感兴趣，此刻她的面容浮现出不屑。要知道，在那个时代，她是不需要干任何活计的，也不必亲自抚育孩子。你这个来自东方的女人瞎操心！

我惊慌失措地四处巡睃了几眼，打算找到老夫人驾临的蛛丝马迹，比如飘动的窗帘或自行移动的羽毛笔。小站的远方起了薄雾，正是适宜幽灵出没的时辰。

并没有发现异象。于是我向虚空中莞尔一笑，算是问候。

我们以往看到过种种故物的展示，多半都是与伟人或重大的历史时刻相关。那些物件基本上是形单影只的，只是可有可无的附属品，是一篇长文的注释而非整体。固然这也包含着展示力，但终究是历史的零星碎片。比如我们看到伟人的床，床上铺着白布单子。我就会想，这可是当年的那块布？想来不是，因为那块布不可能保留到今天依然洁白。一定有人笑我吹毛求疵，跟一块无足轻重的白布过不去。我承认有时我是一个爱钻牛角尖的人。不过此地这个维多利亚时代的老夫人，提前把所有的牛角尖，都用她一生的器皿、衣衫，事无巨细、锱铢必较地封死了。她的前仆后继的物证兵团，让后人的想象力再也无法施展，乖乖地被她牵着鼻子揪到了往昔。

第一次如此真切地感受到了上个世纪甚至上上个世纪的此地风情，触摸到了另外一种全然陌生的生活温度，扪到老夫人气若游丝的脉搏，想到她盛年时的活色生香。在这之前，我对维多利亚时代服装的粗浅了解，就是油画上的女王肖像和贵妇们的装扮。再穷尽一点儿，可能来自那个会画画的美国老太太塔莎奶奶。她总是穿着有长摆的复古裙子，布料有麻和羊毛的粗糙纹理。虽然老人家的色彩搭配让人温煦，但你总疑心她就要摩挲着手掌，穿着这套衣裙去捡麦穗，生出这是乡下妇人的工作服之感。

太艰窘的人生，估计是没法子展示的。每人只有极少的衣着、器物，

还要留着缝缝补补改穿改制，哪里存得下来呢？太动荡的年代也是没法子将诸物留下来的。就算大户人家衣物丰厚，但颠沛流离中携带的多是珠宝和食物，衣物等必是大多抛弃了。凡此种种贫苦和战火纷飞，中国的近代都占全了。除了皇族遗物，民间难得有完整的遗存了。

我且不评价眼前的展览是好还是无大意义，总之这是颇有意趣的展览。我不知道中国可有这样有远见卓识的老妇或老夫，从年轻时就一件不落地留存旧物，预备着有朝一日事无巨细地展示给后人观看？抑或从前没有，今后渐渐会有？

我想，这除了要有高度的自恋和优渥的物质条件外，还得有耐心和自信，坚定不移地认为自己是值得和盘托出的。当然了，还得有人愿意捐出足够的观赏场地和有人愿意观看。

"非洲之傲"一声鸣笛，缓缓驶离荒原上的小镇，夜色深浓。我把身体探出窗户，向路灯下一团镶着灰色淡边的黄色光雾挥挥手，与只有我能看到的维多利亚时代老妇人告别。

也许，并不是所有的东西都是越客观越好，若要寻找确凿资料，电脑可以给你太多帮助。不过，电脑百度某词条三页之后，几乎再无新意。

我不知道自己异国薄雾下的印象是否准确。凡人工的东西皆有粗糙不确之处，恳请谅解。

这是我的
第113个国家

18

非洲三万里

您到底去了多少个国家呢？他说，这个不好说。

如果只是数护照上的印记，我已经到过113个国家了。

原本以为金子是奢华的，比如迪拜的帆船酒店内冲水马桶的金按钮。跑过去特地一看，那金按钮由于摸的人太多了，以至斑驳掉色，失却了黄金的华美，露出了黯淡的麻点。以为钻石是奢华的，比如镶在王朝权杖上的巨大艳钻。到了伊朗听人细讲，才知晓由于争夺它的光芒，引发了战争致血流成河。再如高楼大厦是奢华的，全世界都在努力建造最高的摩天楼。在台北，听到当地朋友不无惆怅地说道，101大楼曾经是最高的，现在已经降为世界第四了。又比如满汉全席是奢华的，找到极其稀少的食材再用极其繁复的方法烧制出的菜肴，单听那过程就令人动容。不过，据有幸吃过的人说，头十道八道菜还能分辨出滋味，再往后，就都是一个味了。我孤陋寡闻，但也曾见过把大象鼻子切成极细的肌肉缕，再用冬笋丝捆扎成稻秸状，然后油炸再加烹浇酱汁……听完主人略带显摆的介绍之后，我的筷子掉到地上。

还有近年兴起所谓的低调奢华——一次到某位朋友家做客，在洗手间里，她指着放香皂的精细小盘子说，这个是宋代的瓷，在拍卖会上，会值多少多少多少万元，搁在我家，便是寻常，只配盛些杂物。我吓得忘了从幼儿园起就牢记的饭前便后要用肥皂洗手之训，欠着身子离那小碟十万八千里地用清水草草冲了几下手指，慌不择路地逃出了厕所。

我一普通凡人，在我有限的见识里，以为以上种种，便是奢华了。

在"非洲之傲"上，渐渐懂得了什么才是真正的奢华。

不过此刻，还是好好体验这份难得的时光和旅途中的种种遇见。让我感兴趣的不是奢华，而是火车沿线的风光，再有就是"非洲之傲"上的人了。

列车长啊，服务生啊，修理工啊，应该都是有故事的人。只是在他们的脸上，永远带着礼节性的微笑。我想说，我和别的客人不一样，我也是受苦人出身，咱们是同样的劳工阶级。但估计他们不信，职业的训练让他们把客人们当作另外一个品种，鸿沟无法只凭几句告白填平。假如我们在列车的走廊相遇——不管"非洲之傲"多么豪华，走廊的宽度也还循着绿皮火车的前世尺度——两人相逢若要通过，必得每个人都壁虎似的贴向自己那一侧的墙边或窗户，来一个亲密的擦肩而过。在"非洲之傲"上，如果客人和工作人员相遇，工作人员会微笑着在第一时间向后退去，一直退到他刚刚走过的两节车厢连接处，闪出道路以供客人顺畅通过。

在我的习惯中，两个人都挤一挤，片刻就解决了矛盾。如果其中一个人抱着东西（"非洲之傲"上的服务人员常常要运送饮料、需要洗涤的衣物、打扫卫生的工具等等）实在难以通行，那么本着轻车让重车的原则，空身的人应该谦让负重的人，主动退回车厢交接处，让负重的服务人员先过。

但是，轻车让重车的原则在"非洲之傲"彻底失效，取而代之的规矩是服务人员永远谦让客人。无论这个客人多么瘦小灵巧，无论工作人员负载多么沉重，都是工作人员避让，让客人可以无拘无束地通过狭小通道。

我总是没法说服自己遵循这一客人优先政策。狭路相逢时刻，我会首先停下脚步，然后向后退去，示意对面负重的服务人员先行通过。然而，他们坚辞不从，总是固执地示意我先走，以至我发现再坚守下去，只会让对方在列车的颠簸中更长时间地负重等待。我只好抱愧地快步走过通道。这就是"非洲之傲"的秩序，它的背后是等级制度挥之不去的暗影。

客人们之间倒是谈笑风生，毫无芥蒂。旅客大多为老年夫妻。列车就像一个有20多户人家的小村庄，互相之间会走动，但来往并不频繁。基于西方人的礼仪，也不会邀请对方到自己的车厢做客，最多的接触地点就是餐厅和观景车厢了。

观景车厢在某种程度上是大家的公共大客厅，近似三面通透的阳光房（不透光的那一面是列车的连接处）。巨大而舒适的沙发像被晒暖了的海浪，簇拥着旅客们慵懒的身躯。饮品丰富，服务生随侍左右。在这里可以深切感受到火车的速度，你可以细密地观察世界，但这个世界却拿你无可奈何。你在持续向前，世界飞速退后。为了保护客人们的眼睛不受蒸汽机车常见的烟尘之苦，"非洲之傲"还为大家准备了特制的风镜。躲在它略带茶色的镜片后面，不动声色地向外看，世界就更像是古老的纪录片。

某天我在观景台上，遇到了史密斯先生。因为不是必须穿正装的场合，他穿着藏蓝色条纹背心、淡米色的冲锋裤，略显佝偻的身材，显出几分不合时宜的干练。

你可能要说，干练还分时宜吗？什么人干练不都是好现象吗？关键是我已打探出来，史密斯先生是整个"非洲之傲"列车上最老的乘客了，整整87岁。我深深记得中国的古话——七十不留宿，八十不留饭。这都马上要近90岁的人了，中国话里已经没有形容如何对付这个年纪旅行者的话语了。估计要是强行编一句的话，该是"九十不留言"了。相互谈话都要小心谨慎啊，一句不合，老人家躺倒在地、口角流涎，你就脱不了干系。

史密斯先生的干练，让人打消了这个顾虑。我说，您走过多少个国家了？

他眺望着远方说，哦，很多很多了。包括你们的国家，中国。

我点点头，这个列车上的驴友都是旅行者中的老饕。中国是他们的必游之地，所有人都曾告诉我，嗨！我到过你的国家。

我说，您对中国有什么印象？

他说，中国很大，所以一次是逛不完的。我从60岁开始，大约每隔五年就要到中国去一趟。中国的变化太大了，我有时拿出上个世纪80年代在中国拍摄的照片和现在的照片一对比，简直以为已经到了另外一个国家。

我说，别说您五年去一次，我就生活在中国，有的时候那变化也快得让我不认识。

史密斯先生说，我到过世界上很多国家，没有一个国家在这样短的时间内发生这样大的变化，中国是独一份。我不知道这究竟是好还是不好，希望是好的吧。作为一个旅行者，我们没有资格对所在国家的人说三道四，只能在一旁默默地看。

我把话题又拉了回来，您到底去了多少个国家呢？

他说，这个不好说。如果只是数护照上的印记，我已经到过113个国家了。

我说，什么叫只数护照上的印记？

史密斯先生说，比如我们这次经过津巴布韦，海关在我们的护照上打个戳子，这就是印记了。但是，我们对津巴布韦了解多少呢？我们只是乘飞机浏览了维多利亚瀑布，在赞比西河上划了划船，凭吊了一下大英帝国的利文斯通博士……当然，有的人还逛了逛国家公园，买了木雕或一些特产，但是，你对这个国家真正了解多少呢？除了酒店以外，你到过普通人的家吗？我不敢说完全没有，但真是非常匆忙。这在我的记录中，就算是只有印记的国家。如果像对中国那样比较多一些的了解，在我看才算是真正到过。

我不禁肃然起敬，想起了咱们盛行的欧洲11天13国旅行，估计在史密斯先生这儿，连印记也算不上了，只能是风掠。我按捺下为国人匆忙旅行的辩解之心，问道，那么您可以算是到过的国家有多少个呢？

他说，大约有90个国家吧。

我说，您可以说说名字吗？

史密斯先生微笑起来，说名字吗？记不全了。我看到很多旅行者津津乐道他们走过多少个国家，把那些国家的名字像食谱一样挂在嘴上。他们积攒抵达过的国家名称，就像小孩子在储钱罐里不断投下硬币一样。对我来说，那些国家的名字并不重要，我也没有特意计算过。走过，看过，就是全部，计算是多此一举。记住每一个城市、每一顿餐饭，就算是美食美景，也没有必要，是微信时代的无事生非。随着我走过的地方越来越多，我就越来越觉得国家之间的区别并不重要，在这个世界上生活着的人，相同点远远多于不同点。所以，这个世界才是有希望的，对吧？我要用我的时间，赶快去看看没有去过的国家和城市。看看蛮荒，察看文明与野蛮，把人生快乐地走完，然后到达最后的目的地——天堂。

他说这些话的时候，目光并不看我，而是看着远处。目光也不聚焦，散落在车尾处的大片弧形区域，好像一部老式雷达在扫描。

我大声说，您讲得可真好！

我的话被汹涌向前的气流甩在了铁轨上。

旅行就是听故事。听不同的故事，听别人的故事，听你想象之外的故事。

这时火车靠近了一个城市。在非洲靠近某个城市之前，一般先要遭逢一大片贫民窟，好像西餐的前菜。基本上是用铁皮盖搭个屋顶，支柱是纸箱、木板或随便找来的树枝、铁丝等等。有一片区域是此地的公共厕所，蹲位一律面向铁轨，有些人正方便中，他们捧着脸在用力。看到有列车通过，就龇出雪白的牙，笑。

我们站在观景车厢，距离他们只有咫尺之遥。列车驰过掀起的风，将他们的头发吹拂而起。

史密斯先生说，我觉得中国在建设中有一点很可取。

我说，哪一点呢？

史密斯先生说，那就是在北京上海这样的大城市周围，没有形成贫民窟。这很不容易，希望中国能保持。

我问他，您一年有多少时间在外面旅游？

他说，所有的时间。

我说，圣诞节也在外面过？

他说，是的。我看过很多国家的圣诞节。节日特别能突显一个国家或一种文化的真相。

您过这种四海为家的生活多少年了？我问。心底有一个小小的阴谋，我想知道史密斯先生有多少钱。

27年了。史密斯先生说。

掐指一算，87减去27，等于60。我说，您一退休就开始云游了。

史密斯先生说，是的。

我终于接触到实际问题，那您这些年来用于旅游的费用一定很可观。

史密斯先生说，没有计算过。不过，我确信在我离开这个世界的时候，还可以向慈善机构捐出一笔钱。

我说，您已经安排好了？

他微笑着说，是的。说不定我哪一天在哪一个地方就倒下了，但这也是我计划中的一部分。

至此，我几乎所有好奇的问题都得到了答案。就算是没有问出的问题，也不必再问了。

车上的乘客基本上都是来自第一和第二世界。和我们同样来自第三世界的客人是一对印度夫妇。他们并不像是印度电影中那样的俊男靓女，而是年近六十，有些沧桑老迈的中年晚期人。男子黑而矮，女子不自然地丰腴着，我判断好像因病引起了轻度浮肿。当游览纳米比亚私家公园的时候，我们同时乘坐一辆游览车。那女子因为怕风，裹着厚重的花头巾，和丈夫坐在最低一排。我们坐在最高一排，中间隔着一对美国夫妇。

狩猎车每次巡游大约两个小时后，会停在一处草木稀疏地休息，供大家方便。然后就是无所不在的茶点。服务人员会一丝不苟地准备洗手的水，放下折叠的餐台，摆满冰镇的饮料。从红酒到红茶，还有果汁和可乐，饮料就有七八种之多。当然，一定少不了依云矿泉水。点心的种类也很繁杂，夹心馅饼、牛油曲奇、各式酥脆的糕点。不过总是吃这种充满了黄油气味的烘焙食品，口中也淡。印度人带了一些充满了咖喱味道的小食，邀请我们品尝。

印度男人咔咔嚼着印度零食，说，我为乘坐"非洲之傲"准备了五年。

本来我以为自己为乘坐"非洲之傲"准备了两年，已是旷日持久，不想小巫在此拜见大巫。

我说，为什么要提前准备这么长时间？

他正好被一大口芥末呛得说不出话来，便由病弱夫人代他回答说，他是100多家医院的主人，所以每当我们出发之前，都要仔细安排时间，以免和工作冲突。

我的上苍！100多家医院，这是什么概念？我脑海中立刻把协和、中日友好、同仁、宣武、中医研究院，加上看牙的口腔医院、管生孩子的妇产医院，还有令人望而生畏的肿瘤医院、精神病医院……通通叠加到一起，也不过十几座吧。了不得！我敢说，在中国，没有任何一个人可以说我是100多家医院的主人。就算是卫生部部长也不能口出此言，虽然他能把100多家医院的院长找来开会，但仅此而已，那些医院并不是他的。

我目瞪口呆，对面前之人肃然起敬。我说，很早以前我当过医生，对院长满怀尊敬。请问，您是在哪里读的医科？

印度百院之长微笑着说，我并不曾读过医科。我的工作不是给人看病，而是投资医院，这是我们家族的产业。

我说，那您需要管理医院吗？就是每年到一家医院巡视三天，也会忙得没有假日。

印度百院长说，其实我也不会管理医院，那也是需要专门的人才去做。

我对他的景仰啪地一落千丈，说，您既不看病也不管理医院，那么您只是往这些医院里投钱了？

印度男子说，您说得基本上对。我不但往医院里投钱，我也从医院里赚钱。我的医院遍布东南亚。印度的德里、孟买、加尔各答、昌迪加尔等等，都有我的医院。在马来西亚、新加坡、泰国等等，也有我的医院。

他说到医院时的表情，有点儿像农场主说在某某山上有我的土豆。

我说，那您这次到非洲来，会不会也想着在非洲某国投资一家医院？

他摇头道，嗯，关于这一点，我从未想过。

我说，为什么呢？眼见得这里到处缺医少药，应该是非常需要医院的。

他说，这里的病人很多，不错。但是这里没有医生，人们也不会有钱看病。单有需求是没有用的，要看值不值得在这里兴建医院。除了慈善，没有人会在这里修医院。我更不会了。

他穿着绿色格子冲锋衣，面对苍茫的非洲大地，双手紧紧抱肘，我知道这个身体语言所表达的含义，在世界各种文化中都是——坚定拒绝。

我想说，中国在非洲大陆建了很多医院，但觉得有对牛弹琴之虞，就咽下去了。一时竟不知再谈点儿什么。正好这时茶歇结束，我们重新登上路虎越野车，去看动物。

我们车上的女工作人员拎着AK-47说，刚才休息的时候，我的同伴说那边有一头雄狮捕到了一头角马，正在大吃大喝，咱们现在就赶过去看吧。人们欢呼雀跃，我却为那头角马默哀。

车子一反常态地向某个地点赶去。平时它总是慢腾腾地挪动，四面窥探，好像一个蹑手蹑脚的闯入者，现在威风凛凛，铁骑奔驰。

不久，我们在一片林莽的空地上看到了那头雄狮。它身高体壮，健康成熟，毛发是深黄色的，长鬐飘飘。请原谅，正确地讲那应该是雄狮的鬃毛，但我觉得它起到的作用和男性的胡须是一样的，没什么实际用处，只是帅，就借用了，恳请动物学家息怒。遥想它在奔跑的时候，鬃毛高高扬起，好像围了五条优质的毛围巾。

只可惜它此刻的毛发不再是黄色，也不再飘逸。因为俯身到角马的腹部掏吃内脏，深色鬃毛浸透了鲜血，成为一种肮脏的深咖啡色。鲜血像是上等胶水，将它的毛发凝成一缕缕的硬束，好像绛红的毛笔锋。

那只倒霉的角马现在已经不能被称为马了，它的半个身躯已经消失，只剩下四肢的皮毛和一团团的骨骸。早先喷涌而出的血，已将周围大约几平方米的衰草和沙石变成泥泞不堪的草毡。

人们俗称它为角马，实在有些文不对题。它的面部是放大的羚羊模样，估计当初命名者的第一眼是从屁股后面看到角马，它的臀部滚圆倒有几分像马。它正确的名字叫牛羚，是比较贴切的。

令人吃惊的是，在这样的杀戮之下，角马的头颅和尾部还保持完整。只是曾经低垂的鬃须，粘结成沉重的血坨。原本结成一簇的尾，成为一缕麻绳似的弃物。最令人惊奇的是，角马的弯角丝毫未曾受损，保持着宽厚优美的弧度，闪耀着角质层特有的油亮光泽。

我本以为自己当过医生，手起刀落地打开过人的胸腹，也一寸寸清洗过阵亡勇士的尸骨，按说看个动物世界的正常代谢过程，应该没有太大问题。但是，我高估了自己的承受力。面对如此血腥的场面，看到角马微闭的眼睑和带着体温的残肢，忍不住悲伤汹涌。还有那极为血腥的气味，将空气浸泡得完全不能呼吸，肺和胃都痉挛不已。

我不知道这种折磨要忍受多长时间才会结束，车上的人们难道要一直等到雄狮喋血到最后一刻才打算离开？我后悔没有问清如果不想观看怎样才能躲避，现在唯一能做的就是闭上双眼。但是，谈何容易！猛兽在前，我们的遗传密码根本就不允许你闭目塞听，它强烈地命令你瞪大双眼、耸起耳郭，双脚双腿的肌肉不由自主地绷紧，呼吸加快，随时准备逃命。

我斜了一眼巡守员的步枪。我们这辆车的巡守员是位年轻白人女子，她提着的AK-47成色还不错，闪着亮光。但如果雄狮来犯，我很怀疑这位年轻女子能否在第一时间击毙狮子。就算是最后可以把狮子打倒，但从狮子撕开角马脏腑的利索劲儿来看，它只需一扑，我们其中必有人会血染路虎……我正这样充满惊惧地想着，雄狮已经毫不恋战地结束了它的大餐，伸了伸懒腰，然后——它步履矫健地向我们的越野车走来。

我们在动物保护区观看猛兽进食的时候，唯恐靠得不够近，现在才发觉，这不是电影，不是动物园，而是货真价实的猛兽杀戮现场。若是它意犹

未尽，打算在正餐之后再来一道冰激凌，那我们这一干人等应该是个不错的选择。起码就算是看起来最粗糙的男人，也比那头毛发纷披的角马要细腻得多。

我坐在越野车的最高一排。如果狮子打算省劲的话，应该从底下第一排开始光顾。我忙中偷闲瞥了一眼印度百院长夫妇。只见男人一动不动地搂着妻子，从背影看不到他们的脸色，我唯一能确信的是妻子在猛烈地颤抖，她身披的那块毯子在上下起伏。

狮子的步伐慢条斯理，符合酒足饭饱的步态。它径直踱步过来，如果它不临时起意半路拐个弯，方向应该是——径直对着最低一排的座位。

我在那一瞬并不害怕，保持置身事外的木僵状态。在出发前，导游曾告诫我们，如果和猛兽狭路相逢，你一定不要直视它的眼睛。在动物界，直视对方的眼睛意为宣战。

我尽量躲开狮子的眼神，但一步步逼近的雄狮脑袋委实太大，除非你像申公豹似的把自己的头颅掉个个儿，不然完全无法躲避狮子日益逼近的脸孔。它在面对路虎很近处略微转了个弯，斜贴着路虎车身，向最高一排，也就是我的这排座位方向悄然逼近。

我眯起双眼，尽量让自己的瞳孔不聚焦，避免和雄狮的目光正面交锋，可我还是不可避免地瞄到了雄狮的眼眸。我距它的最近时刻，可以看清雄狮下巴上尚未凝固的角马血滴，沿着胡须形成一道不完整的弧线。它的眼角有厚重的眼屎，内眼角的黄白秽物足足有一颗蚕豆大小，像煮熟的鱼眼一样硬固。它的牙齿龇着，很黄，挂着角马零星的血丝。

我不曾想到，一个动物的眼神可以如此狡黠而凶残。或者说，凶残是可以想见的，但它不该狡黠。它是万兽之王，它是霸主啊，应该有王者之风君临天下、运筹帷幄的气度。为什么这样鬼鬼祟祟？极像一个卑鄙小人，眼珠乱转。

真希望我们的车变成直升机凌空而起，快快带我们离开这杀戮之地。但是，全车寂静，我们不能发动车。巡守员曾说过，当野兽靠近的时候，任何意外的声响都会高度激怒它。所以，只能无声无息。

狭路相逢勇者胜。如果车逃跑，猛兽就会认定你怕了它，会穷追不舍，几个箭步就会将车上的人扑下来撕碎。作为个体，你更不能跳下车来逃窜。不但因为你跑不过它，而且因为猛兽会把你当成车子这个巨兽掉落下来的片段，毫不留情地把你一口吞下去。

你也不能……

总而言之，车上的人什么都不能做，或者说能够做的唯一的事，就是等待，等待狮子的选择。

那头体形硕大的雄狮，把它硕大的脑袋俯下来，用鼻子闻了闻路虎车的后轮胎。我说过，我是坐在最后一排，几乎就在后轮之上。在某个瞬间，我想我和这个庞然大物，距离应该只有一尺多远吧。它无与伦比的巨头，就在我的腿边晃荡。它张嘴打了一个哈欠，那形态像极了一只放大了百倍的棕黄色大猫。当然这一切都是我透过自己眯缝的双眼偷窥到的，睫毛像一排黑色栅栏，将我的视线切割成破裂条索。

我以前总觉得老虎像猫，现在才发觉，毕竟同属一科，狮子也像猫。

雄狮闻了闻路虎的轮胎，它的眼神在一刹那出现了某种迷惘，然后是不屑，再然后，它垂下眼帘，转动它庞大的身躯，缓缓地……走了。

在整个过程里，我一直呆若木鸡。直到雄狮走出了十米远，我还在想它会不会只是使了个诈，下一秒猛地扑过来将我咬死呢？我身上唯一可以抵挡利齿的，是身披的混纺毛毯。刚才被迫观察到狮子的口腔，我判断它的门齿足有五厘米长。菲薄的毛毯对于它利刃般的牙齿来说，无异于一张山东煎饼吧？（我后来查了资料，说野生狮子犬齿最长可达到12厘米以上，估计那是从骨缝开始量的。我见到的这头雄狮已经不年轻，捕猎凶猛，牙齿磨损严重。）

雄狮走出百多米远后，司机轻踩油门，蹑手蹑脚地发动了车。路虎一溜烟抱头鼠窜而去，直到几公里外才停下来压惊。

我们问女巡守员，你害怕了吗？

她晃晃金色的头发说，害怕了，毕竟狮子离我们这样近。

我们说，狮子为什么没有吃我们？

女巡守员说，估计它已经吃饱了。它靠近我们，只是好奇。它闻了闻车胎，我想那种橡胶的气味是它不喜欢的。它又估量了一下车子的体积，比它自己要大。这样权衡之后，它就独自离开了。女巡守员抚着胸口，说，我很感谢你们。

我们齐声说，感谢我们什么呢？我们什么也没做啊。

女巡守员说，就是感谢你们什么也没做啊。如果你们做了任何事，比如说发出声音或者逃跑，事情的结局可能会比较悲惨。

到了下一个休息地点，印度百院长夫人说，我的身体一直在哆嗦，现在还没有完全停下来。毕竟我们在最低一排，狮子简直是擦着我们的肩膀走过去的。

我想，印度夫人身上的咖喱味，应该起了很好的保护作用。狮子的确连一秒都没有停留就离开他们，直奔向我们。

我问百院长，您可害怕了？

百院长说，有一点点。但是，害怕的感觉非常过瘾。

我说，天哪，这样的瘾，还是离得远点儿好。

院长说，我已经多次游览过世界各地的野生动物园，但这一次实在刺激。非常好，人一生必要有几次濒临绝境才好。

我问女巡守员，那只狮子还会回来吃它的猎物角马吗？毕竟它剩了那么多。

导游说，通常是不会的，那些残骸会留给鬣狗或秃鹫等食腐动物。大自然就是这样平衡着它的子民们，狮子位于食物链的最高端。

百院长听到这里，插言道，做人就要做到食物链的最高端。不必怜惜角马。

"非洲之傲"相当于一个小小的联合国，让我见识到形形色色的人。

我觉得，如果一定要在狮子和角马之间做个选择，我还是选做一只跑得更快的角马吧。祈望自己不要被狮子吃掉，能有更多的机会一次又一次地穿越大地上的马拉河。

印度百院长继续发挥他的观点，说，做人就是要像狮子一样奢侈。

我后来特地查了"奢侈"的含义。

"奢侈"在西方社会，普遍被认为是一种值得鼓励的生活方式，是积极的处世态度，提高自己的生活品质，是个人奋斗的重要目标。

"非洲之傲"的诠释是：奢侈就是时间与空间加之人工的极度铺排。

原本飞机几个小时的路程，现在要在时速几十千米的火车上，磨磨蹭蹭耗时14天才能抵达。原本可以乘坐50多位乘客的一节车厢，现在拢共只住了四个人。原本十几分钟最多几十分钟就可以吃完的伙食，现在每天共用五个小时。由此感受到人世间资源配备的不平等，起码是不平衡，明白了革命是如何爆发的……有一些东西必将掩埋在历史深处，任它渐渐远去。

掘出，也许是为了更深地埋葬。

指状阿当松
和老相识钉子树

19

非洲三万里

那个被吃掉的弱小动物从此进入了一个庞大的躯体,未尝不是它向往的变化。
不管怎么说,出牌的是上帝,而我们,不应插手上帝的牌局。

坐着"非洲之傲",驰骋在非洲的旷野中,总是看到一种树。

你一定要说,哦,是猴面包树。

你真聪明。

猴面包树的长相真是太奇怪了,起码按照中国人对于植物的审美,它可归于树妖。

它长得不算很高,相貌丑陋,身材粗蠢,肚子膨出,整个树像是个大啤酒桶。据说最粗的树干直径可达12米,算下来树的周径就到了近40米,要几十个人才能合抱。

如果单单是横短粗,也就罢了,它只在靠着顶端的树冠处才有枝叶。这些枝叶也不负众望地具有怪赋异秉,四仰八叉地朝四周天空扩散而去,如同埋在地下的树根,毫无章法可循。树根长成了这模样,倒是有自知之明,无声无息地潜伏在黑暗地下,不跑出来吓人。但猴面包树的树冠丑人多作怪,兴致勃发地竖立在非洲的骄阳之下,呈怒发冲冠状。

总之,无论谁看到猴面包树,即使再没有想象力,也会认定这树是一个倒栽葱从天上跌下来,摔成了这副嘴脸。

猴面包树对于非洲旷野最典型的图片构图,是有突出贡献的——一轮巨大的残阳,滚圆如一万只鸽子的血滴汇聚。在此震撼底色上,有一棵枝丫横飞的巨树,轮廓鲜明,剪影如铁。这树就是猴面包树,它成了非洲稀树草原的形象大使。

猴面包树是它的艺名,学名叫指状阿当松。别看它长得

234　非 洲 三 万 里

诡谲，但果实甘甜多汁，是猴子、猩猩、大象等动物颇为喜欢的美味。其实它最大的优点还不是果子好吃，而是能储水。它那个大肚子里，木质非常疏松。疏松到什么程度呢？据说对着它开一枪，子弹能完全穿透而过。这外强中干的腹部中空结构，在家具制造商眼里一文不值，但它能卓越地对付非洲干旱。猴面包树在漫长的进化过程中淬炼出了两大战术，能确保自己在极其干燥的情况下生机盎然。第一是它有吸水大法。一旦非洲的雨季来临，它就把自己粗大的身躯变成储水罐，把松软的木芯变成海绵宝宝，贪恋地吸水。据说一棵大的猴面包树，能贮存几千千克水甚至更多。

猴面包树的第二宗法宝，是落叶战术。它会过日子，即使它已经储存了那么多水以应对旱季，当旱季真的来临时，它还是明智地迅速落身上所有的叶子，变成一个光杆司令，以减少水分的蒸发。荒原上铁画银钩般的猴面包树剪影，就是在旱季拍摄所得。如果是雨季，猴面包树绿意盎然，就得不到那种干脆利落的线条了。

旅行者若在旷野中断水，遇到猴面包树就是遇到了救星，顷刻转危为安。抽出小刀在猴面包树的肚子上刺一个小洞，就有树汁泉水般涌出。干得冒火的旅人要做的唯一的事，就是畅饮甘泉，外带用尽可能多的容器把水带走储备起来。这么说吧，你在荒野有幸看到猴面包树，等同看到了餐厅加溪涧。

除了救急之外，猴面包树可以说全身都是宝。树叶可以当蔬菜，嫩的做汤，老一点儿的喂马。种子能炒着吃，果肉的钙含量是菠菜的一倍半，维生素C的含量是橙子的三倍。连树皮也不能糟蹋，它含有丰富的纤维素，可以搓绳子和充当乐器的弦。猴面包树还是世界上体格最粗壮的药材，果实、叶子、树皮……都可以入药，退烧抗疟疾都有效果。非洲当地常吃猴面包树果实的人几乎不得胃癌。科学家们很好奇，研究后发现，猴面包中有一种能抑制胃癌细胞形成和繁殖的物质。

猴面包树除了是猴子的点心之外，大象也把它当作美味佳肴。如果说猴子毕竟吃的还是果实，大象可不管不顾，有果时吃果，无果时枝叶和树干统统摄入。大象简直是猴面包树的天敌。

我见过大象在旷野掠食的狂野蛮力。它摧枯拉朽、所向披靡，什么力量都阻止不了它饕餮之兴致。粗大的脚掌无惧任何沙砾沟坎和污泥浊水，一门心思把看到的能吃的东西收入麾下，正确地说是收入象鼻之下。鼻子是它的筷子和勺子，是它的刀锋和叉刃，它的鼻子如铁扫帚般挥舞，所到之处能入口之物概莫能逃。它边摄食边咀嚼，还兼顾不停地便便。一大坨一大坨主要是植物纤维构成的象粪，如同一把把不规整的草绿色小伞，顺着大象的脚印扑通扑通落下，并无不良气味。大象噬伐之后，植被精简，天地为之敞亮。

多年前，我的一位朋友从非洲归来，送我一件纪念品。水晶球一样的物件中，隐藏着丝丝缕缕的浅绿色苔藓样物质。她让我猜这是什么东西，并说可以让我连猜三次。

如果什么人慷慨地允许你猜错多次，答案一定匪夷所思。

我苦笑道，我傻，估计五次也枉然。你干脆告诉我，彼此都方便。

朋友发了慈悲心，告诉我，这是大象的屄屄。

我嬉笑道，真够无聊的，粪便也拿来卖钱。

朋友说，这是提醒人们保护大象。

这次来非洲，在动物保护区内，随地大小便的大象，把屄屄抛撒得漫山遍野都是。我本想私藏起来一小块（我把人家送的那块大象屄屄又转送给了一位特别爱说"狗屎"的朋友。我说，你今后少说几句"狗屎"，作为替代，我送你一块真正的大象屎）。据说，大象屄屄是有魔力的。如果你把一块大象屄屄埋在你的花园里，第二年，你的花园就会变成一片森林。

后来想到自己并无花园，如果把大象屄屄勉强埋在花盆里，花盆里的花疯长起来，最后把楼板顶穿，岂不麻烦？再者良心发现——保护区内的一草一木都应保持原样，忍痛放弃了偷拿大象屄屄的坏心。

细细想起来，也怨不得大象是个吃货。它那庞大的身躯一天得需要多少卡路里！它又是个素食主义者，光靠植物支撑如此庞大的体能系统，若不拼命进食，哪里能成为草原霸主。

猴面包树由于浑身是宝，带来命途多舛。既被旅人当水壶，又被猴子当下午茶，还是大象的食堂，凶多吉少。好在凭借它顽强的生命力，即使在热带草原干旱恶劣的环境中，也混成了非洲植物界的老寿星。18世纪，法国著

19 指状阿当松和老相识钉子树 237

名的植物学家阿当松在非洲见到一棵猴面包树，已经活了5 500年。

土著对猴面包树的使用更是独出心裁。他们把树干中部掏空，搬进去居住，成为别致洞屋。更有人一不做二不休继续发挥，把猴面包树的树干挖空，变成牲口圈、仓库、储水室等，开发出多种用途。

这还不算，人们对猴面包树的利用可谓挖空心思。在非洲塞内加尔的塞仑斯，猴面包树的空洞成了有身份的人的墓穴。不是随便什么人都可以葬在猴面包树内，要有音乐家、魔术师等艺术界的身份，死后才能获此殊荣。英国旅行家就曾在一棵猴面包树的树洞里，看见搁着20多个人的尸体，这棵猴面包树可以成为一个剧院。

关于猴面包树的身世，当地有个传说。它原本出身高贵，种在天神的花园里。有一天不知为何惹恼了天神，天神一生气，便把一棵猴面包树连根拔起，随手丢出天堂门外。猴面包树头朝下不断坠落，砸到地上也没来得及转过身。倒栽葱之后，头朝下变成了树根，树根变成了树冠，猴面包树顽强地活了下来。

还有一种说法。说众树从天堂下凡，选择自己的安家场所。上帝原来对猴面包树另有安排，不想猴面包树不听招呼，自己选择了非洲热带草原。上帝生气了，一把将猴面包树连根拔起，甩到地上。猴面包树并不曾摔死，而是在干旱的非洲草原上呈倒立之态继续生长，依旧葱茏。

以上说法虽然有上帝和天堂出现，过程却有些残忍。好在猴面包树大难不死，成了困境不屈的典范，演绎出一段励志传奇。只是我易晕车，对这类头脚颠倒的事儿，想起来就头晕眼花。

猴面包树的学名是什么呢？叫作"指状阿当松"。

我第一次得知猴面包树的大名时，差点儿背过气去。什么什么？松？还指状？哪儿跟哪儿啊！

米歇尔·阿当松是法国著名的植物学家。从1749年起，他在非洲的塞内加尔工作了四年，搜集了大量植物标本，其中特别详尽地描述了猴面包树，当地人称它为"包波布树"。1759年，瑞典著名植物分类学家卡尔·林奈，就以阿当松的名字命名了猴面包树。因为树的叶子呈伸展的手指状，就称其为"指状阿当松"。

原来，这个松不是松树的松，而是阿当松的松。

旅行让你发现这个世界是如此不平等。阿当松先生认识猴面包树之前，猴面包树已经在非洲土地上生活了千百万年，阿当松本人也描述过有5 500年历史的猴面包树。可惜，这树再古老，以前的名字都是不算数的，只有当阿当松描述过之后，猴面包树才为世人所知，才有了"指状阿当松"这样拗口且毫无诗意的名字。

说了这么半天猴面包树，其实我想说的是另外一种树。

非洲旷野几乎是这种树的大本营。我甚至觉得所谓的稀树草原，那稀树指的主要就是这种树。如果这种树被连根拔去，那稀树草原就干脆单剩下草原而没有树了。

我这次到非洲，雨季尚未到来，节令虽是春天，草叶只是刚刚泛绿。这种树只有一两米高，虽有树干，但像是灌木，枝条纷披。最先吸引我目光的是树干上悬吊的一个个羽纱样的小袋子，大约有十几厘米大小，纺锤状，白花花毛茸茸地飘动，好像是一种败絮缠绕的鸟巢。

我问巡守员，那是什么鸟窝呢？

她没有来得及回答我，忙着从车上往下搬东西。

此为纳米比亚的私人野生动物营地，带领我们找寻动物的是个白人女孩，金褐色的长发在脑后扎成一个马尾，压在迷彩帽子下，不停晃动，好像是有独立生命的活物。她高大健壮，脸色泛红，长期野外奔波，高挺的鼻梁两侧晒出密集的雀斑。她的AK-47长枪不离手，长腿一撩，围着路虎越野车上蹿下跳，像一个兴致勃勃的女杀手。

正是下午茶时间，她像变魔术一样，从路虎车的某个地方抽出折叠桌，然后打开巨大的冰包，把各种冷饮摆放在折叠桌上。后面还有薯条、点心、甜品，还有各色水果和多种红酒。当然洗手壶也是必不可少的。把这一切都摆放停当之后，她不知又从哪里掏出了一块雪白的桌布。看来她应该先铺上桌布，再把这一堆劳什子放在桌布之上。但是，现在顺序乱了，她不好意思地笑笑，把桌上的所有东西又一件件放回路虎车上，然后把浆挺的桌布铺好,再把那一堆杂物请了回来。

我们围拢在桌子旁边,开始了旷野上的下午茶。

直到这会儿,女杀手才腾出空儿来,问我,你说的是哪种鸟巢?

我向周围指了指树梢。就在不远处,有一个半截矿泉水瓶子大小的丝网状鸟巢,正在风中荡漾。

她笑了笑说,哦,你指的是这个。你可以到这棵树的旁边去看一看。但是,你万不能走远。这附近有大型猛兽出没,我刚才已经看见了狮子和豹子的新鲜脚印。等咱们吃完了下午茶,我就带领你们去看它们。

我一边嘎吱嘎吱像个地鼠似的咀嚼着零食,一边走向那棵树。树还没有长叶子,好在枝条并不孤单。它褐色的骨架上,长满了密密麻麻的钉状物。每个钉子大约有四厘米长,合咱们的一寸有余。钉状物的尖端非常锐利,坚硬如铁。此刻,由于靠得很近,我可以清楚地看到那个鸟巢的细节,巢中还有一只小鸟。

只是……我非常恐怖地发现,鸟已经死了。如果单单是死亡,还不会如此令我毛骨悚然。它是非正常死亡,是被这个鸟巢样的悬挂物勒死的。或者说,它是被构成鸟巢的无数丝缕缠绕捆扎而死。随着进一步观察,我发现这只死鸟非常轻,会随着微风而摇晃不止。也就是说,它已经是一个空壳。那么,它的血肉到哪里去了呢?

这个鸟巢挂得有点儿高,看得不是太清楚。带着满腹疑问,我向更远处寻觅。那边有个低一些的鸟巢,我决定一探究竟。

我深一脚浅一脚地在荒草中跋涉,突然,我被一只强有力的手臂钳住了——是女巡守员长满金色汗毛的胳膊。

她严厉地质问,你要到哪里去?

我说,我要看看那边的鸟巢。

她在照料大家下午茶的当口儿,一眼瞥见我的无组织无纪律行为,三脚两步赶过来。她长叹了一口气,说,那不是鸟巢,是鸟的坟墓。

我说,是谁在树枝上搭建了这么多鸟的坟墓?

女杀手说,我们现在看不到它。它只在夜间出没。

19 指状阿当松和老相识钉子树　241

我觉得脊背发凉，追问，它是谁？

女杀手说，它是一种大型蜘蛛。你看，到处都是它们布下的天罗地网。

果然，四处的枝杈上都有若隐若现的蛛丝浮动，但它们柔若无骨。飞翔的小鸟自由活泼，冲劲很猛，蜘蛛怎么会有那么大的力量网住它们？

女杀手看出了我的疑惑，说，这种食鸟蛛的个头很大，有六只眼睛、八对腿。它会喷网，喷出的蛛丝蛋白质含量很高，非常强韧，能承受4 000倍于蜘蛛体重的重量。它布好了网，就躲起来。如果是小昆虫入到网内，食鸟蛛并不吃它们，留着它们挣扎来做诱饵。鸟看到小虫，就会飞过来，这下就误入了食鸟蛛的网。它的网很黏，鸟就飞不动了。鸟也会狠命扑腾，食鸟蛛的耐性很好，在鸟儿耗尽气力之前，它不会发动进攻。等到鸟儿筋疲力尽了，食鸟蛛就爬过来，分泌毒液将猎物麻醉。然后食鸟蛛就不断吐丝，直到把鸟死死地捆住，包裹得紧紧的，好像一个圣诞节的礼物。

我惊叫起来，当这个类似鸟巢的东西编结起来的时候，小鸟还活着？

女杀手说，是的，那时鸟儿还活着，它能看到天空，却再不能在天空飞翔。它的血肉很快会被蜘蛛毒液溶解，这时食鸟蛛就会像小孩子吸酸奶一样，安然地慢慢享用小鸟。

我下意识地四处巡睃，寻找这血腥凶手，回答我的是呜咽的罡风。看得见的杀戮和看不见的阴谋就潜伏在我们身边，不禁令人毛骨悚然。

女杀手说，你不必伤感，大自然就是这样循环往复，比如这些树，是大象的餐桌。

我问，这是什么树？大象非常爱吃这种树，连树皮带树杈，连这树枝上尖锐的钉子也一道卷进肚子。我常常想，大象的胃黏膜一定像铁砂纸。

女杀手开心地笑起来，大象的唾液很黏稠，能包裹住尖锐的刺槐，让自己不受伤害。

我惊叫起来，说，您是说，这种长满了钉子的树叫槐树？

对啊。刺槐原本就发源于非洲。女杀手奇怪我的惊奇。

由于京剧《玉堂春》的广泛流布，洪洞广为人知。洪洞有棵老槐树，我们似乎觉得老槐树是中国特产。元末兵荒马乱，因天灾兵祸，大量人口死亡，黄河下游赤地千里，渺无人烟。而山西境内风调雨顺，人丁旺盛，于是搞了个移民输出。每次迁移都以洪洞县为集散处，在广济寺旁设专门机构，发放迁移资费。这棵大槐树，是国槐。

在非洲土地上生长的是刺槐，在中国被称为洋槐。它的花期比国槐早，每年四五月份就开花了。而国槐要等到七八月。国槐的叶子前端是个急尖，洋槐的叶子是椭圆形的。果实也有分别，国槐是念珠状荚果，洋槐是扁平荚果。

有的资料上说，刺槐是可高达25米的乔木，但我在非洲所见的刺槐都是几米高的灌木。是不是因为大象、长颈鹿、斑马等动物的啃食，让洋槐再也长不高了呢？

原来洋槐是看人下菜碟呢！

如果年降水量为200～700毫米，刺槐就茁壮成长，变身大型乔木。

如果年降水量低于200毫米，它就摇身一变成了灌木丛状态。不过别看它变矮小了，却长得飞快且树冠浓密，甚至可以超过以速生闻名的杨树。

刺槐生性朴实、任劳任怨，可以在干旱贫瘠的石砾、矿渣上生长，可以忍耐3‰的土壤含盐量。它自身具有根瘤菌，可以固氮，自我造肥，自我营养。

洋槐于是成了稀树草原上动物们的大恩人，丛林区提供了生物的栖息地，提供食物，成了旅馆兼饭桌。

朝气蓬勃的女杀手笑着说，根据科学家们的最新研究结果，如果没有一些动物来啃叶子，刺槐反倒会遭到伤害。

我大不解，怎么会这样？刺槐有自虐倾向吗？动物不来啃食，它反倒不自在了？

女杀手说，动物学家们从1995年开始，把六棵刺槐用带电铁丝网围住了。这样就没有任何动物能够啃食刺槐的叶子。他们又找了六棵刺槐树作为对比，让它们暴露在野外，供长颈鹿、大象和其他食草动物尽情食用。多年过去了，结果发现，在铁丝网保护下的六棵刺槐树不仅没有长得更高，反倒比没有围住的刺槐树的死亡率高一倍。

我疑惑，这是为什么？

女杀手说，它们受到了蚂蚁的侵害，蚂蚁招来了桑天牛，桑天牛会损害槐树的树皮，减缓槐树的生长速度，增加死亡率。而不断被啃食的刺槐就不会招惹这种蚂蚁。不允许食草动物啃食刺槐害大于利。

哦，大自然秘不示人的循环图！

下午茶到此告一段落，我们又要出发了。我问女杀手，您一年到头在野生动物保护区内工作，一定看到过很多杀戮？

她垂下眼帘说，是的。

我说，当您看到一个弱小的动物就要丧生的时候，是否会激起拯救它们、制止这一恶行的冲动？

她说，是的，这种感受主要集中在刚开始工作的时候。我偷偷告诉你，有一次看到一头狮子马上就要吃掉一只小长颈鹿，我出手救了小鹿。但是，现在我不会这样做了。

我说，看到的杀戮太多了，心已麻木？

女杀手说，不是。后来我明白了，如果这个弱小的生物不死去，那个大型动物就会死去。大自然已经这样运行了无数年代，自有它的道理。任意去改变它，反倒是人类的狂妄。我已经可以心境平和、安之若素地看待这种轮回了。那个被吃掉的弱小动物从此进入了一个庞大的躯体，未尝不是它向往的变化。不管怎么说，出牌的是上帝，而我们，不应插手上帝的牌局。

在矢车菊般湛蓝的天空中，我环视周围，看到一群群动物袅袅飘浮的灵魂。

七车连撞
列车晚点40多个小时 20

非洲三万里

为什么这个世界上，有人可以如此泰然？
为什么我们就做不到这份兵来将挡、水来土掩的自在？

进入赞比亚境内后,我一直急着打探"非洲之傲"何时将行进在坦赞铁路上。

又一次临时停车了。这是一个小镇,破旧的房屋,睁着巨大白眼球的羸弱民众,数不清的裸身小孩,还有非洲女子花花绿绿的旧裙……

我常常待在车厢最后面的观景台,沐浴在风中。景色优美时,观景台常常聚集很多人,边观光边聊天。干旱贫瘠地区,树木寂寥,观景台经常空无一人。我爱在这种时刻去,坐在长椅上,无所事事地闭上眼睛,听凭风将所有的头发吹得奓起,把头脑中来自人世的烦恼都消弭于异国的空中。此地视野甚好,当车开过弯道,火车如蜿蜒长蛇,人就像坐在蛇尾上的小昆虫。自己很安全,风景很壮丽,有御风而行的快乐。我刚开始像煞有介事地戴上"非洲之傲"专配的风镜,后来想到如此难得的胜景,戴风镜有隔鞋搔痒之感,索性裸眼看去,心旷神怡。

大约晚上七点钟,一阵乐器声响起,由远及近,既亲切又很有力度,这是招呼大家去餐车吃晚饭啦!

每天固定的时候,乘客们都会听到这种如露水般明澈温柔的召唤声。从一上车,我就好奇它是如何发出来的?声量有变化,距离有变化,不可能是一个固定的声源。不过,我的客房位于车厢的一端,每当我听到声音时跑出去查看,那声音已经在下一节车厢响起。在"非洲之傲"上,行为要

合乎礼仪,不好意思追赶过去一探究竟。于是我决定蹲守。约莫着快到饭点时,提前把客房门虚掩着,当音响如约奏起时,我装作无意中推门而出,终于看到了声音的发源处———一个美丽女子,怀抱一件类如小型竖琴的乐器,像一张弓,边走边弹拨,音量虽不算大,但很柔美,余韵悠长。

就算招呼大伙儿吃饭的小细节也如此富有诗意,让人感叹。

走进餐厅,有制服笔挺的服务生走过来,将一朵芬芳玫瑰别在客人胸前。对于这种贵族规则,欧美客人们有司空见惯的怡然,我也赶紧把受宠若惊的心态藏好,做出安之若素的样子。

庄重的衣服,都是不舒服的。舒服的衣服,都像没澥过的芝麻酱,柔软流畅、随体赋形。比如睡衣啦,比如旧时皇家和知识分子预备长时间端坐的袍。幸好我以中国丝绸化解了这种矛盾。不止一次,汗流浃背的英国绅士指着芦森的丝绸唐装竖起大拇指,说,你这个真是太舒服了。我本来腹诽芦森的这种衣服像个会功夫的武侠,看到洋人赞不绝口,也就不敢再批评他的着装了。

餐厅是最能显见一个人是否贵胄的地方。每天使用那极为繁杂的刀叉餐具,令我如履薄冰。我有几分怯场,又有几分不服。比如一个外国人到中国来,如果不会用筷子,如果他用筷子的时候手忙脚乱,我们会笑话他吗?即使他是在国宴上,即使他啖的是满汉全席,我们也会温和地原谅他。但如果你在欧美的正式晚宴上,不能熟练地使用刀叉,他们就算嘴上不说,心中也是鄙夷的。

其实到底刀锋是朝上或朝下,叉子始终在左手还是可以换到右手,这类比较细的规矩,各国也有所差异。在欧洲,叉子在盘左方,刀子在盘右方,甜点用的汤匙叉子则是在盘子上方,中途刀叉不得换手。但是美式用餐礼仪中,则允许在切割食物后,将叉子换到右手以方便将食物送入口中。

我们基本上是符合要求的。如果吃龙虾,另当别论。毕竟不是童子功,后补出来的技巧在严峻考验的面前会露出马脚。无论我怎样精心操作,也无法像邻桌的英国女士那样,用叉和刀将龙虾的壳剥得薄如蝉翼。吃完龙虾后还将肢干拼接在一处,宛如未曾切割般。这是吃多少只龙虾才能练出的手上功夫?甘拜下风。

真正舒适的旅游,不是你住进了怎样金碧辉煌的酒店或者如何一掷千金,而是你能否得到超一流的服务,那种细致入微而又不着痕迹的服务,让你感到路上的温暖。它来自素不相识的人,让你恍惚觉得前生是古老贵族,此是又一番人间轮回。它满足了人对火车旅行最奢侈的梦想,满足了人对英国古老贵族的梦想,满足了人们对那个只有少数人才能从容享受尊贵时代的意淫。

我常常暗笑,其实这一切都是金钱换来的哦。只是金钱这层浮油被撇掉了,只剩醇厚的汤底,让你以为是温情。

"非洲之傲"时常停车。除了在景点处停车外,为了方便客人用餐,在举杯欢饮之时,不会因火车的震荡而让琼浆溢出。"非洲之傲"采用欧洲缓慢的用餐速度,每顿正餐都要喝餐前酒,讲很久的话。为的是客人们谈笑风生的时候,不会让颠簸和音响扫了兴,列车会停驶很长时间。每天夜里,火车更是僵尸般停驶,好让客人们享受安稳睡眠。乘坐这列火车的人,没有谁把它当成交通工具，心急火燎地去赶赴一个工作计划。人们对停车一点都不在意，停吧停吧，停了，人们就更惬意地观赏风景、促膝谈心。

但这一次，停的时间着实有点儿长了，已经超过了两个小时。此地并没有丝毫长时间停车的理由。既不是饭点儿，也没有特别的风光。

客人们镇定地我行我素，没有人去打探为什么停车。我惭愧地发现全车，只有我一个人为此惴惴不安地左思右想。

终于忍不住问一位澳大利亚女乘客，我们为什么停着不走？

她总爱在鬓角插一朵小野花，有时是雏菊，有时是蔷薇。今天她插的是石竹，野生的那种，花朵很小，紫色。

野花夫人淡然说，不知道。停了很久了吗？

我知道这车上有一些人完全过着醉生梦死的日子，他们不关心时间，也不关心与己无关的一切事情，我是问道于盲。不过，我觉得这件事与她并非毫不相干。我继续不安地强调，如果我没记错的话，列车已经在这里停留超过五个小时了。

哦，是这样啊。五个小时，这的确是有一点儿长了。野花夫人总算勉强承认了这一点。

不知您可听到了什么消息？我觉得自己像一个闹钟，刚刚把一个沉睡的人唤起，现在有必要让她进一步清醒，继续追问。

消息？我听到的最新消息就是您告诉我的——关于列车停车的消息。野花夫人扶了一下鬓角的紫色石竹花，由于缺水，那花已经蔫头耷脑，扶不起来了。可能这朵花的枯萎程度唤起了她对时间的感知，她露出稍显惊讶的表情。

我严肃地说，"非洲之傲"应该告诉我们发生了什么事情。

野花夫人突然来了精神，和片刻前的无所用心判若两人。她说，我相信事态没有严重到那个地步。"非洲之傲"希望大家不要知道原因，这样才能尽情享受美好时光。

我已经习惯了这个世界上的人对于相同问题的不同看法。我说，好吧。让我们等等看，或者是列车开动，或者是"非洲之傲"对我们说些什么。

野花夫人安静地和我道别。

不管怎么说，她的态度给我吃了一颗定心丸。要知道，她可不是什么旅游菜鸟，已经走过了世界130多个国家。

我们终于等到了后者。在列车停车超过15个小时之后，列车长利用吃早餐的时间对大家说，有一个轻微的事件要通报一下。

大家该吃吃该喝喝，只是叉勺碰撞的声音更轻了一点儿。

我真服了"非洲之傲"上的这帮客人。他们根深蒂固地认为——所有的人都应该很明确地向他们报告消息的尺度。如果没有报告，那就是说不需要报告。如果开始报告了，那么也不必大惊小怪。

列车长说，在我们铁路前方的一个路口，昨天发生了一起交通事故，七辆汽车在通过火车铁轨的时候追尾。现在七辆车瘫痪在火车道上，完全阻断了交通。

怎么办呢？有人一边往吐司上抹着黄油，一边慢条斯理地问。

如果这些报废的汽车不挪走，"非洲之傲"将无法通行。

乘客们一边喝着牛奶，一边轻微地点点头，似乎很同意这样一个基本判断。火车轨道不让出来，火车将无法前行。

黑人列车长已在"非洲之傲"上工作了很多年，一副见怪不怪的神情。他接着说，那些毁坏的车需要大型机械才能从轨道上挪开。

大家又轻轻点点头，认同这个常识。

但是周围没有这种机械。必须从赞比亚首都卢萨卡调来。而且关于事故的起因和责任，也有待于卢萨卡的警方前来处置。在这些没有完成之前，"非洲之傲"是一步也不能挪动的。

人们还是按部就班地吃饭，喝咖啡，好像列车长谈的是一件距此地十万八千里的散淡事儿。

我简直都要为列车长抱屈了，这么重要的信息，大家怎么可以不认真听呢？

不过要说大家不认真听，也有些冤枉。就这么一小撮人，就这么大点儿地方，列车又悄无声息地停着，你想不听都不可能，声声入耳。

终于，有个人懒洋洋地问道，卢萨卡的设备和人什么时间能来到这里呢？

我猜，这是大家都想问的话吧。但奇怪，没有人争先恐后地提及这个重要问题，连问这个问题的人也好像在谈一个无足轻重的小道消息。

列车长回答，据我们刚刚得到的消息，机械和警察不知道什么时候能到达此地。因为他们——都还没有从卢萨卡出发。

大家点点头，然后又是该干吗干吗，这事就算不了了之了。连我最想知道的此地距离卢萨卡有多少千米，居然也没一个人问。

我垂头丧气地回到了自己的客房。过了一会儿，我到观景车厢去看看情况。它相当于列车上的中央广场，有什么信息会第一时间从那里扩散。

野花夫人恰好也在，只是这会儿她不能被称为野花夫人了，后继乏力。以往她每天插的野花，是"非洲之傲"的服务员趁着夜里车停旷野的机会，黎明时下车为她采集而来的。现在，"非洲之傲"滞留在暴尘扬灰的土坡，无花可采了。

头上没有野花的野花夫人，让人觉得有一点点生疏。她微笑着说，看来您说对了，"非洲之傲"遇到了麻烦。

我说，也不知此地距离赞比亚首都卢萨卡有多远？

没花戴的野花夫人说，不知道。看她淡漠的神情，好像这不是一个问题。

为什么没有人问问呢？我大不解。

她稍显惊讶地说，这和"非洲之傲"有什么关系呢？

我奇怪她天真到连这其中的逻辑都想不通。我说，你知道了距离有多远，就可以大致演算出机械和警察能在几小时之后赶来，然后再算上他们的工作时间，不就可以基本推出"非洲之傲"启动的时间了吗？

没有花戴的野花夫人，还是习惯性地抚了抚通常她戴野花的鬓角，她手指活动的幅度比较大，好像那里插着一大朵野玫瑰。她说，您要知道，这里是非洲。您不会知道那些大型机械要从哪里征集到，要由什么人向这里开拔。您无法知道警察局需要用多少时间才能把事故专家集合起来，他们将乘坐什么车于何时出发。甚至您不知道这七辆车连撞，是普通的事故还是有什么政治经济的奥秘。所有这些，都会影响"非洲之傲"出发的时间，但我们都无从知晓，那么，单单知道一个此地距离卢萨卡的千米数，有什么意义呢？

这一席话，让我对野花夫人刮目相看，并自惭形秽，嗤笑自己的幼稚愚蠢。

我说，您说得很对。难怪大家都这样淡定。

野花夫人说，我们只有无条件地信任"非洲之傲"。在这里，没有人比他们更了解情况和更着急的了。我相信，他们一定会竭尽全力争取早点儿再次出发。我们应该关心的是——"非洲之傲"上的饮水是否充足，携带的食品是否足够。这一点，列车长是不会说实话的，他一定会说足够足够，放心吧。我已经问过餐厅的服务人员，他们说食物和饮水的确都是充足的。知道了这一点，就等于知道了一切。

野花夫人的头上现在没有野花，但在我眼里，有了光环。

然后，她很安闲地打开一本载满奢侈品广告的册页，轻轻翻看。

我的心境也平和下来。环顾四周，各位旅行者都安之若素，看报的看报，看书的看书，要不就是用极轻的声音在聊天。史密斯先生一如既往地扒在观景露台上，看外边的风景。我走过去，说，史密斯先生，这里的风景已经几十个小时没有变化了，您为什么还在看？

史密斯先生说，它们是有变化的。在不同的时间，由于光线不同，它们呈现出不同的色彩。我们难得有时间在一个地方动也不动地待这么久。

我说，看起来，您一点儿也不着急啊。

史密斯先生说，旅行就是一个充满了变数的过程。如果想没有变数，你待在自家宽大的卧床上好了。意外是旅行的一部分。这列车上的所有客人都走过很多国家了，大家都明白这一点。

我默不作声。我也算走过一些地方了，但我还没有学会这种大智若愚的旅行智慧。我会烦躁和焦虑，会不停地打探和暗自掐算。但这一切，在有些时候的确是没有任何用处的。

下一顿聚餐时分，"非洲之傲"列车长向大家报告了如下事项。第一是请各位客人将自己到达终点站达累斯萨拉姆之后的行程告知"非洲之傲"，包括将要下榻的酒店，将要赶赴的飞机或汽车、船舶的具体班次和时间。第二是请各位客人再次确认自己的联系方式，包括在达累斯萨拉姆的联系人方式。第三请各位客人看一下自己的旅行延误保险规则，看是否需要"非洲之傲"列车方出示某种延误证明。

依然是波澜不惊。客人们都保持着原有的姿态和表情，好像列车长在介绍一个旅游胜地的各种资料。

我明白，这是"非洲之傲"在预备善后。旅行通常环环相扣，这一个环节的延误，必将影响下一个环节的承接。按原计划，"非洲之傲"将在五天后的中午时分抵达达累斯萨拉姆，人们都预订了当地的酒店。如果不能按时入住，我不知道酒店是否还会为我们保留房间。我们是现在就和酒店打招呼续订第二日的房间，还是等等看？谁知道在这荒野处还将停留多久？

我遵嘱查看了所购买的旅行延误保险。当时花费了重金，自以为万无一失。保险公司在保单上，对旅行时间延误的原因罗列之复杂详尽，记得我在被搞得晕头转向的同时，也叹服保障范围的周全。比如在保险期间内，因洪水天灾、自然灾害、机械故障、罢工或怠工、工人的临时性抗议活动……导致的旅行延误，都是有赔偿的。记得看到被恐怖分子绑架和拘禁之后可以按天数领取保险金，还有几分感动。到现在延误真的几成事实，才惊奇地发现，因交通事故引发的旅程延误是不在保险范围之内的。我赶紧向我投保的保险公司问询，得到的答复正是如此——交通事故引发的任何延误都不赔。

好你个狡猾的保险公司。在旅行中非常高发的延误原因居然是不保的，真是买的不如卖的精啊！

如果在"非洲之傲"停摆之初，我就发现了这个陷阱，一定会捶胸顿足、怨天尤人。一是咒骂保险公司不仁，二是悔恨自己眼珠不亮，三是恼怒赞比亚危机处理效率低下，四是……也许找不到具体可以宣泄的理由，但义愤填膺、火冒三丈是一定的。

受过野花夫人和史密斯先生的言传身教，我比较心平气和了。自己给自己开导了一番。保险公司以营利为目的，当然会竭力把最大概率的可能性排除在外，这个可以理解。不管眼珠亮不亮，就算当时我发现了这个坑，也只能往里跳，国内现在并没有包赔这个大概率事件的保险公司。唯有期待以后保险业能开发出更人性化、更有保障的产品，虽然会多收保费，但让人更有安全感。关于赞比亚的事儿，谁让这里是非洲呢！至于那些无名怒火，没有来由，一笑了之。

配合深而长的呼吸，果然慢慢平和了。

"非洲之傲"收集来的资料显示，有一对德国夫妇已经按照"非洲之傲"的日程表，订了当日从达累斯萨拉姆返回柏林的机票，之后是紧锣密鼓的衔接。他们继续转机两次，才能返回自己的城市。在坦桑尼亚，他们只有几小时的时间差。如果"非洲之傲"不能准时抵达终点，他们面临着改签机票、重新找旅店住宿等一系列问题。

在这里，我要再一次感谢金晓旭先生。当初在制订旅行计划的时候，我本来想在"非洲之傲"抵达达累斯萨拉姆的当天，就从火车站直接到机场，飞赴桑给巴尔。至于在坦桑尼亚的旅游，放在从桑给巴尔返回之后。一来我觉得不用再次打开行李入住酒店，索性一步到位；二来我特别想早点儿到达美丽的热带岛屿，一洗征尘。

金晓旭先生强烈建议我在达累斯萨拉姆留出足够的空余时间。他说，"非洲之傲"这一次的旅程长达14天，世事难料，要留有余地。于是我们将计划改成先在达累斯萨拉姆休养生息，然后再去桑给巴尔岛游览。金晓旭先生丰富的旅游经验，在这种时刻显出卓越的先见之明，使我们的应对相对简单。

见到这对倒霉的德国夫妇，我说，对你们深表关切。

他们说，谢谢。

我说，怎么办呢？

他们说，机票是不能更改的，全部作废。现在也无法确定是否可以预订第二天的机票，因为不知"非洲之傲"何时才能出发。如果继续等待，也许要订第三天的机票。关于后续衔接的机票，也不是每天都有航班。最关键的是回家之后马上有重要会议，不能变更。

我吓了一跳。这真不是仅仅丧失金钱的事儿，面临更复杂的困境，不由得着急说，这可如何是好呢？

他们两人相视一笑，安慰我说，不要紧。我们还有好几天时间可以考虑这件事情。我们也有相应的保险。

他们的安然真的不是故作镇定，而是发自骨子里的处乱不惊、举重若轻。

不敢想象如果我遭遇这种情况，得急成何等火急火燎的模样！

我算是被"非洲之傲"车上客人的这份从容安定震惊了，于无声处听惊雷。我这一路所见到的狮子血盆大口、象群排山倒海而来、河马在河中龇牙咧嘴等加在一起，都没有这种宁静让我惊悚。

为什么这个世界上，有人可以如此泰然？为什么我们就做不到这份兵来将挡、水来土掩的自在？

我想了很久很久。结论是，第一我们人太多了。人多机会少，每个人都变得神经兮兮，一步赶不上步步赶不上，只有在第一时间识别出机遇和风险，才能最大限度地保障自己的安全与发展。第二是我们的变化太快了。在一个飞速运转的年代，一切都充满了变数，让人目不暇接。我们把人家上百年甚至几百年的事儿，都堆在一块完成，滋生火急火燎、暴跳如雷的脾性可以想见。三是我们尚没有能力从容。中国人原本是有从容的传统的,只是已经不从容了很多年。受侵略受苦难,吃糠咽菜流浪奔突,丧失了从容的传统。贫苦会扼杀从容,饥寒交迫吃了上顿没下顿的,从容是一种奢侈。

这种奢侈,其中既有金钱的奢侈,人家不在乎多掏一天或几天的酒店款,不在乎一个或几个航班的延误作废,自然安之若素;也包含制度的奢侈,我相信世界上的保险公司,不一定都拟定我这种看似包罗万象、实际心机重重的保险条款。保险公司可以多收费,以提供更大范围的保障,让投保人安心。最重要的一条奢侈,是信任的奢侈。旅客们完全信任"非洲之傲"会全力以赴、周到妥帖地处理此事,而不是我们常常遇到的那种推诿和敷衍。我们吃了无数次亏得来的教训是——如果你不在第一时间亲临现场果断想出自我保护的策略,你就可能被蒙骗和盘剥,你会被人瞒天过海、李代桃僵、干吃哑巴亏、死无对证……

想到这里,我也释然了。我们现在还没有能力从容,不能拔苗助长。不过,安稳的从容终将是一个方向。俗话说,见多识广,见得多了,就会长见识。中国人不笨也不傻,不懒也不杞人忧天。我们曾经从容优雅过几千年,万事俱备之时,重拾优雅从容,并非难事。期待着那一天早一点儿到来。

当我入睡的时候,心已安然。但入睡不久,心安然身却不再安然了。"非洲之傲"哐当一声,开动了!从不在夜间行驶的它,现在使足了劲儿飞驰。我在蒙眬中大致计算了一下,"非洲之傲"此次晚点共计40多个小时。

早餐的时候,列车长再一次出现了。他说,我们将尽量加速行驶,期待追回之前耽搁的时间。从今之后,除了非常危险的路段,夜里我们将不再停车歇息。

大家依然默不作声,既没有表示特别地赞同,也没有人反对,甚至也不见有人问问这样是否就能追回时间。人们一切如常地喝着牛奶,只是时不时地会被颠簸不小心呛着。以往的早餐时间,车是纹丝不动的。

我问野花夫人,您觉得我们能准时赶到达累斯萨拉姆吗?

她说,哦,完全不知道。咱们能做的事儿,只是祈祷。

我是连祈祷也不做的人。我开始目不转睛地盯着窗外,刚才我问过列车长,列车长告诉我,此刻已经行驶在中国援建的坦赞铁路上了。

中华人民共和国制 21

非洲三万里

我无法评说历史，只能如实记录下我的所见所闻。也许，坦赞铁路给我们留下的方方面面的遗产，此刻评说还嫌太早。100年后再来看这个决策，会有更客观的眼光。

枕木由坚固的水泥铸成，边角已有磨损。每一根枕木上都镌刻着"中华人民共和国制"的汉字，字体规整，力度深切，可见当时制造模具时的用心。然而无论怎样坚固，近40年岁月的磨洗和风沙遮蔽，很多字迹漫漶不清。

铁轨也老了，生了好多暗锈。

钢轨所用的水泥枕木，有个专业名称，叫作"轨排"。火车在钢轨上跑，钢轨卧在轨排上，轨排便是钢轨的硬床。趁"非洲之傲"列车在某个车站上水、添煤之机，我沿着铁轨旁的沙砾地慢走，一边走一边数，计算一公里大约有多少根轨排。按着步幅估计出的一公里的距离，不一定准确。数着数着就模糊了总数的情形也时有发生。我的方法是每数过一百轨排，就往衣兜里放一块小石子，搞得衣兜像藏着沉甸甸的暗器。把这两个不大准确的数目相乘除，我的计算成果是每公里坦赞铁路上有1 600多根水泥轨排。后来特地查了资料，说是根据站线的不同，轨排的数目大致在每公里1 520根到1 760根之间，我有点沾沾自喜，因陋就简得出的数据还大体靠谱。那么我就取个整数——坦赞铁路上每公里约有1 600根轨排。

火车开了。我伏在行驶的"非洲之傲"舱室小桌上，继续完成一道乘法。用1 600根乘以1 860.5，所得之数为2 976 800根。

为什么要这样计算？1 600的来由，你是知道的——

每公里的枕木数。那么1 860.5，就是坦赞铁路的总长公里数。计算的结果是——坦赞铁路上共铺设了300万根枕轨。当然，实际数目一定大大超过了300万根。很多地方是双轨，每个站点都有轨道交叉的支线，大站还有机务段和车辆段、到发线、调车线、牵出线和驼峰等设施，也都铺有轨排。支线加起来肯定不是一个小数字，整个坦赞铁路共有93个车站。加上备用的枕轨和维修所用，依最保守的估计，整个坦赞铁路的枕轨总量肯定超过了400万根。

自打"非洲之傲"行驶在坦赞铁路之上，但凡有光亮的时刻，我都目不转睛地盯视着窗外，从朦胧黎明到模糊月色，我像进入精神病人的木僵状态，重复着"向窗外看"的机械动作，除了睡眠，无止无息。看绵延山川，看江河湖泊。看非洲人的草棚，看无边荒野和寂寥植物……

"非洲之傲"一路朝着非洲大陆的东北方向，一个个地名扑面闪过，又踉跄退去。

塞伦杰、姆皮卡、卡萨马、通杜马、姆贝亚、姆林巴、伊法卡拉、基达图……

芦森早餐后到观光车厢或咖啡厅与人聊天，傍近中午时回来，惊奇地说，你连坐着的姿势都一点儿不变，目光也不聚焦，呆呆凝视窗外。你是要在坦赞铁路沿线上完成一个特殊的修行吗？

嗯，这不是修行，只是属于我们那个时代的一个遥远的怀念。我说。

上个世纪60年代，中国在自己尚且一穷二白的境况下，为坦桑尼亚、赞比亚修建了我们脚下的这条铿锵作响的铁路，共计花费了1.5亿英镑，死了66个人。（我听曾经援建这条铁路的工人说死人不止这个数目，但我还是用这个官方提供的数字吧。）动用了当时中国所有外汇储备的三分之一。

这条铁路即使以今天的眼光看来，也是艰险异常的。它穿越非洲腹地高耸的山脉，深邃的峡谷，湍急的河流、茂密的热带雨林……许多地区荒无人烟，野兽群居出没。逢山开路遇水架桥……工程极为浩大，一共修筑了320座桥梁，开掘了22条隧道，兴建了近百个车站……

如今的坦赞铁路凋零破败，许多地段岌岌可危。我们在坦赞线上，没有遇到过一列对面开来的列车，也没有看到过一个车站上的工人在维修道路。许多地方，铁路上方的树木铺天蔽日，幸好铁轨两侧有刚刚被砍刀砍过的痕迹，劈出一道狭小缝隙，将将可容"非洲之傲"的车头缓慢通过。列车长说，因为"非洲之傲"每两年一次，要完成这趟跨越非洲的标志性旅行，公司提前和当地铁路部门专门打了招呼，进行道路疏通，当地铁路人员才来清理了阻拦道路的朽木。若是平常日子，荒草闭锁了铁轨。在"非洲之傲"上，常常听到说这趟旅行是亏本运行，罗斯先生要用"非洲之傲"其他线路的收益，补贴这次旅行。我私下里想，每个客人的车票是近3万美元，全车50多位客人，光车票的收入就是150万美元，合人民币要上千万元。就算是这帮客人再奢侈，十几天的花费也够用了。就算不能赚钱，但也不至于赔啊。走上坦赞线才明白，在一条基本废弃的铁路上行车，各方面的打点和疏通绝非小数。随着在非洲的日子渐长，我知道在这里，万事要用钱开道。你可以花了钱没有结果，但不花钱就一定无效。

车轮滚滚向前，心灵的目光却不由自主往后巡睃，这条有着400万根枕排的一字长蛇阵从何而来。

坦赞铁路，一头是坦桑尼亚的达累斯萨拉姆，一头是赞比亚的卡皮里姆波希。后者是赞比亚中北部城镇，人口只有1万多，却是铁路枢纽。

先把几个地名搞清楚。坦桑尼亚原本叫德属东非，第一次世界大战后，被移交给英国作为国际联盟托管地，后来改叫坦噶尼喀。当时有人提出修建一条从北罗得西亚——就是后来的赞比亚，直抵坦噶尼喀的铁路设想。不料正赶上20世纪30年代的全球经济大萧条，这个计划就被束之高阁了。

第二次世界大战之后，人们重新燃起了兴建铁路的兴趣。1949年4月，有人干脆画出了从达累斯萨拉姆到卡皮里姆波希的铁路图登在杂志上。这张草图，和后来中国方面援建的铁路线路相差不远。

不过也有不同声音，1952年有研究报告认为，当地发展水平低下，赞比亚现有的通过莫桑比克和安哥拉的铁路，已经可以满足铜的出口需求。倘若真要修一条坦赞铁路，投资方将无利可图。

1964年，坦桑尼亚和赞比亚宣告独立。它们不但政治上要独立，也迫切需要经济上的独立。赞比亚是一个内陆国家，它南面的罗得西亚当时处于白人政权统治之下，东边的莫桑比克和西边的安哥拉是在葡萄牙的殖民统治下。作为当时世界上的第三大铜矿产地，因为没有出海口而使得铜矿贸易受限。赞比亚急切需要一条打通坦桑尼亚出海口的交通命脉。

于是坦赞政府曾一起向世界银行提出申请，希望援建坦赞铁路。世界银行经过可行性分析，认为该线路并不经济，不如建一条公路比较划算，以此婉拒了坦赞方面。坦桑尼亚并不死心，副总统访问苏联时，向当时的苏联政府又提出相似要求，被苏联所拒。

中国对非洲的援助已经做了多年。即使在自然灾害最严重的1960年，中国人自己饭都吃不饱，饿死很多人，还援助过几内亚1万吨大米，援助刚果5 000至1万吨小麦和大米。截至1966年，中国援非金额累计已达到4.23亿美元。

1967年9月5日，中国、坦桑尼亚、赞比亚三国政府在北京签订《关于修建坦桑尼亚—赞比亚铁路的协定》。协定规定：中国提供无息的、不附带任何条件的贷款9.88亿元人民币，并派专家对这条铁路进行修建、管理、维修，培训技术人员。提供30年无息贷款。

1968年5月，中国派出勘探人员在极端恶劣的自然环境中，开始进行全线的勘测设计。勘测途中，一位勘测员被毒蜂蜇得遍体鳞伤，不幸去世，成了牺牲在坦赞铁路事业上的第一人。

中国用两年时间完成了勘测任务。1970年10月26日，坦赞铁路在坦桑尼亚境内开工建设。四年多以后，1975年6月7日全线通车。一年后，1976年7月14日正式移交坦赞铁路局运营管理，1976年7月23日正式运行。这条铁路从勘测到竣工整整花了六个年头。中国先后派遣工程人员5.6万人次，高峰时期中国在场工程人员1.5万人。投入机械83万吨，发运各种材料近100万吨。铁路完工后，中国继续提供无息贷款和技术支持以协助其营运。

坦赞铁路建成后，成为赞比亚出口铜的运输路线，沿线也建立起不少市镇。坦赞铁路也是该地区的主要经济管道。但是，从21世纪初开始，它受到了公路运输——横贯卡普里维的公路以及到纳米比亚的沃尔维斯湾走廊的竞争，重要性下降。赞比亚同南非的经济，在南非结束种族隔离后变得十分紧密，铜矿石改为从南非出口，既快又经济。坦赞铁路基本失去了使用价值。

近40年过去了，坐在"非洲之傲"上，从五扇大窗户看过去，崇山峻岭旷野原始，当年的荒凉并无大的改变。特别是穿越东非大峡谷的断裂之处，坦赞铁路桥梁林立。那些桥梁架设在深沟大壑之上，俯身望下，头晕目眩。真是无法想象在40年前的困窘中，施工者曾面对怎样的艰难。

周恩来一再指示要加强机械施工，可那时的中国太落后，哪有那么多机械万里迢迢运到非洲？就算乘风破浪到了港口，从港口到深山老林，又如何运输？大部分时间，坦赞铁路的建设者多以"人海"战术硬拼。

现在，完全看不到当年施工者的痕迹了。没有遗址，没有机械，没有建设者的任何蛛丝马迹可寻。这条穿行在旷野和崇山峻岭之间的铁路，好似从天上降落下来。

最苍茫的景致，常常引发最深邃的回忆。

21 中华人民共和国制　　263

上个世纪70年代，我还是记忆力优良的年龄，记得中国那时有多么穷，人民的生活有多么苦。我在西藏阿里当兵，每个月的津贴只有六块钱，因为是女娃，每个月的生理期需要额外用卫生纸，女兵会增发七角五分钱的卫生费，已是莫大的福利。随着军龄的增长，士兵的津贴费也会有相应的增加。每多当一年兵，津贴涨一块钱。这就是说，如果你当兵到了第四个年头，每个月就可以拿到十块钱了。每年有一个月的时间，卫生科的手术室会大忙。即将退役的老兵，排着队做手术，请求割掉他们的阑尾。

阑尾对于人的作用，至今没有研究清楚。疑似是个退化的器官，如果有炎症，把它割掉，不会对身体造成明显的伤害。但那些要求手术的士兵，阑尾并没有炎症。他们急急忙忙把一条正常的阑尾驱逐出体内，然后带着腹肌上的一道疤痕，返回故乡。

我实在想不明白，为什么虐待自己的身体呢？就算这个手术相对比较安全，毕竟是在海拔4 000米的高山上对完好的腹部白刀子进红刀子出，为什么要和自己过不去？

外科主刀的老医生对我说，你是城里人，他们是乡下人。考虑问题的角度是不同的。

我不服气道，城里人的阑尾和乡下人的阑尾，在解剖学上不一样吗？没有任何一本医学书上这样说过。

外科医生以大人不见小人怪的宽容笑笑说，阑尾的确是一样的，但如果它发炎了，受到的待遇是不同的。

我不懂，问他，阑尾炎还有高低贵贱？

老医生说，你在部队里，如果阑尾发炎了，部队医院给你做了手术，不但分文不取，你还能吃上面条做的病号饭。如果复员后成了一个老百姓，是城里人，就会有工作。那样的话，你的阑尾发炎了，还是能得到免费的手术。就算没有免费的病号饭吃，也不会有太大的损失。回到农村的复员兵就不一样了，他们家乡缺医少药，如果阑尾发炎，就要自费到医院看病，一个手术做下来，上百块钱那算是平价。所以，他们未雨绸缪，趁着还当兵，蜂拥而至要求开肠破肚，将阑尾割掉，为将来省下一笔钱。不是吹牛，这几年我割下的阑尾，都收集起来，能够装满一辆卡车。

我大吃一惊，说没有那么多吧？一辆大卡车，怎么也要载重两吨。一条阑尾有多重呢？最多两百克吧。两吨？就是说你已经割下了一万人的阑尾？咱们部队所有的人都在你刀下割过阑尾，也没有这么多啊。除非一个人有三条阑尾。

我是个脑筋死板到招人讨厌的女兵。被我这样一算，久经历练的外科医生有点不好意思，说，反正很多很多阑尾就是了。这是个形容词，就像李白的白发三千丈。割了阑尾还有一个好处，你肯定不知道。

他故意卖关子，想转移我的注意力，以掩饰刚才的吹牛。

我是个很容易上当受骗的人，果真忘了纠缠阑尾的数量，忙问，割了阑尾除了给自己留下一道难看刀疤之外，能有什么好处？

外科老医生说，毕竟是身体的一个脏器被割除了，在复员时身体残废评级，可拿到补助。很大的一笔钱。

我很好奇，一个阑尾值多少钱？

老医生说，少则80块，多则200块人民币，根据手术恢复的程度不一样计算。我体恤战士们，基本上都给开到200元。

天哪，200克的阑尾值200元，1克1元啊。因割阑尾产生的残疾费，抵得上我一年半的津贴了。在那一刻，我暗下决心，就算我以后能当上享受公费医疗的人，也要义无反顾地在部队把阑尾割掉，换点真金白银，用来买书和零食。

我在庄严的坦赞铁路上浮想联翩，居然想到如此荒诞往事。读者诸君一定不耐烦了，但我祈请编辑不要把我这一段貌似梦呓般的意识流删掉，因为这的确是我在坦赞铁路上的所思所想。旅游就是这么奇怪，如果没有特殊的导线，一些记忆就永远沉睡在黑匣子中，再也不会浮见天日。旅游为我们提供了极为独特的氛围，让记忆木乃伊般地站立起来，逐渐充盈水气，恍若再生。

如果说我刚才的这一段联想，还属于个人的胡言乱语，但军队的供应匮乏是显而易见的。西藏阿里军分区因为在酷寒的冬季没有取暖的煤，曾破坏过藏北高原极为脆弱的生态。那时从平原煤矿向西藏驻军营地运煤，一斤煤的运费折合一块钱。国家有煤,但拿不出足量的运费。军区责令成守雪线之上的我们,自行解决冬季取暖的薪火。为了抗拒零下40摄氏度的严寒不被冻死,为了在国境线燃起烽烟的时刻能够殊死抵挡,我们把阿里仅存的红柳,都用炸药崩出来引火取暖。那种杀鸡取卵般的索取,让藏北的生态再也不可能完全恢复了。那些倔强的红柳已经长了成百上千年,现在的人再也不会耐心地等待一丛植物存活那么久了。

旅行本身就是不断碰撞记忆的过程。没有回忆的旅程,不能算作优质的旅行。

以我的切身体验,当时中国的困难还是非常大的。我们千辛万苦帮助非洲修了坦赞铁路,帮他们解除了困难。但是,以我现在的所见所闻,坦赞铁路已废弃。

中国人,自己饿着肚子,举全国之力援助遥远的非洲。当地缺医少药、食品短缺、气候炎热、疾病流行,中国人付出的代价极大。

1970年代初,联合国对《联合国大会2758号决议》进行投票表决,坦桑尼亚的代表穿着中山装参加投票,除极少数国家外,非洲绝大多数国家都投了赞成票,中华人民共和国政府成功地在联合国取代中华民国政府。

坦赞铁路建成后,尼雷尔高度评价说,"中国援建坦赞铁路是'对非洲人民的伟大贡献'","历史上外国人在非洲修建铁路,都是为掠夺非洲的财富,而中国人相反,是为了帮助我们发展民族经济"。卡翁达总统赞扬说:"患难知真友,当我们面临最困难的时刻,是中国援助了我们。"在发展中国家和非洲引起很大反响。

以我在铁路沿线的粗略观察来看,当地人民基本上还延续着类乎刀耕火种的日子,即使有粮食收成,估计也很少。吃饭主要依靠水果,还有就是要靠树。倒是穿着上一般人已经不是在腰间围块粗布,有了些许改变。女性以廉价的花布裹身,男子多穿破烂的汗衫。偶尔车速慢的时候,可以从路旁低矮草房中,透过空门框看到他们的家私,锅是支在石头上的铁片……

40多年过去了,当地情况依然是出乎想象地贫困。

坦赞铁路的现状,主要车站都是带有中国色彩的水泥结构,方方正正,

很像是我们上个世纪地县级的火车站。在某个车站的售票窗口，还有涂成黑色权当黑板用的墙壁上，写着列车晚点到站的信息。不过那落款的时间，已经是若干年之前了。气候干燥，粉笔字还能保持这么长时间。车站所有的玻璃都破碎了，也没有任何候车的长凳。或许原来有的吧？荒弃后被人卸盗了。

大一些的车站，虽说站台破旧，天桥塌损，棚架灭失，人迹罕至……毕竟留有使用过的痕迹，漫长线路上的那些小站点和道班房、工具房等，则基本没有使用过的痕迹。窗户完全没有了，但还是可以看出墙壁是均匀一致的破败。你会相信它们一定曾窗明几净地被交付，然后就被锁了起来，未曾真的使用。直到某一天，有人发现它们是没有人管理的，撬开门锁，将能够有点实用价值的东西都带走了，只遗留下空空荡荡的砖房，孤零零地坐在旷野中，怀念自己盛装时的模样。

21 中华人民共和国制

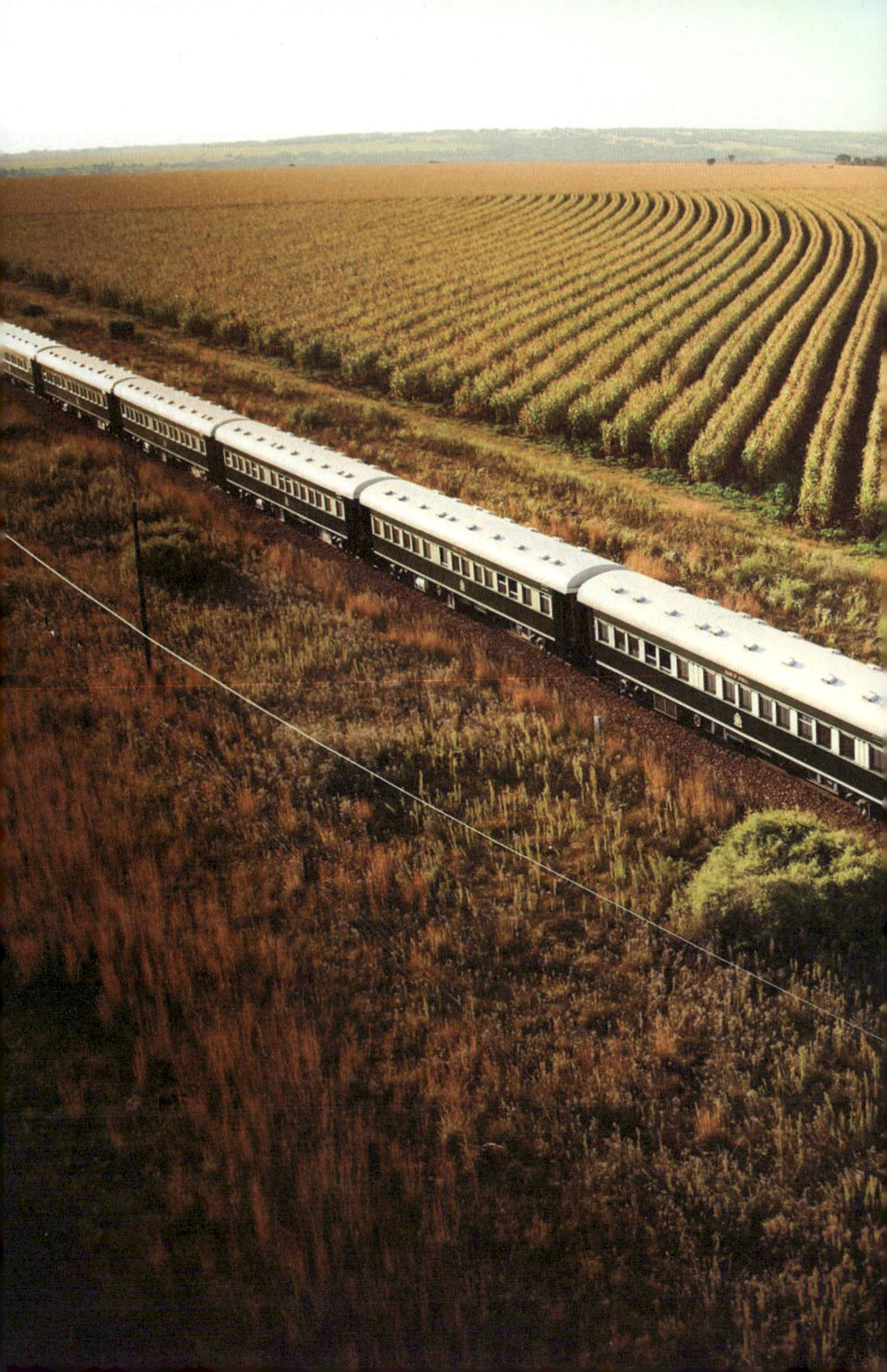

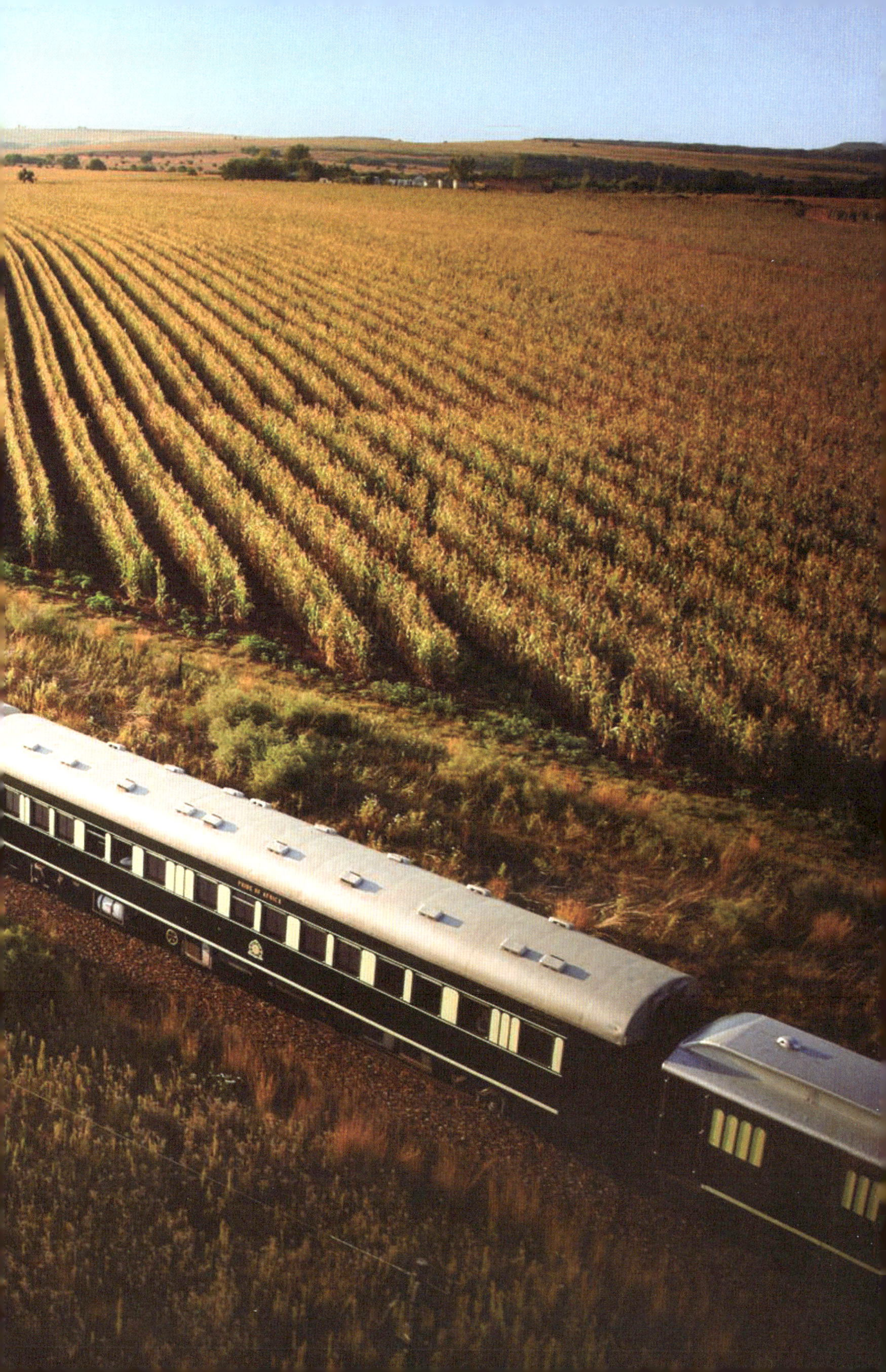

所有的桥梁都岌岌可危，30%的桥上枕木失修，70%以上的桥上护栏丢失。很多桥根本没有护栏。沿途不曾看到任何一个人巡查，铁轨、螺栓锈蚀，路基出现大量空洞。

我看到相关正式资料上说，坦赞铁路已完全丧失自我修复能力。

有西方研究者认为，当年在计划修建这条铁路时，西方人认为这个项目非常不划算。不过中国当时的目的，是为了交到更多的朋友，才决定修这条路。

1967年9月5日签订的援助协定，30年无息贷款的还款时间，到1997年也该还了，没有查到还款的任何相关资料。2011年，中国商务部副部长钟山在赞比亚首都卢萨卡，代表中国政府与赞比亚、坦桑尼亚政府代表签署议定书，免除援建坦赞铁路50%的债务。理由是——源于中非间的传统友谊，中国人民希望力所能及地支持非洲人民的发展。

从这个消息来看，坦赞铁路的无息贷款确实是一分钱也没有还的。

运力方面，坦赞铁路设计年运量200万吨，但它从未达到过这个指标。移交之初便每况愈下，1977年度，是坦赞铁路建成移交后的第二年，曾完成了127万吨的年货运量——这也是历史上的最高峰了。1983—1986年度，坦赞铁路年均货运量还能保持在100万吨，年均客运约120万人次，当时的铁路还能赢利。1986年后，随着汽车货运的兴起，坦赞铁路运量逐年下降，最低仅37万吨/年，由于运营亏损，很多部件都无法及时更新，更加重了铁路的困境。

1986年，在完成了四期技术合作后，中国专家人数逐渐减少，后来性质也从全面指导变成有限咨询。坦赞铁路载货量大幅下降，而维修机车需要2 500万美元/年。2008年10月，坦桑尼亚当地报纸形容坦赞铁路的现状为"在破产的边缘"，并称由于财政危机，坦赞铁路已拖欠工人工资长达3个月之久，大部分的机车头都已经不能再使用。

坦赞铁路的未来，估计要么重新振兴，要么任其垮掉、瘫痪。

一路走来，客车我是一列也没看到，货车也是一列也没看到。准确地说，这是白天的情况，晚上我睡着了，就是有车，也看不见。不过按照规律来讲，既然白天都不跑火车了，还能在相对危险的夜里行车吗？"非洲之傲"行驶的时候，颠簸极为严重。一次又一次看到整节出轨的列车斜卧路基之下，锈成废铁坨。我能查得到的资料，说坦赞铁路2009年全线事故348起，几乎每天一起事故。最近几年的记录查不到了，或许大部分列车都已经停驶，找不到事故记录了。

坦赞铁路财务管理混乱，实际亏损数额很难精确了解，但长期亏损是千真万确的。2007年，坦赞铁路亏损550亿坦桑尼亚先令，累计亏损数额已达3 700亿坦桑尼亚先令，约合2.9亿美元。那么现存的坦赞铁路估值是多少呢？按照7年前的计算，是约5 000亿坦桑尼亚先令。也就是说，在那个时候，它的资产负债率已超过75%，现在已经是资不抵债。

前几年的报告中说，坦赞铁路只剩下14台机车车头了。实际情况比这个官方数字还要令人晦气，这14台中只有9台机车可用。长期只用不修，出了故障就拆东墙补西墙。

上个世纪70年代，马季和唐杰忠所说的相声《友谊颂》，风靡中国。内容就是援建坦赞铁路的事儿。那时候，中国人都会说"拉菲克"，就是当地西瓦西里语"朋友"之意。

长期以来，中国对非洲援助的模式有一个形象的说法，叫作——"交钥匙"，意思是建成后转交当地管理，坦赞铁路用的就是这个方法。可是，一个庞大的系统工程不是一所小房子，主人拿了钥匙之后会怎么样？如果生活在深山老林中茹毛饮血，你交了钥匙，他根本不会使用抽水马桶和煤气开关，怎么办？房子不住就会坏掉，铁路不跑车，很快就锈迹斑斑。

坦赞铁路上有些道班房，呈现"破败的崭新"之态。房子破旧不堪，但你仍能看出它从未有人使用过。很可能自打交了钥匙，它就被放弃。

我看过BBC所拍的一部关于坦赞铁路的片子，似乎深入了坦赞铁路内部探秘，但它戴着有色眼镜窥视，不客观之处甚多。它用语言和镜头的剪贴，或明显或暗示，反复影射中国是为了赞比亚的铜矿才修的这条铁路。我想，摄制者的确不能理解为什么世界上的发达国家没有一个肯帮非洲人的这个忙，而当时连饭都吃不饱的中国，却动用了国家三分之一的外汇储备，无偿地为他们修建了铁路。也许，BBC认为经济企图是唯一能说明这桩交往的理由，所以他们依此做出了推论。我认为这是一派胡言。

只是，他们不懂。

用非洲人自己的话来做本章的结尾吧。退休的老年卡翁达回忆起四次访华、三次与毛泽东主席会见时的情景，他说："毛主席是一代伟人，他不但拯救了亿万中国人民，而且热爱全人类，坦赞铁路就是爱人类的最好体现。他在做出修建坦赞铁路的决定后，周恩来总理与我们谈论具体事项。周恩来是毛泽东最信任的战友，他才华出众，待人热诚。他们两位给我留下了深刻印象。"

我无法评说历史，只能如实记录下我的所见所闻。也许，坦赞铁路给我们留下的方方面面的遗产，此刻评说还嫌太早。100年后再来看这个决策，会有更客观的眼光。

我的那些割了阑尾换了200元钱的战友，已经年近古稀了。你们肚子上的刀口，阴天下雨的时候会疼吗？生活可还安好？

在南十字星座辉映下

22

非洲三万里

在窗帘的缝隙中,我又看到了南十字星座,它悲悯而普度一切的光,照射着大地和人。

到非洲去之前，我做了各种准备。比如打各种预防针带各种药品，备行李秤以随时确保符合航空要求，买丝绸围巾和茶叶当礼物……自以为万无一失，不想到了南非的第一天，就发现了重大失误。

此错误白天被阳光遮盖，无从显现。到了夜晚，举头面对星空，感到相当陌生。天塌地陷，世界为之倾倒。出发前完全忽略了这回事儿，没有预习南天星图。

这第一个南半球的夜晚，让我惊诧莫名。紧急在记忆中打捞，能想起的只有南十字星座。

我仰望星空，开始在无边的星海乱阵中，寻找这个星座。

我以为它会很难找，起码在北半球，人们难以凭着书本知识轻而易举地找到北极星。但是，南半球的人是有福气的，不用费多大劲儿，一抬脸，就会看到这个星座。

让我意外的是，组成这个星座的众星并不是特别亮。不过它们的姿态实在特殊，像一块有点儿歪斜的菱形银饼干，从浩瀚星空中脱颖而出，悄然俯视众生。

人们常常爱说南十字星，其实是没有这样一颗星的。只有南十字星座，它由四颗星组成，上下左右一搭配，就形成了十字架形状。四颗星横平竖直，竖线顶端的那颗星，被称为十字架1，它在天空中的20颗亮星中，排列第19位。它下面的那颗星，就是十字架2。十字架2是这个家族中最亮的星星，在南天夜空最亮恒星的排名表上，名列第14位。那一横的两侧，就是十字架3和十字架4。如果在想象中，把十字架1和十字架2连成一条线，并将它们之间的这条线继续朝着天穹下方延伸，那么，到了延长线大约4.5倍长度的地方，就是南天极了。

我们常常会说"天上有颗北斗星"，如果在南半球，这句话应该改为"天上有个南十字星座"。虽然拗口，但本质相仿，都是为旷野中的人们导引方向。

人们熟知的辉煌古代文明，例如古巴比伦、古希腊、古罗马、古埃及，以及咱中国，都发源于北半球。公元前3000年左右，巴比伦人把北天星空中的亮星，划分成了30个星座。星座这个概念，说起来玄乎，本质不过是人为地把夜空中的一组组亮星结成多个小团伙，再给它们起个俏皮名字。当时划分星座的人也没搞平均主义，星座内的亮星数目多少不等，各星座跑马圈地范围也有大有小。巴比伦人后来把他们的星座概念传入了希腊和埃及。到了公元2世纪，希腊天文学家在这个基础上发扬光大，共列出48个星座，基本上算是把这事儿搞定了。

15世纪末，欧洲的航海探险家们越过赤道南下，必须对南天星座有所了解。那时候仪器有限，天空就是最伟大的罗盘。他们开始对南天星域进行命名。据说法国天文学家奥古斯丁·罗耶，于1679年，拿起星际手术刀，把半人马座的马肚子下面和四条马腿之间那块地方，生生给剜了出来，另立山头，形成了整个南天夜空最小但是最有特色的星座——南十字星座。只是此刻的人们，已经丧失了古时的诗意情怀，懒得用优美的古希腊或古罗马神话附会在星座名字之上，索性按照形状直接命名，一目了然。

1928年，国际天文学联合会经过调整，把整个天空星座定为88个。现代人擅长把简单的事儿变复杂，让星座的数量增肥。

搞清了星座的基本历史，新的疑问又浮出水面。南半球星空，在以欧洲为中心的天文学家命名之前，难道都没有名字吗？这肯定是不确的。南半球的诸星名称，一直在当地土著人传说中口口相传，生生不息。南十字星座，博茨瓦纳人自古以来就把它看成是两只长颈鹿。十字架2和十字架3组成公的长颈鹿，十字架1和十字架4组成母的长颈鹿。至于南美洲的印第安人，则认为南十字星座是一棵树,十字架3星则是晚上停在树杈上睡觉的鸟。半人马座中的贝塔星则是个猎人,正在黑暗中逼近树上的鸟儿,他的妻子,也就是半人马座阿尔法星,则匆匆忙忙提着灯笼跟在后面。在印第安人的文化中,认为女人比男人明亮,所以男人要伸手挡住她,怕她身上的光芒把鸟儿惊走。

这传说多美妙啊。有人物,有禽鸟,有动态,还有相互之间的关系。关键是有智慧,它比那个简单临摹形状的十字星座,多了温情和风韵,并充满了画面感。在当地人的传说中,还认为只要是对着南十字星座许愿,就可以美梦成真。比如财富啊,爱情啊,都会从天而降。

我对所有许愿的传说都一笑了之。天下哪有这样容易的事情哦,只能证明人们对这个星座心存好感。南十字星座还成了南半球一些国家的logo,比如巴西、新西兰、巴布亚新几内亚和萨摩亚等国的国旗上,都有南十字星座的影子。这个星座也出现在澳洲首都区、北方领地,还有智利的麦哲伦区、巴西的隆德里纳和阿根廷一些省份的旗帜和标志或徽章上。

对于南十字星座,澳大利亚诗人班卓·琴新于1893年曾写下这样的诗句:

……

英国的国旗可能颤振和波动,

在世界各地的海洋翻腾,

但誓死守护澳大利亚的国旗,

是南十字的国旗。

……

当人们仰望星空的时候,往往觉得那颗星为自己而闪亮。出于自恋,很容易觉得那星是自家的私房星。当年中国航海家郑和在15世纪七下西洋时,他北眺北斗,南揽十字,跋涉万里海疆。只是那会儿这个南十字星座还没有正式命名,中国人给它起了个接地气的名字——"灯笼骨星"。咱们海南岛的渔民至今还称南十字星座为"南挂",也是灯笼的意思。对了,忘了说了,在中国,只有海南岛可以看到这个星座。

在"非洲之傲"列车上的十几个夜晚,每天我都会打开车窗,仰望南十字星座。火车基本上是向北开,越来越温暖。我们的车虽然号称蒸汽机车,但由于煤炭运输供应不稳定，大部分时间还是用电力机车牵引。开车的时候，并无烟尘。非洲地广人稀，地处高原，空气格外澄澈，仰望天空之时，便觉星辰巨大，恍若自己已离开地球飞升。一个人能躺在床上看蔚蓝天穹上诸星闪烁，真是梦幻。

凝望非洲的星空，是一件终生难忘的事情。

在南十字架3的南边有一大片黑斑，我本以为是自己老眼昏花了，后来才恍然悟到，这就是大名鼎鼎的烟袋星云啊！它是由宇宙尘埃组成的，但也指示着暗星云的存在，而暗星云则是恒星诞生的伟大襁褓。

请严格的科学家不要笑我的不完整表述，我就是按照这个理解，每天晚上充满敬意地看着半人马座、马腹中的南十字星座，还有在它一旁浮动着的烟袋星云，心中无限感慨。

和星空相比，我们是多么渺小啊！和恒星相比，我们是多么稍纵即逝啊！你在一日千里的驰骋中自以为电光石火，若星空之上有一眼看你，你可能丝毫未动呢。你的得失和名利，更是缥缈无痕。

这些想法并不是我年过六旬后才想到的，而是当我十几岁在西藏阿里的冰雪大地上凝视星空时，就惊恐地想到了。这么多年过去了，我的生命已经从当年的青葱年华，渐渐枯萎，我依然葆有对伟大星空的惊悚敬畏。人类如此菲薄，不过神奇地具有主观能动性，具有丰富的感觉和表达的能力……这是多么美妙的事情啊。真的不要虚度年华，不要人云亦云、亦步亦趋，不要醉生梦死。那是对生命的不敬，对人生的轻慢。

每天晚上，当冗长的晚餐结束后，我会一个人回到打扫洁净的卧室。勤劳的列车工作人员，总是趁着客人们用餐的时光，整理房间，布置各种服务项目。比如，他们会把用过的饮料和瓶装水补足；会把微微发皱的毛巾换走，搭上熨烫平整的新品；会把卧具整理得好像从未有人用过，会在咖啡壶里煮好浓郁的热咖啡。当我说明自己午后就不再喝咖啡了，服务员就改沏锡兰红茶。我又非常抱歉地表示，怕影响睡眠，午后连红茶也不敢喝了。（我真恨自己的吹毛求疵。可为了防止浪费，只得直言。）等我再一天晚餐后返回时，壶中是滚烫的开水，垫着一块精致的小毛巾，在桌几上静静地候着。

当我接受这些服务的时候，总是于心不忍。我知道我是付了车票款的，这些服务都包含其中，但从小就养成的劳动人民习惯，让我不能心安理得地享受服务。我承认我的小家子气，承认我的心理素质不够强大。我只好尽量克制住自己想亲自动手丰衣足食的渴望，不断提醒自己多少代表了一点儿中国人在外的形象，一定要装出对周到服务司空见惯的样子，不能给国家丢脸。于是每天我都要辛苦地提醒自己，约束自己的劳动人民本色不要流露，颇觉辛苦。只有夜晚，当我孤独地凝视着窗外的南十字星座时，面对虚空，心情才彻底放松。

非洲的旷野像是一卷长轴，在面前徐徐展开，我要做的只是披星戴月地参阅。

列车入夜后行进在非洲腹地时，暗黑如墨。突然有耀眼的明亮扑面而来，连南十字诸星都退避三舍，仓皇中隐没不见。

这是野火蔓延造成的。凡明亮处，必为火焰。火舌在旷野中欢快起舞，小的火势大约只有百十平方米，好像夜色中女妖的红裙。它轻快地张扬着，跳荡着，时而轻歌曼舞，时而跳跃飞奔，越过大片未曾燃烧的绿地，一个箭步蹿飞几十米，在另外一块土地上安营扎寨了。大的火场很有些骇人，无数火苗疯狂地搅在一起，像一大群毫无章法正在交媾的蛇（我看过《动物世界》中的一个片段，说几万条蛇发情时的缠绕，景象非常恐怖）。火势狂躁时，又如一头有着无数红色脚爪的怪兽，在暗夜中四下流水般地滑冰，所到之处，将暗夜切成碎片、大地染成血红……

有一夜，我在一小时内计数——拢共会看到多少处野火。算下来在列车的不断行进中，我看到了将近80处山火。这样推算，倘若整夜我不睡觉地计数，或许可以看到超过1 000处火警。

哦，正确地说，它不是火警。没有人报警。

等到天明，火势蔓延的遗迹处处可见。一片片焦壤，黑色的灰烬和尚未完全碳化的植物残骸，犹如夜半被魔鬼侵袭过。偶尔还有更悲惨的情况，在灰烬中夹杂着残垣断壁，那是被野火焚烧的农舍。

我不知道这是天火还是人为的纵火。为什么夜夜火蛇奔突、浓烟四起？

我很想同别人交谈这个问题，但是，找不到人。满车的旅客似乎对此都不感兴趣，我试着和一位欧美的贵妇人讨论此事，她大睁着涂抹蓝眼影的双眼说，哦，深夜的火光？我似乎从没有看到。

那一刻，我终于明白了：虽然是同样的路程，但人们的所见所感的确可以大不相同。

终于，我找到了一位可以交谈的人。他是医生，高大的白人男子，瘦削的脸颊，长相有点儿像小布什。

当我说有一个问题想向他请教时，他说，我在非洲很多年了，基本上可以回答一个初到非洲的人的所有问题。

我说，您可看到每天深夜的火光？

他说，是的，看到。但不是每天。有时候没有火光，比如下雨的夜晚。

他是个极为严谨的人。我补充道,我说的是晴朗的日子。

他说,也不是每个晴朗的日子都有火光。那还要看具体的天气情况,比如说,要没有大的风。

我忍不住笑起来,说,您这样了解情况,好像那些火是您放的一样。

他也笑起来,说,火不是我放的。您看到火光的时刻,我不是在餐厅吃饭,就是在观景车厢喝咖啡。有很多人可以证明这一点。

我说,这样看来,您似乎可以确认那是人为纵火?

他说,是的。我在非洲曾经的工作之一,就是劝阻人们不要放火烧山。但是,收效甚微……他失望地耸肩。

总算遇到一个对民生有所关注的人,我忙问,他们为什么放火?

我们都知道这个"他们",指的是非洲的土著农民。

这就是刀耕火种啊,从新石器时代遗留至今的农业经营方式。人们在稀树草原区点火烧荒的历史,已经超过了五万年。点火有很多显而易见的好处,比如保持乡间的空旷使得人们容易通过。比如赶出并杀死蜥蜴、龟和啮齿类的小动物。和干旱季晚期出现的火灾比起来,现在的火灾不太热,破坏性也较小。春天到了,马上就是播种的日子,人们要用火把土地上的杂树杂草烧干净。一来可以用燃烧后的草木灰当肥料,二来也可以把虫卵烧死,减少农作物的病虫害。纵火的具体步骤是:他们先是请部落的酋长或有经验的老人家,看看天象,来判断哪天放火比较稳妥。要天气晴朗还要没有大风,不然就会发生悲剧。你所看到的农舍被焚毁,多半是放火烧山的中间突然起了风,风向村庄卷来,于是就……到处都是焦土了。高大的白人男子黯然神伤。

会不会伤人呢?我着急地追问。

一般不会。因为火势的蔓延需要一定的时间,烧山的时候,农民们会不断观察。一旦发觉大事不妙,人们就会赶快逃到安全的地方。

可房子被烧毁了,他们不就无家可归了?我叹息。

很像小布什的男子说,我告知他们,烧山会影响空气,造成烟尘,弄不好还会把自家的房子烧了,结果会很糟糕。但是,他们不听,说房屋非常简陋,用当地的茅草搭建,烧了就烧了吧,反正房屋里除了一口铁锅,什么也没有。

如果不烧荒，就长不出粮食，就没有饭吃，这比空气什么的重要得多。房子可以重建，肚子饿可一时都忍不了。我告诉他们应该让孩子上学，学校是免费的。当地人说，上学需要动脑子，这会使人更快地感到饿。所以，不能上学，在家里躺着省粮食。贫穷是非洲的最大问题，这个问题不解决，禁绝烧荒什么的根本无从谈起。

从此，眺望南十字星座时，漫天火光燃起，星光被山火淹没，只见山火而看不到星了。我移开目光，看向火光深处。我知道那里有老而混浊的眼珠，警惕地盯着火势燃烧的方向，随时准备发出警报。有更多不知所措的眼睛，不安地注视着长老的动作，随时准备全体出逃。

在"非洲之傲"正常行驶的时候，每当就餐时刻，火车就会停下来，让客人们安心享受美食。停车的地点，有时在无边的旷野中，只有风和夕阳的陪伴。有时会停在一个小站或小村庄旁边。这种进餐时光，对我来说就变成了某种刑罚。

火车路基通常较高，两侧有排水沟，然后是高高的护岸。按说在餐车里进食，外人是看不到列车内部情况的。但有时的停靠地，护岸高企，几乎同列车车厢齐平。无数闻讯赶来看热闹的黑人群众蹲坐在路旁，用黑白分明的大眼珠子，目不转睛地盯着车厢看。

他们衣衫褴褛，皮肤贴在骨骼上，显出全身所有的骨架轮廓。尤其是那些儿童，手背黝黑，手心轻粉色，当他们双肘屈起、手掌外翻时，手像一种奇怪的树叶，无力地托住如颅骨标本一样轮廓清晰的头部，嘴唇随着车内食客们的刀叉舞动而微微蠕动……

车内是奢靡的维多利亚风格的黄铜吊灯，古老的电扇在缓慢地转动着，天并不太热，旋转也不会搅起多少凉风，只为制造氛围。一套套烦琐餐具银光闪亮，红酒的琥珀色涟漪在水晶杯内跳荡，烤牛排的脂肪和黄油的焦香气、点心的碳水化合物的烘焙之香、牛奶和各种珍稀水果的香甜黏腻气味……交织在一起，变成味觉、嗅觉与视觉的盛宴。

吃相这个东西，将一个人的出处暴露无遗。我环顾四周，"非洲之傲"的客人们，正襟危坐，进食仪态从容端庄，目光温和，默嚼无声。没有人猴急地以食凑口，都是肩臂颇有分寸地在自己面前小幅动作，绝不侵扰邻座。杯盏有序，刀叉齐整。洁白的桌布上没有汤汁溅落。女士们的一啄一饮，更是进退有据，高雅优美。

贵族们在进餐中散发出来的优越感和自尊心，比任何时候都要强。为了最大限度地享用非洲旷野之美，晚餐时，餐厅的窗户常常打开。灯火辉煌的列车，犹如暗夜中从天空下凡的宫殿。它美丽的光晕从所有窗户柔和地泻出，照亮了那些饥民的双眸。我看到暗夜中的这些眸子里，都凝固着黄亮圆润的光斑。

我如鲠在喉，味同嚼蜡，几乎完全没有法子在这种情形中进餐。一点儿唾液都不分泌，舌头像一块三合板，难以搅动和下咽固体，只能一杯杯喝橙汁，直喝得胃酸上涌，满口涩水。我也无法起身返回卧房，谢辞这顿晚餐。

如果你中途退席，列车长会亲自赶到你的房间，嘘寒问暖，生怕你得了急病或对餐饮有什么大不满，才以半绝食表达意见。就算你和服务生打了招呼，说你一切都好，只是想自己安静地独自待一下，局面也好不到哪里去，他们还是会锲而不舍地追求照料你。再加上趁着客人吃饭时要进行房间晚打扫的服务生，整理客房的顺序是有严格步骤的。你半路冷不防杀将回来，服务生还未完成全套清扫工作，就像从水缸中的海螺壳钻出来变成美女的海螺姑娘，还没做完饭，就被提前回来的猎人逮了个正着，局面便会慌乱狼狈。

唉，走又走不得，吃又吃不下，如何是好？我突然想到可以将窗帘拉上。这样就算明知外面有无数双饥肠辘辘的眼睛，好歹眼不见心不烦，或许能比较镇定地坐在流光溢彩的花花世界里。

我承认，我从骨子里绝不是一个贵族。就算我苦熬苦挣卖文写稿有了一点儿小钱,买了张火车票,跻身于这个上流社会的圈子里,求得鱼目混珠。尽管别的客人和列车方,看起来并没有丝毫的歧视和怠慢,但我深知自己是误闯误入的异类。我不能对巨大的贫富差异无动于衷,我不能在有人饿得前心贴后脊梁的场合自己安然饕餮。我不能在人与人之间竖起绝缘的橡皮墙,完全感受不到他人的疾苦……

也许因为我的祖辈曾经饥寒交迫过,我离那个时代并不遥远。也许我天性懦软,见不得别人受苦。也许我当医生太久,职业赋予的悲悯和人道情愫已深入肝胆……总而言之,我无法成为一个将等级观念视为天理的皇亲贵胄,我的心尚存柔弱易感的穴位。

我缓缓地但是坚定地把缀有金色蕾丝花边的窗帘打开,一寸寸拉起,直到严丝合缝。尽管我尽量淡化这动作的幅度,列车长还是发现了。他走过来,问,您怕风吗,夫人?

我说,哦,不。不怕。

那么,这个时候你可以欣赏到非洲如血的落日,风光非常美。列车长似乎想伸手替我再次打开窗帘。

不不,我是……我是无法忍受自己吃饭,而旁边有人饿着肚子。我索性说明白。

列车长点点头,说,我能够理解您的心情。这样吧,我让车上的警卫下去将围观的人群驱散。这样您就可以重新拉开窗帘,不受干扰地进餐并欣赏非洲大地的壮美了。说着,他安静地退下了。

我几乎不知道下面该如何办。几分钟过后,服务生走过来,帮我再次打开窗帘。

是的,外面除了如血的夕阳,高高的护岸上已经空无一人。远处地平线上金属色的碎云,正在下落的夕阳上方飘动,如同被焚烧的冠冕。在列车与夕阳之间,在离护岸远些的焦燥土地上,还是聚集着黑色的身影和如炬的眼光。我甚至想到,如果这些饥民聚集起来,振臂一呼,俯冲过来,齐心合力地抬起臂膀,一、二、三……冲天的号子喊起,是可以一鼓作气地把这储满食物和美酒的车厢,推个底朝天的,便可在须臾间填饱他们的饥肠。

我感到轻微的恐惧。我知道肚子饿的力量，是其他任何力量都压抑不住的。

但是，没有。那些空洞淡漠的目光里，并没有敌对的火光，甚至也没有怨怼和好奇，连探究也没有，他们只是出于习惯而在观看，如同这列火车是一头巨大的史前动物，偶尔莅临此地。他们倒要看看可能会发生什么事。饭局延续多久，他们就凝视多久，不厌倦也不烦躁，始终如一，如同无数瞪大眼珠的黑色木雕。

上甜点了，是鱼子酱配苏打饼干。每一粒黑色的鱼子酱都如同黑珍珠，饱满圆滑，透明清亮。我旁边的挪威女士，将冰镇过的鱼子酱轻巧地送入口中，用牙齿轻轻嗑开，似乎听到鱼子破裂的"啵啵"声。她那小巧的粉红舌头灵活翻卷着，脸上浮现出细细品味的专注神情。当吞咽妥帖完成后，她举起了香槟，说："为这里的温暖干杯，我们欧洲的家那儿，已经下了今年的第一场雪……"

让贫苦人看你丰盛的晚餐，是一种残忍。

社会阶层固化的法宝之一，就是高阶层不断繁衍出种种礼仪，尤以进食礼仪为甚，有试金石的作用。上等阶层要保持住俯视姿态，以无数细节甄选你是否传承持有这个阶层的门票，而不是刚刚从票贩子那儿低价淘了一张。为了以正视听，进餐礼仪用类似黑话"切口"的方式，在不露声色之间完成属性的甄别遴选。

我把我这一侧的窗帘缓缓拉上了。之后，埋头咀嚼，不再抬头，也不搭话。明知与周围觥筹交错、其乐融融的氛围不协调，也执意不肯改变。我知道这很不淑女，很不高级。但是，有什么法子呢？两害相权取其轻，谁让咱不是货真价实的贵族。

物以类聚，本不是同类人，相聚必有尴尬。

真正的贵族，不在乎他现在手中有多少钱，而在于他是否真心实意地接受并奉行人是不平等的这一法则，并安然享受高高在上的一切。这骨子里的居高临下，没有世代的熏陶，速成不得。贵族的后裔哪怕破落了，也坚定地以为自己不同凡响。

我本是卑微的平民，且安于此道，并不以此为伤。我想起我的父母，他们此刻也从北半球赶过来了。在我头顶的天空上，那生疏的星斗，是他们为我点亮的指路灯盏。啊，琥珀一样透明的夜晚！祖母绿一样澄澈的夜晚！蓝宝石一样静谧的夜晚！我在旅行的时刻，常常想起父母，他们和我一道走完旅程。

在窗帘的缝隙中，我又看到了南十字星座，它悲悯而普度一切的光，照射着大地和人。

黑奴在这里拍卖

23

非洲三万里

在桑给巴尔岛，海风习习，风景如画，但我始终内心冷得皱成一团。
我目睹了人类近代史上，人与人之间最可耻、最卑劣的一页。

经过14天的跋涉，我们结束了"非洲之傲"的旅行，抵达坦桑尼亚。乘着火车一点点靠近目的地的感觉，如鸟雀俯冲般欢喜。

周全到骨髓的英式服务，非洲荒原上贯穿天际的彩虹，铁轨边自得其乐的奔跑少年，稀树草原上自由驰骋的百兽生灵……还有世界各地曾会聚在同一列车上的旅人们，都渐渐远去了，只在心底留下无尽的回忆。

对于步履匆匆的旅行者来说，莫要回头。没有来日方长，没有后会有期。一切都是稍纵即逝，难以重蹈。我会在今后漫长的岁月中，咀嚼这段旅行。

在坦桑尼亚国前首都达累斯萨拉姆游览后，坐小飞机到达非洲西海岸的桑给巴尔岛。这个岛最著名的特点，除了盛产香料，就是它曾为非洲黑奴贸易的中转站。

香料之旅自是必不可少的。某一天，当地一黑人壮汉做导游，带我去参观当年的黑奴市场。我私下觉得高大魁伟的男人当导游的很少，此人是个例外。他说自己以前是老师，改行多年了，并说自己是当地最好的导游。

你知道桑给巴尔是什么意思吗？高大的汉子露出一口银牙，表情生动地问。

我摇头说不知道。其实也不是一无所知，但我喜欢被人从头教起。从传授的顺序中，也可更清楚哪里是重点。你若是先就表示自己很懂，人家就不好耳提面命地教诲你，有可能遗漏重要信息。我提前做过一点儿小功课，知道桑给巴尔是"黑色礁石"之意。

你们一定看到过说桑给巴尔是"黑色礁石"的这种说法，它流传很广。黑大汉一语中的，弄得我摇头不是点头也不是，只有默看着他等待下文。

不过它是错误的。桑给巴尔的意思是"黑色的人"。这名字是阿拉伯人给起的，他们从海上登陆，远远地看到了岛，看到岛上有人。那些人是黑色的，他们没有见过这样的人，以为是礁石。就这样，谬误流传至今。

以我的旅游经验，各地的导游都有一些土说法，也许和书本上的知识有所不同，算是一家之言吧。

你们对于黑奴的了解有多少？他领我们走向当年关押黑奴的地牢，看来是个好老师，准备按照我的理解程度因材施教。

我打算最大限度地从他那儿习得当地人对于贩奴贸易的看法，于是说，抱歉啦，我几乎一无所知。他对这个答案似乎很满意，决定对我进行一次彻底的奴隶贸易史扫盲。

我正为自己的小小计策得意，不想他停下了走向奴隶博物馆的脚步，在路旁站定说，你先要把这个三角搞清楚。不然，你就是亲眼看到了奴隶的拍卖所，也会弄不明白到底是怎么回事。

我立刻相信了他当过老师的简历，职业习惯显露无遗。我站好洗耳恭听，在南纬6度炙热的阳光下，在巨大杧果树的树荫底，听一个黑人给我上有关黑奴贸易的重要一课。

他随手捡起了一根树枝，在松软的土地上起笔，说，我要画一个三角形。他抬头看着我，等我回应。

我知道，这种时刻的上佳表现应该是鹦鹉学舌般重复，您要画一个三角形。

对。他很中意，然后用树枝戳地，先在泥上掘出了一个深深的点。在点的斜上端，他又用更大的力气刺了另一个点……现在，热带潮湿的土壤上，有了两个相距很远的点。大汉用树枝点着第二个点，说，这就是欧洲的港口，可以是利物浦，可以是布里斯托尔，也可以是里斯本……总之，可以是葡萄牙、西班牙、英国、法国、荷兰等国的任何一个港口。货轮在这里装上货物，通常是廉价的日用品，比如酒和棉织物，当然还有必不可少的两样东西，那就是枪支和弹药。为什么说它们必不可少，请不要着急，过一会儿我会告诉你。

黑壮汉说完，将手中的树枝用力向下方划动，把第二个点和第一个点连接起来，地上出现了一道深深的沟槽。他使劲顿了一下，说，这就是欧洲人的第一段航线。现在，船到了非洲。喏，这就是非洲。他用力戳第一个点，并把那个点向下开掘，树枝立在那个点上摇摇晃晃，像是匆忙种下的一棵小树。

这是哪里？他指着第一个点提问。

非洲。我回答。

非洲哪里？他继续提问。

我说，非洲的港口。

其实我不知道答案，但思忖这样回答应该大体不错。船只总要停泊在港口，不可能是内陆。

他说，这个点就是桑给巴尔岛。也许再加上几个地方，比如非洲的黄金海岸等地。不过，最主要的地方，就是我们现在所站之处。

我猛点头，表示明白当年那些满载货物的欧洲商船，已经驶达了脚下的这片土地。

然后他们，就是欧洲人，卸下了他们的货物，载上了新的货物。这货物就是成千上万的非洲黑奴。这一次，他们的目的地很遥远，是美洲的岛屿和大陆。黑壮汉拔出泥土中的树枝，握在手里，树枝开始新的滑动，向另一方向的斜上角。

这是第二程，也叫中程，要横渡大西洋，航行很久很久。最后，满载黑奴的货船到达美洲大陆。奴隶船卸下奴隶，像贩卖牲口一样，把黑奴卖给种植园主。这笔生意很红火，船主赚得了大笔贩卖奴隶的钱，他们便用这钱买下糖和烟草，最主要的是买下当地的矿产和金银……他奋力拔起树枝，挥舞着戳下第三个泥点，代表美洲。

我看着地上的两条深壕般翻起的潮湿泥土，想象着这两段航线和三组截然不同的物品。黑大汉接着说，奴隶船载满原料和金银回到欧洲，这就是第三段，被称为归程。

说完，他把第三个点和第一个点之间连接起来，于是一个巨大的三角形在杧果树下赫然显现。热带泥土的腐殖气味扑面而来，一条肉色小虫被惊扰，抽搐了一下，惊慌逃窜。

黑大汉说，这种三角航程，每次需要六个月。奴隶贩子一共可以做成三笔买卖。第一笔是用日用品和军火换奴隶，第二笔是用奴隶换钱，第三笔是用钱换到黄金等带回欧洲。平均每一趟三角航行，至少获得300%的利润，最多可以换到1 000%的利润。这就是臭名昭著的大西洋三角贸易。

黑大汉说到这里，狠狠地将手中树枝折断丢弃，还在上面踏了一脚，好像它是奴隶船的残骸。我看着地面上的巨大三角，那条肉虫已经不知躲到哪里去了，只剩下翻卷的泥土，在风中颜色渐渐变浅、干燥。

黑大汉指指不远处的印度洋海面，说，由于桑给巴尔岛特殊的地理位置，正好是非洲海岸的中转站，就成了奴隶贩子们最重要的交易中心，他们在这里修建了东非最大的黑奴市场。

老师结束了他的第一节授课，算是课间休息吧，再次启程走向奴隶市场。

气候炎热，或者说这里位于热带，终年都被高温高湿浸淫。街巷曲折，古老的阿拉伯式、印度式，还有欧洲巴洛克风格的建筑杂糅一处，让人生出踯躅穿行在中世纪的错觉。

你知道是谁最先利用桑给巴尔岛进行奴隶买卖的吗？黑大汉又提问了。

我赶紧捋捋汗水，在头脑中温习刚才习得的知识，说，欧洲人。

黑大汉说，不对。最早进行奴隶贸易的是阿拉伯人。在公元1000年的时候，也就是1 000多年前，阿拉伯人每年运进桑给巴尔的黑奴，就已经有1.5万人左右。

想不到，阿拉伯人是贩卖黑人的鼻祖。

黑大汉又问，你知道欧洲人为什么要贩卖黑奴吗？

我发觉此人真是个严格的老师，喜欢提问。跟着这样的导游走街串巷，你无法东张西望，必得全神贯注地听他讲解，稍有溜号走神就会张口结舌。

我说，1 000%的利润。

黑大汉说，不错，这桩买卖能赚大钱。但是，有卖的必须先有买的，就是要有需求。16世纪之后，殖民者占据了西印度群岛和美洲大陆，扩张掠夺，需要大量的劳工。当然，最方便的就是驱使当地的土著为奴。在三四百年前，生产技术非常落后，没有什么机械化设备可以使用，一切都靠人的双手。土著的奴隶数量有限，加上殖民者的屠杀和带来了肆虐欧洲的天花等传染病，当地人大量死亡，奴隶就不够用了。殖民占领者圈地越来越大，面积广阔的种植园要种要收，新开的矿井也急需工人，到处都闹人手短缺。到哪里找工人呢？殖民者若是从本国运送劳动力来，需要极大的成本。欧洲人后来发现，非洲黑人更适宜热带环境和繁重的田间劳动，一个黑人奴隶差不多能抵得上四个印第安人干活。他们决定从非洲运黑人到美洲殖民地，称黑人为"人形牲口"。

我不解道，白人殖民者打这种如意算盘，符合他们的强盗逻辑。但他们远道来到非洲，毕竟是少数派，黑人是土生土长的原住民，遍地皆是，哪里是他们想抓就抓、想运走就能运得走的！

黑大汉点点头，对学生能提出个比较像样的问题，表示满意。

他说，对啊，非洲黑人人多势众，欧洲人再坚船利炮，也是少数。其实，真正在非洲从事买卖黑人生意的，正是黑人。

我大吃一惊，说，您的意思是——黑人自己买卖自己？

黑大汉说，你不要以为黑人肤色是一样的，就是铁板一块。不是的，黑人也分为很多阶层。自开始有黑奴贸易，一部分非洲黑人便参与其中，积极出售自己的同胞。最初的猎奴者的确是欧洲殖民者，他们亲自出马，捕猎黑人。黑人不愿为奴，奋起反抗。在捕猎过程中，欧洲人贩子被打死打伤，损失不小。欧洲人见势不好，心生一计，改变策略，自己退居幕后，送黑人头领一点儿火药枪支、一点儿廉价的消费品，再加上很少一点儿金钱，就收买了当地黑人头目。黑人酋长冲到了第一线，开始按照殖民者的心意，去捕捉另外部族的同胞，卖给奴隶贩子。这样一来，欧洲猎奴者就安全了，效率也更高了，更加有利可图。1730年，用四码白布或一桶酒，就可以从黑人首领那里换取一个黑奴。要是黑人小孩，价钱就更便宜，只需要一面小镜子就能带走为奴。殖民者把黑奴运到牙买加，从每个人身上可以赚取60至100英镑。一本万利啊！殖民者用"以非制非"的计谋，成功地制服了非洲。后来，当英国人决定废除奴隶贸易时，非洲的一些酋长公开表示反对，觉得断了他们的财路。一个酋长说：猫能停止抓老鼠吗？猫直到死嘴里都要叼着老鼠。我就要嘴里叼着奴隶死去。

奴隶贸易在非洲风行了几百年。那时候，任何人都有可能被卖掉，也可以捕捉他人，把他人卖掉，并因此发财。为了防止自己被捉住沦为奴隶，人们都不敢单身外出。就算听到有人呼救也不敢前去帮忙，这很可能是个陷阱，为的是诱捕你。混乱中，防身的武器就变得极为重要。可非洲除了弓箭，不出产新式武器。要想得到枪支弹药，保证自己的安全，就得出卖他人，从人贩子那里换得武器。这是个邪恶的怪圈！

黑大汉说着，硕大的黑眼珠白眼球上蒙了一层雾气。我因为没有近距离地看到过一个黑人男子哭泣，所以不敢确认他是否真的要流出眼泪，他的情绪非常激动，千真万确。

我心无旁骛地听讲，连路边的景色都顾不上细看，时常磕磕绊绊险些崴了脚。一路蜿蜒，走到了早年间关押奴隶的地牢旁。一组十分坚固的石质建筑，灰白色，古色古香，表面看起来并不恐怖。

请注意这个小窟窿。黑大汉指了指外墙底部岩石砌成的粗糙石壁。要不随着他的手指，我还真没发现这墙根处留有一砖大小的孔隙。

这就是关押几百名奴隶的地牢唯一的透光处。里面没有灯光，没有窗户，一片黑暗。大汉边走边说，我小心翼翼地跟随着他的脚步，沿着石质台阶，探入地下。

关押黑奴的地牢已经拆除，它的原址改建成了一座教堂。我们即将进入的是仅存的一小部分地牢。里面很黑，可能需要过几分钟，你的眼睛才能看到全貌。大汉头也不回地介绍。

提示非常重要。刚进入地牢，果真一片漆黑，好像浸到了墨鱼汁中，什么也瞅不清。我一个踉跄，险些碰到某个尖锐物的角。过了一会儿，周遭的情形，如同一张渐渐显影的黑白老照片，将当年关押黑奴的地牢细部呈现出来。

大约40平方米大小的房间，高度只有1.5米，人必须佝偻着身体。沿着墙壁的两侧，有用石块砌成的铺。如果从铺面算起，距屋顶的高度只有半米多一点儿。两溜儿炕铺中间，留有50厘米宽的狭长通道。刚才几乎绊倒我的物件，是通道拐角处的石棱。

从非洲各地抓捕来的奴隶，在这里等着被拍卖。接下来，我们会去看拍卖场。现在，请你想想看，奴隶们怎样在此处容身？

狭小幽闭的所在，又脏又黑的石墙上有至深的污痕。虽是盛夏，但空气阴暗潮湿，令人骨缝寒凉。老师的问题不能不回答。如此促狭的环境，实在想不出还有其他任何方式容身。我说，奴隶们在等待拍卖的时候，并排躺在大通铺上。

你错了。黑大汉冷峻地摇摇头。人贩子怎么会让奴隶睡觉？奴隶们是双手被捆，高举过头，蹲在这石铺上。人只有蹲着的时候所占面积最小，双手被捆就不能反抗。这间房子要关押200名以上的奴隶。

我匆匆心算了一下，每人只有0.2平方米的安身之处，人挤人蹲踞如弓虾。

黑大汉又问，猜一下这两铺之间的狭长通道干什么用？

我说，走路用。奴隶挤在屋内，总要进出。

黑大汉说，这是条路，不错。奴隶们都被剥去了衣服，赤身裸体的，用铁链锁起来，甚至用铁丝从黑奴的肩胛骨处穿过，拘在这里等待到市场售卖。买卖的时候，黑奴不再是人，而被称为"黑人单位"。一个精壮的黑人男子是一个"单位"，一个女子只算0.8个"单位"。时间一到，"单位"们就要从这里走到市场上去供买主挑选。奴隶贩子会像挑选牲口一样，把挑中的奴隶用火红的烙铁在身体上烙上标志，再装上贩奴船。但这条通道日常最主要的用途，是供奴隶们排泄用。为了怕奴隶逃跑，他们绝不能离开地牢一步，双手被捆着，怎么能上厕所？他们就像一排排竖起来的"汤匙"。谁要排泄，就挤到这个通道旁，大小便和呕吐物都倾泻在这里。通道地面上厚厚地积存着污物。

我胃里翻涌，心中壅滞。恶臭隔着数百年的风云直窜脑瓜囟门。那……谁来打扫呢？我忍不住发问。

黑大汉言简意赅地回答：印度洋。

我不得要领，心想，这里虽然离海边不算远，但若是有人提着水桶舀来海水冲刷，那得多少桶！必是惊人的工作量。

黑大汉解释说，此牢房底下有和大海相连的水道。每天大海涨潮时，海水就会漫进来冲刷。退潮的时候，海水会将坑壕里的粪便带走，大体上就干净了。

我说，那如果遇到涨大潮或风暴时，海水骤涨，会不会将坑上的人淹死？

黑大汉说，人贩子才没有那么傻，不会让海水卷上来把能赚钱的货物淹死。当初修建这囚室时，就计算好了潮水能到达的最高水位。既能充分利用海水冲净地面，又不至于把奴隶呛死。

机关算尽、处心积虑的奴隶贩子，多么狡诈周全！尽管大海日日冲刷，然而无数粪水沤积，空气中至今还弥漫着腥恶之味。

我说，奴隶们在这样的环境里，非常容易染病甚至死亡。

那当然。黑大汉说。不过，奴隶贩子们并不害怕奴隶们死亡。他们甚至特地折磨奴隶们，让身体虚弱的早点儿死去。体质不好的奴隶，到目的地也卖不出好价钱。奴隶贩子要给奴隶们提供最基本的饮食，这是有成本的。如果禁不住折磨到后来才死，加大了成本。早点儿淘汰老弱病残，是人贩子的策略。

这时，我们已踉踉跄跄地走出了地下黑牢。屋外是高达40摄氏度的气温，但仍无法蒸走我骨髓中的冰寒。

走到一方形地坑处，广数十平方米，深约两米，像是挖了一半尚未封顶的菜窖。方坑里有五座奴隶雕像，脖子上都套着铁链子，拴在一起。黑大汉介绍说，这景象就是当年奴隶们从非洲内陆到桑岛跋涉时的真实写照。雕像三男两女，我一眼看去长相都差不多，但黑大汉说他可以看出其中的细微差别，分属于内陆不同的部族。地域虽然不同，但殊途同归，奴隶们都被铁链套在一起向桑给巴尔岛驱赶，命途多舛。

你知道他们要这样被拴着走多远，走多久才能到达桑给巴尔？黑大汉说着，黑白分明的大眼珠子眺望远方，好像那里有一队队奴隶蹒跚走过。

这个我可真答不出来。

他们要走七八十天，一千多千米。黑大汉仰天长叹。早年间有一些在东非修铁路的印度工人，住处常常遭到狮子的攻击。人们很奇怪，通常非洲狮并不以人类作为主要食物，这些狮子为什么如此怪异？后来才发现，修铁路的路线，正是当年押解奴隶们走向桑给巴尔的必经之地。奴隶贩子经常把生病的奴隶丢弃在路边，被狮群噬咬而死。于是，这里的狮子从此养成了大啖活人肉的习惯。

通过言谈和他的表情，我发觉黑大汉对黑奴的感情特别深，似乎超过了职业解说员的范畴，心中一个问号缓缓升起，还没等我发问，黑大汉接着说，我知道你现在心中想的是什么。

我吓了一跳，心想，我的内心活动真的表现在脸上，被异国异族的人猜出？

黑大汉接着说，你现在一定特别想去看看拍卖奴隶们的拍卖市场，还有奴隶拍卖台。

哦，我松了一口气。说，是的。在电影里常常看到奴隶拍卖台。

黑大汉说，你知道吗？拍卖奴隶是从鞭子抽打开始的。

我说，我知道，这是怕奴隶们不服，威吓他们不得逃跑。

黑大汉说，你说的都对，有这些原因。不过鞭打最主要的功能，是给奴隶们定身价。

我大不解，问，鞭打如何能定身价？

黑大汉说，人贩子用黑木树条狠狠抽打奴隶。关于黑木，我猜，你到非洲来之前，你的朋友们一定嘱咐你要带一些黑木雕回去，对吧？

我点点头。黑木雕，是每个知道我要去非洲的人，在疟疾之后，第一个想起来的非洲物产。

黑大汉说,黑木树很沉,黑木枝干做成的鞭子,打人最疼。奴隶贩子专用黑木鞭子抽打奴隶,一下一下狠狠地打。一鞭子就被打得号叫的奴隶,马上被淘汰,没有人会出价买这种货色。如果抽了10鞭子,不哭也不躲避的,就会卖出一个好价钱。如果打到了20鞭子,那奴隶还是一声不吭的,价钱就会比10鞭子卖出的奴隶高两倍。这么说吧,奴隶能够忍受的鞭子数越多,就说明其身体素质越好,身价也会越高……

听到这里,我忍不住打断他的话说,等一等,那我不愿意远涉重洋到美洲去,只要在抽第一鞭子的时候就哭泣,是不是就可以逃过这一劫?

黑大汉充满怜悯地摇摇头,估计认定我就是当奴隶,一定也是最笨的那一个。他说,你开头说得不错,拍卖时没有人买的奴隶,不会乘上航渡大西洋的奴隶船。但是,你后面想得就大错特错了。哭泣的奴隶会被奴隶贩子押回咱们刚才到过的地牢,没吃没喝地等着几天后的下一次拍卖。然后押上台,继续挨鞭子,看你什么时候哭。如果你马上又哭了,还是卖不掉,就再次押回地牢。这样用不了几回合,你就会活活地饿死,尸身随着下水道冲入印度洋。

我半天不语,想象着自己死在沤满粪便的狭长窄道里。

拍卖台在哪里?我催促他,以中断自己脑海中的恐怖画面。

拍卖台已经不在了,被拆毁了。桑给巴尔人也不愿人们总是记得这段历史。黑大汉说。

你是桑给巴尔人?我问。

他点点头说,是。很多辈子之前就是了。

我刚想提出我的疑问,他继续说,奴隶们被售卖后,就开始刚才咱们说过的三角航程第二程。他们被木栅和锁链拴牢,要在海上航行一个半月到两个月时间。这条穿越大西洋的海路被称为"死亡航线"。为了赚取更多的利润,奴隶贩子最大限度地利用船上的空间。所有的运奴船都超载,90吨的船载运390名奴隶,100吨的船就载运400多名奴隶。每个奴隶在船上能分得的空间有多大呢?只有5.5英尺长、16英寸宽。

我赶快心算。5.5英尺，大约合1.67米，16英寸，只有40.6厘米。多么狭小的空间，人挤得像带鱼。

黑大汉继续说，在船上，奴隶们一个挤着一个，躺的地方比棺材还小。他们完全没有自由，两人并肩锁在一起，右腿对左腿，右手对左手。空气污浊，饮食恶劣，淡水供应极度匮乏。由于船舱拥挤、潮湿，天花、痢疾、眼炎等传染病肆意流行。密闭的船舱空气闭塞，很多奴隶被活活闷死。

奴隶病了怎么办？我以前当过医生，对人们的病痛格外敏感。

黑奴得了病，就会被抛入大海、葬身鱼腹。黑大汉说。

我后来查了资料，1874年，有条"戎号"贩奴船，一次就把132个患病的奴隶抛入大海。被丢入大海的并不仅仅是患病的黑奴。如果谁敢于反抗或不听从奴隶贩子的指令，贩子们就会在大西洋上施加凶残的惩罚。鞭打算最轻的，砍头、挖心、断其手足、用绳索活活勒死，都是家常便饭。约有近一半的奴隶在途中死去。大西洋深不见底、一望无际的幽黑海水，不知掩埋了多少黑奴的尸骸！即使他们变成了森然白骨，也还是被锁链紧扣！

在长达四个多世纪的时间里，奴隶成为非洲可供输出的"单一作物"，贩运奴隶成为非洲、欧洲和美洲之间规模最大、赚钱最多的行业。黑人背井离乡，漂洋过海，在捕奴、掠奴战争及贩运途中死去。每运到美洲一个奴隶，就要有五个奴隶死在追捕和贩运途中。这样算来，在捕捉和贩运中死去的黑奴人数，起码为实际卖到美洲黑奴人数的五倍。近代殖民主义的入侵打乱了非洲正常的社会发展进程，400年中，共有2亿多非洲黑人惨遭此劫。那时人们整天提心吊胆，活过今天，不知明天是否还能见到太阳升起。一旦被捕捉，马上就被套上枷锁赶到集市上拍卖，完全丧失了人的尊严。

马克思曾指出，非洲变成商业性猎获黑人的场所，是资本原始积累的主要因素之一，标志着资本主义生产时代的开端。黑奴贸易以及美洲的黑人奴隶制，又为欧美的工业革命积累了大量资金。可以这样说，资本主义的萌发从头到脚都沾满了非洲人民的鲜血。

看当今的欧美发达国家，享受着现代文明的生活，处处莺歌燕舞、花团锦簇。它们的资本原始积累的完成和资本主义工商业的发展，是建筑在非洲人民的巨大牺牲之上,是违背人类最基本的道德原则的。

黑奴贸易为欧洲殖民者筑起了花园一般美丽的城市,带来了经济的大繁荣,却把无尽的悲怆与凄怆留在了非洲故乡。非洲的社会经济生活遭此空前浩劫,百业萧条,人口锐减,文明衰落,经济倒退,田野荒芜,元气大伤。非洲变得脆弱和不堪一击,对外来侵略缺乏抵抗力。殖民者用"以非制非"的政策,拉开了非洲人打非洲人的序幕。非洲不仅在政治上失去了独立,在经济上畸形落后,也导致非洲部族间严重地互不信任,仇恨和相互争斗频仍,动不动就大打出手,甚至血流成河。

虽然说奴隶贸易现在已经终止,但它给非洲人民造成的心理上的重大创伤远远没有愈合。历史的遗恨仍在作祟,阻碍着非洲的团结和繁荣。

比如卢旺达的大屠杀。1994年4月6日晚,卢旺达总统哈比亚利马纳和布隆迪总统恩塔里亚米拉在赴坦桑尼亚首都出席关于地区和平的首脑会议后,同机返回卢旺达的首都基加利。飞机在机场降落时坠毁,两位总统和机上随行人员全部遇难。事发后,到底谁是凶手?胡图族和图西族两大部族互相猜疑,局势急剧恶化。胡图族组成的总统卫队绑架并杀害了图西族的总理和三名部长,同时组建了临时政府。之后,图西族反政府武装"爱国阵线"向首都进军。内战爆发,两派武装在前线激烈厮杀,胡图族极端分子在全国范围内大肆残杀图西族和胡图族温和派,实行种族灭绝政策。

胡图族和图西族是卢旺达的两大部族,分别占全国总人口的85%和14%。在欧洲人来之前,胡图、图西两个部族之间并没有什么矛盾。殖民主义者在卢旺达两大部族之间轮番制造矛盾,坐山观虎斗,埋下两家不和的种子。20世纪60年代以前,图西族占据统治地位,拥有绝大部分土地。1959年,胡图族掌了权,对土地进行重新分配,许多图西族贵族只好逃往邻国。部族之间开始仇杀,矛盾进一步加深,直到酿成短短百日之内,近百万无辜者被残酷杀害、200多万难民逃亡国外,另有200多万人流离失所的人间惨剧。

殖民贸易遗留下的恶果,不知何时才能在非洲大陆上荡涤一清!

我找到了一个贩奴贸易的黑名单,根据贩卖人口的规模排序依次是:

1.葡萄牙人

2.英国人

3.法国人

4.西班牙人

5.荷兰人

6.美国人

这是应该刻在历史耻辱柱上的名字。

中国从来没有参与过贩卖黑奴的勾当，这是中国和非洲建立良好关系的先天友善条件。但中国人对非洲黑人的认识，也曾非常无知。

在康有为的《大同书》里，记载了他第一次遇见黑人时的感受："然黑人之神，腥不可闻……故大同之世，白人黄人，才能形状，相去不远，可以平等。其黑人之形状也，铁面银牙，斜颔若猪，直视若牛，满胸长毛，手足深黑，蠢若羊豕，望之生畏。"那么，如何对待这些黑人呢？康有为开出的方子是："其棕黑人有性情太恶，状貌太恶或有疾者，医者饮以断嗣之药，以绝其传种。"

太偏颇了。

在桑给巴尔岛，海风习习，风景如画，但我始终内心冷得皱成一团。我目睹了人类近代史上，人与人之间最可耻、最卑劣的一页。

终于到了要和黑大汉分别的那一刻。我终于把心中久藏的疑问抛出。有一个问题，不知道可不可以问，对不起，可能会涉及您的隐私。

他把一侧的黑色浓眉扬了扬，说，没问题，你问吧。欧美的那套礼仪，我们可以不遵守。

我说，我觉得您对黑奴被贩卖这段历史，了解非常深入。我总感到除了这是您的工作职责以外，好像还包含另外的因素。谢谢您的渊博知识和对黑人的深厚感情。我想知道，这背后可还有点儿什么缘由？

他笑了笑，雪白的牙齿在热带阳光下闪烁，好像宽厚的唇里驶着一辆白色汽车。他说，我的祖先就是从非洲内地被贩卖到桑给巴尔岛的黑奴。他不愿远离家乡被埋葬在深海波涛或遥不可知的美洲旷野，就千方百计地逃出了黑牢。我不知道他忍受了多少苦难，东躲西藏最后总算留在了桑给巴尔岛上。所以，我是一个被贩卖过的黑奴的后代。

青尼罗河瀑布

24

非洲三万里

大自然是一部洋洋洒洒的鸿篇巨制，瀑布是它随手挥就的五言绝句。
在这种压缩版的肆虐暴力面前，渺小的你，亲历一种巨大的力量在面前徐徐绽开。

发源于埃塞俄比亚的青尼罗河，是尼罗河的妈妈。它在苏丹的喀土穆与父亲白尼罗河汇合，才诞生了大家熟悉的世界第一长河——尼罗河。尼罗河纵贯非洲大陆东北部，流经布隆迪、卢旺达、坦桑尼亚、乌干达、埃塞俄比亚、苏丹、埃及，跨越世界上面积最大的撒哈拉沙漠，从源头到入海口长达6 671千米，最后注入地中海。在洪水期，这条伟大河流的水量，三分之二以上来自青尼罗河。人们常称尼罗河是非洲的母亲河，那青尼罗河就是母亲的母亲，算是非洲的姥姥河。它的源头在埃塞俄比亚西北部海拔2 000米的高地，流经塔纳湖，然后流经一系列长滩，气势磅礴而下，形成一泻千里的水流。在这河流捶胸顿足之处，诞生了非洲第二大瀑布——青尼罗河瀑布。

我们启程到青尼罗河瀑布去。心生疑窦，在干旱的非洲，何以形成这样宏伟的水流？查了资料，方知号称"非洲屋脊"的埃塞俄比亚高原，拦截了大西洋丰沛的水汽，于是常常暴雨如注。充足的降水，在把大地切割成千沟万壑的同时，也汇聚出了非洲最高的湖泊——塔纳湖。在当地语中，这湖的名称是"蓄水不干"的意思。

青尼罗河瀑布在我们当地被称为"冒烟的水"，导游介绍。

这天吃了午饭从塔纳湖出发，大约60千米的路程，用了将近两个小时。路况相当不良，人被颠簸得五脏六腑移位，肚子都痛起来。我弱弱地问，青尼罗河瀑布怎么这么远？

头发极卷的黑人导游沉默寡言，这性格适合埋伏着狩猎，当导游有点儿大材小用。好在他该说的还是说：司机要给他家里送一点儿东西，在绕行。

哦，原来是这样。

到了一个土坯垒房的凋敝小村，司机的妻子已经站在路旁。她可能已经站了很久，身上披满了尘土，原本就看不出颜色的裙子，更加混沌一片。她也没有手机，司机事先也没有任何联络。那我只能推断——他们早就约好了在这个地方、这个时辰会面。我讥笑自己变态，在这种自身严重不适的情况下，还强打起精神好奇司机到底有什么宝贝要交给他的妻子。

司机是个大约40岁的中年黑人，窸窸窣窣地从座位底下摸出了一个肮脏的塑料袋，里面装着一些更加肮脏的小塑料袋。每个袋子都缠得紧紧的，让人一时无法窥探其内容物。越是看不清楚，越是想搞明白，又不敢赤裸裸地死盯，只好斜着眼观察。然而终是无奈，辨识不出。不过有一点总算看明白了，小塑料袋并不是肮脏，只是浑浊。

趁着司机和他妻子在车下短暂交流的当口儿，我问导游，他要送的是什么东西？

导游深深地看了我一眼，不答。可能观察后发觉我并无藐视之意，并非明知故问，这才简短说，剩饭。

哦，因为上午我们是在塔纳湖上乘船，并没有使用这辆车。那么这辆车可能就拉载过其他客人。午饭时，客人应有一些剩饭菜，司机就打了包，然后和妻子交接。这一切都是事先约好的，也就是说，交接饭菜是个经常性项目。我本来怕下午的游览太仓促，对绕路难免着急。现在理解了绕路的重要意义，剩饭剩菜理当快马加鞭处置，以防馊坏。

我用微笑迎接了和妻子告别后的司机，表示对此耽搁毫无芥蒂。

继续赶路。终于到达一个小村庄，沉默了一路的导游说，观看青尼罗河瀑布，您有两条路可以选。一条是走大路，路很远。单程大约要步行一个半小时。

按照我的常识，这似乎不可能。哪里有一个景点从进门到见到主角，需要这么久呢？我说，难道不能开车吗？

徒步线路，车不能进。导游惜字如金。

我想，他既然说了大路，那么应该还有其他的路。就问，仅此一路吗？

我暗地计算，此刻已是午后两点多，再加上回程两小时，路途便是四小时。照这个大路的走法，就算一刻也不停留，看一眼就往回赶，往返也要三个小时。时间太紧张。

还有一条小路。时间会节省一半。导游说。他接着补充道，您将看到伊甸园的景色。

什么？就是人类被上帝赶出来之前住的那个果园吗？我惊讶至极。看这周围穷乡僻壤的样子，不像有这等仙境潜伏啊。

是的。导游意志坚定地重复说。

我知道埃塞俄比亚信仰基督教，而且那传说中的神秘约柜，似乎藏在这个国家的某个地方。但关于伊甸园也蛰伏此地的说法，是第一次听到。

大路可否看得到伊甸园？我问。要把情况搞清楚。

走大路，你看不到伊甸园。导游异常肯定地说。

那么，我们走小路。我下了决心。我这个人有点迂腐，一般宁可远点儿也要走大路，特别是在这人生地不熟的非洲。小路吉凶莫测，但伊甸园诱惑了我。

好吧。那么跟我来。不知何时从角落处钻过来一个瘦高的黑人男子，穿蝈蝈绿的衬衫，微笑着对我们说。

我站着没动。这是个什么人呢？我问导游。

导游没有回答，只是摆头示意我们跟着这个人走。

我们便跟上绿衬衫，向迷蒙远山走去。一路上穿过遍地粪便的小村子，在泥泞不堪的土路上跋涉。我问沉默寡言的导游，为什么看不到一个游人？

导游说，因为走的是小路。

彻底的荒郊野地，甚至让人想起十字坡。我就不信一个著名景区，仿佛逃荒流浪的路径。正狐疑着，面前出现一条奔涌的大河，河水湍急，漩涡此起彼伏，声势颇大。

青尼罗河。导游说。

为什么它叫青尼罗河？我问。

因为和白尼罗河相比，它的水显出青色。导游回答。

这个回答基本上和没回答差不多。倒是那个绿衣小伙子，含笑插言道，当尼罗河两条最大的支流会合在一起的时候，河水的颜色有所不同，一条含泥土多一些，显得比较浑浊，所以叫白尼罗河。另外一条，就是咱们现在看到的这一条，河水清澈透亮，就被称为青尼罗河。现在我们要往上面走一段，渡口就在那里。

我说，往下走有没有渡口呢？

绿衣小伙子说，往下走就到了尼罗河瀑布区。渡船不敢太靠下游，那样万一不小心，就会被河水裹挟而去，船就会从50米的高度飞流而下。50米啊，相当于近20层楼那么高。他一边说着一边蜷身做出很恐惧的样子，好像我们顷刻就要粉身碎骨。

他很快就喧宾夺主，成了主讲人。而我们那原本就惜字如金的导游，将权力拱手相让，一言不发地跟着我们往前走，好像他也是初来乍到的游客。

我们到了渡口，百无聊赖地等渡船。我突然发现普天之下最具相似性的是河流。河边总是泥沙，河水总是湍急，水草总是那样缠绵，无人的渡口总是那样凄凉。

终于有了些许的生气。来了几个黑人孩童，他们没有书包，但是手中有一本书。还没等我发问，绿衣小伙子就告诉我，他们是小学生，家在对岸。他们每天要到河的这一边读书，现在放学了，他们再坐渡船回家。他们没有钱，买不起书包，只能带着书走来走去。

那些黑人孩子趁着等船的工夫，喃喃读着书页上的字。我刚想问新的问题，绿衣小伙子又开口正好回答了我的问题。他们坐船是不用买票的，每个月只象征性地给船夫一点儿小钱，或粮食啊，一把蔬菜啊，都可以抵船票钱。

这时渡船来了，真是一叶扁舟，船很小，颤颤巍巍，也没有任何救生衣之类的救险设备。我小心翼翼地上了船（不仅因为简陋，而且害怕晕）。船驶离岸边，顺着水流倾斜着向下游漂去。我心想，这船万一发生意外，就算你会水，就算有人救你，生还的可能性也很小。河水奔涌澎湃，且马上就会到瀑布区。

我看到一个黑人小女孩，在颠簸起伏的渡船上看书。我张张嘴，刚想问，绿衣青年又说话了。您是想知道他们会不会把书落到水里吧？没有。从来没有发生过这种事儿。他们的手指会像钩子一样把书抠得紧紧的。青尼罗河河水很仁慈，不会带走书，它爱河边的孩子，怎么会把孩子们的心爱之物带走呢？

这个绿衣服的小伙子不知是干什么的，为何一直跟着我们？好像和我们的导游达成了某种默契，现在成了实际上的领导。但导游并没有介绍过他……不管怎么说，此人深谙游客心理，读心有术，且总是恰到好处。

暴烈河水迅疾而下。可能是看出我目不转睛地盯着河水，有些紧张，绿衣小伙子岔开话题，说，夫人，您说我们脚下的这一滴水，要过多长时间，才能抵达尼罗河的终点地中海呢？

这是个难度很大的问题。不知道河水的平均流速，也不知道此处距尼罗河入海口的距离。在既不知道速度也不知道距离的情况下，求时间这个解，真是盲人摸象。我便瞎猜：一周？一个月？

哦，夫人，您的估计太乐观了。我们脚下的这一滴水，告别了瀑布之后流啊流，如果它有幸在途中经过撒哈拉大沙漠的时候，不曾被太阳收走，那么三个多月之后，它就可以抵达蔚蓝色的地中海了。绿衣小伙子富有诗意地说。想来这不是他偶尔想出的题目，而是有备而来。

我做出恰如其分的惊讶表情，以配合他的良苦用心。我说，哦！这么久！三个多月它才能跋涉到大海，你的话让我对船下的每一滴水肃然起敬。

他点点头，说，青尼罗河是值得崇拜的。

大约七八分钟，渡船到了对岸，我们深一脚浅一脚地踏上岸，四处泥泞。空气中弥漫着极细的水雾。不过这不是雨，阳光穿透水滴，明媚普射，净空中无一云丝。

这些水雾就是青尼罗河瀑布的杰作，它们喷溅的颗粒让这一带湿润无比。绿衣小伙子很有针对性地介绍。

泥泞中，我们已经渐渐逼近瀑布。虽然暂时还看不到它，既没有鸣响，也不见踪影，但空气中铺天盖地的湿润就是信使。

看！伊甸园到了！绿衣小伙子突然欢快地叫嚷。

转过一个小山包，景色已经和岸边有了显著的不同。山坡绿草茵茵，各种树木身形奇特，青翠欲滴。平日以为"嫩得可以拧出水来"是一句夸张的话，那么在此地完全应验。所有的植物叶脉都绿得恨不能刺瞎你的眼，鲜花彩艳得没了真实感，空气中看不到一丝尘埃。我估计PM2.5加上PM10，很可能趋向于零。阳光辉煌却没有任何烧灼之感，水雾清凉却丝毫不遮挡视线。这是一种让人舒适到奇怪的感觉。我也游历过很多瀑布，比如全世界排名第一、号称瀑布之母的南美伊瓜苏瀑布。排名第二位的尼亚加拉瀑布，它位于加拿大和美国的交界处，很多人都毫不迟疑地把它当作了世界第一大瀑布，其实是不准确的，估计占了交通便利的光。再比如位于赞比亚和津巴布韦交界处的维多利亚瀑布……和它们相比，青尼罗河瀑布既不是最大的也不是最高的，但瀑布周围的丰饶景色，举世无双。

绿衣小伙子轻声介绍，由于青尼罗河的高差有近50米，从塔纳湖奔涌而出的不竭水量，狠狠地砸向石质的河床，形成了无与伦比的水雾。维多利亚瀑布虽然也会形成壮丽的水雾，但它太高了，峡谷深达100多米，无法滋润周围的植物。伊瓜苏瀑布虽然落差没有那么大，但它的宽度断断续续达10千米，周围也不是峡谷地貌，也难以形成独特的小气候。尼亚加拉大瀑布周围太开阔了，纵是瀑布形成水汽，也无法聚拢在一个小范围内，让众多植物独自沐浴。

汹涌水流跌落的过程中，喷溅出众多负氧离子，也许对植物起到了神奇的润泽作用。总之在弥漫着淡淡青草鲜香的氛围中，聚生出了世界上最柔美、最鲜嫩的植被。无论是路边柔弱的小草还是颇有年龄的古树，一律风姿绰约、摇曳生情。充满了阳光透视的柔和水汽浴，或许正是伊甸园的产床。

青尼罗河每年的流量能达到40亿立方米。绿衣小伙子补充介绍。

难怪啦，有如此巨大的水流滋润着这片土地，所以它孕育出了人世间至美之地！我由衷感叹。

欧美游客会久久地停留在这里，说，这种景色就是他们心目中的伊甸园。绿衣小伙子加重语气说。

不过很快我就没有余力东张西望了，伊甸园里的交通乏善可陈，由于终年湿润，加上时不时地有阵雨降临，地面湿滑，四处积水。好在每隔半米，就有若隐若现的小石块，权当临时落脚点。你得像蟾蜍一样，准确无误地从一块石头蹦跳至另一块石头，艰难行进。石块并非正规园林铺设，是游人们为解燃眉之急，东一块西一块拼凑起来的，七扭八歪没个平坦面，间距也甚不齐整。最要命的是石块底面不牢，一脚踩翻，崩个满脸泥……

索性不走这劳什子的石块路了，干脆双脚踏入泥里。我以为豁出去满裤腿泥浆就能稳步前行，不想泥浆会像蚂蟥般地嘬住旅游鞋底，让人步履维艰。

我半截湿泥糊腿，行动迟缓且险象环生。绿衣小伙子示意我还是在石块路上蹦着走，为了我的安全，他干脆自己站在泥浆中，伸手助我一臂之力。他对此地的小道很熟稔，哪里泥深，哪里水浅，都心中有数。他提前站在需要帮扶处，给我以协助，还忙里偷闲地眨眨眼，示意我抬头欣赏周围的景色。

喏，这是灯芯草。那边是青檬果。还有无花果树、乳香脂树、金合欢、波斯夏……对了，这是西洋柏和恰特草，就是人们常说的阿拉伯茶……这路边上的是黄色雏菊，埃塞俄比亚人称它为十字纪念日花……

冒着在泥里摔个大马趴的风险，我时不时抬眼观赏这人间伊甸园。咦，怎么没看见苹果树？我看脚下稍微平坦些，抽个空儿把疑问抛出。

这里没有苹果树，但是有纸莎草。纸莎草比苹果树更重要。绿衣小伙子一边履行道路保障责任，一边指向更远处茂密生长的绿色植物。

纸莎草虽然名为"草"，但也许是这里得天独厚的气候，它们绝无草的孱弱，硬邦邦地直立着，身高已达两米以上。加之丛生，便有了聚啸山林的强悍。它坚硬的茎秆呈三棱形，虽然看起来好像芦苇一般在湿润处讨生活，但它们高大强壮且羽翼丰满。顶部伞状的叶子，像美丽的披肩四下纷扰、婆娑曳动。纸莎草好像知道自己的祖先和古埃及的文明息息相关，翠绿傲然。

古埃及人利用纸莎草制成的纸，曾经流传到希腊人、腓尼基人、罗马人、阿拉伯人那里，使用了长达3 000年之久。绿衣小伙子介绍。生产莎草纸的过程是——先将纸莎草茎的硬质绿色外皮削去，把浅色的内茎切成40厘米左右的长条，再切成一片片薄片。切下的薄片要在水中浸泡至少六天，以除

去所含的糖分。之后将这些长条并排放成一层，然后在上面覆上另一层，两层薄片要互相垂直。将这些薄片平摊在两层亚麻布中间趁湿用木槌捶打，将两层薄片压成一片并挤去水分，再用石头等重物压制，干燥后用浮石磨光就得到了莎草纸的成品。在它上面书写文字，久藏不变，千年不腐。

我频频点头，由衷喜欢伟岸的纸莎草，背上驮着无比灿烂的古代文明。

夫人可知道谁是纸莎草的生死对头？绿衣小伙子问道。

美丽而任重道远的纸莎草也有天敌？我摇摇头，表示不知此事。这一分心不得了，脚下一滑，膝盖酸软，差点儿跪扑在泥水中。绿衣小伙子手疾眼快拉住我，他的手掌中注给我力量，帮我稳住身形。他的手指劲道有力，掌心干燥。这表明此一行的搀扶和解说，对他来讲轻车熟路，并不曾有丝毫紧张。

纸莎草的对头是来自你们中国的造纸术。公元8世纪，造纸术传布到全世界，纸莎草造纸只有退出历史舞台。绿衣小伙子说出答案。

我记起中国的蔡伦造纸，用的是烂渔网、干树皮和破布等，觉得和眼前亭亭玉立的纸莎草相比，虽物美价廉，但高贵不足。

在小伙子娓娓而谈中，我们走到了青尼罗河瀑布近旁。

它在我们对岸，兀自欢腾。奔涌的河水从50多米的悬崖上，自杀似的纵身一跳。它银色的身躯在空中旋转飞舞，伴随着震耳欲聋的呼啸声，胸腹着地，激起雨雾，珠圆玉润地跌宕着，再次腾起又再次坠落，形成遍地雪白的碎屑，如漫天飞雪。说起来，青尼罗河瀑布幅宽算不上太广，高度也比那些更险峻的瀑布略输一筹，但由于水量充沛，显出龙腾虎跃的嚣张气势。想想也是，有非洲最高的湖泊做后盾，青尼罗河就像腰缠万贯的纨绔子弟，在水量的使用上，出手豪放一掷千金。

在青尼罗河瀑布旁边，大家都缄闭双唇不吭声。不是不想说话，而是你说话没有丝毫用处。如果你说话，没有人会听到你说了什么，只能看到你的嘴唇嚅动。这种感觉很怪异，看着对方一脸茫然的神色，你对自己是否真正发出了声音，产生强烈的怀疑。

大自然伟大而暴烈的蛮力，在此一览无余。那是一种平素你看不见的宏大景象。城市的人以为雷鸣电闪、雨雪倾斜就是大自然的威力了，其实不然。还有飓风海啸、山崩地裂、火山喷发……只有极少的人曾经目睹这种奇观，但能活下来并声情并茂地转述给他人的极为稀少。相对安全的瀑布，是大自然牛刀小试的即兴之作。它为人们提供了可供观赏的角度，你在保证基本安全的框架里，偷窥到大自然疯狂的自得其乐。

大自然是一部洋洋洒洒的鸿篇巨制，瀑布是它随手挥就的五言绝句。在这种压缩版的肆虐暴力面前，渺小的你，亲历一种巨大的力量在面前徐徐绽开。它和你无关，千古独自咏叹。它傲慢地什么都不曾告诉你，你却在一瞬间明白了很多事情。你再次不无遗憾地明白自己是一枚无足轻重的草芥，幸好还会思考。

绿衣青年说，我知道在哪个角度留影最好，希望你能永远记住青尼罗河瀑布。

这些年来，由于走的地方渐多，我已经不再处处留影。最好的风光放在心里吧。不过小伙子一片盛情难却，依了他的选择，在这人间伊甸园里留个影像。我想，在这伊甸园里，自己是什么呢？不是亚当夏娃，也不是蛇。也无幸成为生命之树和智慧之树，当然也不配当苹果树和无花果树……那么就只能是伊甸园里的泥土了。

绿衣小伙子指指太阳，说天很快就要暗下来，将要起风雨，咱们要赶快离开。

我问了他一句，你可知这里的大路如何走？

他愣怔了一下，指了指远处一条平整的公路说，那就是大路。

我说，我们从大路返回吧。我们已经看过了伊甸园，大路相对平坦，你不必帮我，也可以省力一些。

他显出为难，说，咱们别走大路。那样就要出大门。

我听了却不得要领，思虑了一下方才明白，这小伙子领我们走的小路，避开了青尼罗河瀑布区的大门。估计是领着客人逃票了。

只得跟随绿衣小伙子原路返回。一路上，他依然在所有需要帮扶的地方伸出援手，让我得以安全回到我们下车的地方。分别的时刻到了，我向他表示由衷的感谢。他充满期待地看着我，我知道，这是讨要小费的姿态。

我取出五美元给他。

绿衣小伙子的脸色沉暗下来，翻了翻白眼，说，您这样对待您的导游，难道不觉得太少了吗？

埃塞俄比亚的公务员每个月的平均工资是20美元。我是找了正规旅行社付了每天大约800美元的代价来此旅行，还要额外付给当地导游和司机小费，这些都是旅行条款中明文规定的。我不明他的身份，他领着我逃票，这让我觉得不妥。在不到两个小时的时间内，他得到了国家公务员大约一周的薪水，应该说得过去了。

看到我的迟疑，他僵硬地抽动了一下嘴角，算是微笑。说，我正在求学，学费很贵。希望您能看在鼓励一个非洲年轻人上进的分上，再给我一些钱。

绿衣小伙子深谙旅行者的心理，他的这些话打动了我。想起他一路上那些知识的介绍，我又拿出五美元给他，他这才笑逐颜开地走了。

晚上在酒店吃饭时，我遇到了一位中国工程师，他在南苏丹工作过多年，对这里也熟门熟路。听了我的经历后，他说，通常这种情况，你给他一美元，就很恰当。您遇到的的确是位高手。一般来说，由于很多非洲部落从原始社会进化过来不久，他们信奉原始共产主义，认为你既然比我富裕，你就应该给我。我只要多说一句话，你就不好意思了，掏出更多的钱给我，这是我的胜利。谁让你的钱多呢！而且，您这样乱施慷慨，会助长当地人不劳而获的习气。

我无言。惭愧而无奈。

不可思议的
岩石教堂11座

25

非洲三万里

到拉利贝拉看看岩石教堂,它的确是一个战栗的奇迹。

随着走过的地方渐渐增多，能让我讶异的景色渐渐减少。

这一方面是好，我不再大惊小怪，学会用一种更静和的眼光来看这世界。一方面是不好，就像生了厚茧的手，不再能感受丝缎的幼滑。

埃塞俄比亚的岩石教堂是想象之外的一个存在。它在一瞬间，让我抿起双唇，将惊呼强压进喉咙口。

岩石教堂，我原以为自己已经知道它是什么模样。

这印象来自芬兰首都赫尔辛基。当时北欧人告诉我说，这是世界上唯一的岩石教堂。现在我想明白了，说这话的人没来过拉利贝拉。

芬兰的岩石教堂位于首都赫尔辛基市中心的坦佩利岩石广场。广场本身就是一块岩石的下半部，它比旁边的街道高出大约10米，你可以把它想象成一座低矮的小山。或者说，它本来就是一块微微隆起的超大石案。当地人说，因为这块巨大的石头高地在城市中央不伦不类地睡着，有碍观瞻，芬兰人本想将它削平或移走。方案总在争议，谁也说服不了谁。这块巨大的石状隆起就在无休止的争吵中安然躺卧。后来，有一对名叫斯欧马拉聂的设计师兄弟，突发奇想，跳将出来，宣称可以把这块巨大石体的中部凿空，让它变成一座教堂。他们的建议获得通过，择日动工。先是从岩石的顶部向下开掘，教堂的图形就隐匿在岩石内部。建设旷日持久，到了1969年，岩石教堂终于完工。外表完全保持着原生态的样子，只是在岩石一侧，修有一扇和岩石同样色调、融为一体的水泥门，这就是教堂的入口了。走进去，你会沿着隧道状的走廊，钻入岩石内部。走着走着，你就进到了岩石的心脏部位，也就是教堂的正厅。

这个能容纳800人做礼拜和听音乐会的大厅，令人安静放松。仰头望，是一个直径20多米的淡蓝色铜制圆形拱顶，支撑着它的重量的是100根放射状的梁柱。梁柱之间都镶嵌着透明的玻璃，采光甚好。我去时正是晴朗秋日的下午，阳光透过穹顶的玻璃幕洒落下来，照在中心区域的圣坛上，神圣感自天而降。教堂内壁保存着未经任何修饰的岩石原貌，靠近顶部的墙体则是用岩石片贴砌而成。它们看似毫无章法，似乎一不当心就可能掉下石屑。不过你大可放心，每一块石头都是精心切割出来，彼此咬合，高度默契。这种原始洞穴般的色调让教堂浑然天成，把参观者的视觉和听觉打回古代，像原始人一样油然而生敬畏之心。天然石理中，水滴从岩缝中渗出，顺着岩壁汩汩流入预先设计好的水道，妥帖排出。

整座教堂既古朴又充满了现代感。心想，若孙悟空跳到半空鸟瞰此地，会觉得它像个外星人造的飞碟吧？

本以为富裕而充满想象力的北欧人，已将岩石和教堂结合得无与伦比。到了埃塞俄比亚，才知在800年前，此地的土著居民已用极其简陋的工具，塑造了完美的岩石教堂。

向埃塞俄比亚北方的拉利贝拉飞去，银翅之下可见雄伟的埃塞俄比亚高原苍茫如巨象。众多的江河像银色刀锋，切开山岩，冲蚀下面的砂岩和石灰岩层，甚至侵蚀到最古老的岩床，毫不留情地把高原砍削成无数深谷大壑。赭黄色的峰峦、零散的绿地、中部宏伟的山脉……从半空看来，埃塞俄比亚人简直就是居住在非洲最大的山岳狭缝之中。

下飞机，满目苍凉，根本看不见城垣和建筑。错落长着稀疏林木的荒原，很难想象这里曾诞生过一个强大的帝国，这个帝国建造出世界奇迹。

此地原名为洛罕，1173—1270年统治埃塞俄比亚的扎格王朝，建都于此。

12世纪时，扎格王朝的第七代国王拉利贝拉降生。当他呱呱落地时，一群蜜蜂围着他的襁褓飞来飞去，怎么也赶不走。拉利贝拉的母亲认准了那是儿子未来王权的象征，便给他起名拉利贝拉，意思是"王权蜂授"。

当时的统治者是拉利贝拉的哥哥哈拜。哈拜得知妈妈给这个弟弟起的名字后，心生恨意，想要杀死弟弟，就给他下了毒药。可怜的拉利贝拉大难不死，只昏睡了三天三夜。在迷梦中，拉利贝拉被上帝指引着来到耶路撒冷朝圣，并得到神谕："你在埃塞俄比亚造一座新的耶路撒冷城吧，要用一整块岩石建造教堂。"

小拉利贝拉奇迹般地醒来，此后又顺利登上了王位。

按照上帝的召唤，拉利贝拉国王开始在拉斯塔山北部海拔2 600米的岩石高原上选址。他下令全国，征召2万人工，花了整整24年的时间，终于在坚硬的高原上，凿出了11座岩石教堂。后世的人们将这片"岩石教堂群"统称为拉利贝拉。所以，当人们说出"拉利贝拉"这个字眼的时候，有可能是指一座城垣，有可能是指一个朝代，有可能是指一个国王，有可能是指一系列宗教建筑。

我猜我这样说了，你仍然无法想象地下岩石教堂的模样。我在到拉利贝拉之前，也看过类似的介绍，但一头雾水。当我真正看到拉利贝拉岩石教堂群的时候，才觉出介绍文字是隔靴搔痒、言不及义。

这也赖不得那些介绍者，岩石教堂的确是一个难以描述的存在。

你可以在空中俯瞰岩石教堂，但你不能在地面上眺望它。

为什么呢？因为它的顶端和地面是齐平的。也就是说，如果没有人指引，如果你按照对一般建筑物的想象以为它竖立在大地上，那么哪怕你来到距岩石教堂几步远的地方，不低头，你也看不到它。

也许你会说，哦，我知道了，它就是个地下宫殿。

不确。它是个宫殿不错，它位于地下也不错，但它不是平常意义上的地下宫殿，并不像十三陵那样。我们以往所看到的地下宫殿，是潜伏在地下，表面有覆土。外表在没有打开地宫之前，看起来基本上是一马平川或隆起的小山丘。拉利贝拉的岩石教堂完全不是这样，它是明挖出来的，从地表可以看到它的全貌。

也许有人会说，哦，知道了，说句不太礼貌的话，它就像个半地下室，这回对了吧？

这个比喻稍近了一步，但至少还有两点不大准确。第一，地窖通常是泥土的，岩石教堂是石头，没有人在石头堆里挖个半地下室。第二，地下室的四壁是和大地连在一起的，像个菜窖。而岩石教堂的四壁和其他石壁是断然分开的。或者换个说法，岩石教堂是从石头中剔刻出来的——如玉石或象牙雕刻中的镂空雕。只不过，工匠们面对的不是把玩于股掌中的一小块细腻材质，而是粗粝阔大的整座山体。

依我向当地人的粗略询问，具体工程步骤大致是这样的。首先要寻找合适的山体，它须是完整的没有裂缝的巨型岩石。有可能是倾斜的半座山，也有可能就是石质大地。选址完成后，要因地制宜地构思蓝图。这头两步里蕴含着巨大的工作量，既要有万山寻遍、一丝不苟的实地踏勘，又要有腾云驾雾的奇思妙想。漫长的辛劳和时间加上不断地脑筋急转弯，才能画好蓝图。之后就是集结工匠，预备开工了。

先除去岩石表层的浮土和软石层，然后在选定区域四周凿出十几米深的沟槽，让这块巨大的雕琢物与整个山体脱离。当这个步骤完成后，被隔离出来的山体，如同一大块奇硬的岩石蛋糕。

接下来就是对巨石进行镂空雕。石头内预留出墙体、屋顶、祭坛、廊柱、门和窗，以及一切将来要在教堂内部呈现的固定物位置，将一切不必要的部分用各种手段精准剔除。这一步骤的关键是要胸有成竹，有条不紊、稳扎稳打地推进。此时，一般人看到的还是一整块岩石，唯有在设计者眼内，它已具备了未来教堂的所有细节雏形。每一个细部的尺寸都周密计算好，多一分不可，少一分也不行。工匠们依据指挥的命令，下到已经开凿出的深邃岩石裂缝中，小心翼翼、极其艰难地一钎一镐一凿地开始操作。巨石内没有用途的废料，被清除后沿着巷道运出。

这些程序说起来不复杂，但极费人工，劳心劳力旷日持久。随着工匠们的日夜劳作，教堂的大模样就逐渐从岩石中浮出。之后还要在预留好的石柱石壁上精雕细刻，让它成为完美的石头教堂。

以我一个外行人的眼光，觉得最难的是开凿教堂的天花板。你想啊，几百平方米的面积，工匠钻进岩石内部，预留好所有的支撑廊柱，然后开始工作。趴着凿，躺着凿，跪着凿……日复一日地凿啊凿，用最简单的工具——镐、小斧、弯杠……对抗着坚硬的岩石。随着高度不断攀升，工匠们渐渐能站起来了，但这是另一道艰苦工作的开端。工匠要一直立着脖子仰着头，双臂高擎，一凿凿向上击打。无数粉尘石屑洒落，落到脸上、手上、眼睛、鼻孔里，钻入工匠们的肺腑……整个环节容不得任何失误，特别是那些预留用来支撑未来教堂穹顶的柱子，万不能误伤。它们完整挺立，才能扛起沉重无比的石头穹顶。如果误伤了柱子的雏形，石头教堂这个庞然大物就会先天不足、伤筋动骨。简言之，这工程就是以微薄的人工，在厚达几十米、重达千百万吨的岩石上绣花，在石头上剪纸。将一切不需要的部分剜去，留下的部分构建成一座座气势恢宏的教堂。宗教信仰产生了不可思议的力量，信徒们用双手完成了感天动地的圣迹。

说了这许多建筑史话，还没有进入正题。我是想用这种方式，能够让朋友们多了解一点儿岩石教堂。好吧，闲话少叙，这就亲眼去看看。

我所见的第一座岩石教堂，名为"梅德哈尼阿莱姆"，是拉利贝拉岩石教堂群中体积最大的一座。远远就看到地面上支起银灰色的轻骨金属装置，像是现代材料搭起的伞骨。当地人说，这是联合国出资修建的保护措施。说实话，它对岩石教堂的景观破坏蛮大，有点儿像一个美女套上了牙箍。

修好后还会拆除吗？我问。

不会拆除，只会更换新的保护装置。当地人答。

我说，你们是不是还是希望看到以前没有被保护起来的原始样貌的教堂？

当地人回答，当然，我们更喜欢古老的样子。可是，有什么法子呢？保护第一。

这个教堂的名字翻译过来是"救世主教堂"，是由一块长33米、宽23.7米、高11.5米的暗红色岩石雕刻而成。共占地782平方米，有五个中殿和一个长方形的廊柱大厅。在廊柱大厅里，有28根本身就和岩石基座生而一体的石柱，顶天立地地支撑着原本也是岩石一部分的天花板。廊柱上还有很多精雕细刻的图案，也都是和教堂的整体一并完成的。

教堂内部有壁画和一些宗教饰物，令人称奇的是，还有很多非洲鼓置放在一旁。

我悄声问，此地也作为其他活动的场所吗？

当地人说，不。这里只进行宗教活动。

我说，那这些鼓……

当地人说，它们是用来代替管风琴的。

我说，做礼拜的时候，这些鼓会擂响吗？

当地人说，是的。从岩石中发出的鼓声，经过岩壁的共鸣，非常震撼，气壮山河。

用非洲鼓代替管风琴，因地制宜的伟大创造。

非洲鼓是世界上最古老、最具代表性的打击乐器。非洲鼓是会说话的。当地人不无自豪地说。

会模仿你们的语言？我很惊讶。

它的节奏就是非洲人都懂的语言。有一些固定的信号，只要手鼓响起，就能传达想要表达的具体事情。拉利贝拉人根本就不用走出自己的屋，就能知道村子里所发生的所有重大事件。这些鼓是有神性的。拍击的部位不同时，音色也有分别，可以发出高中低不同的声音，祈祷部落安宁，传达对神的敬畏。当地人很自豪地说。

这些排成队伍的鼓，身高大约有半米多，直径约30厘米。鼓身上还用浓重的色彩，画着各种几何、花草、人兽图形。由于年代久远，加上地下幽暗，我一时分辨不清这造鼓的材料。

当地人，非洲鼓常用牛皮、羚羊皮制成，还有木头、豹皮、斑马皮、蜥蜴皮、鳄鱼皮等，甚至还用大象的耳朵。

我悄声问说，您能看出哪面鼓是大象耳朵制成的吗？

当地人悄声说，在教堂里面的鼓，通常都是大树皮凿空做成的。

与之相邻的圣马利亚教堂，面积要小一些，高度为九米。它的石壁上雕刻着很多精美的几何图案。比如卍字符、星形和花饰。别的图案我都可以理解，但这个卍字图案不是属于佛教的吗？后来我在圣城内买到一个纪念物，是顺时针方向的卍字图案，这简直就是印度教的符号了。我不知道这是什么意思，查资料也无解，问我们博学的导游，他也说不明就里。所以我只能认为这种古老的符号曾在世界各地广为流传，并无特定含义。

圣马利亚教堂的另外一个特色是它的窗户。每侧墙上有两组窗户，每组三个。据说上面一组窗户，代表的是三位一体。下面一组三扇窗户代表着耶稣受难及两个当时嘲笑他的罪人。由于这俩罪人的下场不同，在代表他们的窗户的上、下方又各开了一个钥匙形状的小窗口。口朝上那扇窗户，代表此人虽然干了坏事，但洗心革面之后得到救赎，灵魂还是能升入天堂的。窗口朝下的则表示那个死不悔改的罪人，最终被投入黑暗地狱。基督教的教义在这里入境随俗，有了本土化的诠释。连基督教最庄严的节日——圣诞节，在埃塞俄比亚也被改在了每年的1月7日。

圣马利亚教堂的一侧有个不大的水池，只有十几平方米吧，但看起来很深。

它有多深呢？我问。

11米。当地人告诉我。

我本来想问这么深是否安全，后来一想，圣地不可多嘴，就隐忍下了。再次仔细观察水池，水体呈绿色，有绿漆似的水藻浮游。

当地人告诉我，这水灵得很。

我说，包治百病吗？

当地人是个中年男子，是很有经验的导游。他肩披雪白的圣袍，很有几分仙气。说起这圣袍，还有一个小插曲。我亦步亦趋地跟随他，就要走入救世主教堂的时候，他突然转身走了，说，对不起，请您站在此地不要动，等着我。

我只好遵命呆站，好在时间不很长，他就返回来了，抱歉，我刚才忘了披圣袍，赶回去拿来。他说着，把手中一大块本白色的麻布往身上披戴。

我说，这是工作要求吗？进入岩石教堂的时候，必须这样着装？

他摇摇头说，并没有这样的要求，是我自己给自己规定的。在游客眼里，这是游览的地方，但在我们埃塞俄比亚人眼里，这里是圣地。每一次走进它，我都要披上圣袍。

我说，我能看看您的圣袍吗？

圣袍男就把穿到一半的白布重新放下来，让我细细端详。

一块很大的白色纺织品，纱支很细，薄而柔软。依我原来的理解，圣袍是圣母马利亚在大天使加百列告知受胎时所披的长袍，一般人穿的应该叫圣服吧。不过在埃塞俄比亚，他们都管这叫圣袍。荒远之处，宗教常常有新解释。

圣袍男把白布接回，先把一端披在肩上，然后就势将身体半裹起来。然后他把胸前的皱褶仔细整理一番，让它们呈现出美丽而自然的垂摆半弧形……这一瞬，我突然想起了巴黎卢浮宫里的"胜利女神"雕像。

当年参观时，一位学艺术的朋友对我说，胜利女神的头没有了，所以，你不能像欣赏蒙娜丽莎的微笑那样，看到女神的面容。你的注意力要放在她的衣服上……

我忍不住好奇，说，衣服是当时的时装吗？

朋友白了我一眼说，是皱褶。裙裾的皱褶，非常自然而流畅。看着看着，你就觉得石头具有了风吹丝绸般的质感和动感。

我不懂艺术，但胜利女神的衣褶确实给我留下了很深的印象。后来看欧洲影片和油画，看到罗马帝国君臣所穿的衣服，都折有很潇洒的皱褶，看似随意，其实很有韵律，心想这该是从胜利女神那里传承下来的。到了埃塞俄比亚，我发现，无论多么贫苦困顿的男人，都会披一条白色的巾子，在胸前垂叠出潇洒的纹路。他们走动时，常常手执一根木杖。它并不是拐杖，因为年轻人也都会持有。男人们会将这根木杖提在手里或单手举过头顶，很像权杖。

我曾问过，这根木棍有什么用呢？

被问到的人似乎很困惑，想了半天才说，用处？如果你一定要找个用处，在野外的时候，它可以防身，对付野兽。

我说，那为什么在城里的人也手执一根木杖？

他们似乎有些为难，好像这不应该是一个问题。最后答复说，我们的祖先就是这样传下来的。

在此我做一个自以为是的揣测——人类真的是发源于非洲。原始时期，人为了御寒，会随身携带一块布，冷时披在身上，累了铺在地上。手执一根木棍，为了安全。无论是追捕猎物还是打草惊蛇，木棍都须臾不可离身。当古人类从非洲高原出发跋涉到世界各地的时候，带走了这个传统。于是古希腊的女神，有了飘飘欲仙的衣褶；古罗马的长老院中，人人都手执一根杖。

话扯远了，赶紧回到圣马利亚岩石教堂的绿水池边。

并不包治百病。单为女子祈福。结了婚的女人，喝了这池里的水，会生出天使一样的孩子。圣袍男说。

我暗自腹诽，喝了这池里的水，生不生孩子不敢保，但拉肚子估计是一定的。

不管怎么说，由于圣马利亚教堂拥有如此神奇的"送子"功能，这也使它成为拉利贝拉岩石教堂群里最受人欢迎的一个。

是不是凡是女神，都兼管送子这档事呢？是不是女子都格外崇敬神明呢？是不是圣母和观音修得了同等的法力，不分伯仲呢？

圣马利亚教堂的廊壁和柱壁上，还雕有很多动物的图案，比如鸽子、凤凰、孔雀、牛、大象和骆驼等等，我猜想，开凿教堂的工匠都是出身于劳动阶层并热爱大自然的人，所以在这里大施拳脚，留下弥足珍贵的雕塑。

拉利贝拉的11座岩石教堂并不是孤立分布的，而是借着同样深邃的地道相连，大致可分为三个组团。以约旦河为界，北侧的算是第一组，共有6座岩石教堂。南部的算是第二组，有4座教堂。第三组其实算不上组，只有1座教堂，就是大名鼎鼎的圣乔治教堂，在约旦河的西南侧。第一和第二组的10座教堂，经地道加上回廊连为一个整体，有点儿像彼此可以火力支援的地下堡垒群。

高原有些缺氧，加之不断攀爬，很快，浸透全身的疲惫就取代了最初的惊喜。一个个教堂介绍下来，有点儿烦琐。我就拣要点说说吧。

先说我没看的一个教堂。您肯定要纳闷，你自己都没有进去，为什么先说它呢？

第五座教堂，就是创下这个伟大奇迹的拉利贝拉国王的出生地——各各他教堂，也有人说是他的安息地。该教堂自古以来就有一个严格规定，女人不得靠近此教堂。这是拉利贝拉岩石教堂群里的一个异数，别的教堂并不拒绝女子进入。

我只好止步于门口的地道处，对芦淼说，你看得仔细点儿，回头告诉我。

我在外面待着无事，开始信马由缰地胡思乱想。

按照传说，拉利贝拉出生的时候，显然还不是国王，也没有建造起岩石教堂。那么，他怎么会出生在这里呢？这个教堂是以后追建的？如果是安息地，还说得过去。还有他妈妈给拉利贝拉起的名字，也颇有几分惊心动魄。哥哥是现任国王，母亲又把另一个儿子命名为"王权蜂授"，就不怕给这个小婴儿带来灾难吗？考虑得似有不周。第三，关于用石头建造教堂，国王说来自梦境神游，我觉得更像假借神谕，实则是表达虔诚之心。此王国属地海拔2 600多米，高原林木稀疏，无法得到建造高大教堂的优质木材。此地的石头也为粗糙砂岩，无法像欧洲的大理石教堂那样利于切割和砌造。国王思虑再三，为了能保质保量让教堂流传久远，在岩石中开凿教堂，应该是不得已中的上策。

不一会儿，芦淼归来，我赶紧问，里面是不是有男性尸体？据说，这里是拉利贝拉的安息地。

芦淼说，里面不算太大，有一条长长的石甬道，供奉的是耶稣受难时的雕像。教堂两个中殿的墙上，雕刻着七个真人大小的牧师系列像，神龛中还有一个墓，墓穴的旁边就是教堂守护者休息的小床。

那个墓里是否安息着伟大的拉利贝拉王？

最值得一提的是圣乔治教堂。和大地在同一水平面的教堂顶，呈三组巨大的十字架形状。若从空中俯瞰，十字架仿佛是有生命的，从山体中诞生后拔地而起，还在生长。此教堂拍成的图片特别令人震撼，如果不是身临其境，简直难以琢磨它是如何建造的。听说有不少人正是因为看了这张图片，才下决心到埃塞俄比亚一游。还有人将它列为自己死前必游览的多少个地方之一。

教堂是由一整块巨石一气呵成的，高15米（相当于五层楼）。这块石头

不但完整，而且异常坚硬，又称"独石教堂"，历经几百年风雨，竟然一如初建时的稳固。联合国教科文组织世界遗产委员会专程到此考察后决定，此教堂不必搭建保护性顶棚。这样，游客们就有了眼福，可以一睹一座原汁原味的岩石教堂，与当年拉利贝拉国王看到时别无二致。

圣乔治教堂从外观看，分为三层。圣袍男说这象征着《圣经》里的"挪亚方舟"，因为挪亚方舟就是分为三层的。

沿地道下行，进入圣乔治教堂。在门口处要脱鞋，地面上铺着厚厚的红地毯，化纤的。其实并不厚，积了很多尘灰，显得比较厚。在之前读过的游览攻略中说，这种地毯藏污纳垢，滋生着很多跳蚤和臭虫。我有点儿不以为然，以为是故意丑化。其实完全正确，自打到过岩石教堂之后，我就不停地被吸血的小动物咬得遍体鳞伤。我遍涂驱蚊剂，毫无效力。这才发现驱蚊剂

25　不可思议的岩石教堂11座

也是"术业有专攻"，对蚊子不一定管用，对其他嗜血昆虫是一定不管用。这帮小动物也天赋异禀，丝毫不惧怕清凉油，从一而终地和人不离不弃。据资料介绍，这帮吸血鬼会潜藏在人的头发中被带回家。回到北京后，我特地拣午夜时分像鬼魅一般跑到室外垃圾桶，将去非洲穿过的全部衣服抛弃，祈愿隆冬的严寒杀灭它们，不再贻害他人。

又扯远了，回到圣乔治岩石教堂。教堂广大，内部却没有任何石柱支撑，上下雕凿贯通一体，气势恢宏。

一位身披白袍的神职人员，在窗口附近读着圣书，从高高窗户斜射进的一道微光打在他的半个脸颊上，让他在薄暮的顶光之下，显出圣洁之态。我不合时宜地注意到，他黝黑的肘壁上贴着一块淡黄色的伤湿止痛膏，并轻微咳嗽。我能理解，在这深达地下十几米的石穴中，很容易得风湿骨痛之症。加之空气不流通，长久以往，呼吸系统也易落下疾患。

他潜心修行，对所有的来客一律眼皮也不抬。

出得教堂，圣袍男对我说，这里安息着一位圣人。去看一下吧。

我说，在哪里？

他说，在圣人洞里。

圣乔治教堂的室外通道旁的岩壁上，有一处岩洞，封着铁丝网，但这仍然挡不住成群的苍蝇聚集在这里。我走到洞前，依稀看到里面卧着一具干尸。他近乎骷髅，凑得更近些，能分辨出人的大体形状和毛发。因年代久远，一些骨关节脱落，手掌、脚掌远端的细小骨骸已经凋散……

我悄声问，圣人归天已多少年了？

圣袍男答，400多年了。

我说，400多年来，圣人一直在此安息？

圣袍男说，正是。早年间，人们还会抚摸圣体，以求赐福。这些年为了保护圣体，就用铁丝网拦了起来，来人只能在洞外瞻仰。

我默默观看，一只从洞里飞出的苍蝇停靠我的脸颊。

这就是所谓的"圣人效应"，源远流长。特别是在宗教氛围中，常常有人说自己享有"圣物"，比如是某个圣人的骨骸或凶器的一部分，例如钉死谁谁的十字架的木块或裹尸布。莎士比亚去世后，有人把他家附近的树木砍了，当作珍贵的木材高价出售。拿破仑墓边上的树木也难逃此运，砍后分成一片片，被人带回去做纪念品。拿破仑的阴茎也难逃厄运，被主持拿破仑临终祈祷的牧师割下来带走了。至于握手后几天不洗手或恳请被谁谁触摸头，更是至今流传。

我甚至觉得索要作者的签名本，也多少有点儿这种嫌疑。那书中的每一个字，都同别的印刷品没有区别，从传递的内容来说，毫无二致。所不同的只是作者的手抚摸过这本书，真是没名堂的喜好。

周围的游客几乎人人手里都拿着一段树枝，品种不拘，只要能随时挥舞就行。原本绿色的树叶由于在干燥空气中的连续舞动，迅速枯萎脱水，干若标本。这可不是一种仪式，而是为了驱赶无所不在的苍蝇。手中动作稍有停歇，就有苍蝇在你的嘴唇上搓手搓脚，痒热难熬。

当地黑人似乎没有游客们这般矫情，特别是小孩子，苍蝇糊了一嘴巴，依然安之若素。估摸已经建立起了一套防御机制，对苍蝇的摸爬滚打不再敏感，方能与之和平共处。这是当地人身体对环境的适应，若他们每天也像游客似的不停驱赶苍蝇，徒然耗费多少能量！

我对自己说，那苍蝇刚刚可能在干枯的圣人断肢停留，于是我也沾染了仙气。

走的地方渐多，我已对世界各地的丧葬风俗有了包容性。比如我们爱好入土为安，如果是圣人，更要善待他的遗骸。不过此地却把圣人曝尸400余年……我们喜土葬，尼泊尔人却在恒河上游架起薪草，亲手将自己刚刚咽气的亲人烈火焚烧四五个小时，然后再将他的骨灰投入河水。在伊朗的亚兹德，逝者的尸身要抬到高高的天葬台，以供鸟雀啄食。如果某一天逝者太多，食腐动物一天消化不完那么多肉身，第二天家人还要将残破的尸体再次摆放安顿，以利飞禽饕餮……

我要深深感谢圣袍男，他教会我那么多关于埃塞俄比亚的知识。

基督教是埃塞俄比亚最主要的宗教，历代国王差不多都是虔诚的基督教徒，这在非洲大陆很少见。说起他们信奉基督教的历史，真是非同小可。据埃塞俄比亚的传说,当年他们美丽的国君示巴女王曾亲赴耶路撒冷,拜访所罗门王。她可不是空手去的,随从人员带着满载华贵礼品的797头骆驼、无数头骡和驴,长途跋涉方到达圣城。

这事并不仅停留在传说中,《圣经》里也有记载。《旧约全书·列王记》里面说,大概在公元前10世纪的时候,以色列王国正处于所罗门王统治下的鼎盛时期,这时候,突然有一位异国君主示巴女王带着很多珍贵的宝物来拜会所罗门王。她听说所罗门王的智慧无与伦比,于是提出了很多古怪的难题请所罗门王回答。所罗门王没有被难住,以自己横溢的才华折服了该女王。女王向所罗门王献上了无数的黄金和宝石,所罗门王也以好客的胸怀极尽所能地盛情款待了这位女王,尽量满足了她的一切要求。在《圣经·旧约》中,这可是为数不多的奢华记录。

野史说,所罗门王一见钟情,爱上了示巴女王。不过女王很矜持,一直没有答应所罗门王的求爱。一直到离开耶路撒冷的前一天晚上,所罗门王摆下盛大晚宴,为女王送行。所罗门王再次示爱,示巴仍无动于衷。所罗门王只好说,那好吧,如果你临行前不从我的宫殿里带走任何一样东西,我就放你回家。示巴女王说,我不会从你的宫殿里带走任何东西。他们达成了约定。

所罗门王使了个小计策,他让厨师将菜肴做得十分美味,同时在菜里放了大量的盐。示巴女王饱餐后半夜里口渴难耐,起身喝了一点儿水。一直等候在近旁的所罗门王说,现在你违背了诺言,用了我宫殿里的东西,所以你要答应我的求爱。第二天分手的时候,所罗门王拿出一枚指环,对示巴女王说,我预感你会因昨晚的事儿生下一个男孩,让他以后拿着指环来找我。示巴女王回到埃塞俄比亚之后,生下了所罗门王的儿子麦纳克里,以后成为埃塞俄比亚王国的奠基人。

这段故事在埃塞俄比亚家喻户晓,在位长达40多年的皇帝海尔·塞拉西一世,就自称为所罗门王和示巴女王的第255代嫡孙,是"犹太教的雄狮"。

既然谈到了所罗门王,脚跟脚而来的还有金约柜的传说。

麦纳克里长大之后,果然拿着所罗门王的指环,来到了耶路撒冷。所罗门王非常喜欢这个孩子,希望他继承自己的王位做以色列王,可是麦纳克里和他老妈一个性子，执意不肯留下，坚决要回埃塞俄比亚。无奈中，所罗门王立下约法：只有麦纳克里的子孙才可以统治埃塞俄比亚。于是，以后的统治者在继承王位的时候都要声明，他们的血统来自所罗门王。这就是著名的"所罗门王约法"。

事儿还没完呢。

在以色列早期的记录当中，金约柜用来盛装上帝在西奈山赐给摩西的石碑。约柜就成了上帝与以色列之间的见证。在《出埃及记》第25章第22节里，上帝对摩西说："我要在那里与你相会，又要从法柜施恩座上二基路伯中间，和你说我所要吩咐你传给以色列人的一切事。"

西方历史学者曾这样描述约柜：这柜子装有上帝与人类的终极连接，《圣经》里记载了它的巨大威力。夷平高山，摧毁军队，灭绝城市，等等。到了3 000年前的某一天，约柜从所罗门圣殿里神秘地消失了。它到哪里去了？

所罗门王真是爱这个儿子啊，据说把装有上帝指示的"约柜"给了麦纳克里。

麦纳克里把金约柜从以色列运到了埃塞俄比亚，一直秘密保存在他王国的首都阿克苏姆。

麦纳克里的王朝在公元3世纪到6世纪时盛极一时，后来国力渐衰，11世纪时被扎格王朝取代。扎格王朝的国王就是建造岩石教堂的拉利贝拉，也笃信基督教。13世纪末，另一王朝取代了扎格王朝，政治重心遂逐渐南移。14世纪初，王朝都城自拉利贝拉迁至绍阿，拉利贝拉城垣渐渐被湮没。在后来的几个世纪里，因交通不便，没有人管理，逐渐被人们遗忘。

在朝代的变迁中，约柜到哪里去了？

充满危险的旅程，幽魂般的圣湖之岛，迷雾笼罩的古老教堂，人迹罕至的犹太村落，不可思议的史前文明，拥有超凡法术的先知，真伪莫辨的传说，藏在经卷里的密码，残缺不全的手稿，神秘的圣殿骑士……这是关于寻找金约柜的神秘传说。

埃塞俄比亚人坚定地相信此圣物就存放在自己的国家，在北部阿克苏姆的圣马利亚教堂。一位修士用一生的时间寸步不离地守卫着这个圣物，他是现在这个世界上唯一能接触到约柜的人。当他快去世的时候,他将得到上帝的旨意,找到约柜的另一个守护人。

我到达阿克苏姆之后,问当地修士约柜之事。修士平静地说:人们都说有约柜之谜,对我们来说,它并不是一个谜。它千真万确地存在着,宽30厘米,长50厘米。柜子的外层涂金,里面放着十诫的法板。对我们来说,你只需要相信它。

我试着在脑海中想象了一下它的大小,宽30厘米、长50厘米,乘起来不过0.15平方米的面积,比我想象中要小得多。

据有幸曾在远处见过约柜守护僧侣的人说,守护者是一位黑瘦的长者,脸颊下凹,留稀疏长胡子,下巴尖瘦,身披黄袍,有生之年一步不得离开教堂,有几个小修士服侍他,给他带吃的喝的,照顾他的日常生活。

想象中,守护的修士仙风道骨才是。

约柜真的存在吗?就在埃塞俄比亚吗?也许正如修士所说,作为信徒,你要做的就是相信它。

在我等外人看来,埃塞俄比亚人无疑是黑人。但细细端详,埃塞俄比亚人的种族特征和周围的尼格罗人种之间,的确存在一些明显差异。他们皮肤颜色较淡,体格修长,鼻子高耸,额头广阔,长着狭小的鹰钩鼻,带有一部分闪米特人的面貌特征,是被称为"法拉沙人"的黑色犹太民族。

以色列人认黑皮肤的法拉沙人为亲戚。根据以色列《回归法》,流散到世界各地的犹太人都有权返回以色列。

由于"法拉沙人"在埃塞俄比亚处境艰难,以色列曾多次大规模空运埃塞俄比亚犹太人回归。1984年至1985年,以色列发起"摩西行动",数月内运送8 500名黑色犹太人返回以色列。1991年,以色列政府再次发起"所罗门行动",在短短36小时内,将1.4万名黑色犹太人空运回以色列,其中一架以色列的波音747货机单程就运载了1 122人。

到了2011年7月,以政府决定实施"鸽之翼行动",将留在埃塞俄比亚的最后一批7 500名"法拉沙"犹太人空运回以色列,将他们安置在以色列南部社区,开始新生活。

本文的结尾，我要做一个小广告。

身披白色圣袍的导游家，有个小旅馆寻求合作，他希望我能在中国找找愿意与他合作的买主。他领我到他正建造的四层小楼工地处观看，在满地牛粪羊粪鸡粪的缝隙中，我像跳棋子上蹿下跳……

我说，您这个房屋大约什么时候能完工？

圣袍导游说，因为资金的问题，现在停工待料呢。

我说，已经花了多少钱？

他说，100多万人民币。

我说，那么最终完工总预算要多少钱呢？

他想了想说，至少还要200万人民币。

这的确是一个令人诧异的造价。我说，这里的客流量如何？

导游说，每年圣诞节的时候，会有很多基督徒前来拉利贝拉岩石教堂参加宗教活动。城里人满为患，很多人找不到住处。

拉利贝拉具有令人震撼的永久魅力，当地的旅游设施也相当不足，家庭旅店肯定是日后的发展方向。不过，导游家离拉利贝拉的遗址大约还有十几千米的距离，不知可有人愿意合作？

到拉利贝拉看看岩石教堂，它的确是一个战栗的奇迹。

非 洲 三 万 里

海尔·塞拉西皇帝的家族墓地

26

非洲三万里

"我是在捍卫所有正在受到侵略威胁的弱小民族的事业。曾经对我做出的诺言现在变成了什么?我将给人民什么样的答复?……上帝和历史将会记住你们的判断!今天是我们,明天就可能轮到你们!"

我记得海尔·塞拉西皇帝。中国上了些年纪的人,多半会记得这个皇帝。

在西藏阿里高原滴水成冰的操场上,作为普通一兵,我用自己的背包当座椅,正在看电影。

在正片开演之前,会先放加片——《新闻简报》,它是整个酷寒夜晚的精华所在。正片是放过无数遍的《地道战》啊,地雷战啊,银幕上的角色说了上句,所有的观众都会异口同声地说下句,尤其爱接反面人物的话茬儿。政治部门不得不发出相关指示,要求观影时全场保持肃静,不许出声。命令生效,场内是悄无声息了,但迷离光影中,可以看到众多嘴唇兔子似的整齐蠕动,无声地续着下文。

加片则基本上都是比较新的,那是孤寂的士兵们通往外界的一道缝隙。我第一次看到了西哈努克亲王的妻子莫尼克公主穿得那么讲究,懂得了什么叫"雍容华贵"。第一次看到中国有那么多山清水秀的好地方,比身旁银白的雪世界艳美很多。第一次看到我们的朋友遍天下,一会儿是越南人来,一会儿是黑人来,一会儿是斯诺来了,一会儿是……皇帝来了!

1971年10月6日至13日,埃塞俄比亚皇帝海尔·塞拉西一世访问中国,10月8日,毛泽东主席会见了他。《新闻简报》里这样说,并播映出相关影像。

我第一次见到了一个活皇帝的模样。在此之前,我以为所有的皇帝都躺十三陵或类似的地场了。我对此皇帝的相貌大感失望，他没有穿宫里五颜六色的衣服，而是着西装。他一点儿也不高大，和身材魁梧的毛泽东主席相比，体量似乎只及伟人的一半。再者我对毛主席肯接见一个皇帝，深感困惑。皇帝不是反动派吗？辛亥革命最伟大的贡献，不就是把皇帝赶走了吗？为什么中国的皇帝是反动派，外国的皇帝就成了座上宾？难道只有中国的皇帝坏，外国的皇帝就是好的吗？

这些问题萦绕在一个十几岁的女兵头脑中，一团乱麻。散场的时候，我们拎着自己沾满土的背包。（不许在背包下垫纸，要随时保持背上拉出去打仗的战备姿势。）往回走，趁着月黑风高，我问一个老兵，你说加片里的皇帝是真的吗？

老兵在星光下翻着白眼说，当然是真的。《人民日报》登过这消息，那能是假的吗？

我说，可皇帝是封建统治阶级，是被打倒的坏人。

老兵说，毛主席见的人能是坏人吗？别瞎说！

我说，刘少奇什么的，毛主席以前也是天天见的。（那时候，刘少奇是坏人之首。请原谅我。）

老兵口气有些森严地说，我看你有点儿反动。

我吓得缄口不言，只是糊涂得更深了。

从此，我记住了这个皇帝，连同我的恐惧和惶惑。40多年过去了，恐惧不在了，恍惚不在了，但疑惑仍然在。这个皇帝究竟是何许人也？我对他的认知比我年轻时一点儿没见增多。人到老年，是一个心理还债的年纪。这个债，就是我们年轻时的好奇与不解。如果把它们搞清楚了，便化为了见识，心安。如果还顽固地在那里悬吊着，就成了风干的葡萄。狐狸哪怕老了，也很想尝一尝。

我在埃塞俄比亚的圣城拉利贝拉，参观完了岩石教堂，从深陷地下的教堂甬道往上爬，突然看到一个白色的身影，依靠着一座砖红色的碉堡样建筑物，凝神在看一本书。

我问圣袍男，这是个什么人？苦修者吗？

圣袍男的敬业精神非常好，他一时也拿不准这个人的身份，就走过去热情地打了个招呼，欲同那人攀谈。那人似乎不喜欢自己的清修被搅扰，简单回复着，明显露出无意深谈之态。圣袍男礼貌地同那人告辞，回到我身旁，但也无语。

待走出了一段路程，出了那人视野，圣袍男对我说，他是在凭吊。

我说，凭吊谁？

圣袍男低声说，海尔·塞拉西皇帝。

我说，为什么在这儿？

圣袍男说，这里是皇帝的家族墓地。埋着他的祖先。

我回头张望，那栋砖红色的建筑显得很魁伟，庄严肃穆。

我说，海尔·塞拉西皇帝也埋在这里吗？

圣袍男说，不。他安葬在首都亚的斯亚贝巴的大教堂里。

我说，埃塞俄比亚民众如何看待这位皇帝？

圣袍男说，别人怎样看，我不能说。但我……他顿了一下，哽咽说，我认为他是一个好皇帝。

说这话的时候，正好一束阳光打在他的脸上，我看到他的眼眶里有泪水，被夕阳染红，眼白有血丝缠绕。

我对这位皇帝的生平顿时生出了浓厚的兴趣，他在位44年，与埃塞俄比亚的近代史密不可分。在他逝世几十年之后，还有普通民众为之含泪，不可不查。

请容我稍微把话题扯远一点儿。

《圣经·旧约》和《古兰经》都提到示巴女王对所罗门王的访问，埃塞俄比亚人坚定地认为，示巴女王就是他们的马克达女王。埃塞俄比亚王朝的神话里说，马克达女王拜见所罗门王之后回国，生下了一个儿子，名叫麦纳克里，意为"智慧之子"，是所罗门王的血脉。这儿子后来成为孟尼利克一世，去耶路撒冷朝觐过他的父亲，并带回了约柜。

所罗门王朝在埃塞俄比亚的统治延续了五个世纪，经历了58个"所罗门血统"的皇帝。所罗门王朝的正式国名是阿比西尼亚，一般认为这个名字来

源于阿拉伯语，意为"混血"，其意不言而喻。

　　海尔·塞拉西一世出生于1892年7月23日，那时他的名字叫塔法里。塔法里的父亲是马康南公爵，为当时埃塞俄比亚皇帝孟尼利克二世的侄子，官职是某省的总督。塔法里幼年丧母，个子矮小，性格刚强机智，智商高，聪慧过人。且军事技术高超，善于骑射，深得父亲宠爱。他的记忆力也极好，跟随法国传教士学会了法语。由于出众的才能，他21岁时被皇帝召入宫中，成了王储埃雅苏的伴读。

　　1911年，年方19岁的塔法里，就被任命为哈拉尔省总督。1916年政变后，他拥护孟尼利克二世的女儿佐迪图担任女王，并担当起了皇储兼摄政王的重任。这时意气风发、年轻才俊的塔法里认定为了埃塞俄比亚的发展，需要有一场欧洲式的进步运动。他决意亲身周游列国，以了解欧洲方方面面的经验。1924年4月，塔法里出发了。他的游历可谓不同凡响，除了庞大的侍从，还牵着自己的宠物——斑马和狮子，实在让人惊叹。他乘坐火车，用了两年的时间，游历了欧洲。访问了民主也门、巴勒斯坦、埃及、法国、比利时、荷兰、瑞典、意大利、英国、瑞士和希腊等十多个国家和地区，细致考察了各国的政治、经济和社会生活等方面，下决心要在埃塞俄比亚搞一场变革。欧洲的繁荣和发达，给他留下了深刻的印象。他试图引导埃塞俄比亚这个有着3 000年历史的非洲古国，走向现代化的历程。在他的努力下，埃塞俄比亚帝国加入了国际联盟（就是联合国的前身）。

1928年，作为王储，他粉碎了得到佐迪图女王暗中支持的两次叛乱。1930年，他又用武力平息了佐迪图前夫古格萨在北方发动的叛乱。当这些障碍一一清除之后，1930年11月2日，塔法里举行了盛大的加冕典礼，登基当皇帝了。

据说当时城市为了迎接这隆重的庆典到处粉饰一新，新建了若干条硬沥青马路，连警察都发了新制服。平日在亚的斯亚贝巴街头随处可见的乞丐和麻风病人都被收容藏匿起来，一个都不见了。这还不算，为了保持市容整洁，骆驼商队也被禁止进入首都。贫民窟外，临时矗立起高大的遮蔽物，让外国记者看不到颓败的市容，他们的镜头就拍不到"污蔑帝国尊严"的图片。政府还从德国买来了前德皇威廉二世的御用四轮大马车，以壮行色。

一切准备就绪，亚的斯亚贝巴的圣乔治大教堂，包绕在乳香和没药的香薰之雾中。身穿华丽东正教长袍的教士们吟诵圣典，通宵守夜。1930年11月2日上午9点，海尔·塞拉西在圣乔治教堂大门外接受了皇帝的全部仪仗：带有十字架的纯金宝球、金银丝细工镂嵌的两支长矛、一枚镶有巨大钻石的戒指、金马刺、御剑和皇帝的御服。行完涂油礼后，大主教手捧金皮《圣经》，引导皇帝宣誓永远服从东正教会。最后，由大主教为新皇戴上了镶满翡翠和红宝石的三重黄金皇冠。礼炮轰鸣101响之后，上帝的使者、犹太族的雄狮、万王之王海尔·塞拉西一世陛下正式登基。

海尔·塞拉西称帝后，于1931年颁布了埃塞俄比亚有史以来的第一部宪法——《1931年宪法》。该宪法开章明义地宣布海尔·塞拉西神圣家族是埃塞俄比亚唯一合法的皇族。——"不间断地传自耶路撒冷的所罗门王和埃塞俄比亚的示巴女王的儿子孟尼利克一世的朝代""他的尊严不容侵犯,他的权力不容争议"。(血统论啊!)

这部宪法还规定皇帝握有立法、统率军队、任免官员、宣战、签订条约等一系列大权,此外还身兼最高法院大法官。宪法规定建立议会制度,设立参议院和众议院。不过,参议院议员要经皇帝提名从"替帝国效劳的"贵族中任命。议会的唯一工作就是聆听皇帝的训谕和做笔记。

海尔·塞拉西把维护自己的君主权力,以法律的形式固定了下来。

海尔·塞拉西同时开始了解放奴隶的改革,规定凡是继续从事奴隶买卖的人将受到严厉惩处。他还着力发展教育事业,设置教育部,创办国立小学,除使用当地语言外,还学习英语或法语。鼓励发展报刊新闻事业,废除了中世纪遗留下来的习惯法,颁布了《惩治犯罪条例》,依靠法制来稳定社会秩序。对农民实行放宽政策,降低农业税和商业税。他还设立了国家银行,发行国家货币。

埃塞俄比亚矿产丰富,又是个农业大国,借着地利之便,意大利殖民主义者早就垂涎三尺。1935年10月3日清晨,意军大举发动战争,入侵了埃塞俄比亚国土。五个小时后,海尔·塞拉西发表广播讲话,要求人民紧急行动起来,拿起武器,去打倒侵略者!他慷慨激昂地说:"为了埃塞俄比亚的独立,我将毫不犹豫地洒尽我的鲜血!"讲话赢得了全国各阶层的广泛支持,群众纷纷参加志愿军。

海尔·塞拉西来到前线。意大利战机低空扫射,皇帝不顾卫兵劝告,英勇上阵,端起机枪就对着低飞的意机开火,极大地鼓舞了士气。1936年3月在梅丘战役中,他指挥作战,干脆俯卧在潮湿阴冷的壕沟里,扫射敌军,被人们激动地称为"战士皇帝"。

尽管海尔·塞拉西亲上战场,但形势很不乐观。埃军战死者达9 000多人,皇家近卫军几乎全军覆没,战局急转直下。在危急时刻,海尔·塞拉西计划迁都西部地区的戈雷继续战斗,不料意军挺进十分迅速,该计划难以实施。在大臣会议上,最后以21票对3票通过,赞成海尔·塞拉西立即携带家眷，离开埃塞俄比亚。1936年5月2日清晨，皇帝登上专列火车前往吉布提，开始了长达四年的海外流亡生活。三天后，也就是1936年5月5日，意大利军队攻占了埃塞俄比亚首都。5月9日，墨索里尼宣布吞并了埃塞俄比亚。

海尔·塞拉西流亡海外后的处境十分艰难。他先是到了耶路撒冷，然后在伦敦组织流亡政府。他在英国期间，处处受到冷落甚至歧视。英国政府对他拒不以国宾相待，英王和首相拒绝同他见面，政界劝告海尔·塞拉西索性退位了事。法国政府也不承认海尔·塞拉西是埃塞俄比亚的国家元首，称其为"下了台的皇帝"。

不过这丝毫不影响他坚持反对意大利法西斯的斗争决心。海尔·塞拉西针对英、法等西方盟国的背叛，采取了激烈抗议。他于1936年6月、1938年5月先后两次前往日内瓦参加国际联盟大会，发表慷慨激昂的演说。他会说流利的法语和英语，不过，海尔·塞拉西还是选择用祖国的阿姆哈拉语发表讲话。他回顾了战争爆发的过程，叙述了意大利敌国的无区别轰炸和毒气袭击，回顾了国联所作的裁决。在结尾时，他向全世界发出质问："我是在捍卫所有正在受到侵略威胁的弱小民族的事业。曾经对我做出的诺言现在变成了什么？我将给人民什么样的答复？……上帝和历史将会记住你们的判断！今天是我们，明天就可能轮到你们！"

演说的效果很棒，海尔·塞拉西在全世界面前展示了埃塞俄比亚人民抗击侵略者的决心。他人虽在国外，但不断同国内抗战领导人联系，鼓励他们坚持斗争，表示他一定会回国领导抗战。他同流亡的爱国者也保持非常密切的来往，并在物质上给予大力资助。在伦敦，埃塞俄比亚爱国者创办的报纸《新时代与埃塞俄比亚新闻》连续刊登了海尔·塞拉西的讲话和文章。报纸用阿姆哈拉语出版，秘密运回国内，在抗意官兵中广为流传，产生了巨大的影响。

皇帝还将身边的王子一个接着一个地派回国参加游击战争。王子们尽忠职守，在和意军的战斗中全部壮烈殉国。

我特别想查到海尔·塞拉西皇帝究竟把几位王子派回国参战并殉职，可惜没有查到。迫切希望有人能予以指教。

1941年1月下旬，海尔·塞拉西率军进入埃塞俄比亚境内全力抗击意军，形势慢慢开始好转。英军出兵，埃塞俄比亚终于击败了意大利，复国成功。从此，埃国人民称海尔·塞拉西为"埃塞俄比亚之父"。

战后初期，开始一系列的重建工作。海尔·塞拉西继续实行改革措施。他先是彻底废除了盛行千年的奴隶制，然后发展文化教育，创办了各种学校。埃塞俄比亚的第一所大学，就是海尔·塞拉西创办的。整个国家疗愈战争创伤，得到了迅速的恢复。

说到这里，我要插入一段埃塞俄比亚和新中国的宿怨——我们是打过仗的。

1950年6月25日，朝鲜战争爆发。美国总统杜鲁门于6月27日、30日，宣布派海、空军和陆军参战。紧接着又在苏联代表缺席的情况下，美国以"紧急援助"南朝鲜李承晚为名，操纵联合国安理会通过了决议，组建所谓的"联合国军"。

联合国军"援助"朝鲜战争的消息传来后，海尔·塞拉西皇帝立刻决定参加联合国军。1951年3月，埃塞俄比亚挑选精锐士兵，组成"卡格纽部队"参战。卡格纽的意思为"征服者"。它的建制说起来是个营，但兵员有1 200人。这个营真够大的。

此营被分编在美国陆军第七步兵师。临出发时，埃塞俄比亚参战的军官居然把这场战争看成是一次"惬意的东方之旅"，是一次"胜利大进军"。埃塞俄比亚有些舆论竟然认为——埃塞俄比亚的军事实力有多强，等他们凯旋后就知道了！

当时出兵的"联合国军"都是由哪些国家组成的呢？有美国、英国、加拿大、澳大利亚、新西兰、荷兰、法国、土耳其、泰国、菲律宾、希腊、比利时、哥伦比亚、埃塞俄比亚、南非、卢森堡共16个国家的军队。

埃塞俄比亚营于1951年7月抵达朝鲜，此后一年多时间里，他们一直没有直接参加战斗。1952年，"中国人民志愿军"和联合国军在朝鲜战场上进入胶着状态。美军决定发起上甘岭战役，以夺取战场的主动权。为集中兵力，埃塞俄比亚营终于被派上了战场。1952年10月31日，联合国军指挥部指派韩军一个团和埃塞俄比亚营，联合向上甘岭发起攻击。

在朝鲜"赋闲"了一年多的埃塞俄比亚军官们兴奋不已,总算等到了上战场一展身手的机会。他们不知深浅地摩拳擦掌,准备在上甘岭战役中建立功勋。

拂晓时分,韩军和埃塞俄比亚营开始向中国人民志愿军的阵地发起进攻。出乎埃塞俄比亚人的意料,进攻遭到了志愿军的强力反击。骄傲自大、战争经验匮乏的埃塞俄比亚营顿时蒙掉。他们本以为被"联合国军"飞机、大炮狂轰滥炸数小时后,志愿军应该溃不成军,他们可如探囊索物一般赢得胜利,却不料大败而归。经过整整七个小时的交锋,埃塞俄比亚营共有122人死亡、566人受伤。伤亡总人数占到全营兵员一半以上。

当残兵败将从朝鲜回国后,整个埃塞俄比亚都陷入了思考。中国和埃塞俄比亚,一个是亚洲国家,一个是非洲国家,隔着万水千山,历史上无冤无仇。在意大利入侵埃塞俄比亚时,中国还曾给予埃国以支援。塞拉西皇帝带头做了检讨,认为自己的行动过于草率,未能了解并认真分析形势,对自己听信美国的教唆而出兵表示后悔不已。

海尔·塞拉西皇帝此刻腾出手来,进一步加强皇权专制。1955年,他举行了纪念自己称帝25周年的盛大庆典。同时颁布了一部新宪法,几乎所有条款都是在确立皇权的绝对权威。除了皇帝的世袭制度,还将全国最大的金矿变为皇帝的私人财产,用以满足自身奢华的生活。这部宪法甚至明文规定皇室开支占全国预算的比例。那么,当时的皇室开支是多少呢?它已经达到了政府对农业投资的四倍。

这时的海尔·塞拉西享有很高的国际声誉,1963年5月,30个独立的非洲国家代表在亚的斯亚贝巴举行会议,建立非洲统一组织,海尔·塞拉西当选为名誉主席。

海尔·塞拉西的国内政策渐渐积聚起了社会的不满情绪,动乱不断发生。1960年12月,趁他出访巴西,皇家警卫队司令发动了军事政变,逮捕了皇太子。海尔·塞拉西忙不迭地从国外赶回,靠着美国的帮助和支持他的陆军部队总算平息了这次政变。从此他在全国范围内实行了更加严厉的打击和镇压政策。随着经济的不断恶化,民怨沸腾。

真是祸不单行，1962年2月16日，陪伴了海尔·塞拉西皇帝51年的孟伦皇后患病去世了。这位皇后非常贤惠，和海尔·塞拉西伉俪情深。海尔·塞拉西悲痛欲绝，从此变得孤僻多疑，更加一意孤行。这时，天灾又连续降临。从1972年开始，埃塞俄比亚不断遭受特大旱灾。缺水、饥饿和瘟疫叠加起来，全国死亡了30多万人。1973年，石油输出国组织提高油价，埃塞俄比亚物价飞涨，局势进一步恶化。

海尔·塞拉西皇帝曾经如同一根老绳，把古老的埃塞俄比亚帝国捆绑起来。但腐朽的封建君主独裁制度，日趋腐败，经济停滞，贫富差距日趋加大。1974年2月，埃塞俄比亚爆发了内乱。学生罢课，工人罢工，军队也参加进来，发生了大规模的兵变。

混乱愈演愈烈。1974年9月11日是埃塞俄比亚新年，大主教对全国发表传统的新年讲话，破天荒第一次没有祝福皇帝和他的家人，而是祝愿军事委员会取得成功。接下来的电视节目播出了埃塞俄比亚的全国大饥荒的情景。节目加以精心剪辑，在饿殍满地触目惊心的画面后，一下切入了皇帝80岁诞辰时的豪华庆典，皇帝及仆人端着银盘子用鲜肉饲喂他的宠物——猎豹和小狗……

人民愤怒了，军人们带着武器开上了街头。

9月12日早上，10名军官前往坦克和机枪重重把守的金皇宫，通知在位44年的海尔·塞拉西一世皇帝，他已经被军事委员会废黜，被指控滥用权力、年迈、缺乏管理能力和盗用人民的财富。

老皇帝面无表情地坐在椅子上，军人们开始反复追问：你在瑞士银行的200亿美元存款藏在哪里？

海尔·塞拉西在位的44年间，埃塞俄比亚全部国民生产总值为20亿美元。

据说老皇帝对军官说："你的数学学得多么可怕啊！"

老皇帝手上的一枚刻有圣乔治屠龙图案的戒指被搜走，戒指里有个机关，打开之后发现里面藏着一枚小钥匙。军事委员会非常兴奋地宣布——发现了皇帝在瑞士存钱的保险箱钥匙，并聘请密码学家来"破译"戒指图案的含义。不过后来遗憾地发现，这个钥匙的作用只是用来打开国务大臣送来的公文箱。

海尔·塞拉西从此便被政变头领门格斯图软禁在皇宫里，秘不示人。世界上的很多组织与个人都曾设法营救海尔·塞拉西，均未成功。1975年8月28日，埃塞俄比亚军事委员会向全国宣布，83岁的海尔·塞拉西一世皇帝，头一天晚上"因病"在睡梦中去世。

这是真的吗？

这是谎言。海尔·塞拉西是被军人们用毛毯闷死的，门格斯图上校和他的几个亲信，站在一旁不动声色地观看了这出惨剧。为什么要用毛毯呢？因为他们害怕这个自称是所罗门和示巴女王嫡亲血脉的老皇帝，真的具有刀枪不入的护身法术。

老皇帝虽然年迈，但是力量惊人。他在三名身强力壮的士兵手下挣扎了大约20分钟，最后高喊了一声"圣灵啊！"，才一动不动了。门格斯图认真地查看了皇帝的尸体，摘下了他右手上的所罗门王戒指，把它戴到自己手上，然后让士兵用毯子将老皇帝卷起来，外面用绳子捆牢，埋到皇宫院外的一个深坑中。根据门格斯图的命令，在尸体上盖了一个厕所。

1992年，海尔·塞拉西的遗骨被人从门格斯图所建的厕所下面小心翼翼地发掘出来。2000年11月5日，在亚的斯亚贝巴的圣三位一体大教堂，为这位所罗门王后裔、最后一位在位的埃塞俄比亚皇帝，举行了盛大而隆重的葬礼。

当皇帝的棺木在主教和教士们的簇拥下缓缓地经过10公里的亚的斯亚贝巴大街时，很多人放声恸哭。保罗斯大主教举行了东正教的慰灵仪式，海尔·塞拉西皇帝和从教堂地下墓穴中移出来的孟伦皇后遗体，安放在大理石棺里，合葬。

门格斯图上校何许人也？他的父亲是奴隶，他的肤色比一般埃塞俄比亚人要黑得多。他自幼便为自己的皮肤黑而自卑，埋下了复仇的种子。他曾说过："在这个国家，一些贵族把黑皮肤、厚嘴唇、卷曲头发的人说成是奴隶……现在，我让每个人都清楚，我很快就要把这些无知的人打倒，让他们粉身碎骨！"

门格斯图掌握实权后，于1974年12月宣布埃塞俄比亚成为"社会主义国家"，实行土地、金融财政机构和工业的全面"国有化"。1977年2月3

送给世界的礼物——
埃塞咖啡

27

非洲三万里

如果说这一次在埃塞俄比亚首都的咖啡馆饮用咖啡,还带有某种城市的现代风格,那么之后的某一天,我在山间的小路旁,算是真正品尝到了农家咖啡的味道。

临去非洲前，我就操心回来后送给亲朋的礼物。旅途中不断乘坐小飞机，要求严格。不敢超出15千克的行李重量，轻装到极限，什么也不敢买。最后在桑给巴尔岛上买了一些当地土著人的手绘画片，决定以此为礼，真正的万里送鹅毛。

到了埃塞俄比亚，回程是大飞机，行李可带30千克。乞丐摇身变成国王。

乘车途中，当地朋友说，你一定要买些咖啡带回国。

我说，这里也不是牙买加。

埃塞朋友说，要知道，这里才是咖啡的老家。

我说，比雀巢咖啡如何？

那朋友还不曾说话，给我们开车的埃塞司机猛地插进话来。他吐着粉红色的大舌头问，什么叫雀巢？

我说，是瑞士生产咖啡的品牌，有七八十年的历史了。

司机属于黑人当中最爱饶舌说话的那一类，问，瑞士在哪里？那里产上好的咖啡豆吗？

我去过瑞士，记得当时一位走南闯北的朋友说，瑞士如果没有发达的精密制造工业，没有他们的精明和号称中立保全自身，就其自然条件来说，简直就是穷山恶水。

想起那个冬季长达半年的寒带地方，哪里能长咖啡树呢！我说，不产。

司机嬉笑地露出了粉红色的牙龈，讥讽道，连咖啡豆都不产的地方，能有什么好咖啡呢！

我觉得他很有当黑人说唱歌手的潜质，如果参加选秀，大有前途。

我说，他们的速溶咖啡还是不错的。据说这个世界上，每一秒钟有近5 500杯雀巢咖啡被人喝下去。

司机回过头来，闹得我们的车剧烈摇摆。他大叫道，哈喂！什么是速溶咖啡？

我说，就是把咖啡制成粉末，当然工艺很复杂，我也说不太清楚。总之经过一系列加工，最后的成果就是——用开水一冲，机器研磨成的咖啡粉就被还原成了一杯咖啡……

司机乐不可支，车子在他的操纵下，几乎跌翻到路旁沟里。

幸好他良知发现，竭力稳住方向盘，说，咖啡还可以有这种喝法？那还是咖啡吗？我从来没听说过。你不是在讲一个自己编造的故事吧？一个不生产咖啡豆的地方，不知从什么地方买点儿咖啡豆，然后用机器把咖啡豆磨一磨，变成干燥粉末，再用开水把这些末子冲给大家喝……这怎么能喝？这不是侮辱咖啡吗！

我突然发现自己处于一个尴尬的角色，不得不为瑞士人的名誉而战。我说，雀巢还是不错的……猛想起挎包中我还带着一小支雀巢速溶咖啡，本想留到自己困倦时提神用，现在刚好举为物证。

为了防止司机太激动，造成安全隐患，我等到中途停车休息时，才掏出一小袋咖啡，递给司机说，我这里正好有一袋速溶雀巢咖啡，你可以尝一尝。

司机一反吊儿郎当的模样，神情立刻郑重起来，上下打量着那支管状物，好像在看罪犯遗留的短裤。看着看着，他脸上不可思议地出现了某种敬仰的神色，说，这个……水冲一冲，就可以喝了吗？

我说，是的。你也可以再加点儿糖或牛奶。

他迟迟疑疑地说，那倒不必，我喜欢清咖啡。说着，他把那支速溶咖啡宝贝似的揣起来。

第二天，车还是那辆车，但司机换了另外一位大胡子黑人。一见面，简单问候之后，他非常严肃地对我说，头一天的小伙子司机另有公干，今天不来了。但小伙子请他务必告诉我，那个管子里装的东西非常糟糕，根本不能喝。如果谁喝了这种东西，以为这就是咖啡的话，那他就是咖啡的敌人。

我很尴尬，好像自己设了一个陷阱，被人抓了个现形。

大胡子黑人司机最后对我说，昨日那个饶舌多话的小伙子还让他转告我的导游，务必带我去喝一回真正的埃塞俄比亚咖啡，以纠正并提高我对咖啡的认识。

这天下午，有一点儿空当时间。本来说好去看非洲最大的旧货市场，但在人马嘈杂的街巷，刚刚走了一小段，我就被一个卖钢钎的铺子伸出来的铁条狠狠地戳了一下，衣袖被刺透，破洞硬币大，相对应的胳膊局部也血肉模糊。虽说刺伤面积不算太大，但我还是受了惊吓，想着是不是要去打破伤风针。那钎头实在锈得体无完肤。

这条街前面还有多远？我问。四下里张望，都是铁匠铺样的回收站，拆下来的残缺门窗、废旧汽车轮胎、旧纸板、洋铁皮……在汗津津的黑色人体和蓬头垢面的板车夹击之下，道路窄似羊肠。

很长。大约有几千米吧。导游心平气和地回答。

如果我们再往里走，会看到什么？我一边疼得直抽冷气，一边佯作镇定地问。

很多很多和这个一样的店铺。导游很实在。

那我能不能不看了呢？我弱弱地说。

当然，一切以您的意见为主。导游说。

那咱们就往回返吧。不等他回答，我赶紧转过身。

我本想回酒店察看小伤，涂一些药膏，不想小伙子十分忠于职守，见我要回家，说，您一定要去喝一次真正的埃塞俄比亚咖啡。不然的话，您以为雀巢就是咖啡了，那将是非常遗憾的事情。

我说，您以前不知道雀巢吗？

他说，不知道。从来没听说过。

我极力掩饰自己的愕然。一位天天和游客、酒店打交道的导游，居然不知道雀巢。无所不在的雀巢啊，你在埃塞俄比亚尚留有巨大空白。

我说，你们不喝雀巢吗？

实在的小伙子突然刻薄起来，他撇着厚厚的嘴唇说，这家瑞士公司千万不要到埃塞俄比亚来卖咖啡。昨天刚把您送回酒店，我和司机就迫不及待地拆开使用了那个您送的管子。我敢保证，雀巢在埃塞俄比亚会失败得很惨，很可能连一小撮那玩意儿也卖不出去。要知道，我们有世界上最好的咖啡。

　　于是这个下午，我们由"收破烂之旅"（原谅我由于胳膊被刺，就以小人之心对这个市场表示不敬）变成了咖啡之旅。

　　小伙子领我们到了一家咖啡馆。我请你们。他说。

　　我说，还是我来付。你是为了让我来学习的，这算是学费。

　　小伙子执意不肯，说，让外国客人见识真正的埃塞俄比亚咖啡，是他和司机两个人的共同心愿。导游接着说，这个咖啡馆虽然不是最有名的，但却是埃塞俄比亚人常来喝咖啡的场所，我本人就是常客，对咖啡的质量非常有把握。

说完，他执意请我们每人喝一杯。咖啡那个香啊，隔了半条街都能闻到气味。

咖啡馆大约有30平方米，咖啡现磨现煮。靠墙的一排大罐子里，有生的和烤熟的咖啡豆售卖。四周的墙上贴着一些招贴画，大致是讲咖啡的历史。

店内没有桌子也没有凳子，所有的人都站着喝咖啡，真正是以喝为主，不像意大利罗马、法国巴黎或美国的星巴克，以聊天会友、消磨时光、享受情调为主。当地人一进来就单刀直入，点了咖啡就喝，目不斜视，独自品尝咖啡的美味。喝完扭头就走，绝不拖泥带水地赏什么风情。服务员一律爱搭不理的，一副酒好不怕巷子深的模样。我一边喝着浓得像泥浆一样的咖啡，一边看墙上的画。埃塞俄比亚咖啡古朴单纯，但力道极大，兴奋感迅速入血，如电流直击大脑。

招贴画上的人，眼睛都出人意料地大，两眼的内眦几乎在鼻梁上方浑然一体，眼睛的高度也有正常人三倍之多。虽然埃塞人相貌不错，但这么大眼睛的人，在现实中我一个也没看到过。

日本人崇尚女子大眼睛，我估摸是要求女人要会察言观色，要能及时看出男人的需求，表示自己善解人意。人在迷惘的时候，常常会说我希望自己能看得更清楚一点儿……欲穷千里目。我觉得埃塞人对大眼的崇拜，可能来自在高原上对更好视力的期待。

埃塞人喝咖啡就像国人喝茶，已经从风俗习惯上升到一种饮食文化。一个普通的四口之家，每月咖啡豆的消耗量为2.5千克。

埃塞俄比亚西南部有个地方名叫咖法，传说牧羊人清早赶着羊群到山上放牧。到了中午，羊群吃饱喝足，就会安静下来。人和羊就找个温暖的地方，晒着阳光歇息。牧羊少年会抓紧机会，枕着双臂迷糊上一觉。不过，凡事皆有例外。有时羊群并不安静，也不肯扎堆卧睡，欢叫蹦跳，不知疲倦。这是为什么呢？牧羊少年生出好奇之心。仔细察看之后，他发现凡是羊群躁动之时，都是因为它们吃了树丛中的一种小红果。少年想，既然羊吃得，我也不妨尝尝看。他就摘了一捧放进嘴里嚼了起来。味道说不上好，但牧羊少年发现自己也变得像羊群一样兴奋不已。后来，他把这件事告诉了寺院的僧侣。僧侣们尝食之后，夜间祷告的时候再也不觉困倦，能一直保持清醒到天明。

于是神奇的小红果子被当地人当作提神的圣物。刚开始是直接把果子拿来生吃，后来发现将小红果烘烤研磨后，煮成饮料，就成了能保持兴奋的天下美味。即使在今天，咖法的一些偏远地方，人们仍然习惯将生咖啡的浆果碾碎同酥油混合起来，直接放在口中咀嚼。

13世纪之后，随着僧侣和商人们的脚步，奇妙的小红果子之妙用，越传越远。它跨过了红海，到达也门，在那里被制成了温和而又富含刺激性的饮品。因为信仰伊斯兰教的国家禁止酒精摄入，这就使得小红果饮品在中东信仰伊斯兰教的国家迅速流行开来。后来，又逐渐传向欧洲、美洲，深受人们欢迎，直至最后风靡世界。小红果饮料总要有个名字啊，携它远行的人们不愿意多动脑筋，就用小红果产地的名字命名了它——"咖法"。

由于科技的发展，世界各地培植的咖啡有很多不同的品种、制作方法与口感，但无论是英文（coffee）、法文（café）、阿拉伯文（quch）和中文（咖啡）的叫法，都毫无例外地源于埃塞俄比亚那块高耸的土地——"咖法"（Caffa）。

埃塞俄比亚是非洲第三大咖啡生产国，旷远的山区海拔在1 100~2 300米，纬度适宜，高度错落，降水丰富，土壤疏松呈酸性，渗水性强，极适宜咖啡的生长。

如果说这一次在埃塞俄比亚首都的咖啡馆饮用咖啡，还带有某种城市的现代风格，那么之后的某一天，我在山间的小路旁，算是真正品尝到了农家咖啡的味道。

要去湖心岛上的一座修道院。前一天刚刚下过雨，道路极为湿滑。说是道路，真是溢美之词。它不曾有任何人工建设的痕迹，完全是脚印叠着脚印踩踏出的小径。我一步一滑，想到了红军翻越夹金山。随着跋涉渐远，我多年前受过伤的脚踝讨嫌地疼痛起来，一想到其后几天紧张的密集安排，若是在这泥泞崎岖的小路上把脚扭伤了，自己受罪不说，还会给大家添麻烦。于是我对导游说，我不想爬到山顶上的修道院了。

导游很是不解,说,您已经爬了很长一段路,只剩下不到20%的路程了。您现在停步,非常遗憾。坚持一下吧,我可以拉着您一起走。说着,他伸出了自己的手,手指坚定有力地半张着。

我很感动,不过还是坚决地重申了自己的意见。我已深感疲惫,路很滑,没法把注意力高度集中在自己的平衡上。若是万一跌倒,还会把他也拽翻。所以,请让我留在原地吧,等着你们返回,然后再一道下山。

导游看出我决心已定,就说,那好吧,您留下,我们继续向上。

我如同得到大赦的罪犯,笑逐颜开,停下脚步。

导游阻拦说,您可以留下,但不是在这里。

我很奇怪,说那么在哪里呢?我张望四周,并无人家。

当地导游说,咱们再向上走大约100米,有一家小小的咖啡店。您可以在那里一边喝着咖啡,一边等我们归来。

听说有咖啡店,我一下来了兴致,勉力快走起来。突然想到导游不会觉得我是装病吧,便慢下来。为了早点儿看到咖啡店,又忍不住快走。我想,导游一定觉得这个老太婆停停走走,行为诡异。

导游的数学大概是体育老师教的,足足走了300米还多,才看到路旁有个茅草棚。

我本来以为既然叫作咖啡店,怎么也得有间房吧?它确确实实不能算房子,几根原木加上几把树枝搭起的一个简易棚,下面放了几个原木墩子,权当咖啡凳了。一个女孩子蹲坐在一块看不出颜色的毯子上,身旁有炭火堆和咖啡壶。她身披白纱至脚跟,头上也是白色纱巾。虽然严格说起来,白色由于山野风尘浸染,已然灰黄,但她黑色而凹凸有致的面容和虔诚的神色,仍给人以圣洁之感。

您确定不到山顶去看修道院吗?现在距离那里已经很近了。导游说。

刚才忽快忽慢的奔走,致使脚踝的不适加重。我抱歉地说,我确定……不去了。

那好。我们就走了。您留在这里,我已经为您付了咖啡钱。您可以安心饮用,直到我们回来。导游说完,继续前行了。

356　非洲三万里

周围没有一个客人，不远处，有个当地小伙子在一片片原木板上画圣像。他采取的是流水作业法，先在每块木板上画个轮廓，然后再在相同部位点上细部，进入精加工程序。这样从我这个方向远远看过去，只见一群半成品的圣母抱着圣婴，圣母没有嘴唇，圣婴没有眼睛。私下觉得这个绘画过程，似乎该在一个隐秘场所进行。

也许在他眼里，这家山间的小咖啡店就是隐秘之所了。

美丽黑少女并没有因为只有我一个客人而有丝毫懈怠，她紧急行动起来。先把地面上散乱的青草归置好，把一根根草叶码放整齐，围拢起来，让它们不再像一个坐垫而更像是一个祭坛。然后点燃一把熏香，把它们插在支撑棚顶的那根唯一的柱子上。导游后来告知我，这是埃塞俄比亚的古老传统，一是为了驱散蚊蝇，二是表示已经开始燃煮咖啡，欢迎周围的邻人前来品尝。

燃香之后，美少女把一个小小的陶土炉安放在青草之上，把木炭放进陶炉，无声无息地点燃。很快，有袅袅烟气蜿蜒升起，渐高渐淡。烟这个东西有一种天然的神秘性，尤其在荒野之处，它向上飞腾并不断变换形状，让凝视它的人眼光迷离，生出虚妄的不可预测感，继而引发深思。

美少女将一张扁平的陶制器皿放在炭火上，从身旁的一个陶罐中倒出一些咖啡豆，用一块尖端发黑的小木片当作铲子，轻轻拨拉着咖啡豆，将它们反复翻炒。随着器皿温度渐渐升高，咖啡豆的颜色开始变深，散发出微弱的香气。

当咖啡豆变得暗黑尚未焦煳之时，美少女果断地将火撤离，开始下一步骤——磨咖啡粉。她把半煳的棕褐色咖啡豆倒入大木碗中，像中药房捣药材，用木棒又捣又研，使咖啡豆逐渐碎裂。要是用个更生活化的比喻，类似在钵子中捣蒜。她不时停下来，偏着头看看咖啡渣的粗细。估计这颗粒的大小也很有讲究。粗糙了，水不容易浸透，咖啡的味道就会淡。若是砸得太细了，入水即化，可能就嫌焦苦了。美少女很有经验，很快就把咖啡豆研磨好了。

她把咖啡粉放入陶罐中，加上水。炭火小炉子又开始大显神通，不一会儿，陶罐中有白色的水汽升腾起来，浓烈的咖啡香气随即迅速蔓延……

现在，在这孤冷的荒郊野地，无比美妙的气息沁人肺腑。青草的清香，香木的暖香，咖啡的浓香，炭火的烟香，加上女孩子鬓角的一朵不知名的香花，组合成香气的花园。

美少女在一只木杯里斟上浅浅一点儿咖啡。我伸出手刚要接过杯子，美少女却把这咖啡泼到了地上，然后再次斟好咖啡呈给我。

我猜想这是一种风俗，后来导游告诉我，这最先的咖啡是献给神明的，以示感恩。

因为之前充斥了这么多仪式感，我呷第一口咖啡的时候有点儿紧张。平日里喝咖啡，似乎没有过多地注重过形式。和这种有隆重感的前奏相匹配，我一时又想不出有什么可供借鉴的啜饮方法，匆忙借用了一下品尝葡萄酒的步骤。

我先含了一小口咖啡，让咖啡充分布满口腔，与口腔内原有的液体（就是唾沫）和空气充分混合……这不仅是品尝，主要是咖啡太烫了，缓解一下温度。葡萄酒可不会是热的。剧烈的焦苦之后，一种略带水果味的香气缓缓释放出来，好像是一个植物的精灵潜入身体，你被它轻轻唤醒……慢慢咽下去（因为很烫，绝对不敢快），突然有一种感动在瞬间浮起，好像这杯咖啡在这里蛰伏千年，只为这一个刹那和你相逢……

当饮完这一杯咖啡，我终于明白了那个黑人司机的不屑和讥讽是多么有道理。什么速溶，什么雀巢，什么星巴克……它们可以称为一种饮料，但请不要再叫咖啡好不好！

美少女又开始煮咖啡，我听说这咖啡须煮上三次，也就是说每人都要喝上三次。可我已经感到心跳加快，神经传导加速，很快就要和传说中的羊群一样躁动不安了。如果把三杯都饮完，估计我今夜无眠。

我向小姑娘表示感谢，示意不再饮用了。美少女就把剩下的咖啡端给了画圣像的小伙子。

静静坐着。看周围的山野，看袅袅升起的轻烟，闻沁入心脾的咖啡之香，一如多少年前那个枯寂的牧羊少年。

原野辽阔，云层浮动，平静如波澜般柔韧地推送过来。也许这就是旅行的终极含义，让我们的人生重归大自然。

人们的心理发育，远远低于这个世界的步伐。我们的心还停留在石器时代，时代已经日新月异地现代化了。这种分裂和错位，给我们带来了诸多袭扰。

旅行让我们的身体猛烈移动，心灵也随之飞翔。不过它不是飞往未来，而是回头张望。

也许咖啡真能极大地活跃人的思维。我摄住心神，终于明白了人们为什么喜欢来到非洲。

在这颗蓝色星球上如蚁蚕一样生活的我们，就算站在世界第一高的建筑物——迪拜的哈里发塔上，又能看到多远？到处都是人工雕琢的痕迹，城市连接着城市。在城市当中的人，常常肆意虚构夸大人的能力，以为自己无所不能。

其实，那不过是人类乔装打扮的高度自恋。

美国环境学家罗德瑞克·纳什有一个科学理论，认为从过去到现在以至未来，伦理学中的道德共同体的范围，基本按照这样的范围顺序扩大：

自我——家庭——部落——国家——种族——人类——动物——植物——生命——岩石（无机物）——生态系统——星球。

数一数，共计12层。在城市中，在现代文明的包围中，你大概只能走上三四步，能蹒跚走到人类这一步，已算是高瞻远瞩。但是，如果你来过非洲，不必循序渐进，你如同智力超常且用功努力的学生，不断跳级。你很容易就会在不知不觉当中抵近第七、八层，也就是动物、植物那一层面。它们满山皆是，满坑满谷，如针毡一样包裹着你。你必须直面它们，根本无处可逃。尖锐的面面相觑，由不得你不感知、不思考。想想在城市里，我们能看到的植物都是人工栽培的，你看到的花木，是人为美化粉饰的植物傀儡。那些被移栽来的草木，离开了原来的生存环境，好比海水离开了海洋。就算舀出来用于展览的那杯海水的成分一点儿都没变，但你能说那就是海洋吗？你能从那杯沿滴落的水珠里，想象出海洋的博大吗？无论怎样增加所展示的海水体积，都和真正的大海不相关，海的魂魄只能在海上。你无法从街心花园的弱树想象森林。你无法从道旁的衰草想象草原。至于动物，你看到它们最多的地方是在超市的冷冻柜台。宠物更是进化的悲哀，作为一只猫，它再也不能捕捉老鼠，再也不能在春天的夜晚彻夜号叫。作为一只狗，它再也不能到极地去拉雪橇。藏獒再也不能和狼群搏斗，金刚鹦鹉无法在热带雨林上盘旋……动物的前途大致分为两类，要么被人类异化豢养，成了蛋白质的提供者或闲暇时的玩物，要么就是被人类劫杀以至濒临灭绝……

有道是，看一个人的心灵是否富足，就看他的心中能容纳多少与己无关的人和物。

非洲是一所奇异的校园。在这里眺望远方并安静地想一想，也许就抵达了罗德瑞克·纳什所列的最后一层——星球。

阿拉巴斯——
渔夫之宝

28

非洲三万里

女诗人艾米莉·迪金森有一句诗,感人至深。
她说,书本,比世界上的任何一艘船,更能带我游走各地。

塔纳湖，是埃塞俄比亚最高的湖泊，是一个由火山爆发后的熔岩阻塞河道后形成的高原湖泊。容我不科学地描述，你可以把它想象成一个堰塞湖，这个词对中国人来说比较熟悉。不过此堰塞湖委实太大，湖面海拔1 830米，最长处长75千米，最宽处宽70千米，面积大约在3 000～3 600平方千米。你可能要说，这个湖的面积也太没谱，怎么能相差600平方千米呢！可是有什么法子呢？它受季节的影响很大，5月份旱季时水位最低，面积较小，9月份雨季时水位就变高，面积会猛然增大数百平方千米。我们抵达塔纳湖是11月，当地人说，这时候的水位算是中等。

它位于埃塞俄比亚西北部的阿姆哈拉州。从飞机上看下去，塔纳湖没有利落的湖岸，像一条巨大无比的鳄鱼，四仰八叉地仰卧在崇山峻岭之间，湖水浑黄。我问当地人，塔纳湖是否有清澈的时候？当地人说，没有。塔纳湖永远是这个颜色。恕我直言，之前看到有关资料说，塔纳湖是镶在东非高原上的一颗蔚蓝色宝石，不知他是否亲见这如黄泛区般的景象。就像我们去欧洲看到多瑙河，并不是蓝色的，因为溶有多种矿物质，多瑙河完全是灰褐色的。

上午10点下了飞机，等候的导游立刻将我们接上车，说是有几个岛屿上的修道院到了下午就不开放了，务必尽快登船。我们如狼狈逃窜一般，赶到湖边仓皇上船。这是一条五米左右的木船，船夫是个苍劲的黑人，满面皱褶，他赤脚站

在船上，短打扮，胳膊腿都细长而坚硬，如同铁丝编就的一个人体模型。世界各地的渔夫都毫无赘肉，估计是打鱼这营生十分费力，全身各组肌肉都不得懈怠，终日锻炼。加之他们一定吃鱼较多，健康食品。

铁丝样的船夫把船发动起来，乘风破浪在湖中疾驶。虽然看不到打鱼的家伙事儿，但我觉得他一定很会打鱼。导游介绍说，有无数条溪涧从四面八方的山峦奔过来，在此汇聚成湖。入口虽多，但出口只有一个，那就是青尼罗河。我四处张望，看到成群的鹈鹕手脚敏捷地在水中捕鱼，锋利的大嘴上下翻飞，如同凝固的黄蜡。

看到一只极小的船，大约只有一米多长，几乎贴着水面在缓行。待离得更近些，我吃惊地发现那简直不能算是船，只是一把枯草扎起来的筏子，勉强容得一人半躺其上。

此处已远离湖岸，茫茫浑水中，那人赤裸上背，只穿一条短裤，卧缩草中，用一根简易木叉在捕鱼。草筏不堪负载，随着他的身姿扭动几度歪斜，似乎顷刻就会翻船。

我小心翼翼地说，这船太危险了。

我说这话时歪斜着脸，不敢正对小船，生怕喘气稍大一些，就成了翻船的肇事者。

这问题似乎事关人命，导游不知如何妥帖地回答，目光转向渔夫求援。铁丝一样的渔夫手把舵轮、目不斜视地说，它非常安全。

我觉得这近于睁着眼睛说瞎话。单薄的小草筏子如同黄纸折出来的。

铁丝渔夫瞥见了我的疑惑，说，那是用纸莎草的茎秆编成的船，浮力非常好，永远不会沉没。就算是船上的人不慎落水，只要抱住船身，就可以翻身上船，继续航行。

天哪，万能的纸莎草！不但能成为千年不朽的纸张记录历史，还给穷苦人颠扑不破的福利。此草真是上得天堂也入得地狱。不过我很遗憾，直到纸莎草船缩小为浑黄湖面上的一个褐点，也没看到驾驭它的赤背渔夫有所斩获。

我们的船速越发快起来，溅起的水雾扑到身上，如似轻雨。船头位置，有一个黑色的葫芦样物件，来回晃荡得几乎呈了水平位。

这是什么？我问。

阿拉巴斯。铁丝渔夫回答。

这等于没有回答。就算我知道了它叫阿拉巴斯，还是搞不清它是干什么用的。

我换了一个问法，为什么要把它挂在船头？

铁丝渔夫说，阿拉巴斯是船上的主人。

我几乎要笑出声来，一个葫芦怎么成了主人？我说，这个船不是你的吗？

铁丝渔夫说，船是我的，但这是阿拉巴斯赐给我的。没有阿拉巴斯，我就不可能有好运气。

说到这儿，我多少明白了一点儿——阿拉巴斯就是本船的船神喽。在世界逛走，见识到各地都有一些怪力乱神，身上都粘着流传久远的故事。你可以不信，却不可以轻慢。

估摸着现在我们的命运都在这位葫芦状的阿拉巴斯手上了。愿阿拉巴斯不要因为我刚才轻微的不敬而不肯赐福于此船。

湖中不断出现小岛，我随口问道：塔纳湖有多少个岛呢？

导游说，不知道。

我觉得这回答实有搪塞之嫌。作为当地导游，这湖里有多少个岛子，难道不是必须背下的数目吗？

导游可能察觉出我的不满，补充说明，主要是说不清。

我的不解更加深了。岛又不是动物，不会跑，怎么能说不清？

导游说，因为每年的雨量不同，湖泊的水位也不同，所以伸出水面的小岛数目就会不断改变。有人数过，说是有21个岛，可过了一段日子，有人又去数，就成了41个岛。

哦！这种地方，的确需要阿拉巴斯这样的神祇才能搞明白。

不过，有一件事儿是清楚的，就是其中19个岛上建有修道院或教堂。导游说。

我吓了一跳，说，咱们今天要把这19个修道院都参观完吗？

导游说，我们大约只能走6个岛。19个岛个个历史悠久，至少几百年前，就有修士在这些岛上修行了。

我说，预备去的这6个岛都叫什么名字呢？说着拿出笔，准备记下来。

导游说，现在没法定，要走着瞧。

真的要求助阿拉巴斯了。我看了一眼那个葫芦状的黑色神物，它被风浪颠得东摇西晃，完全没有指点迷津的迹象。我说，那咱们不是在湖里误打误撞吗？

导游说，这19个岛都是可以参观的，但是具体上哪一个，要看客人的意思。比如，有的岛上的修道院，女人是不可以进的。我们如果上了那个岛，您就要等在船上。如果你们决定不上这个岛了，咱们就用这个时间到别的岛上去。一些岛上有人做小生意，如果都不到他们那个岛上去，他们就会很失

28 阿拉巴斯——渔夫之宝　　365

望。所以，我不能定，一切由客人定。

用这种近乎抽签的方法调配商业利益，岛子也要听天由命。我说，咱们先到最大的一座岛上吧。

导游说，最大的岛比较远，我建议咱们先从近处的岛参观，顺路走，不耽误时间。

我再瞄一眼阿拉巴斯，它在风中好像上下点头。

好吧。正好有一座岛就在船舷不远处，岛之旅就此开始。

岛不算高，杂树葱茏，道路崎岖。上到岛之顶点，看到一座如同非洲常见民居的圆顶房子，除了画着极大眼睛的圣像表明它身世不凡外，实在难以和在欧洲看到的那些富丽堂皇的教堂相比。

然而古朴本身自有力量。我看到在此苦修的僧侣，身材佝偻，面色黑黄，透出长期营养不良之态，内心升起崇敬之意。

他们是隐修士。导游说。

我问，什么是隐修士？

导游说，埃塞俄比亚奉行东正教，东正教会中，有以苦身修行为宗旨的修士，遁世独居于山林旷野，终身不婚，潜心默念祈祷，每天要祈祷七次，剩下的时间就是劳作，饮食简约，衣服粗朴，严格斋戒。他们认为以节欲为基础的修行方式，可达到"与圣灵神交默契"的境界。

那他们吃什么呢？我问。岛子上长满了野生的咖啡树，但显然咖啡再香醇，也不能顶饭吃啊。没见鸡鸭，更不要说猪羊等大型家畜了。缺乏优质蛋白质来源，隐修士们难怪会营养不良。

主食主要是英吉拉。导游告知我。

哦，英吉拉！它被称为埃塞俄比亚的国食。在飞往非洲的埃塞航空上，第一次见识到它。那时我对它一无所知，空姐问我午餐的食谱选什么？

我说，有什么可选呢？

回答是有两种。一种是西餐，一种是非洲的传统饮食。

我思忖非洲人制作的西餐，日后自有无数品尝的机会，现在不用急着入口。入境随俗，还是领略非洲的传统饮食。

俄顷，小姐端上来一盘粗粮煎饼似的褐色主食，还有一小碟面容模糊的蘸酱。我之所以说它面容模糊，因为单从外观上看，稀泥一摊，完全判断不出它是用什么原料烹制出来的。不可思议的是——因为我挑选了这餐谱，航空小姐就不配发刀叉了。

我本没奢望能有筷子用，但连刀叉也免了，让我如何摄入这传统食物呢？

我向美丽的小姐提出疑问——请问我怎么吃？

她微笑着伸出自己的纤纤素手（她是黑人，但手很美，手指修长清秀），给我做了个示范动作。原来是用右手把软饼撕下适宜的一块，然后铺盖在一小撮肉酱之上，再用手指将饼块夹住肉酱，之后把这小包袱似的食物，填到嘴里就大功告成。

比起用手捏住一小撮米饭往口中送的中国某些少数民族的吃饭法，这个英吉拉的摄入过程不算太难。但飞机不断颠簸，肉酱又比较稀滑，整个摄食险象环生。不是夹不上肉酱，只能干吃一口酸酸的面饼，就是矫枉过正，夹的肉酱太多，齁得够呛不说，衣服前襟也掺和着品尝了英吉拉。

我只好向空中小姐申请要一把勺子，将面酱涂抹在英吉拉表层，再分几口吞下，成功避免了与衣争食。

我后来知道了，英吉拉的原料是一种草结出的果实。草的大名叫"苔麸"。

我真佩服这个中文音译的名字之传神。据说植物苔麸个子很矮，只有十几厘米高，非常耐贫瘠，种子很小，但是数量很多。顾名思义，苔藓样的麸皮——真是卑微到了极点。除了这个写在植物志上的名字，它还有一些小名，让人充满联想。好听的叫"星星草"，不那么好听的叫"蚊子草"。从这些名字，你就可以想见它的植株和果实多么细碎了。

在世界上的其他地方，苔麸都是野草，但在埃塞俄比亚，这种近乎匍匐在地的小生命以更加渺小的种子，养活了埃塞俄比亚人成千上万年。苔麸穗结出的微颗粒果实比芝麻还小，每150颗苔麸籽的重量才相当于一颗小麦粒。埃塞俄比亚人把苔麸籽磨成粉，再加水和成面，放在芦苇编的大圆筐里摊开，盖上盖子捂上两三天，苔麸粗面就自然发酵了。下一个步骤是拿出来蒸，一层层摆放好，蒸出来就成为圆圆的、软软的、酸酸的、布满孔洞的大煎饼了。当然了，严格讲起来，它不是被煎熟的，是蒸熟的。

苔麸对于埃塞俄比亚人如此重要，为衣食父母。可惜它的产量非常低，亩产只有小麦的15%。这样一遇天灾，苔麸歉收，就会造成大饥荒，饿殍遍地。科学家试图提高苔麸的产量，但徒劳无功，苔麸至今保持着倔强的野生状态，不肯被驯化。

听到过这样一个故事。

埃塞俄比亚到处都是珍禽异鸟，有很多欧美游客来过埃塞俄比亚很多次，目的就是来观鸟。有些人想把鸟养在家里观赏，预备离开埃塞俄比亚的时候，把鸟带走。当地人听闻，赶紧劝外来客打消这个念头。埃塞俄比亚的

鸟只吃苔麸，其他再好的鸟食一律不吃。所以，埃塞俄比亚的鸟一旦离开故土，不久就会饿死。

苔麸在此地带有了气节的象征性。

我到底没搞清楚做一张常规大小的英吉拉饼，需要多少苔麸粉，而一斤苔麸粉又需要多少株苔麸穗才能磨出。埃塞俄比亚很多地方至今还停留在刀耕火种的水平上，沿途常见人工拉着木犁耕地。一张英吉拉上凝聚的汗水和时光，是惊人的。

英吉拉没有什么异味，只是酸。我吃过若干次英吉拉，同样是酸。由于女主人手法不同，酸的风格也大有差别。基本上酸得恰到好处，并不难吃。也有个别酸得近乎馊，酸得好像故意卖弄风情。英吉拉立场不坚定，柔软细滑，软绵绵的，放到嘴里缺乏筋骨感和韧度，粘在舌头上，有一点点儿耍赖的顽皮。

英吉拉面饼的忠实伴侣是酱汁。飞机餐上的酱汁无法和飞行的高度相媲美（这条航线凌越青藏高原时，高度在一万米之上），手艺一般。倒是后来我在埃塞俄比亚的街边小店，吃到过鸡肉、牛肉、鸡蛋等熬制的酱料，辣和酸的风味俱全，味道上佳。这时候的英吉拉，好像拉郎配中的小媳妇，碰上什么样的酱夫婿，就嫁做它的味道了。

扯远了，回到塔纳湖上吧。

埃塞俄比亚人很以英吉拉这种食物为荣，经常有人告诉我，英吉拉是世界上营养最丰富的食物。但据研究资料称，苔麸除了含铁量高于一般食物外，其他方面并无特殊之处。起码塔纳湖上的隐修士只吃英吉拉，看起来很不壮硕。

我们从山上下来，又坐上铁丝渔夫的船，继续向下一个岛进发。我瞥了一眼阿拉巴斯，它困倦地低垂着，好像累了。我走过去轻轻摸了摸它，它并不像看起来那样坚硬，而是柔软的皮革。下面垂着贝壳的穗子，如同一串项链。我几乎怀疑它是个女性神祇。

阿拉巴斯陪伴航行……靠岛……攀登……返回渔船，看到阿拉巴斯……阿拉巴斯再陪伴航行……

修道院基本上大同小异，很快让人失却新奇感（我真为自己的喜新厌旧惭愧）。在某个岛离港时，下起了雨，小小的港口顷刻在每一个凹陷处积满了水，我的鞋陷进淤泥中。铁丝渔夫稳稳地赤脚站在溜滑的泥泞中，好不容易拉我上了船。

雨倒是很快止歇了，但我的鞋沾满了泥巴和草棍，鞋底比原来长大了将近一倍。我苦笑着看着巨履，对导游说，咱们已经去了几个岛？

导游说，还不到六个。

我说，还剩哪一个比较有特色？

导游说，有特色的基本上都看过了。

我说，那咱们可否返航？

导游说，好。

于是我们掉转船头，开始归程。当小船在湖中心平稳行驶的时候，铁丝渔夫示意导游帮他掌舵，然后安静地走拢来，对我说，请您把鞋子脱下来。

我知道他是嫌我的鞋底太脏了，在船上活动时，把船舱也踩得满是污泥浊水，就乖乖把鞋脱下来。好在塔纳湖水的温度现在不是很凉，赤脚走在船上虽不舒服，但并非不可忍受。

没想到铁丝渔夫拿起我的鞋，走到船边，蹲下来，就着流动的湖水，开始为我洗鞋。

他并没有什么工具，所谓清理，就是用手指把我的鞋上的一块块烂胶泥撕扯下来，摘下鞋底缝隙中的草叶，抠除运动鞋边缘的污物……

我万万没有想到他会这样做，一时惊呆了。我的鞋子，除了小时候妈妈帮我洗过，这么多年以来，总有50年了，都是我自己洗刷。印象中，连自家先生也不曾为我洗过鞋。此刻，在异国他乡，在流动的水中，一个黑人男子为我洗鞋，真不知如何是好。我诧异地惊叫起来。

铁丝渔夫看了我一眼，对翻译说了几句。

翻译说，你不必害怕。他知道你是害怕他把你的鞋掉到湖里去。放心吧，他说自己会很小心，你的鞋很快就会冲刷干净，回到你的手里。

我并不是担心鞋子丢失，而是深刻地感到消受不起。或许出身劳动人民，只要自己尚可动弹，从骨子里就受不了别人的服侍。说时迟那时快，还未容我在明白之后表示拒绝，我的两只旅游鞋已经被洗刷一净，递回到我手上。

真不知如何是好，好长一段时间不知所措。只好不去看那洁净的两只鞋，以求自己安心。为了让气氛活跃些，我问起了阿拉巴斯。

它是什么做的呢？

葫芦。它原本是一个熟透了的葫芦。铁丝渔夫回答。

为什么一定要用葫芦呢？我问。这多少有一点儿没话找话。走了很多地方，我知道一些圆形的物件，会比较容易成为各地人民的吉祥物。或许是因为它们的长相比较像太阳吧。

葫芦会带给人好运气。铁丝渔夫回答。

我不由得想起中国的神仙们，也是酷爱葫芦这种物件的，谐音"禄"。

葫芦通常都是绿色或黄色的，阿拉巴斯为什么是黑色的呢？我问。

那是在葫芦外面又缝上了一层牛皮，这样它在船上才不怕风吹雨打。铁丝渔夫回答。

想想也是，室外的工作环境不比室内，葫芦的确要抗摔打才好。神仙也需要劳动保护啊。

我说，这个阿拉巴斯是您缝制的吗？

铁丝渔夫说，不是，是我的祖母缝制的。阿拉巴斯必得由我们族内德高望重的老人来缝制。第一步是挑葫芦。葫芦摞在一起的上下两个圆，大小要合乎比例，大的不能太大，小的不能太小，要让人看着就欣喜。能选作阿拉巴斯的葫芦，一定要圆得饱满好看，不能有坑坑洼洼的瑕疵。葫芦的全身都不能有一点儿杂斑，也不能磕碰过。特别是葫芦底部的葫芦脐，要正好长在葫芦的正中央。牛皮呢，要选小公牛的皮，不能有鞭痕和伤疤。由有福气的老人在葫芦上缝好牛皮后，阿拉巴斯看起来完成了，但其实并没有完成。

这把我搞糊涂了。什么叫完成？

铁丝渔夫说，要对缝制好的阿拉巴斯施以咒语，这样才会灵验。

我点点头，先想起了一个俗词——葫芦选美。觉得不敬，马上换成一个庄严的词儿——开光。记得我问过一位宗教界人士，宗教物品为何要"开光"？他说，不"开光"，那物件再精美，也不过是一件手工艺品。只有经过高僧大德的降福，普通之物才具有了灵气。想来这阿拉巴斯也是一样，用小牛皮将一个美貌周正的葫芦包裹起来并不难，难得的是德高望重的长者和神秘咒语。

我说，这个阿拉巴斯在你的船上悬挂了多少年？我敬畏地看了一眼阿拉巴斯，由于此刻塔纳湖上风平浪静，它显得很悠闲，几乎一动不动。

铁丝渔夫笑笑说，您的说法要纠正一下。这不是我的船，是阿拉巴斯的船。从这条船建造好，它就住在这里。已经十几年了。

哦！我对悬挂在船头的阿拉巴斯顿生仰视。不仅因为它的神圣出处，也尊崇这漫长的时光。

所有的归程都比去程要快吧？我们回到了塔纳湖边的码头。这里似乎也下过一场匆匆的雨，到处泥泞不堪。我下了船，付了加倍的小费，和铁丝渔夫挥手告别。就在游船驶离码头的那一瞬间，渔夫好像突然改变了主意，对着导游用当地土话说着什么。

我看出导游的迟疑。他们的目光不由得往我这边瞟了瞟，依我的直觉，导游似乎在劝说铁丝渔夫打消主意。

我想，是不是铁丝渔夫嫌小费少了，让导游管我多要一些呢？我想，为了他替我刷了鞋子，如果他张嘴多要小费，我会再给他。

看来劝说无效，导游走过来对我说，渔夫说他有一个想法，想问问您。

我说，请讲。

导游说，塔纳湖的这位渔夫说，他觉得您对阿拉巴斯很感兴趣，他想送给您。

我大吃一惊，说，这不是他船上的宝物吗？

导游说，我已经劝过他了，但渔夫说他们民族的风俗，是可以把圣物转送给自己喜爱的人的。现在，请您收下吧。

我赶快拿出一张美元大钞，说，那我就和渔夫交换吧。

导游把我的话告诉了铁丝渔夫，渔夫说，不。阿拉巴斯是不卖的。他真心实意要送给您。

我答应了。铁丝渔夫从船头细心地解开拴着阿拉巴斯的牛皮绳子，每一个绳环都结得很死，凝满了经年的风尘。好不容易解下来，他用铁钩般的指掌充满感情地摩挲着穿牛皮外套的葫芦，双手递给了我。说，愿塔纳湖上的阿拉巴斯神为您赐福。

我接过来，很轻。它的本质是包裹起来的空心葫芦。很重，因为这份情谊。

我还是把大钞留给了他。

过了两天，我们从塔纳湖向下一站进发。在飞机场，我看到一位东方女性架着单拐在踽踽行进。身边的男子看来是她的丈夫，一个人推着两个行李箱，还得不时照料女子，有点儿艰难。我赶紧到远处推了辆行李车，送到他们面前。

那男子半信半疑地说，您这是让我们用的吗？一口纯正的普通话。

我说，是啊。我看你们有点儿不方便。

他连连感谢，说，这都怪她的腿脚有伤。

我说，真够佩服你们的，带伤出游。为什么不带辆轮椅呢？

拄拐的女子大约50多岁，面容清癯干练。说，出来的时候好好的，怎么会想到轮椅呢！

我说，我以为您是身残志不残，拄着拐杖来旅行，不想您是新伤。

那女子说，我来塔纳湖的时候还是轻手利脚的，谁知在这里变残疾人了。

我说，您是哪一天到的塔纳湖？

他们异口同声地回答了时间，没想到竟是和我们同一天到达，旅程安排也差不多。

那是怎么受的伤呢？我很奇怪。这里服务设施不错，天气也无大碍。

女子说，那天我们去游塔纳湖，路上下了一点儿雨。

哦，我想起来了。那天的确曾有短时间的小雨。

女子说，我的鞋上沾了泥巴，没想到这泥特别滑，当我们游览结束，回到塔纳湖边上岸的时候，突然脚下一滑，我跌倒在泥泞中。当时就剧痛不已，马上往医院赶。此地有一家日本诊所，大夫技术不错，给我做了检查，说是有骨折。问了我的情况，给我做了简易的石膏固定，建议我马上回到首都亚的斯亚贝巴做进一步的治疗。我现在只有拄上拐返程了。唉，骨折处一直锥心疼，我爱人也跟着担惊受怕加受累，塔纳湖上的泥巴啊……

我一时愣怔。这女子所说的时间与行程，与我们前脚后脚。

我下意识地喃喃说，你的船夫没有为你刷洗鞋子吗？

那女子说，洗鞋子？有这个服务项目吗？我们怎么没有啊？

我说不出话来。从这一刻起，我深知了阿拉巴斯和它的主人——哦，正确地应该说是阿拉巴斯和它的仆人的深厚善意。

我将阿拉巴斯带回了家。这是我从非洲带回的唯一纪念物。现在，它就

摆在我的书桌前，自从写作《非洲三万里》这本书开始，它就默默地注视着我。有时深夜疲倦了，我看看阿拉巴斯，想到它离乡背井，离开了美丽的塔纳湖，陪伴着我一个陌生的异族人，来到干燥的亚洲北方，不知它可习惯？它保佑着我，是希望我能把它休养生息的地方告知更多的人吧？

哦，阿拉巴斯，感谢您的祝福！

中华民族有一种特殊的思维方式——象征主义。葫芦就是寓意丰富的吉祥物，我原不知在遥远的非洲也有这样朴素的风俗。也许，我们原本就在根蔓中相连。

女诗人艾米莉·迪金森有一句诗，感人至深。她说，书本，比世界上的任何一艘船，更能带我游走各地。

我便想把我游走各地的脚步，连缀成塔纳湖上的一只纸莎草小船，很小，但是不容易翻沉。我愿和我的读者们，乘着小船，游走在世界的角落。

哦，愿阿拉巴斯保佑我和你们！

后记

非洲三万里

坐着"非洲之傲"绿皮火车，在非洲原野上驰骋。左看风起云涌，山高水低；右看植物枯荣、城市兴衰。须臾之间，一切都在变化中。

时有动物出没，绿叶长百花开。世间百态，鳞次栉比。

我常常几个小时凝然不动地望着窗外。

芦森外出回来，问我，可要为你栽下一株菩提？

旅游对于我，有明显的教育意义。它使我在奔袭中安静，在纷乱中镇定，使我增加对大自然和生命的景仰。

写一段观花之感。

马蹄莲是我在寻常的桃花杏花玫瑰花之外，认识的第一款不同凡响的花。说它不同凡响，是因为那个年代、那个时刻。它当时被周恩来总理抱在胸前，寒风中盛开。拍摄于周恩来出席苏共"二十二大"，中途愤而退场回到北京时，毛泽东、刘少奇、朱德同去机场接他的瞬间。照片上除了四位叱咤风云的伟人，就是这束洁白的花朵夺人眼球。这花的身份，自是矜贵神圣的。

我不知道这花叫什么名字，问周围的人，大家都不知道。多年后，我认识的一位开花店的朋友告诉我，那是马蹄莲。

我说，那花好像一朵只有一瓣，是一匹白马的独蹄。

朋友不理我的插科打诨，问，你可知马蹄莲的花语？

我说，周总理从充满火药味的战场上归来，领袖们抱着马蹄莲去接他，这花的花语大约是战斗与胜利。

朋友笑得弯了腰，说，马蹄莲的花语是——"忠贞不渝，永结同心"。在西方婚礼上，常常被新娘捧在手中。

我惊诧地说，依当时的形势，这花语似乎阴差阳错了，最起码是八竿子打不着。

朋友说，那时是1961年的11月，已是北京的深秋。一般的花都凋零了，只有马蹄莲还坚持开放，所以人们就采下它当作迎宾花，并无其他深意。后来人们传说领袖特别喜爱马蹄莲，其实没有根据。

我说，百花肃杀之时，马蹄莲依然开放，它挺皮实啊。

朋友说，也不尽然。马蹄莲喜欢大肥大水大光，还酷爱酸性土壤，养好它要施硫酸亚铁呢。

依我的医学知识，知道贫血的病人要补硫酸亚铁，却不晓得看起来洁白如雪的马蹄莲也好这一口。

很多年后，我坐着火车，某一天行进到了某一国，午睡醒来，无意中往窗外一瞟，当即被震撼。

无垠的旷野上，怒放着一丛丛洁白的花朵，浩浩荡荡。如同天地间原有一只硕大无朋的银盘，砰然迸碎，无数碎屑落入凡尘，遍地生根，化作花朵圣洁美丽，傲然挺立。

这是什么花？我扑到窗前，凝神细看。

铺天盖地的白花，是数不清的马蹄莲！

车轮铿锵，快速行进。我再努力，在每一株马蹄莲上，也只能分辨一点点细节。好在窗外的马蹄莲大军前赴后继扑面而来，这使得我虽然距离花朵尚有一段距离（它们从远方一直蔓延到铁轨边），但无数次重复后，对马蹄莲的观察逐步加深。其间火车还有临时停车，我更能下车仔细端详马蹄莲。认真说起来，马蹄莲每朵只是半片花，且这唯一的花瓣也只是半开。不过马蹄莲花形虽简，但并不潦草敷衍，竭力把花瓣的优美弧度打造得毫无瑕疵，两侧花缘优雅地延伸到近收尾处，将尖锐与柔和交融在一起，既显示锋芒，又毫无攻击性地温和低垂。瓣面上有润洁的白光沁射而出，单纯明朗。叶片翡翠般晶莹地绿着，蜡光灼灼。

我僵在那里，被马蹄莲孑然而立的风格震慑。

我原以为马蹄莲是温室的花朵，还要不断吃治疗贫血的药。不想在荒凉的非洲旷野上，它们开放得如火如荼、恣肆汪洋。我不知火车外是何时出现这些马蹄莲的，只知道从我开始凝视它们，火车又开了几个小时。无穷无尽的马蹄莲无声无息地怒放着，纷至沓来。花瓣像凝乳，像蛋白，像蚕茧，像遍撒的鹰洋……花容灿烂，银辉普照，兴致勃勃地摇曳，毫无遮拦地展现活力。我一直凝望，直到暮色将马蹄莲染成黑马的留痕。

它们拢共有多少朵呢？我做个最保守的估计，有一百万朵吧。它们已经在此盛放过千年吧？它们没有等待过殊荣，也完全不知道附加的花语，甚至不需要任何理由。盛放就是它们生命轮回的必然，盛放就是马蹄莲的使命和责任。

身为一株会盛放的花，出生在这寂寞荒野里，并不曾走入花店，也不曾出席婚礼，未得伟人擎在手里，甚至能一睹它们绝世芳容的人也很少，它们是不是枉为了马蹄莲的一生？

马蹄莲是有些禅意的花，它有一个别名就叫观音莲。一亿朵马蹄莲吐放着清幽草木的气息，坚定地给出了自己的答案——每一朵花，都有盛放的理由，因为生命的号角在暗夜时分就已经吹响。

人一生，心灵会蒙灰。这并不可怕，但须洗涤。你要找到灵魂的清泉。大海的涛花迸溅，风雨的吹拂鞭打，鸟的欢鸣和鲜花的怒放，都是藏在清泉中的老师。大自然有自成体系的优美，等待你身心与之共振。

人的生平，所占的时间宽窄是有定数的。耳聪目明、手脚伶俐的时光，不过几十载而已。时间如同鲜血，每一滴都咸且弥足珍贵。

旅游是既不安全也不舒适的，但它能带给我们流光溢彩、繁花似锦的世界。当我走过的路渐渐漫远，当我双眸注视过的东西渐渐繁多，当我闻过的气味渐渐五花八门，我就不由自主地变得宽容起来，接纳世界的不同与丰富。

我的生命日历已越来越薄，总有一天会露出透明的封底。不过，偷偷告诉你，我早在年轻的时候就已经翻到最后一页偷看过，从此便再无恐惧。

旅行就是听故事。听不同的故事，听没有听到过的故事，听别人的故事。这本书里，是我见到的和听来的非洲故事。

毕淑敏

2015年7月23日

©中南博集天卷文化传媒有限公司。本书版权受法律保护。未经权利人许可，任何人不得以任何方式使用本书包括正文、插图、封面、版式等任何部分内容，违者将受到法律制裁。

图书在版编目（CIP）数据

非洲三万里 / 毕淑敏著. -- 长沙：湖南文艺出版社，2024.2
ISBN 978-7-5726-1576-4

Ⅰ. ①非… Ⅱ. ①毕… Ⅲ. ①游记—作品集—中国—当代 Ⅳ. ①I267.4

中国国家版本馆 CIP 数据核字（2024）第 015488 号

上架建议：名家经典·散文

FEIZHOU SANWAN LI
非洲三万里

著　　者：毕淑敏
出 版 人：陈新文
责任编辑：张子霏
监　　制：董晓磊
策划编辑：晓　晖
特约编辑：紫　盈
营销编辑：木七七七_
版式设计：梁秋晨
封面设计：八牛书装设计
内文摄影：芦　淼
内文插图：视觉中国
出　　版：湖南文艺出版社
　　　　　（长沙市雨花区东二环一段 508 号　邮编：410014）
网　　址：www.hnwy.net
印　　刷：北京天宇万达印刷有限公司
经　　销：新华书店
开　　本：680 mm×955 mm　1/16
字　　数：382 千字
印　　张：25.75
版　　次：2024 年 2 月第 1 版
印　　次：2024 年 2 月第 1 次印刷
书　　号：ISBN 978-7-5726-1576-4
定　　价：68.00 元

若有质量问题，请致电质量监督电话：010-59096394
团购电话：010-59320018

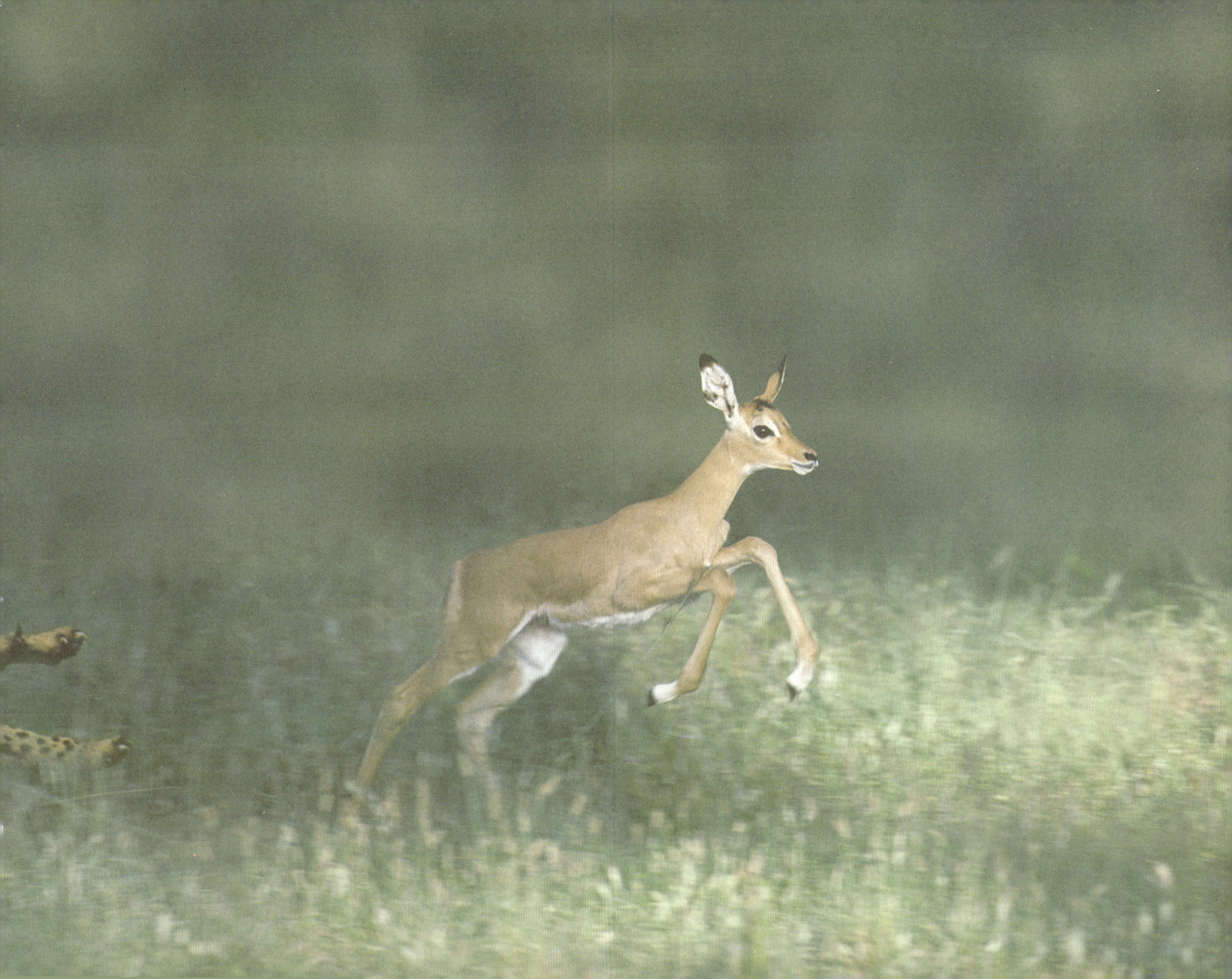

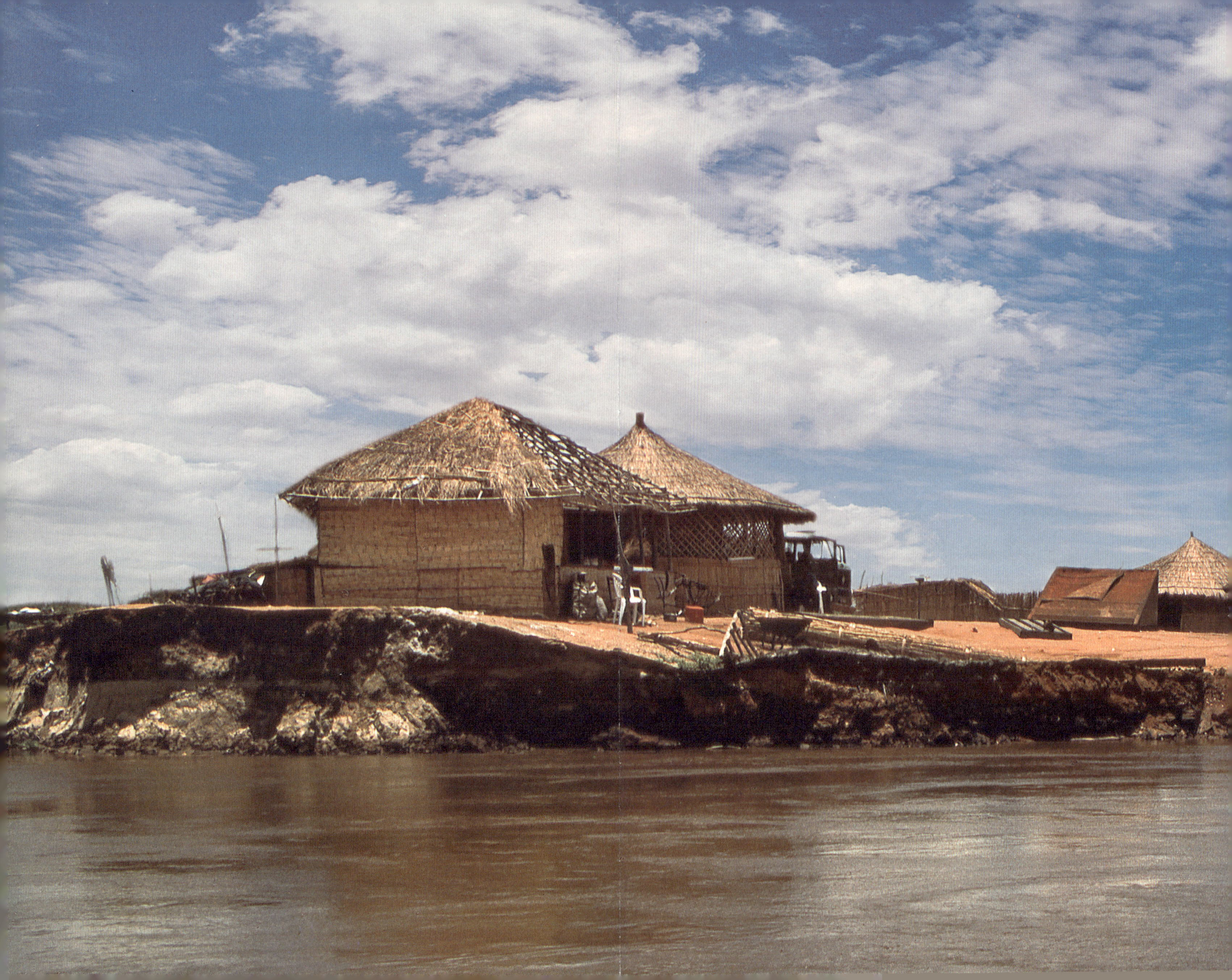